"广西一流学科·中国语言文学"经费资助成果、
"广西高校人文社科重点研究基地·桂学研究院"经费资助成果。

唐诗的历史想象

张彦 著

中国社会科学出版社

图书在版编目（CIP）数据

唐诗的历史想象/张彦著.—北京：中国社会科学出版社，2019.8（2020.1重印）
ISBN 978-7-5203-4884-3

Ⅰ.①唐…　Ⅱ.①张…　Ⅲ.①唐诗—诗歌研究　Ⅳ.①I207.227.42

中国版本图书馆CIP数据核字（2019）第184005号

出 版 人	赵剑英
责任编辑	郭晓鸿
特约编辑	王　潇
责任校对	刘　娟
责任印制	戴　宽

出　　版	中国社会科学出版社
社　　址	北京鼓楼西大街甲158号
邮　　编	100720
网　　址	http://www.csspw.cn
发 行 部	010-84083685
门 市 部	010-84029450
经　　销	新华书店及其他书店
印　　刷	北京明恒达印务有限公司
装　　订	廊坊市广阳区广增装订厂
版　　次	2019年8月第1版
印　　次	2020年1月第2次印刷
开　　本	710×1000　1/16
印　　张	16
插　　页	2
字　　数	219千字
定　　价	78.00元

凡购买中国社会科学出版社图书，如有质量问题请与本社营销中心联系调换
电话：010-84083683
版权所有　侵权必究

序

我通常不给他人著述作序,其间原因固多,但最主要的还是自己对之并无专门的研究,所述便难免流于客套。记得当年自己博士学位论文即将出版,兴冲冲地去找导师启功先生求序,不想先生一口回绝。腆颜再求,先生正色道:"不是我不愿意给你写序,实在是我对玄学所知有限,褒贬或恐失当,故难以从命。"于是我只好作罢。此事不仅使我对启功先生的处世为人多了一分了解,而且自然形成了不轻易给他人著述作序的习惯。以是之故,当张彦博士学位论文获得出版资助,请我作序时,我的第一个反应就是婉拒。然而,在翻看张彦博士学位论文修订稿之后,我觉得似乎还是应该写上几句,因为在张彦的文稿中,我依稀看到了当年写博士学位论文时的自己。

张彦是我在北京师范大学任教时指导的最后一个博士生。自1999年获得博士生指导教师资格后,我先后在中文系文献学和古代文学专业唐宋文学方向招收博士研究生,但说句实在话,无论是文献学还是唐宋文学,我都未真正具备指导博士生的能力,只是学科评估需要而将我置于该学科点充数罢了。由于相关专业知识储备、研究动向的先天不足,很难真正做到因人择题,因题定文,而主要是凭借自己写作博士学位论文的一点经验指导学生。这样一来,学生论文在选择论题、确定研究思路时便自觉不自觉地受我影响,追求自上而下、以论带史的研究范式。正如张彦在其论文《后记》中所写:"张老师的著作《玄妙之境——魏晋玄学美学思潮》,从哲学的本体论、价值论和方法论的逻辑结构出发，建构魏晋玄学与诗学的关系，当时给我很深的启发，唐代历史题材的诗歌是诗、史、哲三位一体的，我也希望能够将唐代诗歌与史学，以及关乎历史的哲学思考的关系阐释清楚；也希望能够像老师一样，建构起论文整体的逻辑分析体系。"

张彦博士学位论文以"唐诗的历史想象"为题，这是我和她一起确定的。她的硕士学位论文研究的是唐代咏吴越争战历史的诗歌，我希望她在此基础上予以扩展，将唐诗中的历史题材作为博士学位论文研究的对象。鉴于此前有关唐代咏史、怀古诗的研究成果已有不少，所以当时的想法是超越"咏史""怀古"的简单分类，在一个更为开阔的背景下来考察唐诗与历史的关系。相应地，诸如唐人的历史意识、唐人的历史知识谱系、唐人的历史取向等便成为论题的应有之义；而唐诗中的历史并不就是唐人书写的历史，如何实现历史向诗的转化，或者说，唐人如何援史入诗，化史为诗，也自然成为论文必须观照的对象。正是循此思路，张彦的博士学位论文确定了其章节布局，将"唐诗的历史想象"这一总论题具体化为若干专题。

这样一种写法确有某种优势，它能够有效地避免只见树木不见森林的弊端，有助于全面考察相关问题，探寻文学现象背后的文化成因。当然这种写法也对研究者提出了挑战，要求研究者具备打通文史的知识结构、高屋建瓴的理论视野，并且需要处理更多的文史材料。虽然张彦表示自己尚未达到导师对论文题目的期望，没能阐释出哲学的内涵，但从眼前这部经张彦补充修订后的文稿来看，她不仅尽力去做了，而且交上了一份很好的答卷。论文前三章分别讨论唐人的史鉴意识、唐人的历史知识谱系、唐人的历史取向，从文化层面对唐诗与历史的关系，以及唐代历史题材类诗歌的繁荣原因做了充分的阐述。尤其值得称道的是，对于上述问题，张彦并不止于浮泛地概述，而是尽可能将问题落到实处，尽可能详加辨析。如对相关概念、术语的界定，区分历史书写与文学创作的异同，思理缜密，文脉井然；又如指出史部典籍在形式体例上以编年、纪传等编纂方式影响了唐代诗人的咏史诗创作，类书实为连接历史与诗歌的重要环节，"三史"进入科考客观上促成了唐代士子对历史的熟悉，以及有关唐人汉朝情结、六朝兴亡观的讨论等，也都是作者的见解，有助于深化对问题的认识。至于第四章讨论唐诗历史想象的功能和技巧，第五章分述初、盛、中、晚唐诗歌历史意象化之大概，更是深入唐代历史题材诗歌的内部构成，游走于史实和诗境之间，对其转化生成机制、基本范型做了较为充分的说明与辨析。

毋庸讳言，此种写法的不足也是显而易见的，如果说宏观把握是其所长，那么微观考察则为其短。尽管第五章采取了以时段分节的策略，具体讨论了李白、杜甫等诗人历史意象化方面的特色，但总体而言，书中论及的重要诗人大多散见各处，对于那些希望深入了解某一诗人历史题材创作的读者，难免会造成某种缺憾。此外，举证式的论述方式，客观上也会导致难以对某些经典之作进行更深入细致的分析。令我欣慰的是，对此缺憾张彦已有觉察，并在进入广西师范大学任教后有意识地增强文献学方面的训练，在明清广西地方诗歌总集的研究中取得了可观的成果。相信假以时日，张彦定能超越旧我，集良好的理论素养与坚实的文献基础于一身，百尺竿头，更进一步。

张海明
2018.12.18

目 录

绪 言 …………………………………………………………… 1
 一　选题提出 ……………………………………………… 1
 二　文献综述 ……………………………………………… 2
 三　研究对象 ……………………………………………… 3
 四　研究内容 ……………………………………………… 14

第一章　史官文化影响下唐诗中的史鉴意识 …………… 17
第一节　唐代统治者诗中的史鉴意识 ……………………… 17
 一　总结历代兴亡，巩固创业鸿基 ……………………… 18
 二　见盛须得观衰，居安则要思危 ……………………… 20

第二节　唐代史家诗中的史鉴思想 ………………………… 22
 一　史家的历史题材诗歌概观 …………………………… 23
 二　史家责任：借史讽谏君王 …………………………… 28
 三　历史哲学：探寻天人之际 …………………………… 31
 四　历史经验：从政处世之道 …………………………… 32

第三节　唐代诗人的史鉴精神 ……………………………… 35
 一　见乱思治，总结历史规律 …………………………… 35
 二　咏史明志，寻找生命范式 …………………………… 40

三　牒谱精神，树立立身之本 ………………………………………… 41

第二章　唐人的历史知识谱系与唐诗对历史的想象 ……………… 44
第一节　唐人的历史知识谱系 ……………………………………… 44
一　史部正史：唐人历史知识来源的主体 …………………………… 45
二　史部野史：唐人历史想象的启蒙 ………………………………… 50
三　经部典籍：唐人据经探史且据史谈经 …………………………… 53
四　子部典籍：唐人历史典故的积累 ………………………………… 60
第二节　唐人对正史知识的接受与诗意想象 ……………………… 63
一　正史之中尤崇"三史" …………………………………………… 63
二　"三史"之中尤尚汉史 …………………………………………… 67
第三节　唐人对野史和类书中历史知识的诗意想象 ……………… 79
一　唐人对杂史的诗意想象：以唐诗对《吴越春秋》的接受为例 …… 80
二　唐人对杂传的诗意想象：以唐诗对杂传"老莱子"故事的
　　接受为例 …………………………………………………………… 84
三　唐人对类书的诗意想象：以类书的"老莱子"典故为例 ……… 87

第三章　唐代诗人的历史取向与文化原因 …………………………… 90
第一节　唐代诗人的汉朝情结及文化原因 ………………………… 91
一　唐代诗人的汉朝情结 ……………………………………………… 91
二　"唐承汉统"政治思想的影响 …………………………………… 94
三　祭祀汉代先王贤臣的礼制熏陶 …………………………………… 96
四　唐人对汉朝文化的理性选择 ……………………………………… 98
第二节　唐代诗人的三国观及文化背景 …………………………… 101
一　诗人的君主观：以咏曹操为例 …………………………………… 101
二　诗人的名臣观：以咏诸葛亮为例 ………………………………… 105
三　诗人的正统观：对正史的传承 …………………………………… 109

四　诗人的天人观：三国史论影响 …………………………………… 111

第三节　唐代诗人的六朝兴亡观及文化背景 ………………………… 115

　　一　兴亡因素：君主人才、地势王气 ………………………………… 116

　　二　败亡原因："近小人"与"务奢靡" …………………………… 122

　　三　兴亡感叹：历史与生命的衰亡同构 …………………………… 125

第四章　唐诗历史想象的功能、模式与技巧 …………………………… 128

第一节　唐前诗歌历史想象特征概说 ………………………………… 128

　　一　先秦两汉：诗歌想象历史的叙事性与颂赞性 ………………… 129

　　二　魏晋南北朝：诗歌想象历史的咏怀性 ………………………… 133

第二节　唐诗历史想象之功能 ………………………………………… 137

　　一　以史言志与因史抒情 …………………………………………… 138

　　二　借史讽今与借古喻今 …………………………………………… 145

第三节　唐诗历史想象之文本模式 …………………………………… 150

　　一　历史传记式 ……………………………………………………… 151

　　二　历史论赞式 ……………………………………………………… 159

　　三　历史情境式 ……………………………………………………… 163

第四节　唐诗历史想象之技巧举隅 …………………………………… 167

　　一　浓缩式想象 ……………………………………………………… 168

　　二　连缀式想象 ……………………………………………………… 170

　　三　填充式想象 ……………………………………………………… 172

　　四　换位式想象 ……………………………………………………… 174

　　五　虚构式想象 ……………………………………………………… 177

第五章　唐诗的历史意象化 ……………………………………………… 181

第一节　唐诗历史意象化概述 ………………………………………… 181

　　一　历史意象与历史意象化 ………………………………………… 182

二　历史意象结构与组合的方式 …………………………… 186
　　三　唐诗历史意象的功能 ………………………………… 189
　第二节　初盛唐诗的历史意象化 ……………………………… 192
　　一　初盛唐诗历史意象化概说 …………………………… 193
　　二　李白的复合结构和凭虚构象 ………………………… 195
　　三　杜甫的意植象中与借象达意 ………………………… 199
　第三节　中唐诗的历史意象化 ………………………………… 202
　　一　李贺的历史意象陌生化 ……………………………… 203
　　二　刘禹锡的意深而境生象外 …………………………… 209
　第四节　晚唐诗的历史意象化 ………………………………… 218
　　一　杜牧的意到直陈象翻新 ……………………………… 220
　　二　李商隐的用意曲折象密集 …………………………… 223

结　语 ……………………………………………………………… 230
　一　历史想象之于唐诗的艺术魅力 …………………………… 230
　二　较前代发展变化及对后世影响 …………………………… 233
　三　唐代诗人历史想象与史家历史想象比较 ………………… 234

主要参考文献 …………………………………………………… 236

后　记 …………………………………………………………… 245

绪　言

一　选题提出

中华民族历史悠久，拥有浩瀚的历史典籍，是重视修史、传承历史、反思历史的民族；中华民族也是诗歌蔚为大观的民族。史与诗是描述世界的两种不同方式，在重史的文化背景下，中国古典诗歌很早就与史结合，取材于历史典籍的记录，对历史人事想象加工，抒发历史哲思，呈现出"咏史""怀古"等诗歌类型和历史典故等修辞样式。诗歌对历史的涵容，从简单的诗体史录或史论，到历史因素的典型化和诗境化是随着中国古典诗歌的发展而逐步完善和成熟的，诗歌中的历史不是过去人事的再现，而是诗歌创作主体想象性地赋予历史人事特殊含义的象征。诗歌对历史的想象是中国古典诗歌创作非常重要的一种艺术手段。

唐代诗人在民族历史积淀的基础上，审视历史的视野空前扩大，他们接受历史知识，反复吟咏并阐释一些相同题材的历史事件，将时代的文化底蕴、自身的人生经验和特殊情感融入诗性的历史言说，生成诗歌深厚的文化意蕴和审美意蕴；同时唐代诗人掌握了将史与诗融合的有效方式，想象历史或浓缩，或填充，或连缀，或虚构等，将历史知识转化为诗歌的历史意象，形成特定的意义指向。因此，研究唐代诗歌中的历史因素如何变成具有题材范式和艺术范式的诗意象征，有助于我们考察唐代诗人的创作心理和历史意识，总结唐诗想象历史的艺术思维，并在古典诗歌发展流变过程中，认识唐诗历史想象的特殊价值。

二 文献综述

学界将历史题材的古典诗歌分为"咏史诗""怀古诗"等来进行研究，是延续了古人的文体分类，按照《文镜秘府论·文意论》的经典定义，咏史诗是"读史见古人成败，感而作之"的诗歌，怀古诗是"经古人成败（之地），咏之"①的诗歌；方回《瀛奎律髓》设"怀古"类，类序认为"怀古者，见古迹，思古人"②，是说怀古诗以历史古迹为诗兴之触发，更重抒怀，与咏史诗有别，但其实在古人那里咏史诗、怀古诗、咏怀诗的界限不甚分明，往往同一首诗中"咏史""咏怀""怀古"的因素兼而有之，这种分类具有中国诗学的模糊性和不确定性。因此现代学者从各自研究角度出发，提出了"咏史怀古诗""咏古诗""览古诗"等名目，对"咏史诗""怀古诗"定义的内涵和外延理解不尽相同③，但大多将二者都纳入研究范围，实际上的研究对象是历史题材的诗歌。

迄今为止，唐代历史题材诗歌研究已取得可观成果。④

第一，唐代作家作品的个案研究，围绕着少数诗歌大家进行，如对李白、杜甫、刘禹锡、李商隐、杜牧等诗人咏史、怀古作品创作背景的考证，思想内涵、情感内蕴或艺术风格、诗法特色的研究。另外，盛唐吴筠，晚唐许浑、

---

① ［日］遍照金刚（原题弘法大师）撰，王利器校注：《文镜秘府论校注》，中国社会科学出版社1983年版，第298页。

② （元）方回选评，李庆甲集评校点：《瀛奎律髓汇评》卷3，上海古籍出版社2005年版，第78页。

③ 雷恩海《咏史诗渊源的探讨暨咏史诗内涵的界定》（《贵州社会科学》1996年第4期）一文认为应以咏史诗来涵盖怀古诗，持广义咏史诗的概念，因为怀古诗是咏史诗发展中的一体，怀古诗将诗与史完美结合，而有些艺术成就高的咏史诗已经可以归入较宽泛意义上的怀古主题一类。刘卫英、王立《怀古诗的诗学本质及其精神史意义》（《求索》1998年第6期）一文认为怀古诗是历史题材诗歌的最高艺术样式，所以可以把它们统归于"怀古诗"的范畴内。

④ 关于咏史、怀古诗的研究现状，前人已有较完整的总结，可参见赵望秦、李艳梅《中国古代咏史诗百年研究回顾》，《淮阴师范学院学报》（哲学社会科学版）2007年第1期；赵望秦、潘晓玲《唐代咏史怀古诗百年研究回顾》，《南京师范大学学报》2007年第4期；冯傲雪《新时期唐代咏史诗研究综述》，《咸阳师范学院学报》2005年第3期。

刘沧、温庭筠，以及唐末胡曾、周昙、汪遵、孙元晏等大量创作历史题材诗歌的诗人也进入研究视野。

第二，综合梳理唐代及唐前的咏史诗、怀古诗风貌，研究者尤其注重系统总结唐代咏史诗、怀古诗的发展历程和渊源流变[①]。尤其对数量最多的中晚唐咏史、怀古诗进行了有深度的社会文化心理探讨。

第三，对以吟咏特定历史人物、事件或古迹为题材的诗歌进行专题性梳理，从而透视唐代诗人的集体记忆和文化心理。按歌咏人物分，最热的莫过于对咏昭君诗的研究，此外关注较多的是咏李杨诗、咏诸葛亮诗；按歌咏地域分，研究者对古都金陵题材的诗歌关注较多。

在上述研究成果之余，历史题材诗歌的研究仍有不足，主要表现在以下方面。从个案研究来看，集中于有限几位诗人；从系统研究来看，虽出现了一些专门探讨某一时代的咏史诗、怀古诗的论著，但又在很大程度上选题重复，缺乏创新；从专题研究来看，热点问题研究较为完备，新的专题很少有人踏足；从研究方法来看，学者多从诗歌的风格、体式、美学、结构、心态等方面予以解析，而从社会历史观念、诗歌历史意象上论述的不多。为了弥补学界研究的不足，突破类型学研究的局限，这里不再拘泥于咏史诗、怀古诗的范围，将所有以历史为题材的唐诗作为研究对象，多角度梳理唐诗中历史因素的来源及史与诗结合的艺术范式，总结唐代诗人历史观念和社会普遍历史观念，包括史家历史观念的区别，总结有唐一代诗人的历史文化心理，望能丰富此前学人对历史题材诗歌的研究成果。

三 研究对象

本书将以历史为题材的唐诗作为研究对象，即将唐诗中与唐前历史或晚唐诗人现实生存视野之前的唐代历史[②]相关的诗歌都纳入研究范围，只要是由

---

① 杨恩成《论唐代咏史诗》（《陕西师范大学学报》1990年第1期）一文，对唐代咏史诗的发展历程给出定位：初唐是草创期，盛唐是奠基期，中唐是成熟期，晚唐是繁荣期，此后研究者基本按此说。

② 称为"诗史"的杜甫诗歌：安史之乱、李杨题材的诗歌等不在讨论范围内，这些是有史笔"直录"精神的诗歌，而晚唐诗人对他们生前的当代史、安史之乱、李杨的歌咏之诗则纳入研究视野。

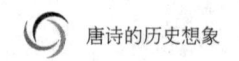

历史上的人、物、事、地等引起情感体验、艺术想象或历史哲思的诗，不论历史要素以怎样的形式在诗歌的语言结构中呈现，都包括诗歌的历史典故。

1."历史"的含义

若要围绕唐诗对历史因素的融合展开讨论，那么首先要界定清诗与史的关联性，即二者在怎样的层面上具有相通性，在此基础上才能理解诗对史的运用和想象。

"历史"一词大致有三种含义："一指过去的事，二指对过去的事的记载，三指人们意识中的过去。"[①] 第一，历史是已经发生的曾客观存在过的往事，即"史实"；第二，历史是对过去客观存在往事的记载，也就是"史录"；第三，历史指人们意识中理解的过去，即被人们所认识和理解的历史知识或历史观念，即"史识"，这种被建构的历史知识已非历史事实本身。"史实"是不能触及的唯一，但同一个"史实"的"史录"和"史识"却有很多种；"史录"可以体现出史家的"史识"，先在时代的"史识"积累又影响史家"史录"的书写。总之，在本书中，历史的三种含义都将被我们使用。

在我国古代思想文化发展史中，"史"的内涵不断丰富和扩展，但"史"的含义很长时间都停留在狭义的"记事者也"的层面上，即历史记录。中国古代所谓的"史"意思大致包括两种，第一，"史"可以代指史官或史职，如"良史"，许慎在《说文解字》中说："史，记事者也。从又持中。中，正也。"[②] 第二，"史"指称过去朝代编成的史书或当朝编记的实录，"史"就是以文字来记载先祖事迹的典籍。清末龚自珍甚至说"史之外无有语言焉，史之外无有文字焉"[③]，把一切文字记载的文化典籍都看作历史记录；章学诚总结古代学术史，有"六经皆史"的命题，认为后代学者将"记事"者称为"史"，将"言理"者称为"经"，实是不知"六经"也是一时之史，是先王记事政典，包括《诗经》也是"史"。实际上，在中国古代文化中史与诗紧密相关。

[①] 宁可：《什么是历史？》，《河北学刊》2004年第6期，第145页。
[②] （汉）许慎：《说文解字》卷3，江苏古籍出版社2001年版，第65页。
[③] （清）龚自珍：《龚自珍全集》第一辑《古史钩沉论二》，上海人民出版社1975年版，第21页。

2. 诗与史的关联性

广义的诗与史的关系是中西方诗学都关注的问题,这一问题探讨两种不同文化形态在本质、功用、写作等方面的异同,即文学与历史的关系。本书所谓"诗与史"是狭义的,专指诗歌和历史的关系,明确二者的关联性是研究中国古典诗歌创作融合历史因素的先决条件。

第一,诗与史同源。远古时代的史官属于巫官,是沟通天人的占卜者和社会活动的记录者,是最高的知识分子和文化权威;而最早的诗歌也产生于巫祝祭师沟通天人的歌舞。先秦时代的先民崇拜祖先,信神祈福,《左传·襄公二十七年》载:"其祝史陈信于鬼神。"① "祝"和"史"分管巫官的职能,据《说文解字》,"祝"主管迎神降神等祭祀活动时的赞辞歌诗;"史"主管记事和文饰,都是向神灵表达诚恳的信任和爱戴。可见诗与史皆孕育于远古巫术文化,诗与史同源而生,后来渐渐分化,诗更加抒情言志,史则掌书记事。

第二,史官不但是历史的编纂者,也是诗歌的编录者或创作者。"史"在我国古代学术思想领域占据非常重要的地位,梁启超先生说:"周礼有大史、小史、左史、内史、外史。'六经'中若《诗》、若《书》、若《春秋》,皆史官之所职也;若《礼》、若《乐》,亦史官之支裔也。"② 可见,传统的重要文化典籍皆是史官编录或著述的,史官了解国家政治的得失,除了编纂历史,也通过采诗或作诗,来向上传达民情,达到讽谏君王、干预现实政治的目的,如《诗》三百,大多是"瞽史"采集民间歌诗所得。史官文化作为文化权威深深影响了后世诗歌创作,后世有些史家也是历史题材诗歌的创作者。

第三,历史成为诗歌歌咏的素材。历史经典是传承文化的基石,每一代的知识分子都要在浩如烟海的历史典籍中获取历史知识,从小开始阅读《史记》《汉书》等史学著作,历史是他们知识结构的重要组成部分之一,也成为他们创作的源泉,历代诗人对历史故事的引用和再创作不断发展与成熟。

---

① 杨伯峻注:《春秋左传注》,中华书局1990年版,第1133页。
② 梁启超:《论中国学术思想变迁之大势》,上海古籍出版社2001年版,第13—15页。

第四，史与诗有相同的社会表达功用。唐代刘知几评论《诗经》《楚辞》说：

> 夫观乎人文，以化成天下；观乎国风，以察兴亡。是知文之为用，远矣大矣。若乃宣、僖善政，其美载于周诗；怀、襄不道，其恶存乎楚赋。读者不以吉甫、奚斯为诏，屈平、宋玉为谤，何也？盖不虚美、不隐恶故也。是则文之将史，其流一焉，固以方驾南、董，俱称良直者矣。①

刘知几认为诗与史的关系是"文之将史，其流一焉"，诗与史同源同流，以诗歌为主的文学艺术和历史都是益教化的有效工具，都可以察古知今、借鉴兴亡，都具有扬善惩恶的道德功用。刘知几以"良史"的标准评判诗歌，只以史家眼光看待《诗经》和《楚辞》，没有强调其抒情言志的特点，而凸显了其秉笔直书、保存历史的价值。孟子称"王者之迹熄而诗亡，诗亡然后《春秋》作"②，可见孟子在观念上也将诗、史合一而论，史与诗都承担着道德教化的社会功能。这种观念对后代产生了深远的影响，史的意识、史的观念不断向诗的领域渗透，使诗自觉地担负起史的功能。

第五，诗与史相通的语言要求。诗与史的语言差别，一为有韵之文，二为无韵之文，诗人追求语言华美流畅、生动韵味，史家追求简省、朴素，但好的诗歌和史书皆离不开辞简意丰的内涵表达。刘知几探讨史家编写史书的语言要求时说：

> 既而丘明受经，师范尼父。夫《经》以数字包义，而《传》以一句成言，虽繁约有殊，而隐晦无异……斯皆言近而旨远，辞浅而义深，虽发语已殚，而含意未尽。使夫读者望表而知里，扪毛而辨骨，睹一事于

---

① （唐）刘知几撰，（清）浦起龙通释，吕思勉评：《史通通释》卷5《载文第十六》，上海古籍出版社2008年版，第90页。

② （汉）赵岐注，（宋）孙奭疏：《孟子注疏》卷8《离娄下》，李学勤主编《十三经注疏》，北京大学出版社1999年标点本，第226页。

句中，反三隅于字外。晦之时义，不亦大哉！①

刘知几认为史书编纂的语言要"隐晦"，即要简约为文，使史文含无限之意，耐人寻味的历史记录背后蕴藏史家的生命感受、道德伦理观念和价值观念。刘知几评论《春秋》"微婉其说，志晦其文"，评论《史记》"显隐必该，洪纤靡失"，可见"隐晦"就是在写作中，实践史学的"春秋笔法"和"微言大义"的原则，刘知几的"隐晦"不一定传续了文学评论家刘勰"隐秀"的含义，但二者却有相通之处。刘勰《文心雕龙·隐秀》探讨文学语言要隐而秀，就是张戒《岁寒堂诗话》中引述的"情在词外曰隐，状溢目前曰秀"②之意，尤其是诗歌更要组合、裁剪、炼字，一句而呈众象，片言而含万种风情，让读者在尺寸之间唤起记忆体验，理解诗句背后诗人表达的讽谏、感怀之意，产生情感上的共鸣。

可见，诗与史的语言都要言有尽而意无穷，史家也难免在叙史时，采用诗性的语言和文学性的修辞手段，刘知几举例说"汉兵败绩，睢水为之不流"；"翟公之门，可张罗雀"③都是史家叙事的妙笔。史家难免像诗人一样运用比喻、夸张等艺术手法，且历史事实无法再现，这就需要史家运用想象这种创作手段，将史料剪裁、黏合，构造历史事件的前因后果。那么史家对历史的想象与诗人对历史题材的驾驭到底有没有差别呢？

3. 史家的历史想象

"想象"一词是来源于西方艺术理论的范畴。想象是艺术创造使用的区别于非艺术活动的思维方式，并且与判断、推理性质不同；想象是人类心灵特有的通过对记忆表象的加工和改造，重演可能发生的情景，综合现有知识创造不能被感官感知的事物的能力，是呈现对象与自由创造对象能力的结合。

---

① （唐）刘知几撰，（清）浦起龙通释，吕思勉评：《史通通释》卷6《叙事第二十二》，上海古籍出版社2008年版，第126页。
② （宋）张戒撰，陈应鸾校笺：《岁寒堂诗话》卷上，巴蜀书社2000年版，第37页。
③ （唐）刘知几撰，（清）浦起龙通释，吕思勉评：《史通通释》卷6《叙事第二十二》，上海古籍出版社2008年版，第126—127页。

"历史想象"是一个历史哲学的概念，它由西方后现代历史哲学家海登·怀特明确提出，是描述历史叙事中存在文学虚构的概念。他认为，历史记录只是一种文本，其所记载的历史根本不是"真实的"历史，而是关于历史的图画和想象，因为每一部历史都类似于文学创作，按照材料的选择、修辞的使用（隐喻、换喻、提喻、反讽）、情节编织（浪漫剧、悲剧、喜剧、讽刺剧）、形式论证的解释（形式主义、机械主义、有机主义、语境主义）和意识形态的贯注（无政府主义、激进主义、保守主义、自由主义）①等操作逐步"建构"出来的文本。历史记录与编纂是具有文学性的深层语言叙述结构的，史家叙述出的历史图画和想象同时是他们各自态度和立场的隐喻，因此，包括史录在内的一切文本都具有文学性和诗性。

海登·怀特其实是将史家历史创作中的想象等同于文学创作的虚构想象，是将科学性和艺术性结合的历史编纂，片面地当作一门语言艺术，强调了历史编纂的主体间性，否认了历史的客观真实性，以历史的文本形式否定了历史的真实内容。他的理论为我们研究历史题材的文学提供了一种思路，搭建起历史叙事和文学想象间的桥梁，让我们可以在研究历史题材文学的时候，引入"历史想象"这样一个文本加工的概念。但后现代的历史哲学把语言想象和虚构的作用夸大到所有范围，历史本来严肃的"实录"意义和"通古今之变"的使命承担被消解了，这种观点我们是不能同意的。如中国古代的《史记》，历来既是文学经典也是史学经典，我们不能因为它具有文学意义而否定它的"实录"和"直笔"的史学价值。因此，我们必须摒弃西方后现代历史哲学虚无主义的观点，充分认识到史家历史想象与诗人历史想象的不同。

考察史家的历史想象，大概有以下几方面内容。

想象试图重现历史个别事物的直观形象。历史人物的样貌、性格和历史中存在的事物的特征等留存在历史资料、文物或口头传说中，史家运用想象力将这些或概括或具体的片段集合起来，叙述成活生生的历史人物或历史事

---

① 参见［美］海登·怀特《元史学：19世纪欧洲的历史想象》，陈新译，译林出版社2004年版，第9—41页。

物的形象，但"他让想象力在对所要重现的形象的改变方面只有尽可能小的活动范围"①，即尽量依据历史证据。

想象揣摩并推测未知历史细节。历史存在许多空白点，诸如历史事件中各种人物的对话、心理和行动，史家以想象来填补空缺，从而使叙事故事化、完整化。这种推测不是任意的编造和幻想，不可与历史的任何现有证据相冲突和违背，所谓"史家追叙真人真事，每须遥体人情，悬想事势，设身局中，潜心腔内，忖之夺之，以揣以摩，庶几入情合理"②，符合历史之理是揣摩想象的前提。

想象发现历史材料的意义，对其取舍、组合、概括，建构历史事件。这种历史叙述不是"剪刀加糨糊"式的拼贴，而是需要史家充分理解历史材料的意义并还原其当时语境，对材料有组织地梳理排列，概括成一个整体。此时，"历史学家必须运用他的想象"，"想象弥补了历史材料之间的间隙，使历史的叙述或描写具有连续性。当然，历史想象并不是任意的幻想和虚构"③，而是以材料依据为限制的，没有这种构造的想象力，就不可能将历史素材组织成历史。

想象将史家视角、见解、意识形态与历史真相融合。柯林伍德说："一切历史都是思想史。"④ 历史编纂并不指涉唯一性的历史事实，史家有自己的文化背景和生存经验，即史家是历史性的存在，他的叙史行为必然自觉或不自觉地受到自己时代政治、伦理等意识形态和个人思想的影响，如中国两汉之际的史书均用"天人感应"的谶纬、符命论来解释历史事件。另外，史家叙史有"成一家之言"的观察视角及独特历史意识，因此对于同一段历史，不同的史家有不同的书写，历史是过去的知识，但不是一成不变的。

总之，史家对历史的想象建立在真实的证据基础之上，即使史家永远不

---

① [德] H. 李凯尔特：《文化科学和自然科学》，转引自董立河《历史与想象——对西方后现代历史哲学的研究与回应》，博士学位论文，北京师范大学，2005年。
② 钱锺书：《管锥编》，中华书局1979年版，第166页。
③ 韩震、孟鸣歧：《历史·理解·意义——历史诠释学》，上海译文出版社2002年版，第22页。
④ [英] 柯林伍德：《历史的观念》，何兆武等译，商务印书馆1986年版，第224页。

能还原已经逝去的历史真实，也会尽力戒除臆想之言和虚妄之语。而诗人的"历史想象"属于文学创作的范畴，是诗歌以历史为题材，对历史知识进行的文学性想象与加工，诗人可以像史家一样，运用上述历史编纂的想象技巧构思诗歌的历史素材，但诗人对历史的想象却不受真实性约束，史笔为诗、建构历史真实不是他的目的，诗人的历史创作之于历史真实好像和读者达成了一种契约，即想象的目的"不在于一种无法达到的历史精确性，而仅仅在于重新领会和理解历史的真诚计划，重要的是这样一个计划的存在，而不是一种无法达到的真实性"①。诗歌是以历史为契机，天马行空地抒情或达意，史家则坚守"实录"和"直笔"。因此，诗歌的历史想象具有不同于史家想象的独特之处。

想象具有打破历史时空的自由性。诗人不遵循历史的线性时空和开头、发展、结局的叙述模式，不追求完整的历史事件的建构，诗人为了表达情感和独特的历史意识，或只截取历史故事的一个场面铺陈渲染；或选择不同历史时代的人物、事件排列；或进行古今时空的转换，打通历史和现实的阻隔，把过去和现在的表象绾结在一起，形成一些奇特而富有历史感的意境。

想象具有塑造历史中未存在人事的创造性。诗人的想象不是构造性的想象，而是再造性的想象，诗人再造心灵中的历史，历史可以为之变形、生长。诗人幻想历史人物做按其性格和逻辑应该做的事或不该做的事，甚至将历史人物神化；诗人可以再造历史中不存在的人物，赋予他"真实"的历史行为；诗人可以想象历史传说中非真实性的人物"真实"地存在，甚至代代书写。如李商隐的《少年》诗，塑造了一个年仅二十就飞黄腾达，过着豪奢生活的汉末外戚官员形象，诗人的想象依托于汉代外戚专权的历史，但这个人物是非指实的，且具有超越时代的意义。

想象为历史人物或事件发展设置情景，追求真实感呈现的形象性。诗歌不是让读者相信所写的完全是历史事实原貌，但给读者美感的享受并且身临

---

① ［法］菲利浦·勒热讷：《自传契约》，杨国政译，生活·读书·新知三联书店2001年版，第18页。

其境,对历史情景的铺陈和比兴都是诗人惯用的修辞手段,这就是诗人的"移情"想象。

想象展现诗人对历史的个性化理解和解释,建构历史的可能性。诗歌描写诗人内心的历史、个性的历史,而不是外部世界的重大历史事件。诗人不满足于既定历史记录对历史事件作出的解释和评论,想象历史事件的另一种发展和结局,思考历史的可能方向。正如亚里士多德所说:

> 历史学家和诗人的区别不在于是否用格律文写作(希罗多德的作品可以被改写成格律文,但仍然是一种历史,用不用格律不会改变这一点),而在于前者记述已经发生的事,后者描述可能发生的事。所以,诗是一种比历史更富哲学性、更严肃的艺术,因为诗倾向于表现普遍性的事,而历史却倾向于记载具体事件。①

亚里士多德认为史与诗的区别不在于有韵与否,而在于二者的真实性和哲学性程度不同,诗即使选择历史题材,也可能超越历史真实,挖掘历史的可能;诗比史更具普遍性的意义,因此更富哲学意味。诗歌不是揭示历史的真实,而展示内心的真实;不追求资料的完整性,而追求意义的统一性。如颜真卿《咏陶渊明》把陶渊明与张良、龚胜类比,张良本韩国贵族,后灭嬴秦,报韩仇;龚胜耻于西汉末年事王莽,诗人进而提出自己的历史识见,诗人认为陶渊明有和他们一样的心态,恋东晋,耻于在晋末斗争中为当权者仕,所以归隐。

综上所述,诗人的历史想象既包含了史家历史想象的几个方面,又有超越史家历史想象的独到之处,这恰恰反映了历史题材的诗歌创作,受到史和诗的双重影响,而兼具历史的深度和诗的艺术性,也说明诗对史极具包容力。

4. 唐诗的历史想象

中国古典诗歌研究不能照搬西方理论与范畴,借鉴之余也要立足于中国

---

① [古希腊]亚里士多德:《诗学》,陈中梅译,商务印书馆1996年版,第81页。

古典文论，为题目"唐诗的历史想象"找到传统语境，下一个本土化的定义。

在中国古代文论中，"想象"常与刘勰的"神思"相类似，能突破时间和空间的束缚，达到"思接千载""视通万里"的境界，有超越时空的意义。其实第一个论述"想象"的是韩非，其《解老篇》说："人希见生象也，而得死象之骨，案其图以想其生也，故诸人之所以意想者皆谓之象也。今道虽不可得闻见，圣人执其见功以处见其形，故曰：'无状之状，无物之象。'"①这里"想"或"臆想"是一种可以得"道"之"象"的思维过程，"道"是抽象的不能以感官直接感觉的存在，但"道"体现为事功，人们可以根据具体的事物把它推想出来，韩非子揭示了想象不是感觉，而是思维，这就从主客体关系阐明：想象中的客体形象不直接呈现在主体感官之前，而是心灵的回顾。韩非在这里说的是哲学上对无形之"道"的想象，但也给我们以另一种启示，"死象"隐喻着曾经存在过而又消逝在时间长河中的历史，没有人再能亲感、亲历、亲为，"案其图以想其生也"则是凭借着一切历史遗留对历史往事的回顾想象，对人类集体历史意识的回忆。而曹植《宝刀赋》中"摅神思而造象"②，则将"想象"这种形象思维的构象方式——"神思"揭示出来了。后来刘勰提出"神思"概念，说明艺术创作构思想象的过程。

> 古人云："形在江海之上，心存魏阙之下。"神思之谓也。文之思也，其神远矣。故寂然凝虑，思接千载，悄焉动容，视通万里；吟咏之间，吐纳珠玉之声；眉睫之前，卷舒风云之色；其思理之致乎！故思理为妙，神与物游。神居胸臆，而志气统其关键；物沿耳目，而辞令管其枢机。枢机方通，则物无隐貌；关键将塞，则神有遁心。……然后使元解之宰，寻声律而定墨；独照之匠，窥意象而运斤；此盖驭文之首术，谋篇之大端。
>
> 夫神思方运，万涂竞萌，规矩虚位，刻镂无形，登山则情满于山，

---

① （战国）韩非著，陈奇猷校注：《韩非子新校注》上册，上海古籍出版社 2000 年版，第 413 页。
② （明）张溥辑评，宋效永校点：《三曹集》，岳麓书社 1992 年版，第 252 页。

绪 言

观海则意溢于海，我才之多少，将与风云而并驱矣。①

他用"形在江海之上，心存魏阙之下，神思之谓也"来形容想象的本质意义，是身在此而心在彼，借主观心理活动扩展、超越时间与空间。"神"则具有难以言说的创造性和灵动性，"思"则于心中与外物感应、揣摩，内心情志与外物"山""海"相融相合，则可意想由隐而显之象，这种作品构思的想象思维过程即是"神与物游"的过程；然后"窥意象而运斤"，就进入寻找语言形诸笔墨的创作过程了，"窥"即为内心世界的审美观照活动，"意象"即为意中之象，将头脑中构想之象形诸笔端就完成了构思创作的整个过程。观物象、注情志、成意象，最终能够协声律、定言辞。这也是古代文论中首次出现"意象"一词②。

西方文论的"想象"和中国文论的"神思"都是艺术创作思维的概念，但二者不完全一样。"神思"是中国诗人对外部世界整体的、感性的、审美的知觉方式，或者说思维的体验过程，这一概念本身就是"恍惚"的，难以明确的。而"想象"作为一种心理思维，在西方则通过了各个历史时期各种哲学、文学流派的传承与扬弃，形成了一个可以理性分析的概念，所以即使是研究中国古典诗歌，我们也采用"历史想象"这样的概念，而不用"历史神思"。通过考察，我们发现大多中外艺术理论都认识到文艺创作过程中想象的作用，却忽略了文学接受过程中想象的重要性。接受美学家伊瑟尔认为，在文本阅读中"整体文本的各个部分绝不可能在任何一个短暂的瞬间被同时感知……只能通过对不同序次的段落依次逐一阅读的方式来进行想象"③。读者在一段一段逐步阅读的过程中，不断想象作者描绘的情景，不断理解作者所表达的意义，在接受作者意义的基础上逐步建立起自己对文本意义的理解和解释，在阅读中想象起到了极大作用。所以除了通常所使用"想象"创作思

---

① （梁）刘勰著，杨明照等校注：《增订文心雕龙校注》，中华书局2000年版，第369页。
② 赵新林：《IMAGE与象——中西诗学象论溯源》，中国社会科学出版社2005年版，第99页。
③ ［德］沃尔夫冈·伊瑟尔：《阅读活动》，金元浦、周宁译，中国社会科学出版社1991年版，第129页。

维的第一层含义外,在这里我们认为它还应该有第二层含义,即接受前人作品过程中的体验情境和意义理解与解释的思维过程。

因此,所谓"唐诗的历史想象"内涵有两个层面。第一个层面,唐代诗人作为历史的接受主体,阅读他们所接触到的历史记录,来想象历史情境,理解历史意义,形成他们自己所理解并解释的历史意识;第二个层面,唐代诗人作为诗歌的创作主体,他们把接受并理解的历史知识和历史意识融注于心,由情志源生诗思,超越时空地将一切记忆中的材料酝酿呈现,创造出诗歌的历史意象。诗人既是接受主体同时也是创作主体,因此这两个层面是紧密联系的思维过程,但两个层面并不总是同时进行的,从接受到创作可能是登临怀古的一瞬,也可能是很长时间历史知识的积累与不断理解想象的磨合。"唐诗的历史想象",是诗歌对历史的审美想象和文学想象。本研究旨在考察诗歌对历史的审美想象和文学想象,而不是研究唐诗在后世历代的接受史和阐释史。

四 研究内容

根据以上对"唐诗的历史想象"这个题目含义及相关概念的分析,我们拟将研究分成以下几部分。第一大部分研究唐诗历史想象的第一个层面——接受想象,包括第一章、第二章和第三章,第一章、第二章是对唐代诗人接受历史的主观意识及客观接受来源的考察;第三章是对唐代诗人历史理解与解释"前理解"的考察,即唐代诗人历史取向的文化心理原因。第二大部分研究唐诗历史想象的第二个层面——创作想象,包括第四章和第五章,第四章考察唐代诗人历史想象的创作范式,即唐诗历史想象的功能类型、文本模式、编织技巧等;第五章考察唐诗的历史意象化,即唐代诗人创造历史意象并发挥其诗学功能,形成诗意文本的过程。

第一章考察唐代诗人获得历史知识的主观意图,即史官文化影响下,唐代诗人的历史借鉴意识如何,分为唐代统治者、史家诗人和非史家诗人的史鉴意识三个方面来回答。唐代统治者总结历代兴亡,巩固创业鸿基;见盛须得观衰，居安则要思危。唐代史家诗人则有借史讽谏君王的史家责任；探寻天人之际的历史哲学；从政处世实践的经验总结。唐代非史家诗人则见乱思治，总结历史规律；咏史明志，寻找生命范式；牒谱精神，树立立身之本。咏史诗的三个创作群体有相同的历史探问，也有不同的思索和情感。

　　第二章考察唐诗中历史知识的来源和诗人对这些历史知识的接受想象。具体来说解决以下几个方面的问题。第一，唐代诗人接受历史知识的典籍来源有哪些？唐人的历史知识谱系表现在：史部正史是唐人历史知识来源的主体；史部野史是唐人历史想象的启蒙；经部典籍是唐人据经探史且据史谈经的依据；子部典籍是唐人历史典故积累的基础。第二，唐人的历史知识旨趣何在？唐代诗歌对这些历史知识接受想象的渊源、萌生、积累、衍化的路径是怎样的？可以发现，唐人在正史之中尤崇"三史"；"三史"之中尤尚汉史。于是，首先考察唐人对"三史"知识的接受，并以唐代读"三史"诗的创作为例，考察唐诗对"三史"故事的接受想象；其次考察唐代诗人对杂史、杂传类书中历史知识的接受，并以杂史中多为唐人吟咏的著作、杂传中多为唐人借用的历史典故为切入点，探讨杂史、杂传、类书对唐诗历史想象的影响。

　　第三章继续研究唐诗对唐前历史的接受想象，通过考察唐诗蕴含的历史意识，来看唐代诗人对唐前主要历史朝代及历史人事（以汉朝、三国、六朝为点）共通的取向，这些历史取向的生成有赖于唐代社会对历史知识普遍的"前理解"，我们旨在探讨在何种共同的历史文化心理下的"前理解"影响着唐诗的历史意识，进而考察唐代诗人历史意识与唐代社会普遍的历史意识，包括史家的历史意识有何不同。

　　第四章研究唐诗历史想象的创作想象。先对唐前诗歌历史想象的创作思维特征按时间顺序进行梳理，找到唐诗历史想象的思维源头和创作先例。然后通过对典型诗作的分析，探讨唐诗历史想象创作思维过程的三个重要层面，即诗人如何把握历史在诗歌中的功能意义；以怎样的结构将历史要素整合、建构在诗歌中；如何将历史素材编织成诗中之史，从而总结唐诗历史想象的功能类型、文本模式与编织技巧。并在先唐诗与唐诗历史想象的比较中，发现唐诗对先唐诗的传承与发展，继承与开拓。

第五章考察唐诗历史意象化的问题。历史意象的形成，即历史的意象化是从诗人历史想象的构思阶段过渡到诗歌文本形成阶段间最重要的创作过程，历史的意象化也是唐诗历史想象的最高艺术成果及重要艺术特征。在唐代文化的巨变与发展，诗歌艺术的创新与进步，诗人个性因素的交互影响下，唐诗的历史意象化是一个历史性的过程。因此拟在探讨唐诗历史意象化的概念及功能等问题的基础上，通过对初盛唐、中唐、晚唐典型诗人的创作分析，来勾勒唐诗历史意象化的发展进程，并总结其规律。

结语部分，在前几章分析与论述基础上，总结唐诗历史想象之于唐诗的艺术魅力，及其较唐前历史想象的发展变化及对后世的影响，即这种融史入诗的创作方式在中国诗歌发展史中的地位与影响；并比较唐代诗人历史想象与史家历史想象的不同，总结诗歌历史创作思维与史书编纂思维的不同，突出唐代历史诗歌在文化史背景中的独特意义。

简单来说，我们的研究方法借鉴了西方接受美学、历史诠释学、后现代历史哲学的概念、研究思路与方法，但不是将上述理论套在唐诗研究中的拼贴，而是一种立足于中国诗学基础上对更有效的研究思路与方法的借鉴与利用，这是由"唐诗的历史想象"这个跨越文学、历史、哲学的题目本身决定的；此外，我们也采用了传统的统计、列表、诗歌文本分析等方法。通过以上方法，力图清晰地描述唐诗融合历史因素，并将其变为真正的诗性因素的创作意识与创作范式。

第一章　史官文化影响下唐诗中的史鉴意识

中国史官文化发达，史学发展的优势地位促成了史官文化对历朝历代政治、文化乃至文学的深远影响。"史官文化"是中国古代独特的思想文化传统，从甲骨文记录历史开始，到《春秋》的微言大义，再到司马迁《史记》究天人之际、通古今之变……知识分子勇于承担史官的职责，以史官的视角关注历史、关注国家、关注现实，秉笔直书，褒贬古今，于是后来古代"二十四史"连绵不绝，各朝统治者皆重视修史。唐代史官文化发达，唐人特别重视史书的撰写，从唐太宗到唐高宗、唐玄宗时期，朝廷重要官员编纂史书成为一种文化制度，甚至皇帝都亲自参与史书的撰写和评论；中晚唐朝堂中修撰国朝历史实录成为传承性的制度。上行下效，带动了唐人对历史的研究和对历史典籍的普遍接受。以古为镜的史鉴意识从政治、史学领域渗透到诗歌创作的领域，使得唐诗中借着历史表达讽喻之意成为普遍的意识。

第一节　唐代统治者诗中的史鉴意识

唐代政权的掌握者和执行者是文化界的最高权威，王公贵族、卿相大夫都十分重视以史为鉴，这对唐代知识分子以史为尊、以史为学、以史为用产生积极影响。有唐一代统治者以制度的形式将官方修史行为固定下来，并形成良好的史官文化和历史学术氛围。唐代开国之初统治者就开始有意识地总结历代兴衰，唐高祖李渊诏修魏、齐、周、隋、梁、陈六代史书，但未能成书。唐太宗贞观三年（629）开设史馆修史，经三十年修成《梁书》《陈书》《北齐书》《周书》和《隋书》（包括《五代史志》）以及《晋书》《南史》《北史》8部"正史"，占中国古代"二十四史"的三分之一[1]，太宗朝还先后修成《唐史》《高祖实录》《太宗实录》等，太宗之后的唐代统治者代代修当代国史及实录。此外，唐代统治者还亲写史论，亲注史书，如太宗为《晋书》的《高祖宣帝纪》《世祖武帝纪》《陆云传》和《王羲之传》各作史论一篇；睿宗作《汉高祖赞》《晋宣帝赞》《梁武帝赞》等；高宗太子李贤及大臣为《后汉书》作注。这种由朝廷组织学术研究的方式对历史文化所做的肯定，形成一股合力，营造出由上至下的历史总结与教育的氛围，决定了社会文化的注意力导向，"如果从一代学术的总体特征上说，两汉是重经，经中有史；唐朝则是以重史显示与前代之不同，经史结合"[2]。唐前重经多于重史，到了唐朝，统治者深刻认识到历史的借鉴功用，将之提升到经纶治世的地位上来。唐代统治者的史鉴意识在其诗歌中也有着明显的表现。

一　总结历代兴亡，巩固创业鸿基

初唐统治者看到隋炀帝恃才矜己、荒淫无度、屡动兵革、大兴土木导致民不聊生，短短几十年隋祚由盛转衰的史实，意识到李唐创业之艰难和守成之重要。"唐初八史"的修编就是在这样的历史意识下进行的，唐太宗居高望远，不但要总结隋亡的历史教训，杜绝重蹈隋之覆辙，还要追述历代的兴亡故事，总结能令李唐王朝日久长存的治世明道。太宗嘉奖史臣修成前五代史时说："朕睹前代史书，彰善瘅恶，足为将来之戒。秦始皇奢淫无度，志存隐

---

[1] 谢保成：《隋唐五代史学》，商务印书馆2007年版，第2页。
[2] 吴怀祺主编，牛润珍等著：《中国史学思想通史》隋唐卷《导言》，黄山书社2004年版，第1—2页。

恶，焚书坑儒，用缄谈者之口。隋炀帝虽好文儒，尤疾学者，前世史籍，竟无所成，数代之事，殆将泯绝。朕意则不然，将欲览前王之得失，为在身之龟镜。公辈以数年之间勒成五代之史，深副朕怀，极可嘉尚！"① 太宗批评秦始皇、隋炀帝毁坏史典的错误做法，认识到史书记录历代王者得失的资治作用和扬善惩恶的教化作用，以一个王者的开创性眼光，看待修史、读史、用史的意义，这种博大的以历史为"金镜"的思想促使太宗与魏徵等谏臣讨论时事时，每每要征引史实，如太宗游洛阳宫积翠池，宴群臣至酒酣，《赋尚书》曰：

崇文时驻步，东观还停辇。辍膳玩三坟，晖灯披五典。
寒心睹肉林，飞魄看沉湎。纵情昏主多，克己明君鲜。
灭身资累恶，成名由积善。既承百王末，战兢随岁转。②

　　太宗不但是大有所为的政治家，也是引领初唐诗坛风气的重要诗人，他执政之余，关心史馆修撰，阅览历代史书，观《尚书》中《周书·牧誓》载周武王讨伐殷辛，历数其罪行，因此与臣子宴饮也不忘引以自戒。诗中引殷纣王沉湎"酒池肉林"长夜醉饮的典故出于《史记》，而非《尚书》，司马迁为了惩恶扬善，对《周书·牧誓》的记载加以渲染，使殷辛罪名更具令人发指的形象性。可见《尚书》《史记》皆为太宗的案上书，太宗由殷纣王昏聩之状，认识到自古帝王纵欲荒政者多，而克己守礼的英明之君太少；前者作恶而灭身亡国，后者积善而青史留名，国朝长兴不衰的关键在于统治者的行为是不是"克己"勤政与"积善"为民，太宗领悟历史的箴言，自励做个圣明之君，守护创业国基。唐中宗李显景龙三年（709）十二月十八日也赋诗《幸秦始皇陵》："眷言君失德，骊邑想秦余。政烦方改篆，愚俗乃焚书。阿房久已灭，阁道遂成墟。欲厌东南气，翻伤掩鲍车。"③ 总结秦始皇政道失德而自取灭亡的历史，从秦始皇的教训中看到"德治"的重要性。

---

① （唐）李世民：《慰房玄龄等撰周隋陈齐梁等五代史口谕》，周绍良主编《全唐文新编》卷9，吉林文史出版社2000年版，第106—107页。
② （清）彭定求等编：《全唐诗》卷1，中华书局1960年版，第10页。
③ （清）彭定求等编：《全唐诗》卷2，中华书局1960年版，第24页。

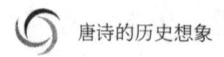

二 见盛须得观衰，居安则要思危

历代统治者都想要国运长久、福泽子孙，但历史上衰败者相继相生，没有一个朝代永葆兴盛，唐代统治者认识到这个历史的必然规律，因此从历史经验中见盛观衰，居安思危。唐太宗《帝京篇十首》序就体现了他居高思远的人生境界：

> 予以万几之暇，游息艺文。观列代之皇王，考当时之行事，轩昊舜禹之上，信无间然矣。至于秦皇周穆，汉武魏明，峻宇雕墙，穷侈极丽，征税殚于宇宙，辙迹遍于天下，九州无以称其求，江海不能赡其欲，覆亡颠沛，不亦宜乎？予追踪百王之末，驰心千载之下，慷慨怀古，想彼哲人。庶以尧舜之风，荡秦汉之弊；用咸英之曲，变烂漫之音。求之人情，不为难矣。故观文教于六经，阅武功于七德。台榭取其避燥湿，金石尚其谐神人。皆节之于中和，不系之于淫放。故沟洫可悦，何必江海之滨乎？麟阁可玩，何必两陵之间乎？忠良可接，何必海上神仙乎？丰镐可游，何必瑶池之上乎？释实求华，以人从欲，乱于大道，君子耻之。故述《帝京篇》以明雅志云尔。①

这篇序言是太宗的言志之作，表达了他对帝王生活的看法，也表达了他见盛观衰的历史意识。他认为秦始皇、周穆王、汉武帝、魏明帝为了享受神仙般的生活，大建宫宇，富丽堂皇，穷奢极欲，虽然显示了一代盛主的威仪和富贵，却没有看到极盛就是衰亡的开端和肇始；未若弃华求实，节制中和，留意于国家文教和武功。正所谓"未央初壮汉，阿房昔侈秦。在危犹骋丽，居奢遂忘人。岂如家四海，日宇罄朝伦。扇天裁户旧，砌地翦基新"（《登三台言志》）②，秦皇汉武皆逞能于阿房宫、未央宫，却不知国家已岌岌可危；正所谓"有形非易测，无源讵可量。洪涛经变野，翠岛屡成桑。芝罘思汉帝，

---

① （清）彭定求等编：《全唐诗》卷 1，中华书局 1960 年版，第 1 页。
② 同上书，第 6 页。

第一章 史官文化影响下唐诗中的史鉴意识

碣石想秦皇。霓裳非本意,端拱且图王"(《春日望海》)①,秦皇汉武皆远求神仙之遇,妄想羽化成仙,却不知实在的人间历史的变易之道比缥缈的神仙世界更为难测。这些诗句皆寄寓了太宗以前王为鉴的历史意识。

唐玄宗《过晋阳宫》也表达了居安思危之意。开元十一年(723)正月,玄宗自东都北巡晋阳,见到晋阳宫的遗址,不禁追想高祖、太宗建立大唐基业的历史:

缅想封唐处,实惟建国初。俯察伊晋野,仰观乃参虚。
井邑龙斯跃,城池凤翔余。林塘犹沛泽,台榭宛旧居。
运革祚中否,时迁命兹符。顾循承丕构,怵惕多忧虞。
尚恐威不逮,复虑化未孚。岂徒劳辙迹,所期训戎车。
习俗问黎人,亲巡慰里闾。永言念成功,颂德临康衢。
长怀经纶日,叹息履庭隅。艰难安可忘,欲去良踟蹰。②

晋阳宫是大业三年(617)隋炀帝命太原留守李渊为自己建造的行宫,后不久李渊父子就在此起兵反隋,建立李唐王朝。玄宗巡幸此地,宫宇市井已繁华不再,但依然映照着昔日龙腾凤翔、人才济济、开拓建功的历史,上承先人基业下创开元盛世的明皇却"怵惕""忧虞""尚恐""复虑""叹息",只怕自己不能以经纶治世之业为重。玄宗认为自己虽生逢太平之时,但是历史总是随时间的转移而变化,上天赋予了皇权和富贵,同时统治者也必须知晓天命,有所作为,否则上天同样会收回皇权,正所谓"天之生民,非为王也,而天立王以为民也。故德足以安乐民者,天予之;其恶足以贼害民者,天夺之"③。所以君主为了巩固统治政权,要察往观今,随时应变,以符天命。唐代统治者知晓"治乱兴废在于己"的意义,害怕天赋神权转移和历史由盛转衰,所以不忘艰难,踟蹰以进。

---

① (清)彭定求等编:《全唐诗》卷1,中华书局1960年版,第7页。
② (清)彭定求等编:《全唐诗》卷3,中华书局1960年版,第26页。
③ (汉)董仲舒:《春秋繁露》卷7《尧舜不擅移汤武不专杀》,河北人民出版社2005年版,第498页。

总之，初盛唐统治者不但重视发展史学，总结历史，而且其强烈的史鉴意识充分表现在其诗歌创作中。这种以史为鉴的意识渗透到唐代政治、学术、文化艺术等方方面面，为社会上行下效地学习与接受历史，理解与借鉴历史打下了坚实基础，促使唐代产生了大批历史编纂者和史学研究者，不遗余力地从事史学工作，同时史家也将历史知识和历史意识融于诗歌创作之中。

第二节　唐代史家诗中的史鉴思想

太宗贞观年间建置史馆以来，组织了大批文史之才，大规模地进行集体修编前代史书和记录当朝实录的工作，于是大多数唐代史家随着官方修史的实践成长起来。许多掌握了历史知识和撰史技能的知识分子得到施展"史才"和发表"史识"的机会。唐代史家是特殊的知识阶层，他们大多出自文官系统，具有史家和官僚的双重身份。唐代史家群体的身份是复杂的，包括三类：业余史家、专职史家和兼职史家[1]。业余史家不在朝廷中担任史职，因个人爱好撰述历史或研究历史。专职史家出自中书、门下两省的起居郎、起居舍人（左史、右史）[2]。此外，唐代史官大多是半职业的史家，这种兼职的史家上自监修国史，下至史馆的兼修国史或史馆修撰等，都有他们的本职事官，如尚书、秘书两省，御史台、太常寺、东宫及地方官员等，他们掌握大量的史料，谙熟历史典故，具有撰史的条件，但撰史不是他们的本职工作，例如宰相通常会监修国史，撰写历史人物的评论、定夺史料的取舍等；翰林学士、谏议大夫等官员可以兼修国史，史学事业是他们的兼职。专职史家和兼职史

---

[1] 参考张荣芳《唐代的史馆与史官》，私立东吴大学中国学术著作资助委员会1984年版，第113页。

[2] 唐贞观初于门下省置起居郎，掌记录皇帝日常行动与国家大事。显庆三年（658），另置起居舍人于中书省，掌记录皇帝所发命令。龙朔二年（662）改起居郎为左史，起居舍人为右史，咸亨元年（670）复旧。天授元年（690）又改为左史、右史，神龙元年（705）再复旧。起居郎掌起居注，录天子之言动法度，季终送史馆。

家的分别不在于其历史的专业能力和对待历史的工作态度，而只是一种官职和职责的区分，前者主"记注"，即史料性地记录；后者主"撰述"，即创作性地著述。章学诚总结二者区别曰："撰述欲其圆而神，记注欲其方以智也。夫智以藏往，神以知来，记注欲往事之不忘，撰述欲来者之兴起，故记注藏往似智，而撰述知来拟神也。藏往欲其赅备无遗，故体有一定，而其德为方；知来欲其抉择去取，故例不拘常，而其德为圆。"① 就是说，前者是把历史"往事"或当朝史实记录下来，使人"不忘"；后者是对历史做出叙述和阐释，予人"知来"，以之为鉴。"记注"的任务是汇集丰富的历史知识或编录发生的史事，对其要求是做到"方以智"，"方"是说作者必须按照一定体例，做到记载"赅备无遗"；"智"是说作者应有相当的知识水平，所编之作储存丰富的历史知识，做到"智以藏往"。而"撰述"的任务是阐发独到的历史见解，就必须做到"圆而神"，"圆"是说作者在著述方法上应有"别识心裁"，不为成例所拘，能对各种体例运用自如，大胆创新；"神"是说作者在著述思想上的远见卓识，做到"神以知来"，及其在卓识基础上对历史知识的剪裁用舍，汇通古今，神思千载，在此意义上史家的工作就或多或少具有了文学创作的意义，兼职史家比专职记注的史家更具有建构历史的想象能力。

一　史家的历史题材诗歌概观

唐代的士人总是有多个身份，他们的社会角色是丰富的，有些具备良好文史功底的唐代史家，不但是在朝为官的政治家，同时兼有文学家的身份，有些是唐代著名的诗人。他们在史与诗的领域皆有所成就，将历史知识融入诗歌，将史鉴精神带入诗歌。为了研究的方便，我们按照诗人与史家的身份关联性来将唐代诗人划分为史家诗人（专职史家诗人和兼职史家诗人）、非史家诗人两类，以便更好地理解唐代历史诗歌创作受到唐代史学发展和史官文化的直接影响。现将初盛、中晚唐的史家诗人及他们历史题材的诗作做一个统计，详见表一、表二。

---

①　（清）章学诚著，叶瑛校注：《文史通义校注》卷1《书教下》，中华书局1985年版，第49页。

表一　　　　　　　初盛唐史家的官职、史作及历史题材诗歌

史家诗人	史官官职及历史著作	历史题材诗歌
魏徵	宰相监修隋周梁陈齐五代史;修《隋史》;撰《群书政要》	《赋西汉》《述怀》
褚亮	弘文馆文士;撰《群书政要》	《赋得蜀都》
虞世南	弘文馆文士;撰《群书政要》	《从军行二首》《结客少年场行》《赋得吴都》《赋得慎罚》
上官仪	起居郎;撰《晋书》	《王昭君》《假作赋得鲁司寇诗》
张文琮	工部尚书兼修国史;撰《晋书》	《昭君怨》
董思恭	右史	《昭君怨二首》
李百药	中书舍人兼修《北齐书》	《途中述怀》《郢城怀古》《谒汉高庙》《赋礼记》《登叶县故城谒沈诸梁庙》《赋得魏都》《妾命薄》
李峤	宰相监修国史《唐史》	《宝剑篇》《汾阴行》《门》《经》《史》《原》《雾》《田》《奉使筑朔方六州城率尔而作》《奉和幸长安故城未央宫应制》
苏颋	宰相监修国史《唐史》	《奉和圣制行次成皋途经先圣擒建德之所感而应时应制》《奉和圣制经河上公庙应制》《奉和圣制过晋阳宫应制》《九月九日望蜀台》《武担山寺》
崔湜	宰相监修国史《唐史》	《婕妤怨》《襄阳作》《襄阳即事》
张说	宰相监修国史《唐史》;御史大夫兼修国史《唐史》	《奉和圣制行次成皋(太宗擒建德处)应制》《奉和圣制经邹鲁祭孔子应制》《奉和圣制过王濬墓应制》《奉和圣制经河上公庙应制》《奉和圣制潼关口号应制》《赠崔公》《五君咏》五首、《登九里台是樊姬墓》《过怀王墓》《古泉驿》《河上公》《邺都引》《过庾信宅》
刘宪	太仆少卿兼修国史《唐史》	《奉和幸长安故城未央宫应制》

续　表

史家诗人	史官官职及历史著作	历史题材诗歌
徐彦伯	太常少卿兼修国史《唐史》；预修《则天实录》	《比干墓》《婕妤》
崔融	右史；国子司业兼修国史《唐史》；预修《则天实录》	《从军行》《咏宝剑》《登东阳沈隐侯八咏楼》
岑羲	宰相监修国史《唐史》；监修《中宗实录》	《黄金台》
魏知古	黄门侍郎兼修国史《唐史》	《玄元观寻李先生不遇》
刘知几	左史兼修国史《唐史》《睿宗实录》《则天实录》《中宗实录》《玄宗实录》《史通》	《读汉书作》《咏史》
沈佺期	起居郎；修文馆直学士	《长门怨》《上之回》《咸阳览古》《初冬从幸汉故青门应制》《昆明池侍宴应制》
张九龄	宰相监修国史《唐史》	《奉和圣制次成皋先圣擒建德之所》《奉和圣制幸晋阳宫》《奉和圣制经孔子旧宅》《奉和圣制经河上公庙》《奉和圣制过王濬墓应制》《奉和圣制经函谷关作》《陪王司马登薛公逍遥台》《和黄门卢监望秦始皇陵》《登古阳云台》《咏史》《南阳道中作》《郢城西北有古冢数十观其封域多是楚时诸王而年代久远不复可识唯直西有樊妃冢因后人为植松柏故行路尽知之》《叙怀二首》其一、《经江宁览旧迹至玄武湖》《登襄阳岘山》《登荆州城楼》《商洛山行怀古》
孙逖	起居舍人；集贤院修撰	《丹阳行》《登越州城》《长洲苑》《途中口号》
岑参	起居郎	《骊姬墓下作》《东归晚次潼关怀古》《先主武侯庙》《文公讲堂》《扬雄草玄台》《司马相如琴台》《严君平卜肆》《张仪楼》《升仙桥》《石犀》《函谷关送刘评事使关西》《感遇》《登古邺城》《长门怨》
贾至	起居舍人	《燕歌行》《长门怨》《铜雀台》《咏冯昭仪当熊》

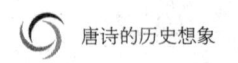

表二　　　　　　　　中晚唐史家的官职、史作及历史题材诗歌

史家诗人	史官官职及历史著作	历史题材诗歌
权德舆	起居舍人	《严陵钓台下作》《盘豆驿》《广陵诗》《成南阳墓》《周平西墓》《苏小小墓》《朝元阁》《读谷梁传二首》
韩愈	比部郎中兼史馆修撰《顺宗实录》	《琴操十首》《嘲鲁连子》《读东方朔杂事》《题楚昭王庙》《题广昌馆》
李翱	国子博士兼史馆修撰《皇祖实录》	《拜禹歌》《洗墨池》
韦表微	史馆修撰《春秋三传总例》	《池州夫子庙麟台》
李绅	宰相监修国史《宪宗实录》	《过沅潇》《禹庙诗》《若耶溪》《回望馆娃故宫》《姑苏台杂句》《皋桥》《却过淮阴吊韩信庙》《长门怨》《泰伯庙》
李德裕	重修《宪宗实录》	《清冷池怀古》《东郡怀古二首》《钓台》《北固怀古》《汨罗》《张公超谷中石》
薛逢	史官修撰《续会要》	《君不见》《开元后乐》《汉武宫词》《潼关驿亭》《金城宫》《悼古》《社日游开元观》《题白马驿》《题筹笔驿》《题上皇观》《感塞》
杜牧	左补阙史馆修撰	《骊山作》《题宣州开元寺》《华清宫三十韵》《过勤政楼》《过魏文贞公宅》《过华清宫绝句三首》《春申君》《故洛阳城有感》《西江怀古》《润州二首》《江南怀古》《江南春绝句》《题宣州开元寺水阁》《台城曲二首》《题武关》《赤壁》《云梦泽》《泊秦淮》《题桃花夫人庙》《题乌江亭》《汴河怀古》《和野人殷潜之题筹笔驿四十韵》《题商山四皓庙》《月》《悲吴王城》《华清宫》《青冢》《经阌乡城》《金谷园》《隋宫春》《吴宫词二首》

以上二表及相关数据是将《中国史学思想史》（隋唐卷）第一章第三节"史家群体结构与社会阶层"所录的全部唐代史家与《全唐诗》《全唐诗补编》所录的诗人相比照，而做出的。有的史家既做过记注史官，也做过撰述史官，如表中刘知几、上官仪、崔融。

有唐一代史家共计190位，既是史家又是诗人的共43人，占史家总数的约1/5；其中既是史家又是创作历史题材诗歌的诗人有30人，占史家诗人的70％。这说明史家的职业素养和文史功底成为其历史题材诗歌创作的基础和条件，大多数史家诗人对诗与史的融合有着自觉或非自觉的意识。

据表一，初唐史家诗人19人，包括太宗朝的魏徵、褚亮、虞世南、上官仪、张文琮、董思恭、李百药，他们受命编修从晋到南北朝的历史；也包括高宗武后时代编修国史和当朝实录的诗人李峤、苏颋、崔湜、张说、刘宪、徐彦伯、崔融、岑羲、魏知古、刘知几、沈佺期、张九龄。相比之下，盛唐史家诗人只有3人，孙逖、岑参、贾至，数量非常少，都是记注型史官。

据表二，中唐、晚唐史家诗人仅有8人，这与唐代史学初盛唐繁荣，中晚唐衰落的情况是一致的。其一，初盛唐史学为官方显学，且史家的社会地位相对御用文人词士的社会地位要高，记事记言的起居郎都有进谏的职责和权利；其二，中晚唐官方史学衰落，总结前代的撰述性历史著作大大减少，多为私人的研究性史作和记注性实录代替，史家的社会地位也下降了，随着诗赋取士的发展，学习历史专业知识的人减少，因此史家诗人的数量少于初盛唐。

另外据表一、表二，得知创作历史题材诗歌的专职史家诗人有初唐的董思恭；盛唐的沈佺期、孙逖、岑参、贾至；中唐的权德舆，共6人。创作历史题材诗歌的兼职史家诗人有初唐的魏徵、褚亮、虞世南、李百药、上官仪、张文琮、李峤、刘宪、苏颋、崔融、徐彦伯、刘知几、张说、崔湜、岑羲、魏知古、张九龄；中晚唐的韩愈、李翱、韦表微、李绅、李德裕、薛逢、杜牧，共24人。创作历史题材诗歌的兼职史家诗人是专职史家诗人的4倍，可见史家专职与兼职的身份对其诗歌创作的影响是不同的，兼职史家"撰述"

历史"圆而神",不受文体的约束,更能在史思与诗思中找到兴趣点和平衡点,更有意识地将历史入诗,因此历史题材诗歌的数量比专职史家多。

唐代史家诗人运用自己掌握的历史知识参与国家文献资料和社会信息的整理,参与政治管理、学术发展等;他们通过梳理前代史实的历练,感受和体验历史人事,总结历史规律,领悟兴亡变易之理;品评历史人物,将历史中的君臣关系、历史人物的从政智慧和处世经验等应用于自身的现实生活,他们将这些历史思考融入诗歌,体现了担负社会责任的史官文化和求真致用的史学思想。

二 史家责任:借史讽谏君王

史家修史实质上是为统治者的政策制定服务的,汉代荀悦《〈汉纪〉序》云:"昔晋之《乘》、楚之《梼杌》、鲁之《春秋》、虞夏商周之书,其揆一也,皆古之令典,立之则成其法,弃之则坠于地。"[1]意思是这些古代垂范后世的政典可以成为今之君主的政治借鉴,因此史家以其事业的神圣感和责任感,在其修史活动中自觉地承担起"微言大义"规诫君王的重任,即使在现实参与政治的过程中,也会用自己掌握的历史知识讽谏君王,正是统治者的需要使得他们往往具有史官和谏官的双重身份,而且这种身份往往影响到他们的诗歌创作,尤其在君臣唱和之时,最能通过诗歌显露劝谏的主旨。

魏徵是初唐史家兼谏官兼诗人的代表人物。贞观十一年(637),唐太宗与臣子宴饮,作《赋尚书》后,李百药作《赋礼记》,而"魏徵《赋西汉》曰:'受降临轵道,争长趣鸿门。驱传渭桥上,观兵细柳屯。夜宴经柏谷,朝游出杜原。终藉叔孙礼,方知皇帝尊。'太宗曰:'魏徵每言,必约我以礼也。'"[2]魏徵诗言约事丰,总括西汉帝王事迹:汉高祖使秦皇降,取得楚汉之争的胜利;汉文帝与周亚夫君臣际遇;汉武帝微行柏谷;汉宣帝长于民间等。魏徵最后总结,之所以有西汉代代帝王的盛业,是因为汉初叔孙通为朝廷制

---

[1] (东汉)荀悦撰,张烈点校:《汉纪》,中华书局2002年点校本,第2页。
[2] (后晋)刘昫等:《旧唐书》卷7,中华书局1975年版,第2558页。

定了朝纲礼仪，《史记·叔孙通传》载，高祖与群臣宴，诸王臣莫不守礼肃敬，"御史执法，举不如仪者，辄引去。竟朝置酒，无敢欢哗失礼者。于是高帝曰：'吾乃今日知为皇帝之贵也。'"[1] 魏徵用历史故事劝谏太宗制定礼仪是治国之先务，此后太宗即命核定"五礼"。比起贞观十二年（638）弘文馆学士的咏史唱和（李百药《赋得魏都》、虞世南《赋得蜀都》、褚亮《赋得吴都》），魏徵的《赋西汉》更加突出地超越了辞采华美、堆砌典故的南朝学士诗歌的风格，而能在精练概括汉史的基础上，提出自己的历史观点，并切实有效地影响到了君王的政治决策。葛晓音曾论述初唐的贞观诗坛："在唐太宗提倡雅音、汰除浮靡的号召下，大雅正声和齐梁遗风首先在宫廷诗中显示出它们之间的差异。从这一时期王珪、陈叔达、虞世南、魏徵、褚亮、李百药、杨师道等人所留下的诗篇看，其中有一部分主要是为阐释唐太宗的政治思想而作，虽然大多为政治说教，但毕竟反映了当时政治开明、言路通畅的风气，以及君臣同心协力开创太平基业的决心和信心……这类颂诗和箴规诗，都是已经去尽了郑卫之音的正声。"[2] 自先秦以来，史官就是天子的近臣，是文化的垄断者和传播者，是知识阐释和历史解释的权威者，扮演着极其重要的政治角色，这就不但肯定了贞观文人诗歌创作的现实政治意义，也肯定了这些诗歌在形式风格上的创新。

初盛唐六位宰辅皆监修国史，引领一代风气，但正像刘知几评论："近代趋竞之士，尤喜居于史职，至于措辞下笔者，十无一二焉。既而书成缮写，则署名同献；爵赏既行，则攘袂争受。遂使是非无准，真伪相杂，坐则厚诬当时，死则致惑来代。而书之谱传，借为美谈，载之碑碣，增其壮观。"[3] 刘知几认为兼职修史有时成了卖弄功名、欺世盗名之事，并不能坚持史家秉笔直书的原则，同样宰辅史臣的酬唱诗歌也没有多少历史知识广博的恢宏感和

---

[1] （西汉）司马迁著，（宋）裴骃集解，（唐）司马贞索隐，（唐）张守节正义：《史记》卷99《叔孙通传》，中华书局1959年版，第2723页。

[2] 葛晓音：《山水田园诗派研究》，辽宁大学出版社1993年版，第103页。

[3] （唐）刘知几撰，（清）浦起龙通释，吕思勉评：《史通通释》卷11《史官建置第一》，上海古籍出版社2008年版，第232页。

现实借鉴意义,登高望远之作也多以历史故事应景。但对于唐代社会上行下效,皆以历史题材入诗愈演愈烈的风气,具有良性的推动作用;对于初盛唐文人立于历史顶峰、超越前代的自信心态的形成,具有导向的作用。其中独特者如沈佺期,他以诗人之名为世所知,官任起居郎兼修文馆直学士,其应制之诗不加华丽的修饰和称颂圣德的赞美奉承,而能整饬典雅,格律精准,实在六宰辅之上,如其《初冬从幸汉故青门应制》:"汉王建都邑,渭水对青门。朝市俱东逝,坟陵共北原。荒凉萧相阙,芜没邵平园。全盛今何在,英雄难重论。故基仍岳立,遗堞尚云屯。当极土功壮,安知人力烦。天游戒东首,怀昔驻龙轩。何必金汤固,无如道德藩。微臣谅多幸,参乘偶殊恩。预此陈古事,敢奏兴亡言。"[1] 作于长安三年(703)十月侍从武则天幸长安时,诗人以汉代宫阙遗址的荒凉写真,感叹盛业不在和英雄逝去,想象当时的帝王"当极土功壮,安知人力烦";作为史臣和诗人,今日看过历史的盛衰变化,因此"预此陈古事,敢奏兴亡言",以诗为君讽谏:帝王应视人民为立国之本,道德修养才是兴国之本。

中唐史家诗人权德舆,贞元十年(794)曾任起居舍人兼知制诰,后迁宰辅之位,文名远播。权德舆所作《两汉辨亡论》,虽不是厚重的历史著作,仅仅是一篇史论,谴责张禹、胡广贪图禄位而败坏两汉政治,史家以为"大指有补于世"[2],可见他对历史中官员腐败的政治现象的思考。权德舆有诗《读谷梁传二首》,也体现了他读史书、思古史、为今用的史鉴精神。其一叙《春秋谷梁传》记载的晋国大夫荀寅、士吉射被赵鞅、赵简以"清君侧"的名义驱逐;西汉"七国之乱"也是以"清君侧"的名义发动叛乱。诗人以此二史事探讨今世宫廷祸乱所生的缘由,即君权的旁落和"安史之乱"之后的藩镇割据,而这正是中唐社会政治问题所在,诗人以古鉴今,期望统治者加以警惕。其二论春秋时"溴梁会"乃是诸侯不尊国君的大夫之会,也借春秋史事表达了对唐王朝藩镇割据的担忧。权德舆以"春秋史笔"的诠释精神来写诗

---

[1] (唐)沈佺期撰,陶敏等校注:《沈佺期宋之问集校注》,中华书局2001年版,第255页。
[2] (宋)欧阳修、宋祁等:《新唐书》卷165《权德舆传》,中华书局1975年版,第5076页。

作文，是受到中唐社会学术风气大变影响的，当时在经学、文学、史学等领域内，都强调学术的阐释意义、现实意义和恢复"正道"，几个领域的变化互相影响和促进，最终促使士大夫精神领域变化。中唐"义法史学"兴起，研究《春秋》者众多，形成"春秋学派"，史学家和古文家用新经学的标准来衡量史学，进而讲究"春秋义法"便成为史家或文学家史、文、诗创作的重要特征。

三 历史哲学：探寻天人之际

如果说讽谏君王的史鉴思想更多产生于唐代史家实用的职业思维，那么探问"天人之际"则源于史家的历史哲学思辨，深入探寻历史本质的追求。司马迁在《太史公自序》中说自己撰史的目的是"究天人之际，通古今之变，成一家之言"①。其后历代史家都将探讨天道和人事的关系看作史学的最高境界，并对此问题发表一家之见。唐代的史家诗人更是继承前贤思想，在历史诗歌中总结历史天命与人事的关系。

初唐史馆制度尚未完善，史臣大多由文辞之士担当，他们精通文史知识，具备良好的历史修养和历史识见。褚亮、虞世南、上官仪、李百药皆以文藻知名，浸工文辞，涉贯古今坟典，其中李百药继承父亲李德林的史学事业，贞观十年（636）撰成《北齐书》，是初唐史家中唯一一位身不在史馆，而为朝廷诏命准许私人撰史的史家。其历史诗歌将诗与史结合，如《郢城怀古》一首，历来被看作唐代"怀古诗"的开山之作，但在这首题为"怀古"的诗作中"咏史"其实占了六成篇幅，所以传统的"咏史""怀古"或许只能作为一种诗歌形式表达的区分，而无法概括一首诗的全部性质。此诗概括了发生在楚国郢都 400 多年的历史，这些历史战争的激烈片段在诗人流连郢城废墟的叹息声中被一一想象，云梦糜华，章华高筑，屈原遭流放，包胥哭秦廷，白起攻郢都……诗人纵眼千里，伤怀千古，感叹"人世更盛衰，吉凶良倚伏"的历史永恒变易。史家在史书编纂时铺叙史事，很少将主观的情感投入其中，

---

① （东汉）班固撰：《汉书》卷62《司马迁传》，中华书局1962年版，第2735页。

即使是史文篇末的论赞，也只能是减省而有分寸地进行历史评判和表达历史见识。像诗中那样抒发"客心悲暮序""悲哉年祀倏"的浓情意绪，只有追问天人运转、历史福祸之因的史家诗人才能做到。如果说魏徵等人是史家诗人中的政治史家，那么李百药就是史家诗人中的抒情诗人。前者的史鉴意识指向上层统治者，为其政治利益服务，认同自身作为史臣的身份，诗歌只是这种史学精神的载体和形式，而历史的政治功用是诗歌的表达目的；后者的史鉴精神指向历史纵深的隐秘之处，诗歌中的历史是呈现式的存在，并未被赋予明显的意义指向，上可为人君读出兴邦治国之大义，下可为黎民百姓读出散漫的历史故事，也可为士人读出古今时势和人生命运的哲理。无怪乎李百药即得到官方史学的认同，其瀚藻沉郁的五言诗亦是樵童牧子能吟唱的，堪称将诗与史结合融洽的唐代第一人。

四 历史经验：从政处世之道

唐代史家诗人阅尽千古宦海浮沉，阅尽人世变化无常，他们透过历史知识探讨历史人物的命运，总结如何才能处理好君臣关系和为人处世的道理。如史家刘知几遍览经史，也诵读《诗经》、楚辞、汉赋等诗文，他把诗歌创作和历史意识结合起来，既将历史作为抒情达意之本，又使史鉴的精神融合于诗意中，如《咏史》曰：

> 泛泛水中萍，离离岸傍草，逐浪高复下，从风起不倒。
> 人生不若兹，处世安可保？遽瑗仕卫国，屈伸随世道；
> 方朔隐汉朝，易农以为宝。饮啄得其性，从容成寿考。
> 南国有狂生，形容独枯槁，作赋刺椒兰，投江溺流潦。
> 达人无不可，委运推苍昊；何为明自销，取讥于楚老？①

此诗上祖左思《咏史》，借"水中萍""岸傍草"起兴，喻随遇而安，无

---

① 陈尚君辑校：《全唐诗补编》，中华书局1992年版，第17页。

可无不可，从容面对人生祸福的达人，历史上春秋卫大夫蘧瑗和汉代东方朔就是这样的达人；反之，孤高自赏，执着于与命运斗争，往往被世俗压制，祸患丛生以致身亡，就如历史上的屈原，这样的人物命运岂不被老庄取笑？通过对两种历史人物命运的对比，诗人认为应该借鉴历史人物的经验教训，秉承道家的处世哲学，才能在激烈的现实斗争中保全自身。其《思慎赋》云："然历观自古，以迄于今，其有才位见称，功名取贵，非命者众，克全者寡。大则覆宗绝祀，埋没无遗；小则系狱下室，仅而获免；速者败不旋踵，宽者忧在子孙。至若保令名以没齿，传贻厥于后允，求之历代，得十一于千百"；"余早游坟素，晚仕流俗，观古今之人物极矣，见吉凶之成败众矣。夫贵不如贱，动不如静，尝闻其语，而未信其事；及身更之，方觉斯言之征矣"；"'明镜可以览形，往古可以知今。'是用寻往哲之遗事，验古人之得失，寄彼形言，存诸炯诫，列之座右"。[①] 这篇赋是刘知几对历史的人生感悟，也是对人生的历史性体察，武后时法网严密，官员趋进而多陷刑戮，他乃著《思慎赋》，告诫自己和时人不要追名竞利，导致功高主嫉，同僚诟陷，不能全身；而要远离祸端，适时而退。他从老庄思想中吸收了"知足不辱，知止不殆"的思想，通达贵柔守雌、可进可退、可仕可隐的处世哲学，以保全性命。诗歌抒情言志，历史可为人生借鉴，刘知几将二者融合为一。作为史官，刘知几看到历史上秉笔直书的史家大多没有好下场，于是他实践了自己的座右铭，辞去史馆之职，静心撰写《史通》。再如张九龄《咏史》云：

  大德始无颇，中智是所是。居然已不一，况乃务相诡。
  小道致泥难，巧言因萋毁。穰侯或见迟，苏生得阴揣。
  轻既长沙傅，重亦边郡徙。势倾不幸然，迹在胡宁尔。
  沧溟所为大，江汉日来委。沣水虽复清，鱼鳖岂游此。

[①] （清）董诰等编：《全唐文》卷274，中华书局1983年影印本，第2778—2781页。

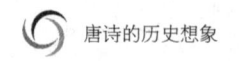

贤哉有小白，仇中有管氏。若人不世生，悠悠多如彼。①

开篇诗人即表明，"大德"和"中智"两种不同层次的人有不同的人生哲学：前者能遵循不偏不颇的"中和"之道；后者以为自己是正确的。人与人相处是不易的，因为人与人之间存在主体间性，理解事物及处世为人皆有不同，君臣关系和谐更是不易。如果君臣、臣臣互相诡诈猜疑，就会因"小道"和"巧言"产生障碍。张九龄"弱岁读群史，抗迹追古人"（《叙怀二首》其一）②，以其从政经验理解历史故事，先引用《史记·襄王列传》之事典，说秦昭王亲政后，便免宰相穰侯出关，诗人认为这是穰侯见机太晚的缘故；后引《史记·苏秦列传》，苏秦得《阴符》秘籍，揣摩后游说，终佩六国相印，诗人认为是苏秦能游刃有余地运用纵横捭阖之术处理人际关系；但是历史上多是如贾谊、蔡邕之辈，位及权臣而遭贬流放，"水至清则无鱼"，标举高尚并不能生存。最后，诗人说齐桓公与管仲君臣相合的美好关系值得羡慕。总之，诗人作为宰辅对历史和时事的洞察，认为历史的启示在于要以儒家礼教的"中庸"之道处世、辅君，方能躲避"泥难"和"萎毁"的困境。可见，无论是明哲保身的道家思想还是儒家"中庸"的处世法则，对于唐代史家诗人以史为人生之谏都是殊途同归的，这由他们的身份首先不是诗人和史家，而是官员决定的。

总之，史家诗人虽是创作历史诗歌主体的一小部分，但唐代史家的史鉴工作对唐代的诗歌艺术创作影响重大。其一，唐代史学家丰富的历史知识及其关注的古代历史故事为史家诗人，乃至唐代诗人创作想象提供了题材内容和思维视角；其二，受唐代史家以史讽谏思想的影响，唐代诗人也有借历史故事向上对统治者进行规诫和劝讽的意识，这与《诗经》以来文学艺术领域内强调功利实用的儒家诗教观一脉相承；其三，受唐代史家注重思索历史中的人生实践的影响，唐代诗人创作借历史人物或事件咏怀言志。

---

① （清）彭定求等编：《全唐诗》卷47，中华书局1960年版，第569—570页。
② 同上书，第577页。

第三节 唐代诗人的史鉴精神

史家诗人是唐代具有双重身份的特殊群体,对促进唐诗与历史的融合产生重大作用,不但史家诗人具有良好的史鉴思想,唐代其他诗人也因时代学术影响,诗人历史知识素养,对历史的个人兴趣等,关注历史,以史为鉴,他们不仅仅写咏史一类的诗歌,也创作了一些分析透辟具有理论性的历史论文。唐代非史家诗人的史鉴精神与史家诗人的史鉴思想具有相通之处,皆表现在君之讽谏、己之镜鉴、天命和人事的历史哲学之思等方面,但具体诗人又有不同,相对史家诗人受史官职业和时代学术气氛的影响,非史家诗人史鉴精神形成的个人因素占了很大比重,于史鉴的具体内容也就有不同的偏重。

一 见乱思治,总结历史规律

唐代史学家在历史题材的诗歌中融入了天人之际、内圣外王的宏大宇宙观、历史观、价值观,而唐代的诗人也不甘独善其身,不在史官之位,而能谋国家之政,积极进取的仕宦希望和高昂的主人翁意识,驱使他们探问历史发展的规律和国家图强制胜的方法。

如盛唐李华借古讽今表达致乱之由和平乱之术。与史家诗人向统治者以史讽谏不同,非史家诗人不受史家职业的约束,而以儒家传统的讽谏行为将古今对立,将社会问题隐约地暴露于历史映照之下。如其《杂诗六首》其五引汉代史事,讨论质文关系:

> 孔光尊董贤,胡广惭李固。儒风冠天下,而乃败王度。
> 绛侯与博陆,忠朴受遗顾。求名不考实,文弊反成蠹。[①]

[①] (清)彭定求等编:《全唐诗》卷153,中华书局1960年版,第1586页。

《汉书·董贤传》载孔光和董贤同为三公，皆相与拜访，恭谨有礼；《后汉书·李固传》载，大将军梁冀毒死质帝，执意立刘志为帝，太尉李固、司徒胡广等欲立年长的刘蒜为帝，后胡广等震慑不敢与梁冀争，唯固坚守本议，为梁冀杀害。李华将两汉史事对比，认为梁冀、胡广等败坏了汉代的儒家礼教，混乱了王者政教，不像绛侯周勃和博陆侯霍光，尊礼辅政，完成汉武帝的托孤（昭帝）遗命。诗人借历史说明真正的儒臣不是汲汲于名分礼制，而是能辅助王者的政治教化，有益于国家的人；且历史的发展有着质文替变的规律，"质则俭，俭则固，固则愚，其行也丰肥，天下愚极则无恩；文则奢，奢则不逊，不逊则诈，其行也瘠瘠，天下诈极则贼乱"[1]，如果一味尚质，则礼节制度过于简陋，虽能使天下富足，却不能实行教化向天下推恩；如果一味尚文则礼乐制度过于奢烦，过度强调尊卑则臣民不能品行谦逊，汲汲于名分则滋生狡诈，天下将现乱臣贼子。诗人认为后汉的祸患就在于"文弊"，一味尚文，过于崇尚尊卑有别的儒家礼节，反而导致社会动乱。李华经历了安史之乱，于是借汉代历史思考社会灾难的成因，讽刺唐代社会的"文弊"。李华有史论19篇，其《质文论》总结质文关系，指出对于"文弊"，统治者应"不待其极而变之"，与其在诗歌中表达的历史哲学一致，显示了他欲救济社会的儒家情怀。

李华还有《咏史十一首》，以组诗形式有意识地从历史中拾取可以借鉴今世的事典，批评时政，以诗讽谏，表达他认同的儒家伦理道德观，下面举其前九首分析。

其一："昂藏獬豸兽，出自太平年。乱代乃潜伏，纵人为祸愆。尝闻断马剑，每壮朱云贤。身死名不灭，寒风吹墓田。精灵如有在，幽愤满松烟。"[2]咏汉代折槛直谏的朱云，诗人说隐没在坟墓里的朱云"精灵如有在，幽愤满松烟"，朱云没有精灵，古人已逝也不会幽愤，幽愤的只是诗人自己，因为他见证了玄宗朝从开元、天宝到安史之乱的国家衰亡，在对历史英雄的歌颂与

---

[1] 李华：《质文论》，（清）董诰等编《全唐文》卷317，中华书局1983年影印本，第3212页。
[2] （清）彭定求等编：《全唐诗》卷153，中华书局1960年版，第1586页。

对当代的唏嘘间体现着诗人历史的悲剧意识。这一情绪成为贯穿以下十首诗的情感基调。

其二:"汉皇修雅乐,乘舆临太学。三老与五更,天王亲割牲。一人调风俗,万国和且平。单于骤款塞,武库欲销兵。文物此朝盛,君臣何穆清。至今巘露'坛下,如有箫韶声。'"① 歌咏东汉汉明帝对内尊礼重乐"修雅乐""临太学"、调风俗,匈奴便来朝觐归附,以此讽刺中唐休文扬武,战争不断,内不能文化礼治,外不能安抚匈奴的严峻社会现实,正像李华在《吊古战场文》中表达的,只有"王道""礼乐教化"才能遏制战争,面对碧血长埋、荒凉阴惨的古战场,诗人不禁发出"伤心哉!秦欤?汉欤?将近代欤"②的旷古忧虑。

其三:"巢许在嵩颍,陶唐不得臣。九州尚洗耳,一命安能亲。绵邈数千祀,丘中谁隐沦。朝游公卿府,夕是山林人。蒲帛扬侧陋,薜萝为缙绅。九重念入梦,三事思降神。且设庭中燎,宁窥泉下鳞。"③以古代真隐士讽今之汲汲于名利的假隐士,也是其史赞《隐者赞》七首所表达的借古讽今之意。

其四:"汉时征百粤,杨仆将楼船。幕府功未立,江湖已骚然。岛夷非敢乱,政暴地仍偏。得罪因怀璧,防身辄控弦。三军求裂土,万里讵闻天。魏阙心犹在,旗门首已悬。如何得良吏,一为制方圆。"④此首诗借汉代征讨百越之盛事讽今之战者无能,不求"良吏",不思制定政策。

其五:"秦灭汉帝兴,南山有遗老。危冠揖万乘,幸得厌征讨。当君逐鹿时,臣等已枯槁。宁知市朝变,但觉林泉好。高卧三十年,相看成四皓。帝言翁甚善,见顾何不早。咸称太子仁,重义亦尊道。侧闻骊姬事,申生不自保。暂出商山云,揭来趋洒扫。东宫成羽翼,楚舞伤怀抱。后代无其人,戾园满秋草。"⑤颂商山四皓出山辅佐刘邦的太子,维持了王者礼仪制度,赞其

---

① (清)彭定求等编:《全唐诗》卷153,中华书局1960年版,第1586页。
② (清)董诰等编:《全唐文》卷321,中华书局1983年影印本,第3257页。
③ (清)彭定求等编:《全唐诗》卷153,中华书局1960年版,第1586页。
④ 同上。
⑤ 同上。

"处则以时，出则以权。时以全已之道，权以安天下之器"①，此首借以呼唤智者出来拯救朝廷储君的统序之争。李华经历了安史之乱的天下大乱，目睹统一的王朝失去统筹和秩序，眼见京城大乱，陷于长安的李华被迫接受伪官，玄宗逃蜀之后的诸子分兵制置，争夺皇位，于是呼唤能够出现像四皓一样的人物，安国家危局于一时。

其六："日照昆仑上，羽人披羽衣。乘龙驾云雾，欲往心无违。此山在西北，乃是神仙国。灵气皆自然，求之不可得。何为汉武帝，精思遍群山。靡费巨万计，宫车终不还。苍苍茂陵树，足以戒人间。"② 借汉武帝求仙讽今王迷信道家仙药，玄宗半生求仙访道，不思进取，何人能够将之点醒。

其七："天生忠与义，本以佐雍熙。何意李司隶，而当昏乱时。古坟襄城野，斜径横秋陂。况不禁樵采，茅莎无孑遗。高标尚可仰，精爽今何之。一忤中常侍，衔冤谁见知。尝观党锢传，抚卷不胜悲。"③ 李华读《后汉书·党锢列传》，咏东汉李膺与宦官斗争牺牲，戒当世宦官专权。历史总是在每一个朝代上演相似的盛衰故事，李华悲悯安史之乱后的唐王朝上至皇帝下至朝臣，皆受宦官党的钳制，忠臣义士不惜牺牲生命与之斗争，其惨痛和壮烈与汉代的李膺等人一般。叙述中涌动着李华忧国忧民的无限哀伤。

其八："文侯耽郑卫，一听一忘餐。白雪燕姬舞，朱弦赵女弹。淫声流不返，惝荡日无端。献岁受朝时，鸣钟宴百官。两床陈管磬，九奏殊未阑。对此唯恐卧，更能整衣冠。"④ 此首表面上讽魏文侯听郑卫之乐，荒淫无度，实际上刺玄宗迷恋女色，沉溺享乐不务朝政。暗暗指出，安史之乱实乃乱自上作。

其九："蜀主相诸葛，功高名亦尊。驱驰千万众，怒目瞰中原。曹伯任公孙，国亡身不存。社宫久芜没，白雁犹飞翻。勿言君臣合，可以济黎元。为

---

① （清）董诰等编：《全唐文》卷317，中华书局1983年影印本，第3217页。
② （清）彭定求等编：《全唐诗》卷153，中华书局1960年版，第1586—1587页。
③ 同上书，第1587页。
④ 同上。

蜀谅不易，如曹难复论。"① 此首李华以蜀国诸葛亮和曹魏夏侯渊为例，慨叹国家危局时，即使有君臣遇合的名臣将相也无济于事，无力扭转乾坤，安史之乱后郭子仪等名将也只能一时控制国家分裂的局势，而不能真正救济天下苍生，中央名存实亡，藩镇割据实难遏制，流露出对历史和现实的悲观情愫。

李华的这组咏史诗多角度地思考历史兴亡的规律，立足现实，观照历史。古文运动的先驱李华以诗歌借古讽今，实践着文学笔补于世，教化于世的功用价值，正像他在《赠礼部尚书清河孝公崔沔集序》中所说："文章本乎作者，而哀乐系乎时。本乎作者，六经之志也。系乎时者，乐文武而哀幽厉也。立身扬名，有国有家，化人成俗，安危存亡，于是乎观之。"② 文章要有"六经"精神，记载并反映历史的安危存亡，宣扬儒家政教，上讽君王，教化民众，其历史诗歌也正实践了"六经"之道。

历史精神给予唐代诗人的主要影响是以古鉴今，大诗人杜甫的历史的现实主义和现实的历史主义成为这种精神的典型，成为接续李华，下开中晚唐历史诗歌创作的主要精神资源。随着中唐社会的急剧变迁，国家分裂，战争陵夷，经济凋敝，人心涣散，庙堂上臣子纷纷献计救弊，学术界继而崛起了复古思潮和接续《春秋》精神的新史学，使得唐代诗人的历史理性在其历史诗歌中形成醒目的存在。并不只有史家才关心历史，政治家、思想家、文学家也总是思考历史与现实，且这些身份常常集于一身。如中唐诗人、思想家、哲学家柳宗元，有《非国语》《封建论》《晋问》《禹舜之事》《晋文公问守原议》《梁丘据赞》《伊尹五就桀赞》等史论史赞15篇，其《咏史》《咏三良》诸诗看似就史论史，实则抨击现实政治中的任人私内、礼制崩溃等问题；刘禹锡有《华佗论》一篇；白居易有《李陵论》《北齐骠骑大将军高敖曹赞》；晚唐诗人皮日休著有史论、史传、史赞共25篇；陆龟蒙4篇；罗隐11篇；吕温9篇；司空图7篇。这些史文创作表现出他们的历史精神，他们皆不是史家而能以思考历史、议论历史为务，以期从历史中寻求辅时济世的现

---

① （清）彭定求等编：《全唐诗》卷153，中华书局1960年版，第1587页。
② （清）董诰等编：《全唐文》卷315，中华书局1983年影印本，第3196页。

实补益，他们审视历史、评论人事、追怀历史的精神，对中晚唐历史诗歌的繁荣产生积极影响，以史为鉴到了中晚唐形成唐人特殊的历史文化心理。

二 咏史明志，寻找生命范式

相对而言，唐代诗人的咏史表达更为随性，且更多本于诗歌抒情言志的传统，借历史人物事件，表达在社会变更中自己的处世思想，或儒，或释，或道，历史成为当下个体生命的范式。

初唐王绩历史题材诗歌表达了道家处世哲学。初唐诗人王绩受到家族经学传统（其兄王通为隋末大儒）的影响，"八岁读《春秋左氏》，日诵十纸"[1]。王绩兄王凝担任隋朝著作郎，曾撰写《隋书》，没能完稿；王绩继承兄业，接着写下去，也没能完成，也可算作业余史家。但因为唐初官方大力修《隋史》，不准许私修，所以王绩的业余史学之路竟终结。但他创作了19篇历史论赞，可见其评说历史故事的积极意识。除赞古圣先贤禹、伊尹、姜太公、项羽、张良、霍光等历史英雄之外，他还对历史上隐逸之士严君平、嵇康、老莱子、梁鸿加以称赞，这些咏史诗歌大多通过称赞历史中的隐逸人物，来寄托自己的隐逸心志。他一生郁郁不得志，在隋唐之际，曾三仕三隐，心念仕途，却又自知难以显达，故归隐山林田园，以琴酒诗歌自娱。他通过借鉴隐士的思想和生活范式来完成自己生命精神在时代中的独立，如其《山中叙志》："物外知何事，山中无所有。风鸣静夜琴，月照芳春酒。直置百年内，谁论千载后。张奉娉贤妻，老莱藉佳偶。孟光傥未嫁，梁鸿正需妇。"[2] 诗中写了三个历史典故，借吟咏历史上张奉夫妇、老莱子夫妇和孟光、梁鸿夫妇偕隐的历史故事来表达自己隐逸生活的落寞和对夫妻隐逸志同道合的羡慕与遐想，他在《梁鸿孟光赞》中说："孟光得择，梁鸿有妻。琴书自逸，丘壑同栖。五噫绝赏，双眉独齐。绩匪采具，相将共携。"[3] 他渴望找到像孟光

---

[1] 吕才：《王无功文集序》，（唐）王绩著，韩理洲校点《王无功文集》点校本，上海古籍出版社1987年版，第1页。
[2] （清）彭定求等编：《全唐诗》卷37，中华书局1960年版，第479页。
[3] （唐）王绩著，韩理洲校点：《王无功文集》点校本，上海古籍出版社1987年版，第201页。

一样的女子为妻，过着相携相赏的隐逸生活。再如其赠给房玄龄的《赠梁公》①，也借历史人物命运的对比，来表达自己不得已由仕归隐的志向，"我欲图世乐，斯乐难可尝。位大遭讥嫌，禄极生祸殃"，诗人先向友人表白了自己欲自由遨游世俗人间，但此乐趣难以实现，非不为而不能的苦闷，然后列举两组历史人物，说明他们按两种不同方式处理人生，导致结局的不同："圣莫若周公，忠岂逾霍光。成王已兴诮，宣帝如负芒。"辅政成王的周公被诬陷篡位，历事汉武帝、昭帝、宣帝的霍光功高盖主，其死后家族以骄奢叛逆被族灭；不同的是"范蠡何智哉，单舟戒轻装。疏广岂不怀，策杖还故乡"，智者范蠡轻舟游于五湖，疏广位高权重而功成身退还于故乡。诗人把历史故事理性重构，以对比归纳来总结处世道理"知足胜不祥"，知足知止才能保全自身，诗人以古人为镜，在历史人物的身后找到自身生存的意义和方向。

三 牒谱精神，树立立身之本

唐人的咏史题材不仅是咏历代的历史故事，有时也将家族的历史加入咏史之中，将此生个体事业和生命价值与历史的脉络相系。初唐王勃就将家族谱系意识表达在诗歌中。王勃是王通的孙子，王绩的侄孙，王勃组诗《倬彼我系》以另一种形式接续历史，为自身寻找渊源出处的牒谱精神，完成了个人生存的意义探问。

> 倬彼我系，出自有周。分疆锡社，派别支流。居卫仕宋，臣嬴相刘。
> 乃武乃文，或公或侯。晋历崩坼，衣冠扰弊。粤自太原，播徂江澨。
> 礼丧贤隐，时屯道闭。王室如毁，生人多殪。伊我有器，思逢其主。
> 自东施西，择木开宇。田彼河曲，家乎汾浦。天未厌乱，吾将谁辅。
> 伊我祖德，思济九蜒。不常厥所，于兹五迁。欲及时也，夫岂愿焉。
> 其位虽屈，其言则传。爰述帝制，大搜王道。曰天曰人，是祖是考。
> 礼乐咸若，诗书具草。贻厥孙谋，永为家宝。伊余小子，信惭明哲。

---

① （清）彭定求等编：《全唐诗》卷37，中华书局1960年版，第479页。

彼网有条，彼车有辙。思屏人事，克终前烈。于嗟代网，卒余来继。
来继伊何，谓余曰仕。我瞻先达，三十方起。夫岂不怀，高山仰止。
愿言毓德，啜菽饮水。有鸟反哺，其声嗷嗷。言念旧德，忧心忉忉。
今我不养，岁月其滔。黾勉从役，岂敢告劳。从役伊何，薄求卑位。
告劳伊何，来参卿事。名存实爽，负信愆义。静言退思，中心是愧。[①]

　　王勃追述祖德，颂扬家风，历数自己的宗族世系，称王氏家族出自姬姓，是周灵王太子晋之后裔。诗人咏赞先秦到两晋的王氏，再到祖父王通。河汾王氏家族是源远流长的大氏族，世家大族的显赫政治基因和文化世家的传统，皆令王勃万分荣耀。四言体颂体诗的传统，来自《诗经》，赞颂名人先贤的诗歌偶有先追述其家族史的开篇写法，却简略带过，而王勃以较长的篇幅，以明显的继圣先贤意识谱写家族历史，瞻仰祖先，自我勉励，激励族人。这种将史学牒谱与诗歌相结合的形式，在唐诗史中是少有的，受到初唐氏族政治文化风气的影响。汉唐之世重氏族，谱系之学自东汉有之，受门第观念和通婚习俗的影响，"姓氏之学，最盛于唐"[②]。所谓氏族，即姓氏、郡望、官阀、婚姻、家风、家学等因素的结合体，各个方面均地位显耀，则可以进官谱。官方编写的各地大姓氏的族谱，如初唐贞观年间太宗诏命编写《氏族志》，高宗武后时期又改编《姓氏录》等。一旦写入官谱，地方门阀氏族就获得了士族地位，在政治、文化、选官、婚姻等社会生活的方方面面占有优势地位。贞观之后的进士取士和开设弘文馆，使得文学成为家族代代仕宦的重要基础，于是文学家族兴起，河汾王氏就是其一。王氏贵胄享有政治、经济、文化特权的天然基础，王氏的家族文化文学积淀是王勃出人头地的晋身之本，因此王勃《倬彼我系》除了叙写家族的历史发展链条外，恐怕还有炫耀标榜的意味，并向人们显示仕进渴求引用的资本，也借此表达未能接续家族光耀的使命，沉于下僚的惭愧和怀才不遇的失落。

[①] （唐）王勃著，（清）蒋清翊注：《王子安集注》，上海古籍出版社1995年版，第65—67页。
[②] （宋）郑樵：《通志》卷25《氏族序》，中华书局1987年影印本，第439页。

总之，诗人在诗歌中表达的史鉴意识多种多样，如李白在历史诗歌中的史鉴表达是自由而丰富的，不但有"讽时刺世"的意识，比如借讽咏汉武帝求仙、吴王夫差沉迷女色等刺唐玄宗的荒淫无道；他往往更倾向于以乐府古诗的形式借历史故事和历史人物来抒发自己的情志，如自比司马相如、诸葛武侯，在这种以自我现实身份比附古人的想象上，展示自己的政治抱负和失落情感。

综上所述，受统治者以史为鉴倡导的影响，受史官文化编写史书、研究历史的影响，唐代史官诗人和非史官诗人皆普遍具有史鉴意识，这是唐代历史诗歌繁荣的重要原因。在这种社会风气的引导下，唐代诗人接受前人的历史典籍，主要是唐代所存的正史、杂史、杂传、类书等具有丰富历史知识的文献资料，为唐代诗人准备了大量诗歌素材。

第二章 唐人的历史知识谱系与唐诗对历史的想象

正是在唐代史官文化的影响下，唐代社会上下编史书、学史典，有意识地思索历史，运用历史书写新时代的士人心态和治世主张，建构了体系化的历史知识谱系。唐人在政治、学术、科举等领域中，倾向并习惯接受哪些主要历史典籍？即唐人的历史知识旨趣何在？唐代诗歌对这些历史知识接受想象的渊源、萌生、积累、衍化的路径是怎样的？下面对唐代诗人的历史知识结构进行剖析，总体把握唐人的历史学术底蕴和历史题材诗歌创作的关系。

第一节 唐人的历史知识谱系

唐代在继承唐前历史文化传统的基础上，史官文化又有新的发展，内容丰富，绚丽多彩，促成唐代新型士人和唐型文化的繁荣昌盛。在重视传统历史文化的时代风气下，唐代文献典籍，数量浩繁，体裁齐备，内容广泛，远远地超过了前代。古籍文献作为体现唐代文化成果、交流历史知识信息的载体，反映着时代物质文化的内容与人类精神文明的表象。挖掘唐代文献典籍中的历史知识建构，才能了解当时人们的历史观念形态、历史道德标准、历史识见水平、历史价值取向，从而总结唐代的历史想象的时代风貌。唐代的经、史、子、集几部文献构成了唐人接受历史知识的谱系，其中唐人历史知识积累的主要来源是史部文献。

一　史部正史：唐人历史知识来源的主体

唐朝统治者对历史文献典籍的积聚采取了开放的积极态度，他们曾广泛收罗前代遗籍，购求散佚文献，设置机构，任命专使，访求遗文，这与唐代历史文献典籍的形成和发展有密切关系。同时，唐朝政府对文献典籍的整理与编纂十分重视，由秘书省负责，下设有专门机构，延聘名儒才学之士，开展具体工作。唐初还设置文学馆，以待四方文士。杜如晦、房玄龄、于志宁、苏世长、薛收、褚亮、姚思廉、陆德明、孔颖达、李元道、李守素、虞世南、蔡允恭、颜相时、许敬宗、薛元敬、盖文达、苏勖等均以本官兼领文馆学士，号称十八学士（太宗、武则天时也沿用此制，设有北门学士一类儒臣职称）。武德九年（622）改称弘文馆，以褚遂良检校馆务，号为馆主。中宗以后又改称昭文馆、修文馆，置大学士四员、直学士十二员，以及若干详正学士、校理、直馆、博士等，专职人员达四十余人，招收生徒，传道授教，整理文献典籍。玄宗开元年间设有集贤院（初名丽正书院），成为全国文献典籍整理的权威机构，名相张说等人充学士，负责院事，集聚一批专家名流。① 开元九年（721），国家秘府所藏的文献典籍已经有 2655 部，48169 卷。继上述秘府典籍整理之后，元行冲知集贤院事，又一次进行古籍整理工作，历经十余年，终于开元十九年（731）冬完成。集贤院四库书总计 89000 余卷：经库 13752 卷，史库 26820 卷，子库 21548 卷，集库 17960 卷。惜乎中唐以后，由于社会动乱，藏书散佚严重。浩瀚的史籍是唐代知识分子掌握历史知识和积累历史识见的基础。

唐初专设有史馆，征召当代著名儒臣萧瑀、王敬业、殷闻礼、陈叔达、令狐德棻、唐俭、封德彝、颜师古、崔善为、孔绍安、萧德言、祖孝孙、裴矩、魏徵、窦进、欧阳询、姚思廉等人，分别主持修撰魏、周、隋、梁、齐

---

① 吴枫：《吴枫学术文存》，中华书局 2002 年版，第 169—170 页。

陈史，历经十五年，至贞观十年（636），在房玄龄、李百药、孔颖达、岑文本、许敬宗等人参与下，终于完成周、隋、梁、陈、齐五代史的编纂工作。此后史馆工作持续不断，负责修撰国史、时政记以及实录等。唐人可读之史书比之前代大大增多，唐初魏徵通过整理古籍，撰录了《隋书·经籍志》，其"史部"共著录"正史六十七部，三千八十三卷；古史三十四部，六百六十六卷；杂史七十二部，九百一十七卷；杂传二百一十七部，一千二百八十六卷"[①]。

在唐代的四部文献中，史部典籍是唐人历史知识来源的主体。史部正史是唐人接受历史知识的主要来源。我国古代的史籍浩如烟海，种类很多，主要分为正史、杂史、别史、野史等。其中"正史"是以纪传体、编年体和纪事本末体等体例，记载帝王政绩，王朝历史，人物传记和经济、军事、文化、地理等诸方面情况的史书。一般正史官修为多，私修为少，后世形成了最经典的"二十四史"或"二十六史"。唐代的正史典籍主要有以下几种。

《史记》：（汉）司马迁撰，（南朝宋）裴骃集解，（唐）司马贞索隐，（唐）张守节正义。

《汉书》：（汉）班固等撰，（唐）颜师古注。

《后汉书》：本纪、列传：（南朝宋）范晔撰，（唐）李贤注；志：（晋）司马彪撰，（梁）刘昭注。

《三国志》：（晋）陈寿撰，（南朝宋）裴松之注。

《晋书》：（唐）房玄龄等撰。

《宋书》：（梁）沈约撰。

《南齐书》：（梁）萧子显撰。

《梁书》：（唐）姚思廉撰。

《陈书》：（唐）姚思廉撰。

《魏书》：（北齐）魏收撰。

《北齐书》：（唐）李百药撰。

---

① 熊逸民：《目录学论选刊》，百川书局1986年版，第15页。

《周书》：（唐）令狐德棻等撰。

《隋书》：（唐）魏徵等撰。

《南史》：（唐）李延寿撰。

《北史》：（唐）李延寿撰。

史部典籍的历史史实成为唐代诗人内化于心的历史知识，成为唐人咏史诗的素材。如白居易阅读《史记》《汉书》《三国志》等正史后，写下了《读史五首》，以组诗的形式歌咏战国秦汉的历史。其一云："楚怀放灵均，国政亦荒淫。彷徨未忍决，绕泽行悲吟。汉文疑贾生，谪置湘之阴。是时刑方措，此去难为心。士生一代间，谁不有浮沉。良时真可惜，乱世何足钦。乃知汨罗恨，未抵长沙深。"其二云："祸患如梦丝，其来无端绪。马迁下蚕室，嵇康就囹圄。抱冤志气屈，忍耻形神沮。当彼戮辱时，奋飞无翅羽。商山有黄绮，颍川有巢许。何不从之游，超然离网罟。山林少羁鞅，世路多艰阻。寄谢伐檀人，慎勿嗟穷处。"其三云："汉日大将军，少为乞食子。秦时故列侯，老作锄瓜士。春华何皎皎，园中发桃李。秋风忽萧条，堂上生荆杞。深谷变为岸，桑田成海水。势去未须悲，时来何足喜。寄言荣枯者，反复殊未已。"其四云："含沙射人影，虽病人不知。巧言构人罪，至死人不疑。掇蜂杀爱子，掩鼻戮宠姬。弘恭陷萧望，赵高谋李斯。阴德既必报，阴祸岂虚施。人事虽可罔，天道终难欺。明则有刑辟，幽则有神祇。苟免勿私喜，鬼得而诛之。"其五云："季子憔悴时，妇见不下机。买臣负薪日，妻亦弃如遗。一朝黄金多，佩印衣锦归。去妻不敢视，妇嫂强依依。富贵家人重，贫贱妻子欺。奈何贫富间，可移亲爱志？遂使中人心，汲汲求富贵。又令下人力，各竞锥刀利。随分归舍来，一取妻孥意。"[①] 五首咏史诗不以历史时间为顺序，拾取阅读史书有所感悟的具有关联性或比对性的历史事实，加以阐述。其一是诗人读《史记·屈原贾生列传》后有感而发所作。诗中对比历史上屈原和贾谊的政治悲剧，得出一番"良时真可惜，乱世何足钦"的奇警议论，推翻了世

[①] （唐）白居易：《白居易集》卷2，中华书局1979年点校本，第38—39页。

人心目中普遍认为的屈原比贾谊更值得同情的观念，提出身处乱世、怀才不遇实属正常，总结怀才不遇的普遍性，而身处盛世、怀才不遇才是最可悲的。这篇议论卓尔不群，言他人所未言，开创了咏史诗中的翻案文章之先河。其二仍然运用对比手法，以历史上四个典故为例证，说明"山林少羁鞅，世路多艰阻"的人生道理，表达了诗人厌倦仕途、宁愿回归自然隐居田园的淡泊追求。论司马迁和嵇康遭受谗害，在诗人看来，司马迁和嵇康虽然一世英才，却不懂得明哲保身，以致身遭戮辱、无力奋飞，这样的境遇远不如"商山四皓"与巢父、许由隐居山林，虽然贫穷，却能够身心安泰。肯定避免祸患归隐的人生选择。入世与出世抉择，向来是古人咏史中常见的题材，此诗的特点在于尤以议论、说理见长，文字通俗易懂，这正是白居易诗歌的典型风格。其三诗的咏史对象是两位汉初人物——韩信与邵平。韩信年轻时生活潦倒，却忍辱负重、胸怀大志，最终成为西汉开国功臣，拜将封侯。而邵平年轻时为秦朝列侯，年老后竟成为一介布衣，种瓜东陵。表面看来，韩信是成功者，邵平是失败者，然而随着时间的推移，韩信因功高盖主反而遭到朝廷杀戮，邵平却能韬光养晦、明哲保身，还将自己的处世之道传授给丞相萧何，使萧何免于被刘邦猜忌。这一系列变化中反映的就是白居易所说的"势去未须悲，时来何足喜"的道理。以史为鉴，在荣辱沉浮中皆保持一颗平和之心，即是这首诗要告诉读者的生活智慧。其四则借用尹吉甫杀子、郑袖争宠、弘恭构陷萧望之、赵高谋害李斯四段历史故事，描述了人间种种骗局与阴谋，并予以激烈批判。"诗人站在正义的立场上，坚信一切骗局的真相总将大白于天下。尹吉甫之妻、郑袖、弘恭、赵高等人虽然一时得逞，然而在史书记载里，他们终究恶名昭著、遗臭万年。在诗人看来，这些真相的揭示有赖于天道和鬼神的襄助，然而在我们今天的读者看来，这又何尝不显示了历史本身的无私与公正。"[①] 其五采集战国苏秦和西汉朱买臣的历史典故，化用《史记》和《汉书》的语言，翻文为诗，生动地揭示了古代社会重视名利胜于亲情的冷漠人心，激愤之情溢于言表。在苏秦和朱买臣的典型事例中，苏秦之嫂与朱买

---

① 王紫微编：《古代怀古诗词三百首》，中国国际广播出版社2014年版，第76—78页。

臣之妻固然道德有亏，然而真正导致此类家庭悲剧的根源还在于社会导向的急功近利。白居易此诗即是站在这个角度对社会人心予以规谏，体现了诗人强烈的社会责任感。

史部典籍不仅在史实内容上影响了唐代知识分子系统化历史知识谱系的形成，且在形式体例上，以编年、纪传等编纂方式影响了唐代诗人的咏史诗创作。到了晚唐，诗人多学习史书的建构，以组诗的方式来歌咏历史，唐末国子直讲周昙的咏史组诗《咏史诗》结构形式很有特色，开头两首《吟叙》《闲吟》，相当于诗叙；后面则有组织有计划地写作，按历史朝代分为十门：唐虞门诗四首，三代门十六首，春秋战国门九十三首，秦门六首，前汉门十七首，后汉门十四首，三国门六首，晋门十一首，六朝门十九首，隋门四首，共一百九十首。如《三代门》的编排：《三代门·成王》《三代门·太康》《三代门·太公》《三代门·周公》《三代门·平王》《三代门·幽王》《三代门·子牙妻》《三代门·文王》《三代门·又吟》《三代门·后稷》《三代门·夷齐》《三代门·武王》《三代门·夏禹》《三代门·管蔡》。每首诗都以帝王将相等重要历史人物为题，显然是借鉴了史书的先编年排列，后每一门再纪传的体例，受到了《史记》等历史典籍的影响。

唐代的当代实录体史书也是唐人历史知识接受的主要来源之一。所谓"盛世修史"，大唐帝国气象万千，对史学非常重视。唐太宗贞观三年（629）正式设立史馆，经过逐步完善，建立起一整套积累史料，撰录前代史、当代史的修史制度，被后来各朝所继承。太宗时修史的主要目的在于"以史为鉴"，重在修治前朝史书。《五代史》和《晋书》等前朝史完成后，修史重心转移到修国史实录上。实录体是指以编年形式专门记载某皇帝在位期间的言行以及全国性的重大历史事件的官修史籍及其体裁，具有档案文献汇编性质。"实录体史书虽起于萧梁，但当时只是不完善的雏形，此后并无跟进者，而其真正发扬光大，则是在唐代。唐代先后为高祖、太宗、高宗、武则天、中宗、睿宗、玄宗、肃宗、代宗、德宗、顺宗、宪宗、穆宗、敬宗、文宗、武宗、宣宗、懿宗、僖宗 19 朝皇帝修有实录。实录体史学在唐代得以骤然复兴，其原因在于适应了大唐帝国以皇权为核心的中央集权制发展的历史大势，正是这种政治背景，使偏安王朝萧梁所发明的实录体获得了时代性的转换，成为与皇权专制和中央集权制相适应的史学形式和史书体裁。换言之，实录体成了以皇权强化为特征的中央集权制的代言工具。从此，实录体获得了空前的发展机遇，在以后历代史坛上都留下了显赫的身影。"① 现存唐代最早的实录是韩愈《顺宗实录》，虽然唐代的实录今多有遗失，但多为宋初修唐史所用。唐代官方修纂实录的机构是史馆，史馆中主要修纂国史实录的是史馆修纂和直史馆二官，如刘禹锡有《送分司陈郎中祗召直史馆重修三圣实录》："蝉鸣官树引行车，言自成周赴玉除。远取南朝贵公子，重修东观帝王书。常时载笔窥金匮，暇日登楼到石渠。若问旧人刘子政，如今头白在商於。"② 这是刘禹锡分司东都为太子宾客时，送友人直史馆重修《顺宗实录》《宪宗实录》《穆宗实录》所作送别诗歌。

二 史部野史：唐人历史想象的启蒙

除了官方修编的正史、实录之外，唐人还从史部典籍的杂史、杂传等类目中汲取历史知识。《隋书·经籍志》载："自秦拨去古文，篇籍遗散。汉初，得《战国策》，盖战国游士记其策谋。其后陆贾作《楚汉春秋》，以述诛锄秦、项之事。又有《越绝》，相承以为子贡所作。后汉赵晔，又为《吴越春秋》。其属辞比事，皆不与《春秋》《史记》《汉书》相似，盖率尔而作，非史策之正也。灵、献之世，天下大乱，史官失其常守。博达之士，愍其废绝，各记闻见，以备遗亡。是后群才景慕，作者甚众。又自后汉以来，学者多钞撮旧史，自为一书，或起自人皇，或断之近代，亦各其志，而体制不经。又有委巷之说，迂怪妄诞，真虚莫测。然其大抵皆帝王之事，通人君子，必博采广览，以酌其要，故备而存之，谓之杂史。"③据此可知，在史家看来杂史不

---

① 谢贵安：《中国传统史学研究》，商务印书馆2016年版，第100—101页。
② （唐）刘禹锡：《刘禹锡集》卷28，中华书局1990年点校本，第386页。
③ （唐）魏徵、令狐德棻等：《隋书》卷33《经籍志二·史志》，中华书局1973年版，第961页。

能算作"正"史，记录的不一定是历史上真实发生的事情；记述内容庞杂，不讲求精研的纪传或编年等体制，因此不能过于当真；但杂史中又有不少内容抄自正史，故也不乏可资参考之处。因为是私人撰述的史书，杂史对正史的诸多重写，自然会将偶然因素加以融合，从而有别于正史的历史叙事，有了虚构想象的成分。魏晋南北朝时期杂史渐多，多记述帝王轶事轶闻，渲染加工，似小说家言，《隋书·经籍志》共著录杂史73部，当时有些已经亡佚，唐人可读之书约70部。其中多为唐人阅读，多为诗人吟咏、文士引用的如《战国策》《越绝书》《吴越春秋》《帝王世纪》《晋书鸿烈》等杂史，皆为唐代诗人储备了丰富的历史知识素材。中唐以后，唐人自己撰述的杂史新著增多，在《新唐书·艺文志》杂史类著录的180多部书中，唐人记唐事者就占了三分之一，如《明皇杂录》《开天传信记》《安禄山事迹》等记录有关唐玄宗及安史之乱传闻、故事的杂史，虽有神怪描写，但许多正史所不录的情节为中晚唐吟咏玄宗或安史之乱的诗歌所采用。

　　史部杂传也多为唐人所阅读，《隋书·经籍志》共著录杂传217部，《经籍志·史志》"杂传"类叙云："刘向典校经籍，始作《列仙》《列士》《列女》之传，皆因其志尚，率尔而作，不在正史。后汉光武，始诏南阳，撰作风俗，故沛、三辅有耆旧节士之序，鲁、庐江有名德先贤之赞。郡国之书，由是而作。魏文帝又作《列异》，以序鬼物奇怪之事，嵇康作《高士传》，以叙圣贤之风。因其事类，相继而作者甚众，名目转广，而又杂以虚诞怪妄之说。推其本源，盖亦史官之末事也。载笔之士，删采其要焉。鲁、沛、三辅，序赞并亡，后之作者，亦多零失。今取其见存，部而类之，谓之杂传。"[①]可见刘向的《列女传》《列士传》是较早的杂传，后世依其例，出现了郡书、高士传、列女传、神仙传、别传等一系列的杂传著作。且杂传也属于正史之外的"野史之流"，多采录真虚莫测的传闻，含有不少荒诞怪妄的内容。东汉到东晋，受人物品评风气的影响，撰写杂传颇为盛行，主要为人物传记，杂传中的人物多是生活在汉晋时期的名士，如《海内先贤传》《襄阳耆旧传》、嵇

[①] （唐）魏徵、令狐德棻等：《隋书》卷33《经籍志二·史志》，中华书局1973年版，第982页。

康《圣贤高士传赞》、皇甫谧《高士传》、刘向《列女传》等，这些杂传中的名人贤士多入唐人之诗，或直接歌咏之，或成为诗歌的历史典故。中唐以后，唐人的杂传日渐增多，《新唐书·艺文志》所著录的杂传有许多是唐人所作，初盛唐杂传诸如徐坚《大隐传》、许敬宗《文馆词林文人传》、武后《列女传》等，成为中晚唐诗人的阅读参考资料。如诗人陆龟蒙有诗《现读襄阳耆旧传，因作诗五百言寄皮袭美》，即读过《襄阳耆旧传》歌咏皮日休的家乡襄阳的先贤之作："庞公乐幽隐，辟聘无所就。只爱鹿门泉，泠泠倚岩漱。孔明卧龙者，潜伏躬耕耨。忽遭玄德云，遂起麟角斗。三胡节皆峻，二习名亦茂。其余文武家，相望如斥堠。缅思齐梁降，寂寞寡清胄。凝融为漪澜，复结作莹琇。"以襄阳的圣贤先哲侧面赞美皮日休。诗人皮日休有唱和之诗，亦是一首千言长诗，题为"鲁望昨以五百言见贻，过有褒美，内揣庸陋，弥增愧悚。因成一千言，上述吾唐文物之盛，次叙相得之欢，亦迭和之微旨也"。

唐诗中的一些历史因素就来源于上述杂传，如诸多写汉武帝求仙的唐诗主要取材于《汉武帝故事》《汉武内传》《东方朔杂事》等，正史载东方朔是一个滑稽弄臣，在以上杂传中却被说成木帝精；还有钩弋夫人失宠后以忧死却被说成自知死日而卒，死后有青鸟缭绕；汉武帝微行柏谷、驻台求仙等故事都不详载于正史，而为唐代诗人所乐于吟咏。诗人张祜有《钩弋夫人词》："惆怅云陵事不迥，万金重更筑仙台。莫言天上无消息，犹是夫人作鸟来。"[①]即是咏钩弋夫人死后，武帝为之起通灵台，常有青鸟集台上的故事。韩愈《读东方朔杂事》、韦应物《汉武帝杂歌三首》、王翰《古蛾眉怨》、李商隐《汉宫词》《汉宫》、李郢《读汉武内传》等诗歌均沿着杂传对东方朔成仙或汉武帝求仙见西王母的故事展开想象，以不同的视角诗咏传奇。再如唐代道士吴筠有组诗《高士咏》，其序言曰："昔玄晏先生皇甫谧因其所美而著《高士传》，梁伯鸾有《高士颂》，愚今有《高士咏》，亦各一时之志耳。太初渺邈，难得而详，洪崖之流，无迹可纪，故始于混元皇帝，终于陶征君。举其

---

① （清）彭定求等编：《全唐诗》卷511，中华书局1960年版，第5850页。

绝伦,明其标的,为五十首,以吟讽其德音焉。"① 可见,其一,吴筠组诗取材于以皇甫谧《高士传》为主的唐前杂传(为《隋书·经籍志》《旧唐书·经籍志》《新唐书·艺文志》著录的"高士传"就有十余种之多)。前人杂传所记并不都是历史中实有的人物,先秦杂著中的一些寓言性虚构人物,也被编入《高士传》,吴筠以组诗歌咏之。其二,唐代道教氛围浓重,吴筠受自身道教信仰影响,尤为推崇古代道家隐士,对杂传中的隐士故事加以提炼,借以抒发己志。唐代许多诗人受《高士传》等杂传影响,乐于歌咏隐士,李白在给朋友的诗中说:"陶令辞彭泽,梁鸿入会稽。我寻《高士传》,君与古人齐。"(《口号赠杨征君》)② 表达了契合古人的精神与隐逸心态。杂传所载历史人事不全是真实存在和发生过的,"相信某个实体曾经存在过是一回事,而将它构成一种特定类型的知识的可能对象完全是另一回事"③,杂传所形成的历史知识是将正史中的史事类型化地编录,具有独特的知识内涵,那些杜撰的离奇的历史故事更容易引起诗人的创作兴趣;另外,杂传还关注正史所不重视的历史人物,为那些无名高士立传,如王绩有诗《读真隐传见披裘公及汉滨老父因题四韵》就是读了南朝宋袁淑撰的《真隐传》所记"披裘公"和"汉滨老父"而作,两人物分别出自《论衡·书虚》和《后汉书·逸人传》,皆是"世人无所识",反而为诗人乐于吟咏的人物。

总之,史部正史和野史文献是唐人获取历史知识的主要来源,促使诗人对历史展开诗意的加工想象。但唐人阅读历史、积累历史知识的来源并非仅有"史部"书籍,经史子集各部文献共同构成了唐代诗人广阔的知识图谱。

三 经部典籍:唐人据经探史且据史谈经

唐代国家统一,维护和巩固政权成为统治者面临的迫切问题。儒学讲求忠君爱国仁义礼智的特质使其成为最适合维护大一统君权统治的思想武器,

---

① (清)彭定求等编:《全唐诗》卷853,中华书局1960年版,第9651页。
② (唐)李白著,(清)王琦注:《李太白全集》,中华书局1977年版,第511页。
③ [美]海登·怀特:《元史学:19世纪欧洲的历史想象》,陈新译,译林出版社2004年版,前言第5页。

因而在当时重新得到重视。"唐高祖李渊就在武德二年（619）下诏兴学崇儒。在国子学立周公、孔子庙，四时致祭。唐太宗李世民更加倡导儒术，于贞观四年（630）下诏各州县学皆立孔子庙，又召集儒生研究儒家经典。"① 经部典籍，就是指历来被统治者推崇为典范的儒家著作，通常所指的是宋代形成的"十三经"。最早是"六经"，相传孔子收集各国文献，整理了六部书：《诗》《书》《易》《礼》《乐》《春秋》。由于《乐》经失传，汉代变为"五经"。至唐则增为"九经"：《诗》《书》《易》《周礼》《仪礼》《礼记》《春秋左传》《春秋公羊传》《春秋穀梁传》。

《周易正义》十卷：（魏）王弼、（晋）韩康伯注，（唐）孔颖达正义；

《尚书正义》二十卷：（汉）孔安国传，（唐）孔颖达正义；

《毛诗正义》七十卷：（汉）毛亨传、郑玄笺，（唐）孔颖达正义；

《周礼注疏》四十二卷：（汉）郑玄注，（唐）贾公彦疏；

《仪礼注疏》五十卷：（汉）郑玄注，（唐）贾公彦疏；

《礼记正义》六十三卷：（汉）郑玄注，（唐）孔颖达正义；

《春秋·左传正义》六十卷：（晋）杜预集解，（唐）孔颖达正义；

《春秋·公羊传注疏》二十八卷：（汉）何休注，（唐）徐彦疏；

《春秋·穀梁传注疏》二十卷：（晋）范宁集解，（唐）杨士勋疏。

唐文宗刻石经时，又将《论语》《孝经》《尔雅》归入经部，九经加这三部经书共为十二经，宋代在十二经的基础上又加了《孟子》，则为十三经。经部典籍还包括注释、阐述这些经书的大批文献，这些著作的编写形式多种多样，主要有传、记、注、音、疏等。

唐代将这些经典诠释性的著作推举为科举考试的教科书，比如孔颖达的《五经正义》。唐代的科举考试与儒家经学的发展密不可分，主要有明经科和进士科考试受到重视，明经科对儒家经典的学习更为用力。"唐代明经科以十

---

① 向世陵主编：《宋代经学哲学研究》，上海科学技术文献出版社2015年版，第36页。

二部儒家经典为考试内容。其中正经九部，兼经三部。九部正经包括《易》《书》《诗》《周礼》《仪礼》《礼记》《春秋左传》《春秋公羊传》《春秋穀梁传》，三部兼经是指《论语》《孝经》《尔雅》。正经中又根据卷数多少分为大、中、小三等。大经两部：《礼记》和《春秋左传》；中经三部：《诗》《周礼》《仪礼》；小经四部：《易》《书》《春秋公羊传》和《春秋穀梁传》。根据所考正经的不同，明经类具体科目又有九经科、五经科、四经科、明三经、明二经、三礼科、三传科等区分。不同科目有不同规定，基本原则是大经、中经、小经要合理搭配，不能只选择卷数少的小经而不选卷数多的大经和中经。如明二经所考正经两部中，或选择中经两部，或选择一部大经和一部小经；明三经则要考三部正经，大、中、小经各一部；兼经则是各科必考内容。"① 贞观八年（634），唐太宗认为进士科考试内容过于单薄，下诏加进士试读经史一部。到唐高宗调露二年（680），主持科举考试的官员刘思立在进士科中加试经学和文学。经过刘思立的改革，进士科成为综合考试科目，经学、文学、时务策成为考试的三项内容，并为后世所沿袭。这一改变的显著影响在于开启了重文学的风气，同时加强了对经典注疏的学习。在科举考试中，无论是明经科还是进士科，都要求知识分子具备经学的功底，而儒家知识素养的养成，不仅仅是掌握儒家的道理，还要求经世致用，总结历史中的儒家治世得失，为当世提供依据，这就与以史为鉴密不可分。正所谓史与经的关系相连相通，我国古代一直把一些经书视为史书。章学诚在《文史通义》一书中提出了"六经皆史"的观点，他认为，经亦是记载当时人与事之史，应据史以谈经，用史来解经，经学的产生和诠释都建立在史学的基础之上。

科举制的兴盛促进了唐人对经典的重视，《五经正义》经典颁布以来，统一了经传的文本及其注释等，这对于维护"大一统"的局面，维持思想的统一起到了积极的作用。然而，统一的同时也会导致僵化。读书人无须费精力于研究经传和前人成果，只要拿来定本死记硬背一通就可应试，以至言人人

---

① 向世陵主编：《宋代经学哲学研究》，上海科学技术文献出版社2015年版，第37页。

同，创新越来越少。在经学日益沉闷的同时，由于统治者的提倡，道教、佛教教义日益精微化等原因，道学、佛学日益为儒家士大夫所接受，甚至渐有取代儒家修身养性地位的趋势。再加上安史之乱后藩镇割据等一系列社会弊端出现，唐朝节度使拥兵自重，虽然表面上仍然承认唐王朝的君主地位，但他们掌管了所辖地区的政治、军事、财赋和民政大权，他们的官职不由朝廷任命而是父死子继或者由下属官吏自行推举，俨然是一个个的诸侯国。这颇类似于东周那种"周德虽衰，天命未改"的情况。于是，孔子为乱世而作的《春秋》对身处乱世的中唐人就具有重要的借鉴意义。藩镇割据有悖于《春秋》提倡的"尊王"大义，破除佛教对儒教的威胁，也需要以《春秋》的"攘夷"为旗帜进行反击，啖助、赵匡、陆淳的新《春秋》学便是在这样的情势下展开的，中晚唐经典的接受就集中在对《春秋》这一部既是史书又是政治书的研究上。

　　唐代统治者将儒家经典作为治世的基本和培养国家人才的教科书，上上下下重视学习经典，并从中理解古代的历史发展规律，总结历史经验。如唐太宗李世民阅读《尚书》之后，有感而作《赋尚书》一诗："崇文时驻步，东观还停辇。辍膳玩三坟，晖灯披五典。寒心睹肉林，飞魄看沉湎。纵情昏主多，克己明君鲜。灭身资累恶，成名由积善。既承百王末，战兢随岁转。"[①]唐太宗将《尚书》看作上古时代三皇五帝的历史书，纵览上古历史的变迁，总结上古帝王多安于享乐而亡身亡国，激励自己克己积善，安国安民。在统治者重视经典阅读、思索历史的影响下，官员和士人皆从儒家经典中汲取历史的营养，如李百药的《赋礼记》："玉帛资王会，郊丘叶圣情。重广开环堵，至道轶金籯。盘薄依厚地，遥裔腾太清。方悦升中礼，足以慰余生。"[②]周公因王城（洛邑）建成，于是大会诸侯，从而创立了朝廷礼仪，史书中作《王会篇》来记述这件事。李百药赞美周公制礼作乐对国家礼教文明的影响，也赞美从孔壁（孔子之墙）中发现的经典《礼记》，对古代礼仪制度有所记载，

[①] （清）彭定求等编：《全唐诗》卷1，中华书局1960年版，第10页。
[②] （清）彭定求等编：《全唐诗》卷43，中华书局1960年版，第536页。

沿泽至今。

晚唐皮日休阅读《周礼》之后作《补周礼九夏系文·九夏歌九篇》，序言云："周礼钟师掌金奏，凡乐事以钟鼓奏九夏。案郑康成注云：夏者，大也。乐之大者，歌有九也。九夏者，皆诗篇名也。九夏者，皆诗篇铭颂之类也。此歌之大者，载在乐章。乐崩亦从而亡，是以颂不能具也。呜呼！吾观之鲁颂，其古也亦久矣，九夏亡者，吾能颂乎？夫大乐既去，至音不嗣，颂于古不足以补亡，颂于今不足以入用，庸可颂乎？颂之亡者，俾千古之下，郑卫之内，窈窈冥冥，不独有大卷之一章者乎？"晚唐末世唱出的大雅之音洞穿历史。

王夏之歌者，王出入之所奏也。四章，章四句

煋煋皎日，欻丽于天。厥明御舒，如王出焉。
煋煋皎日，欻入于地。厥晦厥贞，如王入焉。
出有龙旗，入有珩珮。勿驱勿驰，惟慎惟戒。
出有嘉谋，入有内则。繄彼臣庶，钦王之式。

肆夏之歌者，尸出入之所奏也。二章，章四句

愔愔清庙，仪仪象服。我尸出矣，迎神之谷。
杳杳阴竹，坎坎路鼓。我尸入矣，得神之祜。
有郁其鬯，有俨其彝。九变未作，全乘来之。
既酳既酢，爰棘爰舞。象物既降，全乘之去。

纳夏之歌者，四方宾客来之所奏也。四章，章四句

麟之仪仪，不絷不维。乐德而至，如宾之嬉。
凤之愉愉，不篝不笯。乐德而至，如宾之娱。
自筐及筥，我有牢醑。自筐及筐，我有货币。
我牢不愆，我货不匮。硕硕其才，有乐而止。

章夏之歌者，臣有功之所奏也。四章，章四句

王有虎臣，锡之铁钺。征彼不愓，一扑而灭。
王有虎臣，锡之圭瓒。征彼不享，一烘而泮。

王有掌讶，侦尔疆理。王有掌客，馈尔饔饩。

何以乐之，金石九奏。何以锡之，龙旂九旒。

齐夏之歌者，夫人祭之所奏也。一章，四句

玲玲衡筓，翚衣榆翟。自内而祭，为君之则。

族夏之歌者，族人酌之所奏也。二章，章四句

洪源谁孕，疏为江河。大块孰埏，播为山阿。

厥流浩漾，厥势嵯峨。今君之酌，慰我实多。

械夏之歌者，宾既出之所奏也。三章，章三句

礼酒既酌，嘉宾既厚，胰为之奏。

礼酒既竭，嘉宾既悦，应为之节。

礼酒既馨，嘉宾既醒，雅为之行。

骜夏之歌者，公出入之所奏也。二章，章四句

桓桓其珪，袞袞其衣。出作二伯，天子是毗。

桓桓其珪，袞袞其服。入作三孤，国人是福。[①]

皮日休有感历史中王者等出入所演奏的《九夏歌》亡佚，欲补亡这一颂歌，自我说明补亡作用不大，仅仅是自谦之语，诗人不是单纯地填补歌词，而是坚持了自己对古代礼乐文明的敬仰，表达了对乱世之中挽救礼教衰顿现状，重拾儒家诗教，重建朝廷仪轨典范的期望，积极补救时弊之意。儒家经典是古代历史流传下来的具有极大社会影响力和精神指向性的知识系统，往往使得接续者拥有使命感和责任感，书写着历史的儒家知识不再是静态的文字符号，而承载了历史文化的精神。

在晚唐乱世中，李商隐也有感士人儒学知识和兼济精神的缺失，写作一首长篇五排《赠送前刘五经映三十四韵》，借历史来论证国家以儒学才能兴盛的道理。

---

① （唐）皮日休著，萧涤非整理：《皮子文薮》卷3，中华书局1959年版，第30—31页。

建国宜师古，兴邦属上庠。从来以儒戏，安得振朝纲。
叔世何多难，兹基遂已亡。泣麟犹委吏，歌凤更伴狂。
屋壁余无几，焚坑逮可伤。挟书秦二世，坏宅汉诸王。
草草临盟誓，区区务富强。微茫金马署，狼藉斗鸡场。
尽欲心无穷，皆如面正墙。惊疑豹文鼠，贪窃虎皮羊。
南渡宜终否，西迁冀小康。策非方正士，贡绝孝廉郎。
海鸟悲钟鼓，狙公畏服裳。多岐空扰扰，幽室竟伥伥。
凝邈为时范，虚空作士常。何由羞五霸，直自耻三皇。
别派驱杨墨，他镳并老庄。诗书资破冢，法制困探囊。
周礼仍存鲁，隋师果禅唐。鼎新麾一举，革故法三章。
星宿森文雅，风雷起退藏。缧囚为学切，掌故受经忙。
夫子时之彦，先生迹未荒。褐衣终不召，白首兴难忘。
感激殊非圣，栖迟到异粻。片辞褒有德，一字贬无良。
燕地尊邹衍，西河重卜商。式闾真道在，拥彗信谦光。
获预青衿列，叨来绛帐旁。虽从各言志，还要大为防。
勿谓孤寒弃，深忧讦直妨。叔孙谁易得，盗跖暴难当。
雁下秦云黑，蝉休陇叶黄。莫逾巾屦念，容许后升堂。①

李商隐《赠送前刘五经映三十四韵》的写作背景是，刘映以明经及第，特长于经学，王茂元和李义山都曾向他访求经学，但是刘映因为人耿直，故影响仕途，五十未入仕，教授经学。本篇赠诗借送刘映大发议论，如同政论文，开篇点明观点，指出是否重教尊儒是国家兴衰的标志，"建国宜师古，兴邦属上庠。从来以儒戏，安得振朝纲"。义山的五言长律铺张扬厉，纵横议论，次序井然，后面对刘映仕途坎坷深表同情和关心，这与作者饱经忧患的身世是分不开的。诗歌列举了历史中很多反面例子，"叔世何多

---

① （唐）李商隐著，郑在瀛注：《李商隐诗全集汇校汇注汇评》，崇文书局2015年版，第177—178页。

难，兹基遂已亡。泣麟犹委吏，歌凤更佯狂"。春秋战国衰世多难，儒教败坏，孔子屈为小吏，接舆只好佯狂避世。"屋壁余无几，焚坑逮可伤。挟书秦二世，坏宅汉诸王。"秦始皇焚书坑儒，坑杀儒生，儒家典籍所剩无几；秦代禁止私人藏书，汉初坏孔子宅，发现的书籍已经不多。"草草临盟誓，区区务富强。"战国不行儒术，专以结盟和富国强兵为急务。"微茫金马署，狼藉斗鸡场。尽欲心无窍，皆如面正墙。惊疑豹文鼠，贪窃虎皮羊。"汉代儒者待诏金马门，希望渺茫；君臣沉溺于斗鸡走狗。秦汉愚民政策下，不学无术者，以假乱真者，比比皆是。"南渡宜终否，西迁冀小康。策非方正士，贡绝孝廉郎。"晋室南渡，儒学衰微之极；南朝所策问所贡举，皆非孝廉方正之士。"海鸟悲钟鼓，狙公畏服裳。多岐空扰扰，幽室竟伥伥。"隋文帝统一天下，厚赏诸儒，儒术兴盛；及至暮年，不悦儒术，遂废天下之学，儒学出现小康局面只是昙花一现。"别派驱杨墨，他镳并老庄。诗书资破冢，法制困探囊。"总之，春秋战国以来，放荡成风，深畏礼法拘苦，故去古愈远，则愈不尊经术，直至唐代开科取士，儒学大兴，"周礼仍存鲁，隋师果禅唐。鼎新麾一举，革故法三章。星宿森文雅，风雷起退藏。缧囚为学切，掌故受经忙"。李商隐梳理历史发展进程中的儒家发展，批评历代不遵儒术，废弃经学的弊病，更进一步议论儒学经典的厄运。自儒学衰微，道术多歧，老、庄、杨、墨，纷纷扰扰，无所适从，佛道两家成为时尚所好、读书人的法则，士人直诋三皇。李商隐的这首诗歌代表了唐人据经探史、据史谈经，将经史结合起来探寻治世的思想。

从初唐诗人到晚唐诗人，从统治者到下层知识分子，都从经部典籍的阅读和思考中，获取历史的知识和历史的识见，从而影响到咏经咏史诗歌创作的繁荣。

四 子部典籍：唐人历史典故的积累

《四库全书总目》将子部典籍分为此处少一类：儒家、兵家、法家、农家、医家、天文历法、术数、艺术、谱录、杂家类书、小说家、释家、道家。

这里的儒家，是指"经"以外的儒家著作，如《孔子家语》①等。释道二家典籍博大精深，如道家典籍《周易参同契》，简称《参同契》，东汉会稽上虞（今浙江省绍兴市上虞县）人魏伯阳著。《周易参同契》是道教修炼最重要的一部著作，亦被国际科学界公认为世界现存最古的炼丹著作。王昌龄有《就道士问周易参同契》："仙人骑白鹿，发短耳何长。时余采菖蒲，忽见嵩之阳。稽首求丹经，乃出怀中方。披读了不悟，归来问嵇康。嗟余无道骨，发我入太行。"②唐代诗人受到道教的影响，修炼内丹和外丹，参读相关的道教典籍。白居易阅读子部典籍所做的咏史诗具有代表性，如《读老子》云："言者不如知者默，此语吾闻于老君。若道老君是知者，缘何自著五千文。"《读庄子》云："庄生齐物同归一，我道同中有不同。遂性逍遥虽一致，鸾凰终校胜蛇虫。"《读禅经》云："须知诸相皆非相，若住无余却有余。言下忘言一时了，梦中说梦两重虚。空花岂得兼求果，阳焰如何更觅鱼。摄动是禅禅是动，不禅不动即如如。"③子部书籍影响白居易更多的，不是对历史事实的思索，而是对哲学道理的体悟。唐代诗人可读子部书籍非常广泛，成为历史知识的获取来源之一，在这些子部书籍中，类书中保存的历史典故、事对较多，有时成为唐代诗人创作诗歌的历史素材的直接来源。

诗人们除了直接从史籍的历史叙事中汲取历史知识产生诗思之外，还从历史知识的积累感悟到唐诗中的历史想象，这中间有一个重要的环节，那就是类书。类书不仅保存辑录了大量的古代文献，而且可供撰写诗文时检索典故事类，采撷美词秀句，构造对偶意象。因此，历史、类书、诗歌间产生了微妙而复杂的关系。按照"六经皆史"的观点，凡是文字记录的古代典籍在一定意义上都是历史记录，晋荀勖编《中经新簿》，将类书始祖《皇览》列于史部，即说明历史知识与类书的关系，所以我们也可以认为类书在某种意

---

① 相传是孔子的弟子编纂，其书早已佚失。三国时的大儒王肃搜集秦汉诸书所载孔子奇闻逸事，又取《论语》《左传》《国语》《荀子》《小戴礼》《大戴礼》《礼记》《说苑》等书中关于婚姻、丧葬、庙祧等制度的相关记载，重编成新的《孔子家语》。
② （清）彭定求等编：《全唐诗》卷141，中华书局1960年版，第1431页。
③ （清）彭定求等编：《全唐诗》卷455，中华书局1960年版，第5150页。

义上是分门别类的历史知识的汇编,隋唐的类书编纂为唐诗快速积累了大量可吟咏的历史题材和可作为事对、典故的历史知识;并且官修及私修类书"以古为鉴"的编纂观念也为唐诗吟咏历史提供了文化场域。

  隋朝虽短,却编了不少类书。其重要者有诏命编修的《长洲玉镜》、杜公瞻奉敕编的《编珠》、虞世南在秘书省时私辑的《北堂书钞》、诸葛颖辑的《玄门宝海》。唐朝自太祖至玄宗,除了短命的中宗、睿宗两代外,诸代都用朝廷力量编纂了一批类书:高祖时有《艺文类聚》,太宗时有《文思博要》,高宗时有《瑶山玉彩》及《累璧》,武后时有题名为天后撰的《玄览》《三教珠英》,玄宗时有《玄宗事类》《初学记》等。唐代官修类书与官修的史书相比,数量、规模都毫不逊色,但是类书的学术地位是远远低于史书的。另外,不少文人学士也自己编辑类书,只是用来储备撰文赋诗的资料。如陆贽《备举文言》,张仲素《词圃》,元稹《元氏类集》,白居易《白氏经史事类》(又名《白氏六帖》),于立政《类林》,温庭筠《家海》,皮日休《鹿门家钞》,等等。①以上皆为唐代诗人可以读到的类书,这些类书均扮演了"帝王之书""举子之书""诗人之书""蒙学之书"②等多种角色。类书编集本身就是个宏大的历史叙事,正是这种强烈的历史意识,使得官修类书的编纂目的大多是为统治者提供历史借鉴。历代皇帝诏令编纂类书,各有其具体的社会背景和目的,《初学记》的编纂目的在这一方面体现得尤为突出,唐太宗因教育皇子而令徐坚等编纂《初学记》,这种编纂有教育的目的。而私修类书的编纂目的大多也是为临文查询或科考作准备,欧阳询在《艺文类聚》序中说:"事居其前,文列其后,稗夫览者易为功,作者资其用。"③可见,类书的编修者充分考虑到了读者的应用,类书在编纂上已表现出明确的工具书性质,抄录经、史、子、集,把庞大繁杂的各类历史知识典型化,有助于它们在唐代的传播流布。

---

 ① 统计参见谢保成《隋唐五代史学》,商务印书馆2007年版,第150页。
 ② 参见唐光荣《唐代类书与文学》,巴蜀书社2008年版,第1—13页。
 ③ (清)董诰等编:《全唐文》卷146,中华书局1983年影印本,第1479页。

从史书中的历史故事,到类书的历史压缩与历史典故,再到应用事对加之韵律的唐诗,我们看到了史部书籍与类书和历史题材诗歌形成的关系。闻一多先生说:"当时的著述物中,还有一个可以称为第三种性质的东西,那便是类书,它既不全是文学,又不全是学术,而是介乎二者之间的一种东西,或是说兼有二者的混合体。"①正是这种既有历史知识编录,又有诗歌构造技巧和范例的类书,为诗人的诗歌创作积累了历史事类和典故辞藻,对唐代诗人接受历史、想象历史、创作历史诗歌起到了重要作用。

第二节　唐人对正史知识的接受与诗意想象

在正史典籍中,唐人倾向于接受哪些主要典籍?唐人对哪些历史时代的历史事实有浓厚的兴趣?唐代诗歌对这些历史知识接受想象的渊源、萌生、积累、衍化的路径是怎样的?

一　正史之中尤崇"三史"

《史记》《汉书》《后汉书》是正史中最为唐代士人推崇的,诗人尤喜以"三史"故事入诗。除此之外,唐初所编的八部正史(《晋书》《梁书》《陈书》《北齐书》《周书》《隋书》《南史》《北史》)也为后来的唐人所乐于阅读。拟以唐代读"三史"诗的创作为例,考察唐人对"三史"知识的接受,考察唐诗对正史历史知识的接受想象。

第一,"三史"在唐代的演变。余嘉锡先生考察"三史"一词最早出现于《三国志》卷五四《吕蒙传》裴注引《江表传》载,孙权谓吕蒙及蒋钦曰:"孤……至统事以来,省三史、诸家兵书,自以为大有所益。……宜急读

---

① 闻一多:《唐诗杂论》之《类书与诗》,上海古籍出版社1998年版,第2页。

《孙子》《六韬》《左传》《国语》及三史。"① 孙权说自己学习"三史"等经典古籍，大有收获，劝部下也要学习。三国后，魏晋南北朝典籍中也多有关于士人热衷学习"三史"的记载，且从魏晋到唐初，"三史"一直都指《史记》《汉书》和《东观汉记》。而在唐代，"三史"中的《东观汉记》逐渐为《后汉书》所取代。高明士先生在《唐代"三史"的演变——兼述其对东亚诸国的影响》（中国台湾《大陆杂志》第五十四卷第一期）一文中详尽勾画了"三史"在唐代演变的轨迹，特别是《东观汉记》与《后汉书》之更迭：初唐沿承六朝习尚，"三史"指《史记》《汉书》《东观汉记》；至唐高宗永徽令颁布，将《后汉书》列入国家考试范围，《东观汉记》之地位为《后汉书》取代；开元七年（719）令将"三史"恢复为初唐之制；至开元二十五年（737）令，又恢复永徽令之制，此后至唐亡，不再改变。② 《东观汉记》因丧失统治者的青睐，自天宝至宋代，逐渐佚亡，这是从政令影响力看"三史"的变易。另外，从东汉二史书自身的优劣来看，《东观汉纪》为"东观"史馆多人编修，风格不统一，官方色彩浓厚，曾被刘知几批评为"著述无主，条章糜立"；而《后汉书》为范晔一人所撰，博采众家汉书之长，思想文字及叙史风格皆优于前者，刘知几曾赞其"简而且周，疏而不漏"，这是《后汉书》能后来居上，跻身"三史"的根本原因。

第二，科举考试对"三史"知识的要求。科举考试对一代学术风气具有导向作用，唐初历史不作为单独的科目考试，学子考明经科时，附带学习"六经""五传"中的历史知识。贞观年间，诏令在进士科考试中"试读一部经史"，可见初唐统治者看到隋代以来进士科只考诗歌文赋，对于士子知识的结构要求不够全面，但历史知识只处于从属的和极小的考察范围。睿宗景云元年（710）十二月，开七科举人，其第二科为"能综一史，知本末者"③，标志着史学考试从经学考试中分离出来，形成"一史"科这个独立的考试科

---

① 余嘉锡：《四库提要辨证》卷5《史部三·别史类》，中华书局1985年版，第251页。
② 转引自雷闻《唐代的"三史"与三史科》，《史学史研究》2001年第1期。
③ （宋）王溥：《唐会要》卷76《贡举中·制科举》，上海古籍出版社1991年版，第1648页。

目,"一史"具体所指不明,可能为"三史"之一。

玄宗时期,对精通一部史书的进士给予出身方面的鼓励,开元二十五年(737)二月敕文:"今之明经、进士,则古之孝廉、秀才。近日以来,殊乖本意,进士以声律为学,多昧古今;明经以帖诵为功,罕穷旨趣,安得为敦本复古,经明行修?……其进士宜停小经,准明经帖大经十帖,取通四以上,然后准例试杂文及第(策)者,通与及第。其明经中有明五经以上,试无不通者;进士中兼有精通一史,能试策十条得六以上者,委所司奏听进止。"① 这样的政令是针对士子举重避轻,大多放弃繁缛艰难的明经复习,而趋于考文辞诗赋进士科的现实状况制定的,显然,统治者为了改变进士"多昧古今"的现状,为社会提供文质兼善、通晓历史、以史为用的人才,进士试开始提倡"精通一史",并予以出身方面的奖励。但进士试史只是一种鼓励性措施。

宝应二年(763),礼部侍郎杨绾上疏陈述学子只雕琢诗赋事对、音律,不读"六经""三史"等经书、史书,造成学子知识结构失衡,缺乏厚重的历史积淀,选拔的官员没有总结古人资治经验解决现实问题的能力。此后诸多有识之士皆主张将历史知识列入科举考试。大历年间,洋州刺史赵匡在《举选议》中对所考史书的种类就有明确的设想,他将《史记》到唐初所修南北朝诸史,甚至本朝实录和《贞观政要》都列在考试范围内。当然这只是设想,如此宏大的史书系列皆列入考试范围难以操作。直到穆宗长庆二年(822)"三史科"才真正成为贡举常科,据《唐会要》载,谏议大夫殷侑奏:"历代史书,皆记当时善恶,系以褒贬,垂裕劝诫。其司马迁《史记》,班固、范晔两《汉书》,音义详明,惩恶劝善,亚于六经,堪为世教。伏惟国朝故事,国子学有文史直者,弘文馆弘文生,并试以《史记》两《汉书》《三国志》,又有一史科。……其三史皆通者,请录奏闻,特加奖擢。仍请颁下两都国子监,任生徒习读。"② 从此以后,朝廷对"三史"科及第者有着特殊待遇。

---

① (宋)王溥:《唐会要》卷75《贡举上·帖经条例》,上海古籍出版社1991年版,第1631页。
② (宋)王溥:《唐会要》卷76《贡举中·三传》,上海古籍出版社1991年版,第1655页。

由于考试科目对历史知识的要求，及唐代士子对功名的心理欲求使得他们热衷阅读与学习"三史"。

第三，文人学士的研究与阅读。《史记》《汉书》及《后汉书》在唐代都出现了非常重要的注释，如司马贞的《史记索隐》、张守节的《史记正义》、颜师古注《汉书》、章怀太子李贤组织学士注《后汉书》等，还产生众多"三史"音义训释著作。这些经典注释的出现促使"三史"更容易为时人所接受，成为文人学士普遍崇尚的历史经典。如欧阳询"读书即数行俱下，博览经史，尤精三史"①，这成为他汇集历史典故，编纂《艺文类聚》的知识基础。许多士子在年龄很小的时候就接受"三史"知识，或是独钻一史，或是兼善《史》《汉》，王勃"九岁读颜氏《汉书》，撰《指瑕》十卷。十岁包综六经"②。刘知几博览经史，17岁时读完《史记》《汉书》《三国志》以及唐实录③。郗士美"年十二，通五经、《史记》《汉书》，皆能成诵"④。元和年间进士及第的柳仲郢"厩无名马，衣不薰香。退公布卷，不舍昼夜。九经、三史一钞，魏晋以来南北史再钞，手钞分门三十卷，号'柳氏自备'"⑤。诗人杜牧自称由于家学传统，"措于《史记》《两汉》之间"（《上安州崔相公启》）⑥。晚唐诗僧齐己《酬九经者》云："九经三史学，穷妙又穷微。"⑦ 就连孙思邈《论大医习业》也云："不读五经不知有仁义之道，不读三史不知有古今之事。"⑧ 医生也需涉猎群书，包括"三史"。这样的事例不胜枚举，表明了士林普遍的学术好尚和一时风气，上至学者名儒下至诗人士子都非常重视"三史"，他们通过家学传承或是自我习得，在背诵经典、注解经典的阅读与研究过程中，积累丰富的历史知识，形成历史思维与识见。但在唐

---

① （后晋）刘昫等：《旧唐书》卷198《儒学传上》，中华书局1975年版，第4947页。
② （唐）王勃著，（清）蒋清翊注：《王子安集注》，上海古籍出版社1995年版，前言、第66页。
③ （唐）刘知几撰，（清）浦起龙通释，吕思勉评：《史通通释》卷10《自叙第三十六》，上海古籍出版社2008年版，第204页。
④ （宋）欧阳修、宋祁：《新唐书》卷143《郗士美传》，中华书局1975年版，第4695页。
⑤ （后晋）刘昫等：《旧唐书》卷165《柳仲郢传》，中华书局1975年版，第4307页。
⑥ （唐）杜牧著，陈允吉点校：《樊川文集》卷16，上海古籍出版社2007年点校本，第239页。
⑦ （清）彭定求等编：《全唐诗》卷842，上海古籍出版社1986年版，第243页。
⑧ （唐）孙思邈著，焦振廉等校注：《备急千金要方》，中国医药科技出版社2011年版，第1页。

代,"三史"地位是处于经学之下的,正如刘知几云:"继而马迁《史记》,班固《汉书》,继圣而作,抑其次也。故世之学者,皆先曰'五经',次云'三史'"①,虽然史科考试逐渐从经学考试的附属中脱离出来,文人学士的尊崇也使"三史"成为唐代学术的显学,但儒家经典的地位仍是不可动摇的。

二 "三史"之中尤尚汉史

唐代诗人们通过阅读"三史",兴起诗思吟咏史书中的人物及故事,留下许多诗歌,有些诗歌题目就标明了诗人所读史书之名,甚至直接标明篇名,是谓对某书某篇的读后之兴,现将诗作统计见表五。当然,此表并不能总括唐人读"三史"后创作诗歌的全貌,有些诗歌虽直接以"三史"中某历史人、事、物为名,但并未表明歌咏之源于读史者也很多,如王珪《咏淮阴侯》、王维《霍将军》、李白《苏武》、李商隐《贾生》等,但不能据此断定诗人获得诗思的途径就是读史;而有些诗歌确为读史书而作,篇名中却并未显露,如李白《送张秀才谒高中丞》序云:"余时系浔阳狱中,正读《留侯传》,秀才张孟熊,蕴灭胡之策,将之广陵谒高中丞。余嘉子房之风,感激于斯人,因作是诗以送之。"②李白因参与永王叛乱,而被系浔阳狱,在狱中李白阅读《史记·留侯世家》,有所感怀。诗云:"秦帝沦玉镜,留侯降氛氲。感激黄石老,经过沧海君。壮士挥金槌,报仇六国闻。智勇冠终古,萧陈难与群。两龙争斗时,天地动风云。酒酣舞长剑,仓卒解汉纷。宇宙初倒悬,鸿沟势将分。英谋信奇绝,夫子扬清芬。胡月入紫微,三光乱天文。高公镇淮海,谈笑却妖氛。采尔幕中画,戡难光殊勋。我无燕霜感,玉石俱烧焚。但洒一行泪,临岐竟何云。"③诗歌前半部分咏赞张良,后半部分提及送人。诗歌对张良"运筹帷幄中,决胜千里外"的智谋做了概括性的注解,由于

---

① (唐)刘知几撰,(清)浦起龙释,吕思勉评:《史通通释》卷6《叙事第二十二》,上海古籍出版社2008年版,第119页。
② (唐)李白著,(清)王琦注:《李太白全集》,中华书局1977年版,第842页。
③ 同上。

《史记·留侯世家》对张良这一谋士形象刻画得栩栩如生，人物自身又充满着韬略与智慧，其形象已深入唐代诗人心目之中，因此一旦要写作"谋臣"，诗人们的头脑中往往会闪现出张良的形象。李白夸赞秀才张孟熊，此去淮南节度使高适的幕府，一定能像张良一样，献计献策，退安史之乱，建功立业，早日凯旋。李白此首诗歌先写秦始皇沦丧了清明之道，留侯张良挺身而出降魔除妖。感激黄石老人这位饱经沧桑的君子培养张良，传授他平定天下的兵法。张良雇壮士挥金槌击杀秦始皇，为故国报仇的美名传遍六国。张良智勇冠绝万古，萧何与陈平也难以匹敌。刘邦与项羽两龙争斗的时候，天地涌动战争风云。张良指使樊哙在鸿门宴酒酣时舞长剑保护了刘邦，仓促之间解除了刘邦的生命危机。宇宙这才开始倒转，鸿沟划界开始将形势逆转。张良英才谋略天下奇绝，黄石老人的美名也传遍人间。李白抓住了《史记》张良叙事的重要事件，将这些丰功伟绩串联，然后由历史回到现在，直面安史之乱后的国家动荡局势，叛逆安禄山惊扰皇上，三色逆光扰乱天文星象。高适镇守淮海，谈笑之间就扫除了永王之乱的妖氛。高适若采纳你的谋略策划，很快会克除大难，你的功勋卓著。这首诗还有求友人帮忙说情之意，期待着被友人救出监狱。李白说："我倒并无冤屈的感觉，玉石俱焚是常常发生的事情。我在事情发展的关键时刻有什么要表达的呢？也许泪水的流淌说明一切。"在最后也表达了李白怀才不遇，不能像张良、高适和友人张秀才一样建功立业的自哀自叹之情。

唐诗中用"三史"的历史典故不可计数，如果将所有以"三史"为题材的唐诗加以统计，数量庞大，可见唐诗对"三史"的接受已经浸润到诗歌题材、典故、意象等方方面面。现只拟探讨唐代诗人在阅读史籍的接受过程中如何将一种不言而喻的历史知识内化为自身独特的理解和认识，如何变成诗歌的历史之象。所以我们只选择明确读"三史"而作的诗歌，以此为点，考察唐代诗人通过阅读和学习历史知识，对历史接受想象的意识和特点。详见表三。

表三　　　　　　　　　　唐人读"三史"诗

诗作	诗人	出处卷数	诗人所读之史书及篇目
《读〈汉书〉作》	刘知己	《全唐诗补编》	《汉书·张良传》
《读前汉外戚传》	李巘	《全唐诗》卷一百四十五	《汉书·外戚传》
《闲居览史》	秦系	《全唐诗》卷二百六十	《汉书·张良传》或《史记·留侯世家》
《览史》	张良璞	《全唐诗》卷二百零三	《史记·秦始皇本纪》
《读苏属国传》	陈羽	《全唐诗》卷三百四十八	《汉书·苏武传》
《读周太公传》	欧阳詹	《全唐诗》卷三百四十九	《史记·齐太公世家》
《读汉书》	白居易	《全唐诗》卷四百二十四	《汉书·元帝纪》和《汉书·成帝纪》
《读史五首》其一	白居易	《全唐诗》卷四百二十四	《史记·屈原贾生列传》
《读史五首》其三	白居易	《全唐诗》卷四百二十四	《史记·淮阴侯列传》和《史记·萧相国世家》
《读史五首》其四	白居易	《全唐诗》卷四百二十四	《史记·秦始皇本纪》和《汉书·佞幸传》
《读史五首》其五	白居易	《全唐诗》卷四百二十四	《汉书·朱买臣传》
《读史》	鲍溶	《全唐诗》卷四百八十六	《史记》
《读田光传》	李远	《全唐诗》卷五百一十九	《史记·刺客列传》
《读〈戾太子传〉》	许浑	《全唐诗》卷五百三十八	《汉书·戾太子刘据传》
《鄠杜马上念汉书》	李商隐	《全唐诗》卷五百三十九	《汉书·宣帝纪》
《读贾谊传》	李群玉	《全唐诗》卷五百七十	《汉书·贾谊传》

续 表

诗作	诗人	出处卷数	诗人所读之史书及篇目
《读史》	刘驾	《全唐诗》卷五百八十五	《汉书·疏广传》
《读李斯传》	曹邺	《全唐诗》卷五百九十三	《史记·李斯列传》
《读汉史》	李山甫	《全唐诗》卷六百四十三	《汉书》和《后汉书》
《书〈淮阴侯传〉》	罗隐	《全唐诗》卷六百六十四	《史记·淮阴侯列传》
《读五侯传》	秦韬玉	《全唐诗》卷六百七十	《汉书·元后传》
《楚世家》	唐彦谦	《全唐诗》卷六百七十二	《史记·楚世家》
《读留侯传》	崔涂	《全唐诗》卷六百七十九	《史记·留侯世家》或《汉书·张良传》
《题李斯传》	韦庄	《全唐诗》卷六百九十六	《史记·李斯列传》
《读史》	徐夤	《全唐诗》卷七百一十	《史记·高祖本纪》
《题〈李将军传〉》	崔道融	《全唐诗》卷七百一十四	《史记·李将军列传》或《汉书·李广传》
《读史》	黄损	《全唐诗》卷七百三十四	《史记》
《览史》	皎然	《全唐诗》卷八百二十	《史记·留侯世家》或《汉书·张良传》
《读西汉书十四韵》	张祜	《全唐诗补编》补逸卷十	《汉书》
《读后汉逸人传》二首	张谓	《全唐诗》卷一百九十七	《后汉书·逸人传》
《览张骞传》	邵谒	《全唐诗》卷六百五十	《汉书·张骞传》

　　从表五可见唐人对"三史"的接受还是偏重于《史记》《汉书》的，只张谓二首诗是读《后汉书·逸人传》所作，另李山甫《读汉史》一首提到了

东汉史事。32 首读史诗中，读《史记》诗 12 首；读《汉书》诗 12 首；读《后汉书》诗 2 首；还有 1 首兼咏《史》《汉》故事，1 首兼咏《汉》《后汉》故事；余下几首因为历史故事在《史》《汉》中都有记录，不能明确来源。总结起来，唐人在阅读"三史"后，诗性的接受想象表现在以下几方面。

（一）还原情境的阅读想象

史家的语言风格、人物刻画等会让诗人产生想象性的阅读，进而形成诸多历史知识点，诗人基本接受史书中历史人事的史载原貌，但由于个人不同的"期待视野"和阅读语境，读史诗所呈现的历史面貌会侧重不同的知识点。诗人在诗歌创作中将各个历史知识点浓缩、提炼、排列、绾结，形成事对，重组为诗化的自我理解的历史序列。例如鲍溶《读史》就叙写了《史记》描述的秦亡到汉兴的历史过程。

> 鬼书报秦亡，天地亦云闭。赤龙吟大野，老母哭白帝。
> 苍苍无白日，项氏徒先济。六合已姓刘，鸿门事难制。
> 坑降嬴政在，衣锦人望替。宿昔见汉兵，龙蛇满旌旆。
> 始矜山可拔，终叹骓不逝。区区亚父心，未究天人际。
> 萧张马无汗，盛业垂千世。①

从秦朝的衰亡到汉朝的兴盛，这期间的历史发展伴随着秦朝灭亡，项羽称霸，楚汉之争，三杰辅政，汉世建立等相继交替的重大历史事件。司马迁对这一段历史的描述力求完整，详细地描述每一个大的盛衰转折，及其转化的历史条件，即人谋、政事、征战等细节。而诗人却拾取历史变化中最主要的几个节点，且用形象性的语言来表述史书中具有重大意义的历史事件，将历史叙事消繁去缛，意义融解，重新组合意象。如诗人以"鬼书"这个具有象征性的神秘预言概括秦王朝的灭亡和一段征战乱世的开始，诗人将《史

---

① （清）彭定求等编：《全唐诗》卷 486，中华书局 1960 年版，第 5521 页。

记·留侯世家》所载张良于下邳遇见圯上老父，授予他兵法《太公书》，助汉灭秦一事加以浓缩。再如对于秦亡后楚汉战争的历史，诗人同样选取了鸿门宴，项羽乌江败亡，不听范增所劝等历史知识点，《史记·项羽本纪》中的语言被诗人提炼，化为"鸿门事""山可拔""骓不逝""亚父心"，以少总多，片言而意俱。诗人将西楚霸王的伟业略去不提，直接吟唱历史结局"项氏徒先济"，而一个"徒"字又包含了诗人对历史结果的感叹，包含了诗人对一代英雄事业成空的惋惜。诗人也受到汉代史书中神秘符命论的影响，史书将荒诞不经的历史传说作为真实的历史，载入正史，因此这些具有象征意义的历史事件成为诗人所乐于采用的诗歌素材。"赤龙吟大野，老母哭白帝。"刘邦斩白蛇，不是司马迁的想象之词，作为秉笔直书的史官，他只是如实地记录那个时代流行的传说，对于诗人来讲，抓取这样的历史知识点，并不深究其真实发生与否，而是看重它的象征意义。这一历史传说早就预言了历史的人心走向，最后也必然是"西汉三杰"辅助"赤龙"天子建立一代盛业。此诗对《史记》记载的一段历史加以诗意的再创作，虽然历史事件基本接受司马迁所述，但已经失去司马迁叙事作品的铺张渲染，而是在纵向的历史过程中拾捡事件关节点，加以串联，诗人的"期待视野"是一代盛主如何建立基业，所以并不像司马迁一样过于同情失意英雄项羽。

(二) 理解历史的移情想象

如诗人李山甫读《汉书》与《后汉书》，吟唱"每逢奸诈须搤手，真遇英雄始醒心"，诗人寄情于历史人物，读到史家笔下的奸诈者愤恨不已，读到史家书写的真英雄敬佩有加；诗人在体会历史昭示善恶的同时，也在理性地思考历史的兴衰之理，所以诗人接着感叹辉煌的汉家基业竟倾倒殆尽，"四百年间反覆寻，汉家兴替好沾襟。王莽弄来曾半破，曹公将去便平沈。当时虚受君恩者，谩向青编作鬼林"[①]。诗人纵观两汉历史，认为王莽将强盛的西汉削弱，而曹操将延续汉业的东汉覆灭，诗人按照自己的理解，将两个重要的

[①] (清)彭定求等编：《全唐诗》卷348，中华书局1960年版，第3892页。

转折点抽离出汉史，为的是警醒世人。诗人以为史书中的众多人物皆没有拯时救世的大作为，徒为史书所书，也是警醒今人。可见诗人读史过程中，由此及彼地移情于历史人物，又由彼及此地对历史做出个人的解读。

《史记》《汉书》中有许多悲剧性的生不逢时的人物，如屈原、贾谊、苏武等。史家对他们事迹的书写往往寄予同情，将他们的悲剧解释为时运不济，与势蹉跎，不遇明主。诗人在阅读时也因为自己的人生仕宦体验，而感叹悲剧人物的坎坷命运。如白居易《读史五首》其一同情屈原、贾谊的命运，并由历史阅读移情地想象古今历史人物命运的相似和延续。陈羽《读苏属国传》："天山西北居延海，沙塞重重不见春。肠断帝乡遥望日，节旄零落汉家臣。"①"苏属国"指苏武。诗人读《汉书·苏武传》所载史实，苏武汉武帝时出使匈奴被扣十九年还归汉，封典属国之职。匈奴扣留苏武，使其居北海（现贝加尔湖一带）无人处牧羊，苏武"杖汉节牧羊，卧起操持，节旄尽落"，以示不屈于匈奴。诗人想象当年苏武在边塞思念故国的心境，表达对苏武的同情。李远《读田光传》也是这样的移情想象的作品："秦灭燕丹怨正深，古来豪客尽沾襟。荆卿不了真闲事，辜负田光一片心。"② 田光是战国时燕国侠士，荐荆轲给燕太子丹以谋刺杀秦王，并随即自杀以激励荆轲。事见《史记·刺客列传》。李远诗婉叹荆轲刺秦不遂，徒留千古遗恨，用逆笔叙其后果而生发议论，结句尤含蓄有余韵。以刺秦声势壮、代价高而终无用，牺牲了荆轲，辜负了田光，有所择非人之憾，立意警策。

初唐史学家刘知几《读汉书作》诗咏赞西汉留侯张良，颇有史家论赞之风，其诗也是在阅读理解过程中，将自身的遭遇想象性地比附古人遭遇：

> 汉王有天下，欻起布衣中。奋飞出草泽，啸咤驭群雄。淮阴既附凤，黥彭亦攀龙。

---

① （清）彭定求等编：《全唐诗》卷643，中华书局1960年版，第7362页。
② （清）彭定求等编：《全唐诗》卷519，中华书局1960年版，第5935页。

一朝逢运会，南面皆王公。鱼得自忘筌，鸟尽必藏弓。咄嗟罹鼎俎，赤族无遗踪。

　　智哉张子房，处世独为工。功成薄受赏，高举追赤松。知止信无辱，身安道自隆。

　　悠悠千载后，击柝仰遗风。①

诗歌据《汉书·张良传》所载史事，赞张良拥护汉高祖风云际会、建功立业；更加赞赏张良懂得"鱼得自忘筌，鸟尽必藏弓"的处世智慧，能够审时度势，功成身退。这首诗以简省的笔墨勾勒并评论了张良的功业和人生境界，抒发刘知几的仰慕之情。诗的写法极符合刘知几作为史学家对史书编纂的要求——"简而晦"，即文笔简洁"事约而义丰"。诗歌道出了古今人臣受用于明君的渴望，和自身在现实世界不为所用，惧怕君主弃置，甚至无故获罪的为臣心情。

（三）历史识见的理性想象

史家在史书、史论中的本义和"预结构"会影响诗人阅读的理解，但诗人接受史家对历史的评价和定性外，又能抒发自己的历史识见。西方学者伊瑟尔指出："流传的中国古代著作都夹有随文的批评，告诉读者该文应该如何如何阅读。插入这些导读文字表明，阅读行为对文本的一个表演不能留给读者随心所欲；相反，作者的意向性意义必须直接导入读者的意识，以此刻意防范他们自己对文本意义的再造。但是我们切莫忘记，作者的意向并不完全保证读者所把握的一定就是其所指向的那一对象。是读者在处理作者的意向，其结果于是就未必与作者原先所意欲传达的尽相符契。"这是因为"每一个读者都是在一个有别的知识与情感的语境中生产出文本被移写的意义的"。② 史家写史叙事，文峰迭起，唐代诗人阅读《史记》《汉

---

① 陈尚君辑校：《全唐诗补编》，中华书局1992年版，第16—17页。
② ［德］沃尔夫冈·伊瑟尔：《虚构与想象：文学人类学疆界》，陈定家、汪正龙译，吉林人民出版社2003年版，第3页。

书》,既有感于史家的传神文笔,又捕捉到文笔下那些鲜活的历史变迁和人物的贫富荣枯,因此诗人们也用他们的诗笔表达着"盛极必衰""盛衰替变"的历史意识。这些历史意识的形成受到史家论赞的影响,或者说,史家对历史意义的阐明会影响到诗人的阅读与接受。如班固在《汉书·外戚传》篇最后总结如下。

  赞曰:《易》著吉凶而言谦盈之效,天地鬼神至于人道靡不同之。夫女宠之兴,繇至微而体至尊,穷富贵而不以功,此固道家所畏,祸福之宗也。序自汉兴,终于孝平,外戚后庭色宠著闻二十有余人,然其保位全家者,唯文、景、武帝太后及邛成后四人而已。至如史良娣、王悼后、许恭哀后身皆夭折不辜,而家依托旧恩,不敢纵恣,是以能全。其余大者夷灭,小者放流,呜呼。鉴兹行事,变亦备矣。①

  《汉书·外戚传》记载叙述西汉二十五个后妃的事迹及其外家的情况。妇女在古代本来地位极低,有的女子一旦成为帝王的后妃而受宠爱,顿时成了"女主"或娇贵,其家属也就因裙带关系而受赏封侯,荣宠一时,颇有"一人得道,鸡犬升天"之意味。因有此机会,故围绕后妃问题的争权夺利的矛盾异常复杂尖锐;因而兴废成败,荣辱得失,往往在朝夕之际,而且失败者居多,保全者甚少,最终这些贵族随着王朝斗争而湮没在历史之中。

  观西汉外戚专权的历史,吕后执政期间,为了巩固吕氏的地位,便重用诸吕为重臣。她先后封其侄吕台为吕王,吕产为梁王,吕禄为赵王,吕台子吕通为燕王,并封诸吕六人为侯。为控制京师和宫殿治安,把南军、北军交给吕禄和吕产掌握。由于分封诸吕为王,违反了刘邦生前规定的"非刘氏为王,天下共击之"的禁令。诸吕擅权引起刘氏宗室和重臣元老的不满。当吕后一死,在周勃、陈平的策划下,控制南军、北军,把吕禄、吕产等吕氏一网打尽,恢复了刘氏王朝的统治。

---

① （东汉）班固:《汉书》卷97《外戚传下》,中华书局1962年版,第4011页。

吕氏专权后又有霍光专权。霍光是汉武帝时骠骑将军霍去病的同父异母弟，年仅十几岁就被霍去病带入宫中。因霍去病是皇后卫子夫的姨侄，所以霍光也作为皇亲留在宫廷内，能在武帝左右侍奉。他小心谨慎，前后达二十多年，深受武帝的信任和重用。汉武帝病危时，叫人画了一幅周公抱成王受诸侯朝见的画给霍光，意要他学周公辅成王故事，辅佐幼子刘弗陵，并命他为大司马大将军，同时受武帝嘱托的还有金日䃅、上官桀和桑弘羊。武帝死后，刘弗陵继位，是为昭帝，年仅八岁，国家政事皆由霍光裁决。霍光辅佐昭帝期间，继续执行武帝末年"与民休息"的政策，取得了很好的效果。史称当时百姓充实，四夷宾服，对于稳定武帝后期以来动荡不定的统治，恢复和发展凋敝的社会经济起了重要作用。昭帝是幼子即位，引起了燕王刘旦的不满，他自认为是武帝在世诸子中最长者，应立为帝，因此对昭帝怀恨在心。他与盖长公主、上官桀、桑弘羊等勾结，妄图谋杀霍光，推翻昭帝，自立为帝。昭帝洞察燕王之叛心，支持霍光采取措施，杀了上官桀、桑弘羊，燕王刘旦、盖长公主自杀。从此霍光名声威震海内，昭帝举行成年冠礼后，仍然把政事委托给霍光。霍光是西汉中期的政治家，从政五十余年，历经武帝、昭帝、宣帝三代。特别是武帝去世后的二十余年，政事决于霍光，称得上权倾一时的三朝元老。但霍光在权势显赫时任人唯亲，培植私党，霍氏子婿亲朋担任要职遍布朝廷内外。加之他治家不严，纵容包庇亲属子弟仗势弄权，骄奢淫逸，为所欲为。霍光死后，他的儿子霍禹为大将军，侄孙霍山以奉车都尉领尚书事。霍家恶奴冯子都依仗霍家势力横行霸道。霍禹、霍云、霍山大肆营造住宅，挥霍无度，不理朝政。宣帝在民间时，对霍氏一家权尊势盛，其子弟在地方上飞扬跋扈有所耳闻。霍光死后，宣帝亲理朝政，重用御史大夫魏相和岳父平恩侯许广汉。霍山虽领尚书事，但宣帝下令官吏有事可密奏，不必通过尚书，大臣们也可独自进宫谒见皇帝。宣帝对霍氏一家更加疏远，把霍氏几个掌权的近亲调出京城，又改任霍禹为大司马，不准他戴大司马大将军的武弁大冠，也没有印绶，还免去他右将军职务；霍光的长婿邓广汉也从任长乐宫卫尉改任少府。霍氏阴谋叛乱，败露后，霍云、霍山相继畏罪自杀，霍显、霍禹、邓广汉被捕，霍禹腰斩，霍显和他的几个女儿以及同辈兄弟都被斩首弃市，霍后被废黜，幽禁在昭台宫。受霍氏一案牵连被诛灭的有几十家。

西汉后期，外戚王氏专权更甚。汉成帝即位后，虽然清除了宦官势力，但其母后王政君依仗裙带关系，把她的八个兄弟和子侄一一委以大权。王凤、王音、王商、王根、王莽都相继为大司马，地位显赫，出现了外戚专权的局面。成帝以王凤为大司马大将军，领尚书事。王凤控制朝政，成帝对他也敬畏三分。王凤依仗皇太后的权势，飞扬跋扈，有些官员对他的骄奢专横不满，即被处死。因此，再也无人敢批评他。公卿大臣奉承王凤，全国郡守、相、刺史等地方官，大多出于王氏门下。经过二十多年的经营，外戚王氏一门十侯、五大司马、几十人被封为列侯，姻亲爪牙遍布朝野，成为西汉历史上最长、势力最大的外戚贵族集团。最终王莽篡位，西汉灭亡。

《史记》中的"太史公曰"、《汉书》中的"赞曰"等后世史家的论赞，皆是各叙诸篇之意，这为后人阅读预设了潜在的接受意向。班固总结西汉历代外戚的历史，指出少有"保位全家"者，多是不得善终，由此明了世人盈满则亏。唐代诗人李嶷读《汉书·外戚传》后作诗："人录尚书事，家临御路傍。凿池通渭水，避暑借明光。印绶妻封邑，轩车子拜郎。宠因宫掖里，势极必先亡。"[①] 李嶷籍贯、字号、生平均不详，唐玄宗开元十五年（727）丁卯科状元及第。同榜有王昌龄、常建等共十九人。李嶷曾任右武卫录事参军官职，为一时名士。句云"宠因宫掖里，势极必先亡"，是读史后得出了与史家不二的盛极必衰的历史识见，可见史家文本原意对诗人具有影响力。也有借汉暗暗讽喻唐玄宗时期的外戚专权，古代的皇亲国戚一般都封有高官，有的甚至专权朝政。外戚专政从西汉初就开始，吕后执政时，大封诸吕为王，执掌军政大权。到了中期，霍光成为权倾一时的三朝元老。到西汉后期王莽

---

① （清）彭定求等编：《全唐诗》卷145，中华书局1960年版，第1466页。

从专权到篡夺皇位，以新朝取代汉朝。东汉时期，窦宪、梁冀先后专权。西晋有杨骏专权，东晋庾亮也曾决断朝政。唐朝外戚武三思、杨国忠对朝政有很大影响。诗人从现实想到历史，从对历史的总结，预见现实社会的发展方向，对杨氏外戚专权可能导致开元天宝盛世的衰落忧心不已。因杨贵妃的得宠而使杨氏一门赫喧一时，姊妹弟兄皆列土，可怜光彩生门户。遂令天下父母心，不重生男重生女。玄宗既宠贵妃，因封其三妹为韩、虢、秦三国夫人，封其族兄铦为鸿胪卿，锜为侍御史，钊为右丞相，领四十余使。真是一人得道，鸡犬升天。杨氏专权误国，而诗人因历史知识和历史识见，看到了古今同理的"宠因宫掖里，势极必先亡"，深有远见。

如白居易《读史五首》之四：

> 含沙射人影，虽病人不知。巧言构人罪，至死人不疑。
> 掇蜂杀爱子，掩鼻戮宠姬。弘恭陷萧望，赵高谋李斯。
> 阴德既必报，阴祸岂虚施。人事虽可罔，天道终难欺。
> 明则有刑辟，幽则有神祇。苟免勿私喜，鬼得而诛之。①

诗人列举西汉历史上的种种"阴祸"，以天人感应的因果报应劝诸世人，他认为历史中"人事"与"天道"是紧密结合的，天命之所为得于人的作为，人的命运又得于天道的制裁。其实司马迁在《史记·陈丞相世家》中就借陈平之口表达过这层意思："我多阴谋，是道家之所禁。吾世即废，亦已矣，终不能复起，以吾多阴祸也。"②而白居易的读史诗更突出了上述认识。

但是诗人往往能超越史家的意义限定，抒发自己的个人识见。如诗人李群玉读《汉书·贾谊传》后思索贾谊的悲剧。贾谊为西汉著名文学家、思想家、政治家，少年时即崭露头角，汉文帝时任博士，提出了一系列改革主张，后为太中大夫，受到朝中大臣排斥，被贬为长沙王。李群玉吟道："卑湿长沙

---

① （唐）白居易著，顾学颉校点：《白居易集》，中华书局1979年点校本，第38页。
② （西汉）司马迁：《史记》卷56《陈丞相世家》，中华书局1959年版，第2062页。

地，空抛出世才。已齐生死理，鸟莫为灾。"① "已齐生死理，鸟莫为灾"，如果把个体人生的兴衰穷达与历史的宏大变迁相比，那么人生之得失也就没有什么可以为之悲喜的了。与班固赞语"谊亦天年早终，虽不至公卿，未为不遇也"② 相比，诗人所表达的豁达的道家人生哲学可以说占据了一个更高的历史视点。诗人从史书阅读过程中不仅获得了历史的形象和故事，还能超越具体时代人事物的感性想象，以对历史的理性纵观来理解历史的变易规律，触及历史的偶然与必然，如崔涂《读留侯传》有云："覆楚雠韩势有余，男儿遭遇更难如。偶成汉室千年业，只读圯桥一卷书。"③ 把张良成就功业归因于历史偶得的神秘书卷。

总之，唐代诗人读"三史"，移情想象历史人物，理解历史故事，还原历史情境，形成的不是史家所描述的历史真实，而是诗人内心的历史形象与"历史真实"；诗人将自己的遭遇比附于对古人遭遇的理解之中，所理解的历史生命不再是史家塑造的那一个，而是古人今人相融的生命体。唐代诗人读"三史"形成的历史识见受到史家识见的影响，并能超越之。

第三节　唐人对野史和类书中历史知识的诗意想象

杂史、杂传篇幅短小，其中历史人事描写比正史更为生动，更容易为诗人阅读与接受并触发诗人的诗性想象。下面考察唐代诗人所能接受的杂史杂传中的历史知识，并以杂史中多被唐人吟咏的著作、杂传中多为唐人借用的历史人物为切入点，探讨杂史杂传对唐诗历史想象的影响。

---

① （清）彭定求等编：《全唐诗》卷570，中华书局1960年版，第6607页。
② （东汉）班固：《汉书》卷48《贾谊传》，中华书局1962年版，第2265页。
③ （清）彭定求等编：《全唐诗》卷679，中华书局1960年版，第7782页。

一　唐人对杂史的诗意想象：以唐诗对《吴越春秋》的接受为例

下面以唐诗对杂史《吴越春秋》的接受为例，考察唐代诗人对吴越历史故事的想象。

《吴越春秋》为东汉赵晔撰，其记载的春秋战国时代吴国和越国的历史比《左传》《国语》《史记》等史书的记载更为丰富，情节详尽曲折，人物刻画更为饱满，后世认为它的文学成就胜过它的史学成就。唐代诗人以吴越历史故事入诗，直接以之为题材的诗歌有150余首，以吴越征战历史中的人、事、物为典故的不可胜数，这些历史题材并不都如贯休《读〈吴越春秋〉》一样，明确直接取自本书；或诗人对历史故事的习得来自《艺文类聚》《初学记》《文选》注、《史记》注等文献资料也极有可能，但该书超越正史雅正叙事的杂史家想象的始源意义不可否认，它为后世文人想象吴越历史提供了先例。

如咏吴越征战时代西施故事的，在唐以前的诗歌史中几乎见不到，传说中的"西施"因为美貌在《庄子·天运篇》《荀子·正论》《孟子·离娄》等先秦典籍中多有记载，但在这些典籍中却没有对她生平事迹的详载；而在《史记》等正史中，也只记载了勾践向吴求和过程中使用了"美人计"，向吴王献越女，并没有提到"西施"这个名字。《吴越春秋》始有西施被越王献给吴王的记载，《吴越春秋·勾践阴谋外传》写道，大夫文种向勾践进献"灭吴九术"，其四曰："遣美女以惑其心，而乱其谋。"勾践接受了文种的建议。

> 十二年，越王谓大夫种曰："孤闻吴王淫而好色，惑乱沈酒，不领政事，因此而谋可乎？"种曰："可破。夫吴王淫而好色，宰嚭佞而曳心，往献美女，其必爱之。惟王选择美女二人进之。"越王曰："善。"乃使相者国中，得苎萝山鬻薪之女曰西施、郑旦。饰以罗縠，教以容步，习于土城，临于都巷。三年学服而献于吴，乃使相国范蠡进曰："越王勾践窃有二遗女。越国偏下困迫，不敢稽留，谨使臣蠡献之。大王不以鄙陋寝

容,愿纳以供箕帚之用。"吴王大悦,曰:"越贡二女,乃勾践之尽忠于吴之证也。"①

由此可见,《吴越春秋》把"西施"附会到正史中那个"越女"身上去了,这是借用以前传说中的美女名,加于可能真实但无名的历史人物身上,虚构了一个新的人物。唐人便以浪漫的情怀,用瑰丽的词语和丰富的比喻,沿着这样的历史想象创作诗歌,去塑造个人理解与想象的那个颇具传奇色彩的历史人物,如王维、李白、张祜、李贺、罗隐、皮日休等,均写下了相关诗篇,如:

玉钗斜白燕,罗带弄青虫。皓齿初含雪,柔枝欲断风。(张祜《吴宫曲》)②

西施越溪女,出自苎萝山。秀色掩今古,荷花羞玉颜。浣纱弄碧水,自与清波闲。皓齿信难开,沉吟碧云间。(李白《西施》)③

唐代诗人沿着《吴越春秋》开启的知识点继续填补历史叙事的空白,提升了西施在历史上的地位。张祜用诗句为西施作画,富丽如唐代画工的宫廷仕女图,皓齿柔肤、玉钗斜簪、素手纤指、窈窕婀娜,以宫体笔调想象吴宫中娇态可掬的西施。李白想象浣纱少女清明娴静,与自然相和如一。西施的美超越时空,"一朝入紫宫,万古遗芳尘。至今溪边花,不敢娇青春"④(胡幽贞《题西施浣纱石》)。皮日休《馆娃宫怀古五绝》其三更是写出一个有情有义的西施,"西施不及烧残蜡,犹为君王泣数行";其五写西施之美"响屟廊中金玉步,采蘋山上绮罗身。不知水葬今何处,溪月弯弯欲效颦"⑤。这些唐诗对西施的想象,超越了历史在政治和道德观念领域内

---

① (东汉)赵晔:《吴越春秋》卷9,岳麓书社2006年版,第234—235页。
② (清)彭定求等编:《全唐诗》卷510,中华书局1960年版,第5809页。
③ (唐)李白著,(清)王琦注:《李太白全集》,中华书局1977年版,第1027页。
④ (清)彭定求等编:《全唐诗》卷768,中华书局1960年版,第8721页。
⑤ (清)彭定求等编:《全唐诗》卷615,中华书局1960年版,第7096页。

劝善惩恶的意义，也超越了历史叙事情节的因果联系，而只是静态地纯粹地对历史人物的审美想象。历史已经成为诗歌的背景，退于幕后。当然，有的诗歌也将外表的完美和道德的完善集于西施一身，甚至诗人们尊称其为"神女""神仙"。如鱼玄机《浣纱庙》："吴越相谋计策多，浣纱神女已相和。一双笑靥才回面，十万精兵尽倒戈。范蠡功成身隐遁，伍胥谏死国消磨。只今诸暨长江畔，空有青山号苎萝。"李绅《遥知元九送王行周游越》："江湖随月盈还宿，沙渚依潮断更连。伍相庙中多白浪，越王台畔少晴烟。低头绿草羞枚乘，刺眼红花笑杜鹃。莫倚西施旧苔石，由来破国是神仙。"苏拯《西施》诗云："吴王从骄佚，天产西施出。岂徒伐一人，所希救群物。良由上天意，恶盈戒奢侈。不独破吴国，不独生越水。在周名褒姒，在纣名妲己。变化本多涂，生杀亦如此。君王政不修，立地生西子。"① 西施因此被想象成世间一切正义的化身和象征，罪恶时代都有像西施一样的救世仙人，诗人对西施的颂扬与赞美实质上是对当世统治者的讽喻和警诫。

再如咏吴越兴衰的诗多是五言、七言律诗，并不以"史"的逻辑来梳理历史过程，也并不事无巨细地叙述历史的发展，而是将吴越兴衰史中重要的或是为诗人所关注的事件和画面串联起来，以表现诗人对历史发展逻辑的理解和对这段征战历史的诗性想象。多数诗截取吴越历史的一个瞬间来描写，即吴越战争爆发的场面，它的表现手法不单是史书一般的叙述，而重在抒情寓理、夹叙夹议。如曹邺的《姑苏台》对血腥的战争场景的想象："相对正歌舞，笑中闻鼓鼙。星散九重门，血流十二街。"② 还有皮日休的《馆娃宫怀古五绝》其二："郑妲无言下玉墀，夜来飞箭满罘罳。越王定指高台笑，却见当时金镂楣。"其三："半夜娃宫作战场，血腥犹杂宴时香。西施不及烧残蜡，犹为君王泣数行。"③ 陆龟蒙的《和袭美馆娃宫怀古五绝》其一："三千虽衣

---

① （清）彭定求等编：《全唐诗》卷718，中华书局1960年版，第8248—8249页。
② （清）彭定求等编：《全唐诗》卷593，中华书局1960年版，第6873页。
③ （清）彭定求等编：《全唐诗》卷615，中华书局1960年版，第7096页。

水犀珠，半夜夫差国暗屠。犹有八人皆二八，独教西子占亡吴。"其二："一宫花渚漾涟漪，倭堕鸦鬟出茧眉。可料座中歌舞袖，便将残节拂降旗。"其三："几多云榭倚青冥，越焰烧来一片平。此地最应沾恨血，至今春草不匀生。"其四："江色分明练绕台，战帆遥隔绮疏开。波神自厌荒淫主，勾践楼船稳帖来。"其五："宝袜香縈碎晓尘，乱兵谁惜似花人。伯劳应是精灵使，犹向残阳泣暮春。"① 都描绘了吴宫盛宴成为夫差最后的享乐，繁华歌舞处的满宫娇艳合着四溅的血色瞬间凋残，这些诗注重对历史现象细节的还原，诗人们以此来惊醒正在享乐之中而不思进取的唐代统治者。再如贯休《读〈吴越春秋〉》云："犹来吴越尽须惭，背德违盟又信谗。宰嚭一言终杀伍，大夫七事只须三。功成献寿歌飘雪，谁爱扁舟水似蓝。今日雄图又何在，野花香径鸟喃喃。"②《吴越春秋》以内篇记吴，外篇记越的国别体双线结构铺叙吴越二国史事，以纪传体为主体，编年体为头绪来叙事，可谓构思缜密。诗人贯休在赵晔构建的"预结构"中，接受杂史家的历史意识，惜乎赵晔不曾有司马、班式的明显论赞，于是诗人写下这篇读后感怀。吴与越本来同域同俗，却都为争霸"背德违盟"；吴国伍子胥受谗冤死，越国范蠡忌主身退；二国都从兴盛走向衰亡。在此意义上说，不同历史过程却成就了同样的历史结局和历史寓言，又何必评说谁是谁非呢？最后诗人以自身独特的佛家出世的理解视角，想象吴越史事之后的采花香径不再有西施的清吟，只有鸟儿的呢喃，写景感怀增强了诗情的绵延，读来意味无穷，触及人事终成空的历史本质。于濆《经馆娃宫》后两句："吴亡甘已矣，越胜今何处。当时二国君，一种江边墓。"③ 表达的是同样的历史感怀。

另外，《吴越春秋》书写了一些正史中没有的，而具传奇色彩的小人物，如伍子胥逃亡时遇到的渔父和溧阳女子，他们是否真实存在过已无可考，却为唐人所接受歌咏。李白《游溧阳北湖亭望瓦屋山怀古赠同旅》有句云："闻

---

① （清）彭定求等编：《全唐诗》卷 628，中华书局 1960 年版，第 7211 页。
② （清）彭定求等编：《全唐诗》卷 835，中华书局 1960 年版，第 9415—9416 页。
③ （清）彭定求等编：《全唐诗》卷 599，中华书局 1960 年版，第 6929 页。

有贞义女,振穷溧水湾。清光了在眼,白日如披颜。高坟五六墩,崒兀栖猛虎。遗迹翳九泉,芳名动千古。子胥昔乞食,此女倾壶浆。运开展宿愤,入楚鞭平王。凛冽天地间,闻名若怀霜。"① 诗人登临遗迹,怀想人物,歌咏《吴越春秋》中的故事,伍子胥乞食于吴,溧阳女子供给他饭食,伍子胥走时告诉女子将饭食器具掩藏好,以免被追兵发现,后"子胥行五步,反顾女子,已自投于溧水矣"②。李白对于溧阳女子的称赞,只是按照《吴越春秋》的叙事,将其看作一代名臣通往功业之路的偶然际遇,并无更多渲染。相比来说,在唐诗中,渔父渡伍子胥过江后自沉的神秘故事得到更多的想象加工,甚至与屈原遇到的渔父融合为一,成为唐诗中的"渔父"主题。

总之,《吴越春秋》等杂史不但给唐代诗人提供了丰富的历史知识和比正史更奇特的历史故事,还以其对正史的类小说似的加工启发着唐代诗人的审美想象;以其对历史的独特叙事结构,启发了诗人对历史的深入理解和对诗歌历史想象的构建。

二 唐人对杂传的诗意想象:以唐诗对杂传"老莱子"故事的接受为例

下面以唐前杂传中的"老莱子"故事对唐诗创作的影响为例,来看唐诗对杂传历史知识的接受和对其阅读后的理解想象及形成自我认同的历史解释。

老莱子这个人物在古籍中早有记载,《庄子·外物篇》和《战国策·楚策四》皆载老莱子以道家学说教导孔子;《史记·仲尼弟子列传》也载孔子曾请教老莱子:"孔子之所严事:于周则老子。于卫,蘧伯玉。于齐,晏平仲。于楚,老莱子。于郑,子产。"③ 可见老莱子是楚国人,年龄可能比孔子较长,与孔子同时代;《史记·老子韩非列传》和《汉书·艺文志》道家类皆记载其有《老莱子》一书,但已失传。老莱子在先秦典籍和汉代正史中仅留下以上语焉不详的记载,历史叙述的空白点给后人留下丰富的历史想象空间,这

---

① (唐)李白著,(清)王琦注:《李太白全集》,中华书局 1977 年版,第 545 页。
② (东汉)赵晔:《吴越春秋》卷 9《王僚使公子光传第三》,岳麓书社 2006 年版,第 43 页。
③ (西汉)司马迁:《史记》卷 67,中华书局 1959 年版,第 2186 页。

是老莱子故事演变的契机。后来的杂传收录老莱子事迹，使其衍变出两种身份，一为道家隐士，二为儒家孝子。

西汉刘向所作《列女传》（卷二）将正史中的老莱子事迹加工想象，记载颇详：

> 楚老莱子之妻也。莱子逃世，耕于蒙山之阳，葭墙蓬室，木床蓍席，衣缊食菽，垦山播种。人或言之楚王，曰："老莱，贤士也。"王欲聘以璧帛，恐不来。楚王驾至老莱之门，老莱方织畚。王曰："寡人愚陋，独守宗庙，愿先生幸临之。"老莱子曰："诺。"王去，其妻戴畚莱、挟薪樵而来，曰："何车迹之众也？"老莱子曰："楚王欲使吾守国之政。"妻曰："许之乎？"曰："然。"妻曰："妾闻之，可食以酒肉者，可随以鞭捶；可授以官禄者，可随以铁钺。今先生食人酒肉，授人官禄，为人所制也，能免于患乎？妾不能为人所制！"投其畚莱而去。老莱子曰："子还，吾为子更虑。"遂行不顾。至江南而止，曰："鸟兽之解毛，可绩而衣之；据（当作'掘'）其遗粒，足以食也。"老莱子乃随其妻而居之。民从而家者一年成落，三年成聚。君子谓老莱妻果于从善。诗曰："衡门之下，可以栖迟，泌之洋洋，可以疗饥。"此之谓也。
>
> 颂曰：老莱与妻，逃世山阳，蓬蒿为室，莞葭为盖，楚王聘之，老莱将行，妻曰世乱，乃遂逃亡。[①]

《列女传》中的老莱子与贤明的妻子拒绝楚王聘任，隐遁世外，皆为正史所不载。托名刘向，实为汉魏间人所作的《列仙传》将刘向语言浓缩，言老莱子隐逸之事；西晋皇甫谧《高士传》也记老莱子与妻逃世隐耕、安贫乐道、拒绝楚聘之事。随着以上几种非正史的杂传在后世广泛流传，老莱子隐者形象深入人心，成为知识分子的精神楷模。

作为孝子的老莱子最早见于南朝宋师觉授的《孝子传》，该书现已亡佚，

[①] （西汉）刘向撰，张涛译注：《列女传译注》"楚老莱妻"条，山东大学出版社1990年版，第84—85页。

部分文字见于《太平御览》："老莱子者，楚人，行年七十，父母俱存。至孝蒸蒸，常著班兰之衣，为亲取饮，上堂脚胅，恐伤父母之（心），因僵仆为婴儿啼。孔子曰：'父母老，常言不称老，为其伤老也。'若老莱子可谓不失孺子之心矣。"①《孝子传》中的老莱子，与其道家学者、隐士的形象有很大区别，他年已七十，穿五彩衣逗父母开心，不在老父老母面前称老，脚伤了像婴儿一样啼哭不让父母担心。再加上文中引孔子的话来称赞老莱子的孝道，因此带有儒家道德教化的意义。随着上述杂传中老莱子故事的传播，到了唐代，诗人们直接歌咏老莱子，或是用其典故，不仅接受了唐前杂传中关于老莱子的两种历史知识，也在杂传对正史的历史想象基础上做出了进一步的艺术创新。

唐代有十余首诗用了老莱子的隐者含义，有些诗借老莱子指隐士，如陈陶《赠野老》；有的诗咏老莱子自我申志，表达道家的隐逸思想和不愿为世俗羁绊的志向，如初唐王绩《山中叙志》和盛唐吴筠《高士咏·老莱夫妻》等，皆为杂传中老莱子故事的诗意浓缩。有的诗则用老莱子的隐逸来自我嘲讽，如潘咸《送陈明府之任》有句"吏散落花尽，人居远岛闲。过于老莱子，端简独承颜"②；贯休《避地寄高蟾》有句"旅梦遭鸿唤，家山被贼围。空余老莱子，相见独依依"③，同一个"独"字表达出两位晚唐诗人在社会动荡之中，内心不用于世的寂寞和避乱隐居的不甘。由于接受环境和心理的不同，导致初盛唐诗人和晚唐诗人阅读杂传著作时的理解不同，形成了诗歌中对历史知识点的不同运用。

咏赞或借用老莱子孝子形象的唐诗，据笔者统计共110多首，且用典多于直接咏赞，唐人接受《孝子传》对老莱子故事孝子含义的附加，并在唐代社会提倡"以孝治天下"的文化环境中多用这个典故，以"老莱衣""老莱""莱子""斑衣""彩衣""彩服""老莱服""莱氏"等词语入诗。首先，诗

---

① （宋）李昉：《太平御览》卷413，中华书局1960年版，第1907—1908页。
② （清）彭定求等编：《全唐诗》卷542，中华书局1960年版，第6263页。
③ （清）彭定求等编：《全唐诗》卷832，中华书局1960年版，第9389页。

人用老莱子典故表达对侍奉父母孝行的崇敬，如李白《赠历阳褚司马》曰："北堂千万寿，侍奉有光辉。先同稚子舞，更著老莱衣。因为小儿啼，醉倒月下归。人间无此乐，此乐世中稀。"① 此诗题下注"时此公为稚子舞，故作是诗"，诗人称赞为老母贺寿的褚司马，学老莱子着五彩衣跳孩子般的舞蹈，拥有一颗孝敬的赤子之心。其次，唐人用老莱子典故表示归家礼拜父母的行为，唐人总是因为科举考试、转官徙地等不得不与父母分离，忠孝不能两全，只有官员请假省亲，升迁或贬职赴任顺路省亲，士子科举擢第、落第后省亲时才能与亲人暂时团聚。在这些省亲诗歌中，唐人常常用老莱子典故表达归家礼拜父母的渴望和喜悦，如诗人薛能有诗《乞假归题候馆》云："仆带雕弓马似飞，老莱衣上著戎衣。邮亭不暇吟山水，塞外经年皆未归。"② 诗中"老莱衣"代指诗人归家拜见父母。正是唐代知识分子的生活境遇和情感需求，决定了他们在阅读《孝子传》老莱子故事的过程中，产生了自我反馈式的想象，使得他们对此故事的理解与解释超越了前人，形成礼拜父母典故的时尚用法。

由上可见，《列女传》《列仙传》《高士传》中记载的老莱子隐士故事为唐代诗人阅读接受，但唐人更为喜好的是《孝子传》中老莱子的孝子故事，并运用典型化的诗歌想象，将老莱子的故事从单纯的行孝含义衍变为回家省亲拜见父母的含义。但是还应看到，唐代诗人并不一定都是阅读了《列女传》《列仙传》《高士传》《孝子传》中的老莱子故事才习得了关于老莱子的历史知识，实际上，对唐人作诗帮助极大的便捷工具书——类书，在传播历史知识方面也起了很大作用。

三 唐人对类书的诗意想象：以类书的"老莱子"典故为例

还是以老莱子故事为例，唐前杂传并不是唐人获得老莱子故事的唯一知识来源，现存唐代四大类书中，除《白氏六帖》之外的三大类书都有对杂传

---

① （唐）李白著，（清）王琦注：《李太白全集》，中华书局1977年版，第607页。
② （清）彭定求等编：《全唐诗》卷561，中华书局1960年版，第6510页。

老莱子故事的载录，统计情况见表四。

表四 《北堂书钞》《初学记》《艺文类聚》辑录的"老莱子"事

类书	叙事	事对	诗文
《北堂书钞》衣冠部下，衣二十	【老莱常服斑斓】载录《孝子传》		
《北堂书钞》服饰部二，席十九	【老莱以艾】载录皇甫谧《高士传》		
《初学记》卷十七，人部上，孝第四	载录《孝子传》		
《初学记》卷十八，人部中，贫第六		【蓬室 棘庭】载录皇甫谧《高士传》	
《初学记》卷二十五，器物部上，席第六		【茅葭 菩艾】载录皇甫谧《高士传》	
《艺文类聚》卷二十，人部四，孝	载录《列女传》		
《艺文类聚》卷三十六，人部二十，隐逸上			载录（魏）阮瑀《诗》（四皓隐南岳，老莱窜河滨）
《艺文类聚》卷六十九，服饰部上，荐席	载录皇甫谧《高士传》		

这些类书对杂传中老莱子故事的辑录，明确按照故事的含义，归入相应的"孝""贫""隐逸"等类别，使人明晰可见。而诗人吟咏人物故事或引用其典，自然受到类书指引的意义导向影响，形成唐诗中历史故事的固定使用内涵和相似的诗歌语言。可见，类书起到了历史知识辑录与广泛传播，以及方便作诗行文的作用。但是，对历史知识的片面摘取和僵化也使得有些唐代诗人将历史典故僵硬地塞进诗歌，显示博学而没有自己的历史识见和感怀，越发装饰性和平面化，不能真正领悟历史事件的意义和历史发展的象征，不

能将自己的精神与历史的精神融合在诗歌的意境之中，有拼贴历史事对的痕迹，虚有历史之表，而没有感悟历史的内涵。

综上所述，唐代诗人主要通过阅读正史、杂史、杂传等史部书籍，还有各种类书，获取历史知识，引发对历史的想象与诗兴。除此之外，唐代诗人积累历史知识的阅读途径，还有经传典籍、经史类的蒙学读物，以及唐前文学作品所直接书写的历史知识或间接涉及的历史背景等，至于经、诗、子、集各部书籍，不再具论。

第三章 唐代诗人的历史取向与文化原因

西方后现代历史哲学家海登·怀特认为，历史"叙事不只是一种能或不能用来表述作为自身发展过程方面的真实事件的中性推论形式，而是一种在本体论或认识论上带有明显的意识形态，甚或某种特别的政治蕴含的必要选择"①。史学家在叙事之前，他已经带有的意识形态特征也就随着叙述进入了历史文本，这是历史编纂具有虚构想象的原因之一。其实哲学阐释学和接受美学都认为，对知识的阅读接受与理解，离不开接受与阅读主体的"前理解"，即主体所在的社会政治、文化、民族心理等方面的制约。更具有虚构想象性质的诗歌艺术对历史知识的书写与再阐释，也是"意识形态"自觉或不自觉注入的过程，这种意识形态是历史传统、文化权威等一系列先在的历史理解。鉴于此，本章在前两章基础上，继续研究唐诗对唐前历史的接受想象，通过考察唐诗蕴含的历史意识，来看唐代诗人对唐前主要历史朝代及历史人事（以汉朝、三国、六朝为点）的共同取向，这些历史取向的生成有赖于唐代社会对历史知识普遍的"前理解"②。我们旨在探讨何种历史文化的"前理解"影响着唐诗的历史意识，

---

① 陈新：《西方历史叙述学》，社会科学文献出版社2005年版，第82页。
② 前理解是解释学中的重要术语，主要是在理解活动发生之前主体就已经具有的对理解有着导向、制约作用的语言、历史、文化、经验、情感、思维方式、价值观念以及对于对象的预期等因素的综合。前理解包括理解主体一切精神要素的总和，即价值观念、知识经验和情感因素等，也就是知、情、意的统一。参见伽达默尔《真理与方法：哲学诠释学的基本特征》，洪汉鼎译，上海译文出版社1999年版，第140页。

进而考察唐代诗人历史意识与唐代社会普遍历史意识,包括史家历史意识有何不同。

第一节 唐代诗人的汉朝情结及文化原因

一 唐代诗人的汉朝情结

唐诗中有明显的宗汉取向,学界已有对宗汉情结的研究,但概念表述及研究角度有异,有学者认为:"所谓'汉朝情结'是唐代诗人对过去了的汉朝的人与事进行认同的一种心理现象,是汉朝人与事在唐代诗人心中的一种感情纠葛,是唐代诗人对汉朝的一种深藏心底却又随时可以呼之欲出的感情。"[1]概括出唐代诗人对汉代历史人事的一种普遍的心理认同情感。综合前人研究成果[2],我们认为,唐代诗人汉朝情结在唐诗中体现为以下方面。

其一,以汉代唐。其作用包括单纯地指代意义和表达情志意义两种。单纯指代意义的"以汉代唐"表现为,唐人在诗中不自称"唐",多以"汉"代之,以"汉家""汉祚""汉运""汉将""汉宫"等代称"唐朝""唐祚""唐运""唐将""唐宫"等,如杜甫"汉运初中兴,生平老耽酒"(《述怀》)[3],以东汉光武帝时的中兴代指唐肃宗时的中兴。当然,唐代诗人也以具体的汉代人名、地名、官名、事物代称本朝人、事、物,如王维"遥思魏公子,复忆李将军"(《送魏郡李太守赴任》)[4],用李将军代指所送的李太守。

---

[1] 徐伯鸿:《唐太宗在唐代诗人汉代情结形成中的意义》,《南都学坛》2002年第3期。
[2] 可参见刘明华《杜甫"以汉喻唐"的结构和内涵》,《文学遗产》2001年第4期;徐伯鸿《唐代诗人的"汉朝情结"与李商隐的诗》,《河南教育学院学报》2002年第1期;凌朝栋《试论唐诗用典的宗汉意识》,《渭南师范学院学报》2002年第6期;任文京《论唐代边塞诗人的汉代情结》,《河北学刊》2003年第2期。
[3] (唐)杜甫著,(清)仇兆鳌注:《杜诗详注》,中华书局1979年版,第360页。
[4] (唐)王维著,陈铁民校注:《王维集校注》,中华书局1997年版,第313页。

而纯粹代称意义上的"以汉代唐",只是诗歌语言中一种委婉而不直的传统思维,很多情况下仅是诗歌语言的指代修辞,不带有诗人感情色彩,没有对汉代的直接感怀。只用"汉"而不用其他朝代称"唐",虽然只是诗歌语言的习惯,但也可见有唐一代诗人对汉朝情有独钟的潜层意识。而表达情志意义的"以汉代唐"就或隐或显地带有诗人的主观意绪,唐代诗人用汉代人事物的典故,或直接题咏汉代人事物,抒发与汉人相似的个人际遇与抱负等情怀,如白居易"优诏幸分四皓秩,祖筵惭继二疏欢"(《长乐亭留别》)[①],用汉代隐士"四皓""二疏"的典故,"四皓秩"代指诗人诏授与四皓相同的太子宾客之职,寄托可与古代贤士比肩的荣耀;"二疏欢"代指远离官场的隐逸生活,寄托诗人不能似古人之乐的遗憾。用汉代典故指代个人际遇与心情,在唐代诗歌中不可胜计。直接题咏者如黄滔《司马长卿》写司马相如有才无用,实为抒发自身的不平的代写。唐人对秦末汉初隐士商山四皓、东汉隐士严子陵的歌咏,形成了典型化的题材,诗人将汉人的隐逸精神引为时代隐逸文化的楷模与理想,抒发自身的隐逸志趣。以汉代唐是汉朝情结最广泛的表达形式。

其二,以汉宣唐。与"以汉代唐"的语言借代与情感借代不同,"以汉宣唐"指唐代诗人通过用典或对汉朝历史人事物直接题咏的形式,书写汉代故事以"宣唐",颂扬我唐,或借汉代君王大臣比喻、映衬当代的圣主贤臣,尤其体现在应制和颂赞的诗歌中,如武后时诗人王无竞《咏汉武帝》肯定了汉家"厩马三十万"[②]的盛世景象和汉武帝的雄才大略。王无竞与宫中学士编纂类书《三教珠英》等,有丰富的历史知识积累,他不计武帝"好仙复宠战"的弊政而颂赞之目的是称颂武则天的统治。再如李乂"代挹孙通礼,朝称贾谊才。悉侪文雅地,先后各时来"(《奉和幸长安故城未央宫应制》)[③],用汉代叔孙通致礼作乐和汉文帝用贾谊的典故,比喻大唐盛世的礼仪完备与

[①] (唐)白居易著,顾学颉校点:《白居易集》,中华书局1979年点校本,第608页。
[②] 陈尚君辑校:《全唐诗补编》,中华书局1992年版,第9页。
[③] (清)彭定求等编:《全唐诗》卷92,中华书局1960年版,第999页。

开明的人才政策，同题应制宋之问"乐思回斜日，歌词继大风。今朝天子贵，不假叔孙通"(《奉和幸长安故城未央宫应制》)①，也用叔孙通典而表达不同，以汉代礼乐文化映衬更昌荣的本朝礼乐文明。

诗人也借汉代名将比喻本朝将才，尤其体现在大量描写战争功业的边塞诗中；或借对汉代社会问题的批判来反衬唐代社会的空前繁荣，储光羲"恶德忽小丑，器用穷地赀。上兵贵伐谋，此道不能为。吁哉蒸人苦，始曰征伐非。穆穆轩辕朝，耀德守方陲"(《同诸公秋日游昆明池思古》)②，批评汉武帝凿昆明池劳民伤财，穷兵黩武，反衬本朝与民休息的德治。"以汉宣唐"出于唐代诗人对本朝人物、事功、政治、文化等方面强烈的自信心态，和对汉代强大国势与兴盛历史文化的推崇与借鉴意识，是汉朝情结最重要的情感体现。

其三，以汉讽唐。唐代诗人也用汉代人物故事来寄托隐晦的讽今情志，尤其是中晚唐诗人，或以汉代的昌盛繁荣来反衬唐代安史之乱后的国家凋敝及腐败；或以对汉代人物命运、政治生活及社会问题的书写，揭露唐代的诸多问题，如李商隐与陆龟蒙等不同时期诗人皆有同题作《汉宫词》，多讽刺汉武帝求仙、求长生，隐晦地反映唐代末期唐武宗等人的荒政行为。唐代诗人也多以昭君题材来讽刺中晚唐政府无能的和亲政策。以汉讽唐是唐代诗人以汉宣唐变风变雅之情怀，当然，唐代诗人还多以秦朝、六朝、隋朝的人事来讽唐，因此，以汉讽唐是汉朝情结的次要情感体现。

总之，唐诗的汉朝情结，以众多题咏汉代的诗歌、汉代历史典故、汉代代称等形式广泛存在，显示出唐代诗人接受唐前历史的一种历史取向及历史心态。那么，影响诗人汉朝情结形成的社会文化原因有哪些？唐人普遍的汉朝意识怎样？

---

① （唐）宋之问撰，陶敏等校注：《沈佺期宋之问集校注》，中华书局2001年版，第474页。
② （清）彭定求等编：《全唐诗》卷138，中华书局1960年版，第1397页。

二 "唐承汉统"政治思想的影响

"唐承汉统"与中国古代儒家正统论[①]思想密切相关,秦汉以来的新兴政权在朝代建立后,皆用阴阳五行理论的五德终始说推衍本朝为何德(如果通过革命的方式获取政权,应按照五德相克的理论推衍;如果通过禅让式获取政权,则按五德相生理论推衍),来解释天命授予王朝统治权的合理性与合法性,以接续上一个王朝,跻身于"正统"王朝一系相承的历史更替系统,实际上是历史天命观的政治神学。

唐开国就面临"正统"的问题。按照历史上拓跋魏水德,北周木德,隋朝火德的统序,唐朝征伐起义,本应用相克推衍,但《资治通鉴》载,高祖武德元年五月"戊午,隋恭帝禅位于唐,逊居代邸。甲子,唐王即皇帝位于太极殿……推五运为土德,色尚黄"[②],这就掩盖了革命本质,而称唐朝政权通过隋恭帝的禅让获得,所以根据五德相生,德运承接隋朝应为土德,自然形成了唐承北周、隋统不可争议的历史观,赋予了新生唐朝政权以正统性。但是唐高宗年间,王勃提出新的正统思想,唐书本传曰:

> 勃聪警绝众,于推步历算尤精,尝作《大唐千岁历》,言唐德灵长千年,不合承周、隋短祚。其论大旨云:"以土王者,五十代而一千年。金王者,四十九代而九百年。水王者,二十代而六百年。木王者,三十代而八百年。火王者,二十代而七百年。此天地之常期,符历之数也。自黄帝至汉,并是五运真主。五行已遍,土运复归,唐德承之,宜矣。魏、晋至于周、隋,咸非正统,五行之沴气也,故不可承之。"[③]

[①] 参见庞天佑《秦汉历史哲学思想研究》,中国社会科学出版社2002年版,第124页。"第五章 正统概念解析","正统"概念的内涵包括一个朝代内部王位的宗法嫡传继承;新兴朝代政权的合法建立与继承;历史上一系列合法政权的继承与更替。这里我们用到的是后两方面的含义。
[②] (宋)司马光著,胡三省注:《资治通鉴》卷185《唐纪》,中华书局1956年版,第5791页。
[③] (后晋)刘昫等:《旧唐书》卷190《文苑传上》,中华书局1975年版,第5006页。

第三章　唐代诗人的历史取向与文化原因

　　王勃认为魏、晋、周、隋或短命王朝或偏安一方，均非正统，不可继承。他推算历法，黄帝为土德，汉朝为火德，认为五代间正好运行一个五德终始，唐应略去魏晋周隋，接汉朝火德，为土德，续汉帝王正统，从而使唐政权更具合法性。王勃承祖父隋朝大儒王通之观点[①]提出的唐承汉统说最终未被采用。武则天时李嗣真再请"唐承汉统"说，为了革李唐天命，武则天诏称"唐承汉统"，"以周、汉为二王后，虞、夏、殷后为三恪"[②]，"二王后三恪"是古代政治礼制"宾礼"之一，历代王朝需按统序，分封前代王室后裔爵位，封前二代后裔为二王后以兴废国，封前三代后裔则称为三恪以继绝世。[③]"恪"，即表尊敬，给予封邑，祭祀宗庙，用以怀柔安抚等，显示本朝所承继统绪，标明正统地位。武氏政策执行了十五年，中宗即位后又改回唐承周、隋统；唐玄宗九载九月，崔昌本王勃说呈《五行应运律》，又请承周、汉统，废周、隋为闰，遂诏改以商朝、周朝、汉朝为三恪，十一月敕："唐承汉后，其周武王、汉高祖同置一庙并官吏。"[④]但执行不到三年，被掌权的杨国忠遏止，以维护杨氏隋朝后裔的宗族权益，十二载九月，遂改回北魏、北周、隋三朝后裔为"三恪"，直至唐末。

　　白居易新乐府《二王后——明祖宗之意》有句："周武隋文之子孙。古人有言天下者，非是一人之天下。周亡天下传于隋，隋人失之唐得之。"[⑤]陈寅恪先生指出，白居易之所以创作此篇，"则《贞观政要》第二一《慎所好》篇之第三章似即为《二王后》一篇之所本"[⑥]，他认为白居易可能翻览《贞观政要》时，采唐太宗批评隋炀帝不能正身修德而亡国之意。实际上，白居易

---

　　① 参考汪文学《"唐承汉统"说的理论意义和实践意义》，《西南民族大学学报》2004年第2期。王通向隋文帝陈说隋应接承汉统的观点，文帝未用。
　　② （宋）欧阳修、宋祁等：《新唐书》卷76《则天武皇后传》，中华书局1975年版，第3478页。
　　③ 参见杜佑《通典》卷74"礼三十四·宾一"对"二王后三恪"的考证，指出有三种不同说法：一是"二王之前，更立三代之后为三恪"；二是"二王之前，但立一代，通二王为三恪"；三是"二王之后为一恪，妻之父母为二恪，夷狄之君为三恪"。武侯诏应本第一种说法。
　　④ （后晋）刘昫等：《旧唐书》卷24《礼仪志》，中华书局1975年版，第916页。
　　⑤ （唐）白居易著，顾学颉校点：《白居易集》，中华书局1979年点校本，第56页。
　　⑥ 陈寅恪：《元白诗笺证稿》《第五章新乐府》"二王后海漫漫"条，生活·读书·新知三联书店2001年版，第150—151页。

明言大唐承北周、隋之统而颂唐宣唐，却暗讽了唐玄宗这次更改统序的政治事件为杨国忠操纵，非祖宗及明皇意志。同时元稹《上阳白发人》"隋炀枝条袭封邑"①句也讽刺了杨国忠因周隋子孙为"二王三恪"，而得到了政治特权一事②。新兴贵族地主与传统贵族间因爵位、特权等利益的不断争夺，唐承汉统的政治思想在唐代只维持了不到18年。但这种超时代的汉唐接续的政治想象与历史哲学已深入人心，成为唐人汉唐接续意识的基础，并对唐代礼仪制度与艺术文化的宗汉起了导向与推进作用。唐代诗人本着不同的政治身份与立场，不免在诗歌创作中带有汉代政治取向的意识形态，当然，这只是影响唐诗汉朝情结的"前理解"之一。

三 祭祀汉代先王贤臣的礼制熏陶

祭祀有功德的先代帝王贤臣，是古代重要的国家礼仪"吉礼"之一，唐太宗承隋制定《贞观礼》，还没有祭祀先代帝王的明文正典，但太宗曾下《致祭古圣贤陵墓诏》命有司遍访各地为"爰自上古，洎于隋室，诸有名王圣帝，盛德宠功，定乱弭灾，安民济物，及贤臣烈士，立言显行，纬武经文，致君利俗"③者修葺庙宇坟墓，使"汉氏诸陵"等不再荒芜无祀，以便国民随时敬拜先人。高宗显庆二年修礼，始增订历代帝王的国家祭典，礼部尚书许敬宗上书："谨案《礼记·祭法》云：'圣王之制祀也，法施于人则祀之，以死

---

① （唐）元稹著，冀勤点校：《元稹集》，中华书局1982年点校本，第278页。
② 由此也可看出，正统思想不只是单纯的历史观，更是争夺政治权力的武器。统治者以之立名、正命、宣唐，官僚以之谋爵位和尊宠，那么王勃、崔昌等人之所以请求改统序只是为国家着想？王勃籍在绛州龙门，龙门王氏是太原王氏的一支，考《新唐书·宰相世系》载太原"王氏出自姬姓。周灵王太子晋以直谏废为庶人，其子宗敬为司徒，时人号曰'王家'，因以为氏"[《新唐书》卷72《宰相世系二》]。王勃、王通的祖先是周灵王太子晋，可见他们欲改唐承周汉统的目的必定与宗族利益有关，若改承周汉统，王氏宗族则能贵为"二王三恪"，扭转近世的家族衰落。另太宗时命高士廉编《氏族志》，曰："我今特定族姓者，欲崇重今朝冠冕，何因崔干犹为第一等？昔汉高祖止是山东一匹夫，以其平定天下，主尊臣贵。卿等读书，见其行迹，至今以为美谈，心怀敬重。卿等不贵我官爵耶？不须论数世以前，止取今日官爵高下作等级。"[《旧唐书》卷65《高士廉传》]太宗所定的编修原则，即重新将全国大族姓氏排列等级，将近代以来衰落的王、谢等氏族大姓降低等级，将唐新兴的氏族升级，因此对于高士廉将崔干仍列第一等，而没有实现"贵我官爵"极为不满。可见崔昌等人与杨国忠等人"唐承汉统"与"唐承隋统"之争实为新旧贵族的权力之争。
③ （清）董诰等编：《全唐文》卷5，中华书局1983年影印本，第61页。

勤事则祀之，以劳定国则祀之，能御大灾则祀之，能捍大患则祀之。'……伏惟大唐稽古垂化，网罗前典，唯此一礼，咸秩未申。今请聿遵故事，三年一祭。以仲春之月，祭唐尧于平阳，以契配。祭虞舜于河东，以咎繇配。祭夏禹于安邑，以伯益配。祭殷汤于偃师，以伊尹配。祭周文王于酆，以太公配。祭武王于镐，以周公、召公配。祭汉高祖于长陵，以萧何配。"①可见，其一，高宗时虽然没有在政治上准行王勃的唐承周汉统，却在祭祀先代帝王的礼仪制度上，只选取祀周汉及之前的有德帝王，未祀魏晋周隋的帝王，反映出上层意识形态在统序问题上的折中态度；其二，祭祀先王贤臣的意义不仅仅是一种礼制，更是唐代由上至下的思想文化传布，所谓"稽古垂化"是也，这种礼制"主要以引导的方式体现其功能"②，是社会普遍崇尚三代与汉代精神文化意识的基础。

玄宗天宝七载，诏在京师立三皇以前帝王庙祭祀，三皇以后历代帝王"于肇基之处，未有祠宇者，所由郡置一庙享祭，仍取当时将相德业可称者二人配享"③。自此，夏商周至隋皆纳入先王祭祀礼的范围，这既是玄宗时确定"唐承隋统"在礼制上的体现，也表明盛唐稳定的统治下，初唐统治者所提出的政权合理性已经不成问题。玄宗诏令表明先王庙不再集中于京城，而在先王始创基业的地方，且配享功臣增至两位，如汉高祖庙在沛县，有张良、萧何配享，后汉光武帝庙在南阳，有邓禹、耿弇配享。柳宗元《沛国汉原庙铭》就是在沛县祭汉高祖而作，序中言汉家是唐尧后裔，火德应运而生，然后历数高祖建国功业，颂其功德，表达敬仰缅怀之情。唐代诗人对汉高祖"三杰"张良、萧何、韩信的歌咏，也多庙宇祭祀抒怀之诗，如刘禹锡《韩信庙》、李绅《却过淮阴吊韩信庙》等皆对相对悲惨的韩信较为同情。晚唐五代祭祀先王之礼与民间的巫祀信仰结合，沈亚之《祠汉武帝祈雨文》载："维长庆三年正月己巳，栎阳尉沈亚之，承命于大京兆，以岁旱，用干肉清醪，恭祀于汉

---

① （后晋）刘昫等：《旧唐书》卷24《礼志》，中华书局1975年版，第915页。
② 任爽：《唐代礼制研究》，东北师范大学出版社1999年版，第1页。
③ （元）马端临：《文献通考》卷103《宗庙十三》，商务印书馆1936年版，第937页。

武皇帝神之祠下，因巫人以达其祝语。"① 使祭拜汉代先王之礼更为民间信仰化。当然，各州县先王贤臣庙宇陵墓不可胜计，也不都是汉代人的，但唐代官方的祭祀礼对敬仰汉代帝王贤臣的看重，代表了一种国家导向的历史意识，渗入唐代普通民众的意识中。这种敬拜汉代先王的礼制成为唐人生活的一部分，更为唐代知识分子所看重，当然，他们不是因为礼制的强制力而宗汉，而是自觉地追寻自身的文化血脉，他们追慕汉人的风度与才气，祭祀怀念的同时，借诗咏抒发自己的倾慕，展现激越向上的人生态度与以古人为模范的人生理想。

四 唐人对汉朝文化的理性选择

如果说统治者的唐承汉统及祭祀礼仪，均带有封建宗法社会中的政治神学色彩，那么唐人总结前代历史，编修和研习历代史书而产生的对汉代历史文化的推崇，则是唐人历史理性的选择。历史理性在于区分盛衰善恶，资政借鉴，不论是编修"八史"的史家，还是对《史记》《汉书》作训释者，或是普通知识分子，皆发现了唐前历史最辉煌的汉代盛世优胜于魏晋南北朝诸代，杜佑《通典》云："三代以来，宪章可举，唯称汉室，继汉之盛，莫若我唐。"② 这是在整理前代典章制度过程中，以时代的自信，通识的眼光，发现汉代制度文化对唐代制度建立的深远影响，以及汉唐统一盛世的相似，其典章制度完备，超越汉唐间偏安、弱势、短命的一些王朝，这种历史选择也是一种对唐代繁荣文明的理性自觉。颜师古《上汉书注序》曰："储君体上哲之姿，膺守器之重，俯降三善，博综九流。观炎汉之余风，究其终始；懿孟坚之述作，嘉其宏赡。"③ 这也表明唐人注重总结汉代历史经验，崇尚与借鉴汉代优秀文化的心态。与之相比，在评价魏晋南北朝历史文化时，唐人皆认为这些时代不足取，不兴儒家礼教，文化艺术萎靡不振，因此唐人以汉为榜样，

---

① （清）董诰等编：《全唐文》卷738，中华书局1983年影印本，第7625页。
② （唐）杜佑：《通典》卷18《选举六》，中华书局1988年版，第454页。
③ （清）董诰等编：《全唐文》卷148，中华书局1983年影印本，第1497页。

实在是再自然不过的。

　　唐人基于对历史各个朝代发展的理性认识而得出的汉代优胜论是唐代诗人汉朝情结最根本的原因。唐代诗人对汉史的理解与解释离不开这个社会对普遍历史文化理解的前提。歌咏汉代帝王的诗歌中，诗人对汉高祖的评价是最高的，如李白有《登广武古战场怀古》一诗，就以雄放的精神气度赞扬刘邦开创"汉兴有成功"的基业，他认为刘项皆是秦末乱世大英雄，但项羽没有天命眷顾与远大图谋，缺少刘邦"按剑清八极"①的气魄，阮籍昔日登广武说"时无英雄，使竖子成名"②是不公正且没有眼力识见的狂徒之言。唐代诗人并不特别在意高祖起义时的草民身份，以及杀戮开国功臣、欲改立储君等史事，而颂扬他是不畏艰难成就武功与文治的圣王代表，是后世帝王的楷模。不唯诗人，唐代史家对汉高祖的评价也是极为正面的，唐代司马贞《史记索隐》对高祖"述赞"云："高祖初起，始自徒中。言从泗上，即号沛公。啸命豪杰，奋发材雄。彤云郁砀，素灵告丰。龙变星聚，蛇分径空。项氏主命，负约弃功。王我巴蜀，实愤于衷。三秦既北，五兵遂东。泛水即位，咸阳筑宫。威加四海，还歌《大风》。"③他对汉高祖的称赞集中于对高祖建立汉代伟业的称赞，这种对汉高祖的正面评价代表了急于一展抱负、建立功业的唐人的普遍认识。

　　唐人对汉代历史的理性选择，不是一味地学习汉代文化与气度，而是择善取之，批判继承。如中晚唐人对汉武帝的普遍批判，与诗人以汉武帝讽今王的心态是一脉相承、互相影响的。如欧阳詹《吊汉武帝文并序》曰："帝者宜本于亲人，仙者宜先于远世。以林泉为意者，可居于草泽；以天下为念者，可谨于朝廷。"以此批评汉武帝求仙而荒弃帝王为政为民之本。"履其位而不知所以守，好其事而不知所以从"④，批评汉武帝不知固守帝王

---

① （唐）李白著，（清）王琦注：《李太白全集》，中华书局1977年版，第1002页。
② （唐）房玄龄撰：《晋书》卷49《阮籍传》，中华书局1974年版，第1361页。
③ （西汉）司马迁：《史记》卷8《高祖本纪》，中华书局1959年版，第395页。
④ （清）董诰等编：《全唐文》附录《唐文拾遗》卷25，中华书局1983年影印本，第10653—10654页。另一种说法是李观所作。

之位，不以国家全局为重。欧阳詹《汉受降城铭并序》云："始乎高皇勤功，功阶乎天。累圣重光，光烛乎泉。解殷之罗，要民以轻刑；沃秦之焚，以起民于焦原。故国无困民，民无异心。孝武即既安之朝，而得安其安；驭无为之民，而得为其为。游心大中而陋八区，旁目不庭而叱九军。"① 将汉武帝与汉高祖的功业相比，批评"武皇以兵，而不以德"，汉武帝穷兵黩武，不知守成。这些评价实际上皆有感于安史之乱后的社会现实，讽谏中唐君王要守住初盛唐开创的基业。大儒张彧《汉史赞桑弘羊评》否定班固对桑弘羊的称赞，批评武帝任用桑弘羊，为补充与匈奴作战的巨资，不惜夺百姓之利残剥四海；吕温《望思台铭》批评武帝与太子刘据父不能慈，子不能孝，致使小人间隙，太子冤死；林简言《汉武封禅论》也历数汉武帝安图享乐、黩武穷边、谤狱丛生等"有其位无其德"②的行为，认为这样的君王没有封禅泰山的资格。以上所举对汉武帝的评价代表了中晚唐人对汉武帝的理解与解释，这就形成了李商隐、罗隐等晚唐诗人咏汉武帝暗寄讽喻的思想背景。

总之，唐代诗人的汉朝情结，既是国家意识形态"唐承汉统"的政治思想与历史哲学导向的结果；也是祭祀先代帝王贤臣礼制熏陶的结果；又是唐人对秦隋、魏晋南朝历史文化的批判与超越，对兴盛的汉朝文化理性选择与认同的结果。这些先在的国家意识形态及社会普遍的"前理解"是唐代诗人理解与阐释汉代历史的重要基础。但诗人的汉朝情结与唐人普遍的汉朝关注点还有不同之处，唐代史家关注兴亡盛衰的过程及原因，以古鉴今，评价善恶以惩恶扬善；政治家关心汉代的治国启示；诗人关注历史生命的演绎与自我生命的投射，如王昭君、班婕妤等汉宫怨题材诗歌皆能超出历史家的政治、道德评价，而获得审美的超越。

---

① （清）董诰等编：《全唐文》卷535，中华书局1983年影印本，第5430页。
② （清）董诰等编：《全唐文》卷790，中华书局1983年影印本，第8280页。

第二节　唐代诗人的三国观及文化背景

诗人接受三国史的主要典籍——《三国志》，也是唐代士人极为重视的科考读物，仅次于"三史"，《新唐书·选举志》云："凡弘文、崇文生，试一大经、一小经，或二中经，或《史记》《前后汉书》《三国志》各一，或时务策五道。经史皆试策十道。经通六，史及时务策通三，皆帖《孝经》《论语》共十条通六，为第。"① 陈寿《三国志》在唐代士人接受的历史知识系统中具有重要地位，因其质直无文，刘宋裴松之采汉晋以来各家三国史书，以丰富的史料和精彩的文笔补充原书叙事，为唐代士人喜于接受。与汉朝情结不同，唐代诗人对三国历史的吟咏并不呈现出诗人对汉代故事那样普遍的引用意识，也不是一种群体性的历史文化热衷，而是对三国历史中某些重要人物的普遍吟咏，同时表现出对三国人物的情感认同、对三国历史的理性思考。②

一　诗人的君主观：以咏曹操为例

魏蜀吴三国君主开创一国基业，三足鼎立而分天下，皆能任贤举能、调兵遣将，争雄于一时。唐代诗人对他们的关注，以魏武帝曹操和蜀汉刘备为多，对孙权的歌咏较少，唐人对孙权、刘备皆赞颂之，没有争议，对刘备仁义的歌咏与诸葛亮的歌咏相联系，成为唐代诗人歌咏君臣鱼水相合的典型体现。而对蜀后主刘禅与吴后主孙皓皆持批评态度，怒其平庸与骄奢葬送了父辈基业。我们以唐诗中吟咏曹操作品为例，考察唐代诗人的三国史识。

诗人一方面以政治得失为标准来评价曹操的是非功过。有的诗人评价曹

---

① （宋）欧阳修、宋祁等：《新唐书》卷44《选举志》，中华书局1975年版，第1159页。
② 这方面的研究可参考关四平、陈默《三国历史的诗意化——唐代咏三国诗与士人心态》，《天津大学学报》2002年第1期；李霞《评唐代咏史诗人的历史观》，硕士学位论文，陕西师范大学，2002年。

操为杰出的政治家、军事家和文学家,是三国时代造就的时势英雄,歌咏他"三分天下有其二"的赫赫功业与英雄气概,如"君不见魏武草创争天禄,群雄睢盱相驰逐。昼携壮士破坚阵,夜接词人赋华屋"(张说《邺都引》)①,张说宰辅的政治身份,决定了他能够以政治家的胸襟,极力肯定曹操以武功韬略创立魏国基业,又能招揽文人词士以才赋诗、以文治国,作为一代君主俯览天下的气魄。但唐诗对曹操的正面评价极少,诗人们最为关注和热衷书写的是曹操令死后于西陵对面建造铜雀台这一行为,既能从政治得失的角度出发看待这一历史事件的意义,又能回归同情式的悲剧审美。诗人同情魏宫女子以生守死的凄怨与批评曹操对生命的残害是一体两面的,唐诗中直接歌咏这一题材的近四十首,有些是以对铜雀妓的同情间接批评曹操,而有些是直接控诉,如李邕《铜雀妓》:"西陵望何及,弦管徒在兹。谁言死者乐,但令生者悲。丈夫有余志,儿女焉足私。……君举良未易,永为后代嗤。"②诗人批评曹操只顾自己死后声名,而不顾美丽生命的哀愁,是残害生命的自私行为,也是忘记国家大志而陷于儿女私情的英雄气短,认为这是曹操晚年政事的败笔,尤为人嗤笑。

唐代诗人另一方面以道德为标准,批评曹操的人格缺失与道德品质。如李贺《古邺城童子谣效王粲刺曹操》云:

邺城中,暮尘起。将黑丸,斫文吏。棘为鞭,虎为马。
团团走,邺城下。切玉剑,射日弓。献何人,奉相公。
扶毂来,关右儿。香扫涂,相公归。③

李贺仿效王粲未归顺曹操时所做的讥讽杂谣,讽刺曹操"挟天子以令诸侯"的篡位实质,以古朴的语言、富有短快节奏的激切笔调,写邺城的风云权变、生灵涂炭,讽刺曹操贵为公侯又为相国,依仗权势恣意妄为,致使世

---

① (清)彭定求等编:《全唐诗》卷86,中华书局1960年版,第940—941页。
② (清)彭定求等编:《全唐诗》卷115,中华书局1960年版,第1168页。
③ (唐)李贺著,(清)王琦等注:《李贺诗歌集注》,上海古籍出版社1977年版,第217页。

人皆知有曹而不知有汉天子的历史现实。诗人站在历史人物王粲的角度理解那个时代，仿效三国杂谣的诗意想象更贴近历史真实。再如徐夤《魏》：

> 伐罪书勋令不常，争教为帝与为王。十年小怨诛桓邵，一檄深雠怨孔璋。
> 在井蛰龙如屈伏，食槽骄马忽腾骧。奸雄事过分明见，英识空怀许子将。①

首联说曹操篡夺汉家江山，不忠者不应为王。颔联讥刺曹操心胸狭小，据《魏志·武帝纪》注引《曹瞒传》，曹操微时桓邵曾轻视之，后曹操因此"小怨"诛杀桓邵；陈琳依袁绍时曾为袁绍作讨伐曹操的檄文，后袁绍败，陈琳依曹操，而曹操深怨之。颈联讽刺曹魏基业终为司马氏篡夺。尾联以许劭品评曹操"君清平之奸贼，乱世之英雄"②之语总结，突出诗人对曹操"奸雄"的评价。

唐代诗人对曹操的评价是一方面咏其政治、军事成就，视其为英明君主；另一方面则批判他的人格与政令，且批评之声多于赞颂之音，这种理解有历史传统的影响。陈寿《三国志》中的曹操是英雄豪杰形象，开创魏国，体恤兵民，重用贤才，运筹帷幄，决胜战场；而陈寿为尊者讳，没有书写曹操残酷狡诈的一面，如裴松之《三国志》注引《曹瞒传》记载的曹操飞鹰走狗、欺骗叔父等史事都未被陈寿记载③。晋宋之际史家则批评陈寿的曲笔，未将曹操盗国的实质、妒忌残杀贤臣等阴暗的一面写进史书，为裴松之注广泛引用，杂史、杂传的历史意识更深刻地影响唐人的历史理解。总之，历史遗留的有关曹操的两方面评价都为唐人所接受。

在此接受理解的基础上，唐人三国论的曹操评价与诗人的曹操想象有所不同。唐人普遍认为曹操功大于过，其中初唐统治者的观点起到导向作用。

---

① （清）彭定求等编：《全唐诗》卷710，中华书局1960年版，第8169页。
② （南朝宋）范晔：《后汉书》卷68《许邵传》，中华书局1965年版，第2234页。
③ 参见凌云峰《正统观念与曹操形象的变化》，硕士学位论文，华中科技大学，2007年。

唐太宗曾路过古邺城祭拜曹操曰："昔汉室豆分，群雄岳立，夫民离政乱，安之者哲人；德丧时危，定之者贤辅。伊尹之臣殷室，王道昏而复明；霍光之佐汉朝，皇纲否而还泰。立忠履节，爰在于斯。帝以雄武之姿，当艰难之运，栋梁之任，同乎曩时，匡正之功，异于往代。观沉溺而不拯，视颠覆而不持，乖殉国之情，有无君之迹。既而三分肇庆，黄星之应久彰；卜主启期，真人之运斯属。其天意也，岂人事乎！"① 唐太宗一方面称赞曹操以"雄武之资"匡扶衰汉，功绩堪比伊尹、霍光，肯定他平乱建魏的功绩；另一方面也对他目无君主的不忠行为及其造成的割据局面略有微词，最后认为曹操能成为魏帝是天命决定的。李百药向唐玄宗上《封建论》也说："……臣以为自古皇王，君临宇内，莫不受命上玄，飞名帝箓，缔构遇兴王之运，殷忧属启圣之期。虽魏武携养之资，汉高徒役之贱，非止意有觊觎，推之亦不能去也。"② 李百药对皇帝资历的观点代表了初盛唐人对曹操的典型看法，无论是曹操挟天子以令诸侯，还是刘邦的低贱出身，均不影响他们后来成为圣王，成就一番伟业，反而因为他们禀赋天成，有天命庇佑，而能承时应运，贵为人皇，与唐太宗一样，以"天命"来解释曹操不守臣道而得政治权位这一历史事实的矛盾。统治集团的这种看法是因为唐革隋朝及唐太宗玄武门之变，都是以非合法的方式取得政权，而唐代统治者自称"受隋禅位"与三国曹操"受汉禅位"具有相似性，所以对曹操的谋权篡位只是略有微词，以惩戒臣子；而更看重曹操政治军事上的成就。这种观点明显代表了上层统治者的意识形态，唐代统治集团以宏阔的历史视野和高远的政治眼光，以政治事功和政治道德为评价君王的标准，得出的结论就不同于诗人站在文人立场得出的观点。

盛唐史家则能较理性客观地评价曹操，如朱敬则《魏武帝论》③ 首先称赞他具有卓绝的军事才能，"观曹公明锐权略，神变不穷，兵折而意不衰，在危而听不惑，临事决机，举无遗悔，近古以来，未之有也"；其次称其善集纳

---

① （清）董诰等编：《全唐文》卷10，中华书局1983年影印本，第131页。
② （清）董诰等编：《全唐文》卷143，中华书局1983年影印本，第1444页。
③ （清）董诰等编：《全唐文》卷170，中华书局1983年影印本，第1736页。

人才，所谓"天下精明之士，拓落之材，趋若百川之崇巨海，游尘之集高岳"；且曹操审时度势，"挟天子以崇大顺，扶幼主而显至公。旌贲忠良，芟夷叛逆，神道辅德，百姓与能，武功赫然，霸业成矣"。除了这些建立基业的功绩之外，朱敬则也批评曹操"不能用天下之材，成天下之务""忌小怨而忘远图，料目前而忽身后"等忌才妒贤、目光短浅的缺点，指出这是致使魏国短祚的原因。唐代史家对曹操的评价是一分为二的，但曹操明显被想象成功大于过的君主形象，如王勃《三国论》："魏武用兵，仿佛孙吴。临敌制奇，鲜有丧败，故能东禽狡布，北走强袁，破黄巾于寿张，斩睢固于射犬。援戈北指，蹋顿悬颅；拥旆南临，刘琮束手。振威烈而清中夏，挟天子以令诸侯，信超然之雄杰矣。而弊于褊刻，失于猜诈。"① 也能对曹操公正辩证地评价。观初盛唐统治者与史家的曹操论，可见曹操"功大于过"是唐人一种普遍的历史认识。唐代诗人对曹操评价的两面性理解正是在接受三国史书、唐代主流意识形态及史家评论的过程中产生的，但与唐人普遍功大于过的理解不同，唐代诗人尤其是中晚唐诗人对曹操的批评意识更多，诗人对曹操的想象性书写更专于"忌小怨而忘远图，料目前而忽身后"的一面。中晚唐政治集权偏落，宦官得势和藩镇割据的政治背景影响到诗人对曹操夺权而天下三分、战争迭起的理解与解释，对其歌咏批判，以寄托对中晚唐乱世的愤恨。

二 诗人的名臣观：以咏诸葛亮为例

唐代诗人对魏、蜀、吴三国的名臣皆赞颂有加，尤其是蜀国的诸葛亮、关羽、张飞，吴国的周瑜、鲁肃等，如孙元晏《吴》十七首赞孙吴的名臣大将周瑜、鲁肃、甘宁等，这些诗歌均体现出唐代诗人对辅君贤臣的敬仰，对三国人才际会与个人力量对国家贡献的肯定。诗人对诸葛亮的咏歌最多②，形

---

① （唐）王勃著，（清）蒋清翊注：《王子安集注》，上海古籍出版社1995年版，第310—322页。
② 可参考张润静《唐代咏史怀古诗研究》第四章第三节"武侯题材与唐代士人心态"，上海三联书店2009年版；吴仪凤《杜甫咏诸葛武侯诗探微》，《杜甫研究学刊》1998年第3期。

成普遍的崇拜风气。

一方面，唐代诗人欣羡武侯与先主刘备的君臣遇合，及其英雄相怜相惜的情义，既赞赏先主对武侯礼贤下士的谦虚见识和委以重任的信任态度，又赞扬武侯的竭力辅助，知恩图报，忠贞不渝。李白《读诸葛武侯传，书怀赠长安崔少府叔封昆季》云："汉道昔云季，群雄方战争。霸图各未立，割据资豪英。赤伏起颓运，卧龙得孔明。当其南阳时，陇亩躬自耕。鱼水三顾合，风云四海生。武侯立岷蜀，壮志吞咸京。"① 诗人对先主和武侯君臣际遇，建立蜀汉鼎足霸图，恢复汉家事业的凌云壮志大加赞赏，表达了诗人对三国风云时代，英雄出世而能建功立业的欣羡与渴慕，诗人豪放远大的胸襟中满怀志向。再如：

> 先主与武侯，相逢云雷际。感通君臣分，义激鱼水契。（岑参《先主武侯庙》）②
>
> 鱼水从相得，山河遂有归。任贤无间忌，报国尽神机。（李中《读蜀志》）③
>
> 君臣当共济，贤圣亦同时。翊戴归先主，并吞更出师。（杜甫《诸葛庙》）④
>
> 武侯祠屋常邻近，一体君臣祭祀同。（杜甫《咏怀古迹五首》其四）⑤

这些诗句均是对蜀国先主与武侯圣贤共济的称赞，尤其诗人杜甫在蜀期间，流连武侯庙，写下许多咏诸葛亮的诗，寄寓对现实和谐君臣关系的期待。

另一方面，唐代诗人具体地描述武侯一生功绩，表达敬仰缅怀之情，如杜甫《咏怀古迹五首》其五将诸葛亮比之伊尹辅佐商汤，吕尚辅佐周武王，

---

① （唐）李白著，（清）王琦注：《李太白全集》，中华书局1977年版，第482页。
② （唐）岑参著，陈铁民等校注：《岑参集校注》，上海古籍出版社1981年版，第346页。
③ （清）彭定求等编：《全唐诗》卷748，中华书局1960年版，第8525页。
④ （唐）杜甫著，（清）仇兆鳌注：《杜诗详注》，中华书局1979年版，第1674页。
⑤ 同上书，第1505页。

比之汉高祖有萧何与曹参，肯定诸葛亮在蜀汉功业建立中的重要作用，并以极具抒情性的比喻"万古云霄一羽毛"，来赞美他在三国历史中的地位，同时诗人也怜惜英雄早逝而恢复汉家事业未能成就。薛逢《题筹笔驿》也赞诸葛武侯"身依豪杰倾心术，目对云山演阵图"，欣羡武侯在风云时代，能将运筹帷幄的策略与军事才华展示，同时也为其"赤伏运衰功莫就，皇纲力振命先徂"[1]未能统一天下的历史命运而深感遗憾。唐代诗人除了赞武侯者，也有的认为武侯非王佐才，而加以贬低，如薛能《筹笔驿》，评价超出了三国的环境与局势，并不客观。诗人们对以诸葛亮为主的三国名臣的称赞显示出唐人开阔的胸襟，大多能超越以政治成败论英雄的视角，寄寓道德的、审美的评价与同情，唐人对诸葛亮推崇的普遍心态是诗人诸葛亮崇拜的基础。

其一，就刘备与武侯君臣遇合的态度而言，初盛唐人因为现实中的君臣遇合而对历史上和谐的君臣关系加以赞颂，上层统治者也倡导和谐的君臣关系，如唐太宗《诸葛亮高颎为相公直论》曰："故陈寿称亮之为政，开诚心，布公道。尽忠益时者，虽雠必赏；犯法怠慢者，虽亲必罚。卿等岂可不企慕及之。朕今每慕前代帝王之善者，卿等亦可慕宰相之贤者，若如此，则荣名高位，可以长守。"[2]唐太宗对三国诸葛亮、隋朝高颎为相的公正平直大加赞赏，期望臣子"企慕"善于辅君的前贤，在现实政治中形成良好的君臣关系。正是初唐统治者对和谐君臣关系的认同与倡导，社会意识形态对诸葛亮无私公正、有信有义的道德评价，推进了初盛唐清明政治环境中君臣关系的实践，成为唐代士子乐于吟咏的贤相典范。中晚唐社会政治秩序动荡，君臣关系也不再如初盛唐，而是贤臣不得进，才华不得施展，唐人对刘备与诸葛亮的鱼水关系表达敬意，是对历史的企慕与对安史之乱及晚唐政治腐败现实的失望矛盾纠结的心理体验。中晚唐人对现实君臣关系深感失望，而呼唤这种理想的君臣关系。永新革新失败后，宰相王叔文"独有忧色，而不敢言其事，但

---

[1] （清）彭定求等编：《全唐诗》卷548，中华书局1960年版，第6330—6331页。
[2] （清）董诰等编：《全唐文》卷10，中华书局1983年影印本，第122页。

吟杜甫题诸葛亮祠堂诗末句云：'出师未捷身先死，长使英雄泪满襟。'"① 王叔文是借杜甫咏诸葛亮的心情来表达改革事业不能完成的遗恨，代表了中晚唐人的复杂情怀。杜甫《古柏行》句"志士幽人莫怨嗟，古来材大难为用"②；薛逢《题白马驿》句"胸中愤气文难遣，强指丰碑哭武侯"③ 都是对残酷政治环境的现实哀怨。

其二，就赞颂诸葛亮的功勋而言，初唐人以诸葛亮自比，豪情壮志比肩古人；中晚唐人则多以诸葛亮的功绩来批评时弊，讽谏君主。如唐太宗"尝问群臣：'征与诸葛亮孰贤？'岑文本曰：'亮才兼将相，非征可比。'帝曰：'征蹈履仁义，以弼朕躬，欲致之尧、舜，虽亮无以抗。'"④ 太宗肯定诸葛亮将才与相才的同时，认为魏徵秉持儒家仁义，能够超越诸葛亮的辅君功绩，这种超越的历史意识成为唐人自信心态的导向。诗人李白就曾以诸葛亮自比，赋诗见情。中晚唐人则在安史之乱后对唐代功业难以复兴，在心中留下伤痕，他们开始用诸葛亮的谋略向日渐凋敝的国家献策，李德裕曾劝谏曰："昔诸葛亮有言：'亲贤臣，远小人，汉所以兴隆也。亲小人，远贤士，后汉所以倾颓也。'今训小人，顷昝恶暴天下，不宜引致左右。"⑤ 李德裕身为宰相，以诸葛亮的治国原则来劝说君王远小人，近贤士，渴望帝王能够任用像诸葛亮一样辅君救世的人才，才能使国家不致倾颓。随着安史之乱大批官员随临时政府入蜀，唐人多祭拜先主庙和武侯庙，"德宗贞元十一年（795），宪宗元和四年（809）、宣宗大中三年（849）唐人先后在勉县武侯祠、成都武侯祠和襄阳隆中立碑铭文，彰显诸葛亮的功勋业绩"⑥，唐末光化三年（900）还封诸葛亮为武灵王，显示出社会民众对诸葛亮"匡复汉室"的一致赞颂，对"出师未捷身先死"的遗憾，实际上是对救世英雄平息纷乱的呼唤与无奈。裴度

---

① （后晋）刘昫等：《旧唐书》卷153《王叔文传》，中华书局1975年版，第03736页。
② （唐）杜甫著，（清）仇兆鳌注：《杜诗详注》，中华书局1979年版，第1357页。
③ （清）彭定求等编：《全唐诗》卷548，中华书局1960年版，第6330页。
④ （宋）欧阳修、宋祁等：《新唐书》卷97《魏徵列传》，中华书局1975年版，第3873页。
⑤ （宋）欧阳修、宋祁等：《新唐书》卷180《李德裕传》，中华书局1975年版，第5330页。
⑥ 李文澜：《诸葛亮祭祀所见魏晋隋唐制祀的变化》，武汉大学中国三至九世纪研究所编《魏晋南北朝隋唐史资料》第20辑，上海古籍出版社2003年版，第72页。

《蜀丞相诸葛武侯祠堂碑铭并序》曰："若天假之年，则继大汉之祀，成先主之志，不难矣。且权倾一国，声震八纮，上下无异词，始终无愧色。苟非运膺五百，道冠生知，曷以臻于此乎？"① 显示出唐人对历史大势的无奈，对英雄与命运抗争悲剧的感动，正如贯休云："今朝冥祷祝，只望息干戈。"（《经先主庙作》）② 总之，唐人对诸葛亮的积极评价一以贯之，他们不同意陈寿的评价，认为"陈寿短武侯应变之论"，"非通论也"③。

三　诗人的正统观：对正史的传承

唐代诗人不但对三国君主与贤臣加以关注，反映出诗人的英雄观与君臣观，他们也在诗中融入对三国史的重要历史命题——蜀国与魏国孰为正统的理解与解释，大致有两种不同的观点。

以蜀国为正统的历史观居多。如晚唐周昙的组诗《三国门》六首，分别咏蜀国先主刘备两首、后主刘禅一首，咏吴国后主一首、鲁肃一首、王表一首，实际上只歌咏蜀吴而没有歌咏曹魏，暗含不以曹魏为正统的潜在意识。其中《再吟》蜀先主一首，可惜蜀汉在"一家区宇忽三分"④ 的情况下，没能光复汉室，统一天下，隐约暗含以蜀为刘汉正统的意识。再如徐夤吟咏三国的组诗，以《蜀》《魏》《吴》的顺序排列，已蕴含诗人对三国正统的理解与解释，即以蜀汉为正统的历史意识。《蜀》一首肯定了蜀汉"能均汉祚三分业"⑤ 的较强实力与维持汉家局面的作用，然后发出"君王幸是中山后，建国如何号蜀都"的质疑，诗人认为刘备既然是汉中山靖王的后代，就应该继续以汉家旗号保持自己在统序上承汉的合理合法性。《魏》一首对曹操进行声讨与批判，称其为盗国"奸雄"，不应为帝为王。晚唐三国组诗在形式与内容

---

① （清）董诰等编：《全唐文》卷538，中华书局1983年影印版，第5463页。
② （清）彭定求等编：《全唐诗》卷833，中华书局1960年版，第9396页。
③ （后晋）刘昫等：《旧唐书》卷84《裴行俭传附子光庭传》，中华书局1975年版，第2808页。陈寿《三国志·蜀书·诸葛亮传》评曰："然连年动众，未能成功，盖应变将略，非其所长欤。"王勃《三国论》曰："故知应变将略，非武侯所长，斯言近矣。"在唐人诸葛亮评价中很少。
④ （清）彭定求等编：《全唐诗》卷729，中华书局1960年版，第8357页。
⑤ （清）彭定求等编：《全唐诗》卷710，中华书局1960年版，第8196页。

上均显现出以蜀汉为正统的历史观。

另外，诸多歌咏刘备、诸葛亮的唐诗蕴含蜀汉正统的历史观，如杜甫云"复汉留长策，中原仗老臣""应天才不小，得士契无邻"[《谒先主庙（刘昭烈庙在奉节县东六里）》]①，陈寿《三国志》称刘备为蜀国先主。而诗人按照蜀汉传统，称刘备为汉昭烈皇帝，显示出以蜀为承汉正统的意识，赞昭烈皇帝"应天""复汉"。再如武少仪《诸葛丞相庙》有句："因机定蜀延衰汉，以计连吴振弱孙。欲尽智能倾僭盗，善持忠节转庸昏。"② 诗人认为诸葛亮的功绩在于"定蜀延衰汉"，这就肯定了蜀国是汉家宗族后裔的正统性，其联合吴国抗击魏国，就是为了竭尽所能除去曹操的"僭盗"实质，恢复汉家江山事业。再如杜牧《和野人殷潜之题筹笔驿十四韵》有句赞诸葛亮："慷慨匡时略，从容问罪师。褒中秋鼓角，渭曲晚旌旗。仗义悬无敌，鸣攻故有辞。若非天夺去，岂复虑能支。子夜星才落，鸿毛鼎便移。"③ 杜牧认为蜀汉是汉家正统，讨伐曹操的"罪师"是具有正义性的合理行为，诗人将正义之师的失败归结为历史天命的转移。蜀国的正统性在于汉代宗族后裔的血脉、政治和谐与正义的人心所向，因为"天命"，具有正统性的蜀国最终没能成为正统，而非正统性的曹魏最终成为正统；曹魏的正统性在于占据中原的实力与功业，及曹魏之后的司马晋统一天下的历史事实，这就显示出诗人对三国正统名与实的矛盾性理解与解释。

此外，还有少数诗人以曹魏为正统，如张鼎《邺城引》句"君不见汉家失统三灵变，魏武争雄六龙战。荡海吞江制中国，回天运斗应南面"④，称曹操是汉末乱世的一代英豪，争雄征战，乘龙御天，应命称王，控制中原，有"荡海吞江"不可抵挡之势，是应"天运"而起的一代君王魏武帝，具有为帝为王的正统性。但这种理解只是少数，大多诗人以蜀汉为正统，以道德同情式的理解，解释三国历史，超越了传统的正统观，书写心中的正义与正统。

---

① （唐）杜甫著，（清）仇兆鳌注：《杜诗详注》，中华书局1979年版，第1353页。
② （清）彭定求等编：《全唐诗》卷330，中华书局1960年版，第3690页。
③ （唐）杜牧著，吴在庆校注：《杜牧集系年校注》，中华书局2008年版，第564页。
④ （清）彭定求等编：《全唐诗》卷202，中华书局1960年版，第2109页。

唐代诗人正统观受到唐前历史文化的影响。陈寿是由蜀入晋之臣，晋承魏而起，迫于政治的压力，他的《三国志》以曹魏为正统，这表现在以下方面。其一，他只为魏国的皇帝作"本纪"，如武帝纪、文帝纪、明帝纪，而不为蜀、吴的刘备、孙权等帝王作"本纪"，只为他们作传，不称其为"帝"，只称"主"，如蜀《先主传》；其二，陈寿《魏书》的叙事最详，篇幅最多，《蜀书》叙事简略，篇幅最少；其三，《蜀书》与《吴书》中，蜀、吴主即位，标明魏国年号；其四，陈寿还为尊者讳，对曹操逼迫汉献帝禅位一事曲笔记载，刻意掩盖，将历史事实写成汉帝因众望所归与天命所向，将帝位禅让给曹操，魏土德代汉火德，魏为正统。西晋司马彪著《后汉书》也以曹魏为正统，今存其《后汉书·献帝纪》叙述史实与陈寿类似。吴人谢承著《后汉书》开始记载曹魏为篡伪。东晋习凿齿《汉晋春秋》也反对以曹魏为正统，直言"三国之时，蜀以宗室为正"，魏武"尚为篡逆"（《晋书·习凿齿传》），提出越过魏朝，晋接续汉统；又曾著《晋承汉统论》，否定曹魏的正统性，论证说一方面是因为曹魏并未统一天下，另一方面是曹操不符合儒家的忠孝仁义的道德，没有为王为帝的资格。袁宏《后汉纪》也否定曹魏的正统性，说汉虽衰，但"刘氏之德未泯，忠义之徒未尽，何言亡也。汉苟未亡，则魏不可取"[1]，似有以蜀为正统的意识。袁山松的《后汉书》明确以曹魏为篡逆。[2]从以上所举史书的三国正统观，可见唐前否定曹魏正统性的历史意识居多，这种对三国历史的文化理解影响到唐代诗人的三国正统意识，也就多以蜀汉为正统，但是诗人的三国正统观相对史家正统观为某一政权合理性而论证，更偏重非政治的道德理性的认同和个人情感与真诚信仰的寄托。

四 诗人的天人观：三国史论影响

唐代诗人对三国历史兴衰的思考，深刻体现在他们对魏蜀吴三国兴亡原因的理解与解释方面。有的诗人将三国的先后灭亡归于天命，如李商隐《筹

---

[1] （东晋）袁宏撰，周天游校注：《后汉纪校注》卷30《献帝纪》，天津古籍出版社1987年，第863页。

[2] 参见邓锐《魏晋正统观念研究》，硕士学位论文，华中科技大学，2007年。

笔驿》"管乐有才终不忝,关张无命欲何如"①,认为蜀汉拥有贤相良将辅佐大业,但总归逃不出历史天命的安排,事业不成。唐代诗人对蜀汉功业怜惜,解释历史天命与人事的悖论,认为人不能胜天,"算成功在榖,运去事终亏。命屈天方厌,人亡国自随"(殷潜之《题筹笔驿》)②;"仗顺继皇业,并吞势由己。天命屈雄图,谁歌大风起"(张俨《贞元八年十二月谒先主庙绝句三首》其一)③; "下国卧龙空寤主,中原得鹿不由人"(温庭筠《过五丈原》)④;"黄金车与斑斓耳,早个须知入谶来"(孙元晏《吴·黄金车》)⑤。无论是曹魏掌控中原,蜀、吴分别割据一方,还是蜀国英雄有力无命,都显示出历史天命驾驭人事的作用。有的诗人则认为历史兴衰的原因在于人事,而不关天命,如李九龄《读三国志》:"有国由来在得贤,莫言兴废是循环。武侯星落周瑜死,平蜀降吴似等闲。"⑥ 国家兴亡不由掌控历史循环的天命决定,重要的是人事,在于国家是否任用贤才,诸葛亮与周瑜是蜀国、吴国的命脉所在,失去贤才而亲近小人,国自然不保,诗人客观地分析了蜀吴衰亡的原因。有的诗人能够辩证地看到天命与人事对历史的共同作用。如"历数将终势已摧,不修君德更堪哀"(孙元晏《吴·青盖》)⑦,指出吴国灭亡的原因有二,一为运数的转移,二为吴后主的无德。以上三种不同的观点,代表了唐代诗人对三国兴亡的哲学思索。实际上,唐前多种三国史书都蕴含着历史天命与人事的思索,唐代诗人对三国史接受阅读,必然受到史家观点的影响,此外,唐人对三国史普遍的理解与解释也影响了诗人的历史识见。唐人解读三国史的嬗变原因也有三种观点。

其一,历史由天命决定。如李世民《祭魏太祖文》:"夫大德曰生,资二

---

① (唐)李商隐著,刘学锴、余恕诚集解:《李商隐诗歌集解》,中华书局1988年版,第1318页。
② (清)彭定求等编:《全唐诗》卷546,中华书局1960年版,第6309页。
③ (清)彭定求等编:《全唐诗》卷472,中华书局1960年版,第5355页。
④ (唐)温庭筠著,(清)曾益笺注,王国安标点:《温飞卿诗集笺注》,上海古籍出版社1998年版,第104页。
⑤ (清)彭定求等编:《全唐诗》卷676,中华书局1960年版,第8702页。
⑥ (清)彭定求等编:《全唐诗》卷730,中华书局1960年版,第8363页。
⑦ (清)彭定求等编:《全唐诗》卷767,中华书局1960年版,第8704页。

仪以成化；大宝曰位，应五运而递昌。贵贱废兴，莫非天命。""不可以智竞，不可以力争。""其天意也，岂人事乎！"① 唐太宗总结三国历史，认为决定历史中朝代皇权更替的根本因素是"天命"，而不是"人事"，历史就是按照五行循环的天命运数来运演的，人无论智取与力争，皆不能扭转天意，"天"是决定历史发展、三国鼎立而蜀吴偏安的主导力量与最高权威。正如孙樵《刻武侯碑阴》中所说："赤帝子火炽四百年，天厌其热，泊献烬矣。武侯独愤激不顾，收死灰于蜀，欲嘘而再燃之。艰乎为力哉，是以国称用武。岐雍间地不尺阔，抑非智不周，天意炳炳然也。"② 肯定了武侯在汉代火德运数即将结束的时刻，力挽狂澜，以武力和智力艰难地与天命抗争，欲延续汉祚事业，但是天意不怜惜任何人事努力。徐铉《舒州周将军庙碑铭》对致使周瑜英雄才未尽展，事业未竟的历史天命，不禁感叹："何雄才大略，神授之如彼，短命促龄，天夺之若此。匆乎茫昧，不可得而详也。"③ 对左右人事而不怜惜英雄的无情之"天"疑惑不解。

其二，人事重于天命。如李德裕《三国论》开篇论："魏、蜀、吴三分天下，而亡有先后，非形势有轻重，积累有厚薄，察其政柄所归，则亡之先后可知也。"他认为三国灭亡的先后不是天命时势的偏好，而在于权柄遗失的先后，"所谓柄者，威福是也，岂可假于臣下哉。后代睹三国之事，可不戒惧哉"，史家论说三国之兴亡实为当世借鉴，察魏、蜀、吴三国，由于皇帝失德，不能亲贤人远小人，蜀、魏、吴的统治者先后失去最高权力的掌控，而为小人把持，蜀有宦官黄皓"内不能修武侯之旧典，外不能制姜维之黩武，纪纲日坏，君子不服，所以先亡也"；魏政归司马懿，"齐王已降，惟守空宫，亡之淹速，系于师、昭之志"④，所以次亡；吴后主孙皓虽骄奢极欲，残虐用刑，但没有奸臣把政，所以后亡。李德裕以史家的历史理性及儒者辅国的淑世情怀，用三国历史之理讽谏唐代宦官专权与藩镇割据的危害，主张汲取历

---

① （清）董诰等编：《全唐文》卷10，中华书局1983年影印本，第130—131页。
② （清）董诰等编：《全唐文》卷795，中华书局1983年影印本，第8338页。
③ （清）董诰等编：《全唐文》卷884，中华书局1983年影印本，第9240页。
④ （清）董诰等编：《全唐文》卷708，中华书局1983年影印本，第7272页。

史教训，巩固集权。

其三，天命与人事皆制约历史发展。如王勃《三国论》：

> 熹平中，大黄星见楚宋之分，辽东殷馗曰："其有真人起于谯沛之间。"以知曹孟德不为人下，事之明验也。先时秦帝东游，亦云金陵当有王者兴。董扶求出，又曰益州有天子气。从兹而言，则长江剑阁，作吴蜀之限；天道人谋，有三分之兆，其来尚矣。①

王勃的三国史论于天命决定人事和人事重于天命的思想之外，独树一帜，显示出辩证的历史哲思。当然，他承认天命与人事共同左右历史发展的前提仍是天命在先，天命的征兆早于人事而显现，历史人事是天命的佐证，但是历史的过程离不开人的谋划与设计，因此他说"故知应变将略，非武侯所长，斯言近矣"，"惜其功垂成而智不济，岂伊时丧？抑亦人亡"②，认为诸葛亮辅佐蜀汉的事业之所以功败垂成，一方面在于天命的征兆与制约，另一方面在于武侯军事策略应变方面的不足，天命转移与人谋失误共同导致了蜀汉的衰亡。

再如严从《拟三国名臣赞序》曰："然则圣人受命，贤人受任，龙腾武跃，风流云蒸，求之精微，其道莫不咸系乎天者也。故夫受天之命者，不可以苟；代天之理者，不可以私。"③说明诸位君主与贤臣皆是受命于天，而出现在三分天下的历史舞台上，尽应尽的职责，代天行事。严从又强调三国人事对于兴衰成败的重要性："何尝不得贤则理，失贤则危哉？"强调国家得贤才是兴隆的关键。

唐人从不同的理解视角与评说目的出发，得出人事与天命的三国兴亡结论有异，这种天人之论与唐代诗人的三国天人论相辅相成，互相影响，共同构成唐代普遍的三国史理解与解释。相比这种普遍的天人关系论，唐代诗人

---

① （唐）王勃著，（清）蒋清翊注：《王子安集注》，上海古籍出版社1995年版，第310—311页。
② 同上书，第318页。
③ （清）董诰等编：《全唐文》卷300，中华书局1983年影印本，第3047页。

对三国兴亡理性思索的同时，更表达了对三国英雄功业未就的怜惜之情。诗人对三国兴亡的歌咏，包含了人事与天命的无限纠结，理性与情感的交错互织，实际上寄托了诗人面对不可捉摸的神秘命运，对自身不可预知的生命、时代、未来充满执着与希望的心理感受，这种历史感就不同于史家纯粹历史经验的理性总结。

综上所述，唐代诗人吟咏三国故事，蕴含对三国人物诸葛亮的敬仰和对曹操的批判倾向，反映出唐代诗人的三国君主观及君臣观；也蕴含了主要以蜀为正统的思想和对三国兴亡原因的多角度探讨，均受到史书历史意识及唐人普遍三国史理解与解释的影响。而真实的三国史无所谓谁是正统与天命所受，诗人能超越史家的曲枉之笔和局限的历史想象，看待更真实的历史与生命，诗人窦常《谒诸葛武侯庙》云："人同过隙无留影，石在穷沙尚启行。归蜀降吴竟何事，为陵为谷共苍苍。"[①] 将三国史放在永恒变易的历史进程中，赋予历史生命化的内涵，显示出诗人超越时代的历史意识。

第三节　唐代诗人的六朝兴亡观及文化背景

六朝指东吴、东晋以及南朝的宋、齐、梁、陈，曾在建康（金陵）建都的六个朝代，因唐朝许嵩《建康实录》记载这六个朝代而得名，六朝在隋唐之前延续了三百六十余年，但每个朝代均短祚而亡，于是上演了兴衰更替的历史剧。唐初史家详细总结并评价了这段历史，初盛唐诗人对六朝历史关注不如中晚唐多，他们对六朝古都的吟咏多是企慕人杰地灵，对六朝繁华历史文化逝去的叹惋；中晚唐社会内忧外患，几代帝王的统治均未扭转局面，日益凋敝，诗人士子才开始警觉六朝兴亡的典型意义，不禁思考历史兴亡变易之频繁，天命、地形与人事最终谁为决定之力量。唐代诗人对这一问题的体

---

① （清）彭定求等编：《全唐诗》卷271，中华书局1960年版，第3032页。

察，蕴含了对六朝兴亡原因的总结。

一　兴亡因素：君主人才、地势王气

其一，君主与国家兴亡的关系。六朝君主不以德治，不以民为本，政事荒芜，空务奢靡，安于享乐，是国家覆灭的重要原因。唐代诗人尤其是中晚唐的诗人常常诗咏六代繁华骄奢，以讽喻当世统治者，劝谏其洁身自好。繁华绮丽已经成为六朝的一种文化象征，刘禹锡《金陵五题·台城》、李商隐《南朝》《齐宫词》均写出了六朝奢靡的意象。再如司空图《南北史感遇十首》其四："花迷公子玉楼恩，镜弄佳人红粉春。不信关山劳远戍，绮罗香外任行尘。"[1] 其六："行乐最宜连夜景，太平方觉有春风。千金尽把酬歌舞，犹胜三边赏战功。"[2] 其十："景阳楼下花钿镜，玄武湖边锦绣旗。昔日繁华今日恨，雉媒声晚草芳时。"[3] 第一首诗将六朝贵族的奢靡繁华与统治者频繁战争导致戍边士卒的劳苦相对比；第二首诗写六朝统治者散尽千金，耗资办晚会，安逸淫乐而不思挽救边陲战事抵挡北方的军事进攻；第三首诗用"景阳楼""玄武湖"两个历史物象，代指齐武帝和宋孝武帝朝的奢华靡丽，昔日的繁华都化作今日的亡国之恨，诗人在南朝历史的吟咏中反复强调统治者对待自身与国家、人民的不同态度，只顾眼前享乐而不管国家、人民的将来。再如徐夤《陈》：

三惑昏昏中紫宸，万机抛却醉临春。书中不礼隋文帝，井底常携张贵嫔。

玉树歌声移入哭，金陵天子化为臣。兵戈半渡前江水，狎客犹闻争酒巡。[4]

"三惑"即酒、色、财，被陈后主一一占去，诗人讽刺陈朝后主的昏庸无

---

[1]（清）彭定求等编：《全唐诗》卷633，中华书局1960年版，第7264页。
[2] 同上。
[3] 同上。
[4]（清）彭定求等编：《全唐诗》卷710，中华书局1960年版，第8170页。

道,将国家事务一一抛却,沉醉在三阁之中,专宠贵妃张丽华,并与江总等绮丽华彩的文辞之士诗酒玩乐,这些荒政的行为最终导致隋文帝大举过江,攻破石头城。罗隐《台城》也云:"水国春常在,台城夜未寒。丽华承宠渥,江令捧杯盘。宴罢明堂烂,诗成宝炬残。兵来吾有计,金井玉钩栏。"① 诗人讽刺陈后主的宴饮之乐,国家灭亡之际跳入空井,没有一个君主应有的作为与尊严。后主忘国毁业,不知守成,六朝最后一个朝代覆灭,只余台城遗迹,让诗人流连吟咏。

其二,人才与国家兴亡的关系。国家兴亡不能依靠天地之险,而只能依靠人事,这是唐代诗人由六朝历史形成的共同认识,他们阅读六朝史书,感受那些并不久远的历史事例,总结出决定国家兴盛与衰败的重要人事就是"人才"。六朝乱世造就了诸多拯救国家的时势英雄,诗人对其歌颂不已,如唐人对谢安的歌咏在六朝题材的诗歌中较多。李白《登金陵冶城西北谢安墩》云:

> 晋室昔横溃,永嘉遂南奔。沙尘何茫茫,龙虎斗朝昏。
> 胡马风汉草,天骄蹙中原。哲匠感颓运,云鹏忽飞翻。
> 组练照楚国,旌旗连海门。西秦百万众,戈甲如云屯。
> 投鞭可填江,一扫不足论。皇运有返正,丑虏无遗魂。
> 谈笑遏横流,苍生望斯存。冶城访古迹,犹有谢安墩。
> ……②

谢安无疑是六朝三百年间至为绚丽的一道光彩。他的人生历程与东晋王朝的命运相契合,散出流盖当世的辉煌。谢安隐居东山与文人贤士诗酒流连,后在内忧外患之际,出山入朝辅助社稷,成为东晋贤相,功成名就后又能适可而止,急流勇退,谢安的功绩与人格成为唐人敬仰与学习的楷模,谢安携妓东山的典故为唐人多用。李白此诗即是览古迹而想象谢安拯时救世的雄姿,

---

① (清)彭定求等编:《全唐诗》卷659,中华书局1960年版,第7566页。
② (唐)李白著,(清)王琦注:《李太白全集》,中华书局1977年版,第978页。

"哲匠感颓运，云鹏忽飞翻"，在前秦苻坚举兵百万南下威胁东晋之际，临危镇定，运筹帷幄，谈笑间指挥自若，夺取了淝水之战的胜利，巩固了东晋的格局与实力。从此诗中可以看出李白的英雄史观，强调了人才对于国家兴盛的意义，实际上也显示出诗人希望自己能够在当世趁时而起，实现辅佐君王、建功立业的情结。晚唐诗人司空图《南北史感遇十首》其三也想象历史上的淝水之战，赞扬谢安在此战中起到的不可估量的报国护家的作用："天风翰海怒长鲸，永固南来百万兵。若向沧州犹笑傲，江山虚有石头城。"① 诗人认为若谢安隐居东山不出，则东晋有石头城之险也将不保，国家有人才才能兴盛。崔涂《东晋二首》其一曰："五陵豪侠笑为儒，将为儒生只读书。看取不成投笔后，谢安功业复何如。"② 诗人称赞谢安既为儒者文士又具军事才干，其文治武功的事业成功和忠君辅国政治理想的完美实现，令诸多唐代士人羡慕不已。吴筠《建业怀古》云："俄及永嘉末，中原塞胡尘。五马浮渡江，一龙跃天津。此时成大业，实赖贤缙绅。辟土虽未远，规模亦振振。谢公佐王室，仗节扫伪秦。"③ 诗人总结东晋兴盛的原因，说"实赖贤缙绅"，是有贤才辅助，尤其是丞相谢安这样的人才，对国家兴盛起了重大作用。

与东晋任用贤才相反，宋、齐、梁、陈皆不重视人才，统治者气量狭窄，甚至残酷杀戮贤才，不进忠言，因而相继亡国。司空图《南北史感遇十首》其一概括南朝四代的政治弊病，并将之与汉代重视人才对比，讽刺之意自现："雨淋麟阁名臣画，雪卧龙庭猛将碑。不用黄金铸侯印，尽输公子买蛾眉。"④ 汉武帝将有功之臣画到麒麟阁褒奖，为军事人才刻碑立名；而六朝统治者贪图享乐，不能招揽人才，家国自然难保。诗人进而指出远贤臣而亲小人是误国的原因之一。《南北史感遇十首》其五云："兵围梁殿金瓯破，火发陈宫玉树摧。奸佞岂能惭误国，空令怀古更徘徊。"⑤ 诗人指出梁陈灭亡的原因是奸

---

① （清）彭定求等编：《全唐诗》卷633，中华书局1960年版，第7264页。
② （清）彭定求等编：《全唐诗》卷679，中华书局1960年版，第7782页。
③ （清）彭定求等编：《全唐诗》卷853，中华书局1960年版，第9649页。
④ （清）彭定求等编：《全唐诗》卷633，中华书局1960年版，第7264页。
⑤ 同上。

佞误国。

其三，地势与国之兴亡的关系。六朝古都地形险要，钟山龙蟠，石头虎踞，孙吴在这里建国，遂以为都。城周二十余里，东傍钟山，南枕秦淮，西倚大江，北临玄武湖，处于天然屏障之中，从此成为六朝代代帝王心中的安居之所。正如诗人唐尧臣《金陵怀古》云："金陵实形胜，关山固重复。巨壑隍北壖，长江堑西隩。凿山拟嵩华，穿地象伊榖。草昧席罗图，筚路戴黄屋。一时因地险，五世享天禄。礼乐何煌煌，文章纷郁郁。多士春林秀，作颂清风穆。"① 险要的长江天堑的确成为避免北朝南侵的屏障，但是历史并没有让他们的辉煌与山川地势一起坚不可摧，长存不朽，三百多年间，朝代几经更迭，因此，唐代诗人对此形成一种共识，即地势不可依恃。如李白《金陵三首》其一有句"地即帝王宅，山为龙虎盘。金陵空壮观，天堑净波澜"②，诗人想象六朝都城昔日的雄伟壮观，而今日地势与山川未变，历史已化为云烟，空明静净。相比之下，晚唐李商隐的《南朝》则以讽喻的力量委婉表达了这一主题："地险悠悠天险长，金陵王气应瑶光。休夸此地分天下，只得徐妃半面妆。"③ 用《南史》的历史典故：南朝梁元帝妃子徐昭佩因姿容不美，受元帝冷遇。徐妃亦因帝眇一目，每知帝将至，必仅饰半面以待之，帝见则大怒而出。诗人以独特的历史意象比喻南朝的偏安，讽刺其依仗天地自然的险要，以为能够永保帝位，实际上只是居于天下之一隅，丧失中原国土而没有统一能力。唐代诗人对地势不足恃的历史命题反复吟咏：

　　恃险不种德，兴亡叹数穷。石城几换主，天堑谩连空。（王贞白《金陵怀古》）④

　　在德不在险，成败良有因。高堞复于隍，广殿摧于榛。（吴筠《建业怀古》）⑤

----

① （清）彭定求等编：《全唐诗》卷776，中华书局1960年版，第8791页。
② （唐）李白著，（清）王琦注：《李太白全集》，中华书局1977年版，第1038页。
③ （唐）李商隐著，刘学锴、余恕诚集解：《李商隐诗歌集解》，中华书局1988年版，第1370页。
④ （清）彭定求等编：《全唐诗》卷701，中华书局1960年版，第8061页。
⑤ （清）彭定求等编：《全唐诗》卷853，中华书局1960年版，第9649页。

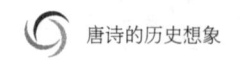

> 地雄山险水悠悠，不信隋兵到石头。(许浑《陈宫怨二首》其二)①
> 有国有家皆是梦，为龙为虎亦成空。(韦庄《上元县》)②

这些诗句均表达了政权的稳固不在于江山的易守难攻，而在于君王是否以儒家的"德治"治国，诗人讽刺一味迷信山川形胜，而不考察政令得失的南朝君主。《南史》载隋军攻过长江之际，佞臣孔范还对陈后主说："长江天堑，古来限隔，虏军岂能飞度？边将欲作功劳，妄言事急。臣自恨位卑，虏若能来，定作太尉公矣。"③许浑诗句是对李延寿历史想象的融缩，讽刺政事荒芜的君臣只能被新朝替代，偏安的家国之梦必定成空。唐代诗人这种对南朝历史的感性领悟，成为一种群体性的历史理解与历史记忆。而刘禹锡则以最直接、最简洁的诗句，阐释历史昭示的哲理与意义，一句"兴废由人事，山川空地形"(《金陵怀古》)④，表示地势只是历史兴亡变迁中的次要条件，最重要的因素是"人事"，"人事"具体体现在哪些方面，诗人并未明言而引人深思。

其四，王气与六朝兴亡的关系。"王气"指象征帝王运数的祥瑞之气，唐代诗人对六朝兴亡的歌吟，常常以"王气"来解释六朝天命对国家兴亡的制约，得出"王气"决定论的历史观，这种历史观认为"王气"决定了六朝荣衰，天命决定了历数运转，而不关人事，或者是人事所不能改变的。如崔涂《东晋二首》其二：

> 秦国金陵王气全，一龙正道始东迁。
> 兴亡竟不关人事，虚倚长淮五百年。⑤

据《三国志》载，金陵王气之说始自秦始皇东巡会稽，经金陵，"望气者

---

① (唐)许浑著，罗时进笺证：《丁卯集笺证》，江西人民出版社1998年版，第325页。
② (清)彭定求等编：《全唐诗》卷697，中华书局1960年版，第8017页。
③ (唐)李延寿：《南史》卷77《孔范传》，中华书局1975年版，第1941页。
④ (唐)刘禹锡著，卞孝萱校订：《刘禹锡集》，中华书局1990年版，第284页。
⑤ (清)彭定求等编：《全唐诗》卷679，中华书局1960年版，第7566页。

云金陵地形有王者都邑之气，故掘断连冈，改名秣陵"①。诗人认为正是因为金陵之王气，才有了历史上的永嘉南迁。东晋建立帝业不是偶然的，当时还有童谣云："五马浮渡江，一马化为龙。"② 这种对朝代更替的解释具有神秘的符命论色彩，因此诗人得出"兴亡竟不关人事"的历史命题，六朝虽然更迭不断，却始终没有离开王气所在的都邑金陵；"王气生秦四百年，晋元东渡浪花船"（沈彬《金陵杂题二首》其一）③，从永嘉南渡上溯于秦则有四百年的时间，"王气"是六朝之所以一一建立、前后相继的主要原因，"王气"也决定了东晋淝水之战的胜利；诗人说"江南王气系疏襟，未许苻坚过淮水"（温庭筠《谢公墅歌》）④，苻坚百万大军未能成功过江，就是金陵王者之气的庇护。此外，唐代诗人也唱叹"王气"的消尽是六朝陈被隋朝灭亡的原因，并每每在古都金陵怀古伤悼，如：

吁嗟王气尽，坐悲天运倏。天道何茫茫，善淫乃相复。（唐尧臣《金陵怀古》)⑤

王气销来水淼茫，岂能才与命相妨。（温庭筠《过吴景帝陵》）⑥

玉树歌终王气收，雁行高送石城秋。（包佶《再过金陵》）⑦

玉树歌残王气终，景阳兵合戍楼空。（许浑《金陵怀古》）⑧

这些诗句皆为陈亡后六朝王气的终结而感怀悲叹，诗人唐尧臣认为天命决定了历史的运数与走势，历史就是善恶往复的循环过程，天道"茫茫"不是人事所能左右和预知的，治乱循环、王朝更替是"天道常然之大数"⑨。温

---

① （西晋）陈寿：《三国志》卷53《吴书·张纮传》，中华书局1971年版，第1245页。
② （唐）房玄龄撰：《晋书》卷6《元帝纪》，中华书局1974年版，第157页。
③ （清）彭定求等编：《全唐诗》卷743，中华书局1960年版，第8456页。
④ （唐）温庭筠著，（清）曾益笺注、王国安标点：《温飞卿诗集笺注》，上海古籍出版社1998年版，第33页。
⑤ （清）彭定求等编：《全唐诗》卷776，中华书局1960年版，第8791页。
⑥ （唐）温庭筠著，（清）曾益笺注、王国安标点：《温飞卿诗集笺注》，上海古籍出版社1998年版，第203页。
⑦ （清）彭定求等编：《全唐诗》卷205，中华书局1960年版，第2143页。
⑧ （唐）许浑著，罗时进笺证：《丁卯集笺证》，江西人民出版社1998年版，第151页。
⑨ （刘宋）范晔：《后汉书》卷49《仲长统传》，中华书局1965年版，第1647页。

庭筠也认为即使帝王有才能,"王气"终结时,也不能与天命相抗衡,蕴含历史宿命论的思想。包佶和许浑的诗句均用玉树后庭花的典故,以"玉树歌终""玉树歌残"代指陈后主亡国。《南史》本纪载,及闻隋军临江,后主曰:"王气在此,齐兵三度来,周兵再度至,无不摧没。虏今来者必自败。"① 陈后主盲目地迷信"王气"的作用,而不作治国救国的努力,因此受到了天命的惩罚,诗人在六朝王气的感性叹息中,蕴含了对陈后主奢侈无道导致王气不再庇佑昏君与乱国的思考,将历史的理性识见与诗歌的感性吟唱相结合,领悟了天道与人道相通的历史明理。而唐代诗人对六朝兴亡多方面的认识,正是在唐代史家理解与书写、总结六朝历史的基础上形成的。

二 败亡原因:"近小人"与"务奢靡"

初唐史家修撰了《晋书》《梁书》《陈书》《南史》等,这是对六朝历史总结的极大成果,不但保存了六朝历史过程的全貌,史家也以理性精神书写褒贬善恶;唐代史家也多有在史书论赞之外的六朝史论。考察这些史论,可以看到唐代史家更重视从君主道德和人才得失等方面总结国家兴亡的原因。

最著名的就是魏徵的《陈五帝总论》,历评陈武帝、陈文帝、陈废帝、陈宣帝、陈后主五帝,对开国君王陈武帝给予极高评价,而对陈后主的批评最为严厉,透辟地总结陈朝兴亡的原因。

> 遐观列辟,纂武嗣兴,其始也皆欲齐明日月,合德天地,高视五帝,俯协三王,然而靡不有初,克终盖寡,其故何哉?并以中庸之才,怀可移之性,口存于仁义,心怵于嗜欲。仁义利物而道远,嗜欲遂性而便身。便身不可久违,道远难以固志。佞谄之伦,承颜候色,因其所好,以悦导之,若下坂以走丸,譬顺流而决壅。非夫感灵辰象,降生明德,孰能遗其所乐,而以百姓为心哉?此所以成、康、文、景千载而罕遇,癸、辛、幽、厉靡代而不有,毒被宗社,身婴戮辱,为天下笑,可不痛乎。

---

① (唐)李延寿:《南史》卷10《后主纪》,中华书局1975年版,第308页。

古人有言，亡国之主，多有才艺。考之梁、陈及隋，信非虚论。然则不崇教义之本，偏尚淫丽之文，徒长浇伪之风，无救乱亡之祸矣。①

魏徵认为陈朝建国伊始，陈武帝志度宏远，不愧恭俭勤劳的一代英主，而其后继者就一代不如一代，这种朝代从盛到衰的历史进程不是陈朝所独有，历史上的各个朝代莫不如此，究其"靡不有初，鲜克有终"历史共象的原因有以下几点。其一，君主的身边聚集着奸佞小人，诱导着君主的决策，使其忘国忘民；其二，君主没有过高的才智，且不能坚持仁义为民的政治志向，任凭个人贪欲享乐的本性发展。梁陈君主均喜好文饰雕琢，因此社会上下，文化文章无不务于靡丽绮艳，尚文而不尚质，是国家覆灭的又一原因。魏徵在《梁书》本纪论赞中说："然不能息末敦本，斫雕为朴，慕名好事，崇尚浮华，抑扬孔、墨，流连释、老。或经夜不寝，或终日不食，非弘道以利物，惟饰智以惊愚。"②批评梁武帝奢侈浮华，大建佛寺，自谓乐善好施，流连于佛道空虚不实之谈，而远离为政的儒家根本；其"其笃志艺文，采浮淫而弃忠信"，也是违背儒家教化的文艺思想，而以华丽的辞藻装饰言情之诗文，非为君弘道之体。魏徵史论以民本的思想为基础考察君主得失，从人事上尤其是君主自身找寻国家灭亡的原因——"近小人"与"务奢靡"，是给初唐皇帝守成基业总结的最可贵的历史教训。魏徵对南朝的评价代表了初唐史家对六朝兴亡历史观与文化观的普遍看法。

第一，轻人才与近小人。史家姚思廉《梁书·武帝本纪》史臣曰："及乎耄年，委事群幸。然朱异之徒，作威作福，挟朋树党，政以贿成，服冕乘轩，由其掌握，是以朝经混乱，赏罚无章。小人道长，抑此之谓也。贾谊有云可为恸哭者矣。"③他批评梁武帝晚年不再励精图治，将权柄委任无能阿谀的小人，导致政事混乱不堪。魏徵曰："爪牙重将，心膂谋臣，或顾眄以就拘囚，

---

① （唐）姚思廉：《陈书》卷6《后主本纪》，中华书局1972年版，第119页。
② （唐）姚思廉：《梁书》卷6《敬帝纪》，中华书局1973年版，第150页。
③ （唐）姚思廉：《梁书》卷3《武帝纪》，中华书局1973年版，第97页。

或一言而及葅醢。朝之君子，相顾懔然。"①他批评梁武帝的猜疑之心，压抑功臣谋士，拘囚杀害，使国家失去人才，无直言之人。开明的人才政策和君臣关系是治国之本，朱敬则《宋武帝论》就赞赏宋武帝"网罗俊异，待物知人，动必应时，役无再举，西尽庸蜀，北划大河。自汉末三分，东晋拓境，未能至也"，总结宋武帝成功的经验在于网罗人才，并把握了时势机遇。他又批评宋武帝后来猜忌贤能功臣，恐其叛逆，不惜杀戮，南朝四代君主莫不如此，"故昔之同盟，拟覆前敌，故无材不露，无心不披。譬若同舟遇风，宁有隐哉？及高鸟尽，狡兔死，其材能我之俦也。我非积行累能，彼之知也。思已之所行，恐彼之已叛，是以雄猜内发，衅兆易萌，韩彭以之葅醢，刘葛由之覆亡"②，国无人才辅佐而奸佞日趋。以上所举史家皆从君臣关系的政治角度，阐明了宋齐梁陈四代靠人才而立国兴隆，又均因君主猜忌不能秉持人才政策，导致君臣关系失和从而亡国易代的历史问题。

第二，奢靡浮华的六朝文化。六朝之所以衰亡，在于繁华之文过于质。史家朱敬则《梁武帝论》曰："武帝暮年，荒诞实甚。殚守县之力，不充自纵之资；尽丁口之租，才足缁衣之费。昔夏桀以九州之富，秦皇以六合之尊，造琼室而天下土崩，作阿房而寰中瓦解。况地比一郡，国乃三分。外有征戍之勤，内有雕靡之弊。加以金刹宝柱，焕烂云霞，至于银榜珠帘，的皓星月。神怒人怨，祸积患生，过往必来，何足疑也？"③他认为国家的衰亡不是天命的任意决定，而是人祸不断积累的量变最终成为质变，梁武帝在国家经济凋敝的情况下，还奢侈建三百佛寺，劳民伤财，虚耗国家实力，可谓"祸积患生"，而人神共愤，国必亡。史官李德裕作《梁武论》："庸夫谓之作福，斯为妄矣。而梁武所建佛刹，未尝自损一毫，或出自有司，或厚敛氓俗。竭经国之费，破生人之产，劳役不止，杼柚其空，闰位偏方，不堪其弊，以此徼福，不其悖哉！此梁武所以不免也。"④观点与魏徵批评梁武帝流连佛道而不

---

① （唐）姚思廉：《梁书》卷6《敬帝纪》，中华书局1973年版，第151页。
② （清）董诰等编：《全唐文》卷170，中华书局1983年影印本，第1738页。
③ 同上书，第1739页。
④ （清）董诰等编：《全唐文》卷710，中华书局1983年影印本，第7290—7291页。

行儒治不同，李德裕认为佛教本身对国家没有危害，只不过梁武帝错误地理解佛教的"施舍"与"积福"，以为建宝刹就是积功德，殊不知他不是舍自己之财，而取民之利，舍天下之财，国民怎堪其重。

唐代史家对六朝兴亡原因的总结，集中于君主与人才等主观方面，这成为诗人思考六朝历史不可逾越的角度，诗人对六朝历史文化的理解就离不开对"繁华奢靡"的看法。唐玄宗时，庐山隐士陈贶献诗曰："酒浓沈远虑，花好失前机。见此尤宜戒，正当家国肥。"（《景阳台怀古》）[①] 他以陈朝旧事提醒君主引以为戒，勿求一己享乐，深得玄宗称善。晚唐宪宗、穆宗朝的谏议大夫郑覃，尝上谏言曰："王者采诗，以考风俗得失。仲尼删定，以为世规。近代陈后主、隋炀帝皆能章句，不知王者大端，终有季年之失。章句小道，愿陛下不取也。"[②] 正是因为晚唐统治者出现与六朝君主相似的荒奢无度，才触到了人们对历史与现实的警觉，晚唐诗人则将陈朝开国君主与亡国之君对比，讽刺晚唐君主荒废了初盛唐的基业，如孙元晏《陈·武帝蚌盘》："金翠丝黄略不舒，蚌盘清宴意何如？岂知三阁繁华日，解为君王妙破除。"[③] 诗人不是以史家的明晰理辨来表达论点，而是拾取陈朝历史的典型意象"蚌盘""三阁"，来曲折点明陈武帝节俭与陈后主骄奢的区别，一赞一讽的张力中读者自然得出诗人对历史的解释。

三 兴亡感叹：历史与生命的衰亡同构

唐代史家历史观代表了唐人历史理性的思辨，是从诸多历史事实出发，对国家兴衰变易的分析总结，对君主贤臣等历史人物的客观评价。而诗人的历史观很少像史家那样严谨，诗人的历史观是对历史的道德、政治、军事评价乃至审美评价与对历史兴亡的感叹相结合的历史感受，是在史家理性理解基础上，与感性体悟相结合的历史意识。

[①] （清）彭定求等编：《全唐诗》卷741，中华书局1960年版，第8446页。
[②] （后晋）刘昫等：《旧唐书》卷173《郑覃传》，中华书局1975年版，第4491页。
[③] （清）彭定求等编：《全唐诗》卷767，中华书局1960年版，第8710页。

诗人与史家对六朝兴亡的理解不同在于，史家主要探讨"人事"，即主观造成的从兴盛到衰亡的原因，魏徵论陈朝五帝即是如此，他分析五代君主的政治得失，后代君主不知守成，不能持之以恒，这些对主观决定因素的分析表明，史家并不重视"人事"之外的不能以历史事实为依据考察的原因，对于人力所无法分析的"天命"，不知就不言或少言。而诗人则在关心人事借鉴的基础上，还善于想象地形与王气的客观原因对六朝历史兴亡的作用，客观的地势不能最终决定国家的兴亡，诗人执着于这一点而书写对六朝昏庸统治者的讽刺；史家则直接将这个显而易见的问题排除在议论之外，兴废之事皆为人力所左右，因此只去总结有历史借鉴价值的问题。诗人执着地将历史兴亡演绎成一种超越具体历史事实的象征，即使诗人并不认为地形地势能够护佑王朝统治，但是通过一种审美的想象，诗人乐于在金陵故都的丘墟上遐想雄伟的帝都风貌，为天然的屏障而兴怀赞赏，在唐代诗人高远的胸怀中，将六朝渺小琐细的历史人事掩映于地势、王气这类宏大意象之下，将六朝兴亡的诸多原因总括为"王气"衰竭的意象，显示出唐朝特有的诗歌气象及诗人特有的化历史具象为历史象征的意识。

诗人对六朝兴亡的历史观还具有一种感性的生命意识，不同于史家所公正持平的善恶之论。无论是拯时救世的英雄人才，还是荒淫误国的君主，在唐代诗人看来，均为历史生命中的一部分，随着历史的变易，这些善恶贤愚的生命都将逝去，所谓"冠盖散为烟雾尽，金舆玉座成寒灰"（李白《金陵歌，送别范宣》）[①]，这种对历史与生命不再呈现的怜惜，融入了诗人对自身生命与现实时空的体验，而怀有对历史的瞻仰和对生命的敬畏。诗人领悟了历史盛衰循环的必然性，在大的历史生命面前，所有因"人事"导致国家败亡的偶然性原因就显得不是那么重要，但这些偶然性昭示了历史进程的相似性，不得不激发诗人一次又一次兴叹悲吟。

唐代诗人与史家都是通过历史事实总结六朝兴衰，相同的目的与书写意义，以及相似的时代感受、文化思维，也使诗人与史家的历史观表达相近或

---

① （唐）李白撰，（清）王琦注：《李太白全集》，中华书局1977年版，第409页。

相同。盛唐史家朱敬则《陈后主论》将后主的骄奢看作陈朝灭亡的原因，他以骈俪的文采概括后主宫中欢饮长醉的场景："丽服一千，咸取夭桃之色。加以贵妃夹坐，狎客承筵。玉貌绛唇，咀嚼宫徵；花笺彩笔，吟咏烟霞。长夜不疲，略无醒日。"最后感叹三百余年六朝历史的终结："嗟乎！龙盘虎踞之地，露草沾衣；千门双阙之间，风烟歇绝。临江离别之感，赴洛呜咽之悲。五百里之俘囚，累累不绝；三百年之王气，寂寂长空。一国为一人兴，前贤以后愚灭，其来尚矣。"①朱敬则认为历史上循环上演着圣贤君主开立一代基业，而后来者愚昧无知，葬送江山的故事。他客观地评价陈后主，对其灭国的分析以极尽诗意的描述呈现。这种史家的感受与诗人的历史观感及表达已十分接近。六朝以来文章多为对偶整齐的四六骈文，史家写作历史论赞也骈体化与抒情化，这在唐初官修八史中多有体现，史家史论的形式与历史诗歌的形式也接近了。

总之，诗人与其时代主流意识形态之间的关系，诗人个体生存环境与性格，诗人独特的期待视野等，这些因素综合影响诗人对历史知识的理解及诗意解释，这些因素最终都在他创作的历史诗歌文本之形式与内容中表现出来，并体现他所认识的历史本质。西方学者利科说："如果说历史是关于以往人们一切活动所留下的行踪的知识，那么对这些行踪的解释一直在改变着这种知识。"②诗歌对历史知识的改变是一种必然，诗人的历史意识并不完全受史家专业史著影响，民间想象及文学的创作想象，在其中起了重要作用。

---

① （清）董诰等编：《全唐文》卷170，中华书局1983年影印本，第1744页。
② 陈新：《西方历史叙述学》，社会科学文献出版社2005年版，第269页。

第四章 唐诗历史想象的功能、模式与技巧

本章在前三章基础上,继续探讨唐诗历史想象的第二个层面:构思想象。本章先对唐前诗歌历史想象的创作思维特征按时间顺序进行梳理,找到唐诗历史想象的思维源头和创作先例;然后通过对典型诗作的分析,探讨唐诗历史想象创作思维过程的三个重要层面,即诗人如何把握历史在诗歌中的功能意义,以怎样的结构将历史要素整合、建构在诗歌中,如何将历史素材编织成诗中之史,从而总结唐诗历史想象的功能类型、文本模式与编织技巧;最后在先唐诗与唐诗历史想象的比较中,发现唐诗对先唐诗的传承与发展,继承与开拓。因此本章的关注点在以下几方面:一是先唐到唐代的历史过程中,诗歌包容历史的功能之认知与变化;二是历史诗歌文本模式发展过程的重要环节,其继承性及创新性;三是先唐至唐代诗歌历史想象技巧的继承与发展;四是时代文化、思想风尚及个性经历对不同诗人历史想象创作思维的影响。

第一节 唐前诗歌历史想象特征概说

诗歌的历史想象在唐前经历了开创并不断发展的过程,在这个过程中,唐前诗人们积累了经典的历史题材和创作经验,成为唐诗历史想象的创作基础,因此,我们在研究唐诗历史想象之前,必须对先唐的历史想象作简要的说明。

第四章 唐诗历史想象的功能、模式与技巧

一 先秦两汉：诗歌想象历史的叙事性与颂赞性

先秦诗歌总集《诗经》"大雅""小雅"和"颂"中已有不少历史题材诗歌。考察这些历史诗歌我们发现，历史想象的体式和手段等已初露端倪。

第一，历史诗歌对历史题材的处理，主要运用铺陈叙述"赋"的手法，基本按时间的顺序来铺排历史事件的发展过程。如《绵》追述周部族伊始，古公亶父受戎狄逼迫，率领部族迁徙后建立家园、宗庙、城池的历史；《大明》从文王出生、婚配、得天之助定都建国，写到武王牧野之战胜利灭商的历史。相对于国风中抒情性诗歌多用"比""兴"手法而言，"雅"中的历史题材诗歌多用"赋"的手法。另外，原始先民的祖先崇拜意识强调历史英雄的作用，因此，诗篇多围绕一个历史人物，将具有重要意义的历史事件组合起来，如《生民》陈述始祖后稷诞生，及其播种五谷，定居建立部族的历史；《公刘》叙述公刘自邰迁豳，定居并发展农业的历史。英雄人物的诞生等事迹往往有神话色彩，展示了先秦巫史文化影响下诗人对历史记忆神秘而诗意的想象。相比西方古代长篇史诗，中国先秦《诗经》中的历史诗歌虽也追忆祖先故事，却篇幅体制短小，铺叙历史简单，似诗体史传，开后世历史传记式诗歌的先河。

第二，历史诗歌或篇末或通篇赞颂祖先功德。如《文王有声》歌颂文王迁丰、武王迁镐而周兴；《卷阿》赞成王的孝行、美德和任用贤能；《周颂》中的《执竞》赞文王、成王和康王，《思文》赞后稷的文德双全，《殷武》和《武》赞周武王的功业和圣德。这些诗歌不具体铺陈史事，而简言概括先王功业或品德，多用比兴手法引起所赞之词，如《棫朴》共五章，每章前二句以事物起兴，后二句赞文王的乐育贤才，盛德服人，四方归附。《毛诗序》曰："颂者，美盛德之形容，以其成功告于神明者也。"[1] 这些乐歌赞颂王者圣德，是后世以赞先王为主题的四言体祭庙颂歌的雅正先声，可见后世历史论赞式

---

[1] （汉）毛亨传、（汉）郑玄笺、（唐）孔颖达疏：《毛诗正义》，李学勤主编《十三经注疏》，北京大学出版社1999年标点本，第18页。

诗歌的雏形。

第三，多样的历史想象技巧。如《大雅·灵台》："……王在灵囿，麀鹿攸伏，麀鹿濯濯，白鸟翯翯。王在灵沼，於牣鱼跃。虡业维枞，贲鼓维镛，於论钟鼓，於乐辟雍。"① 诗人述周文王建造灵台，在离宫中有钟鼓鱼鸟、与民同乐的情景。《诗序》云："灵台民始附之，文王受命，而人乐其有灵德，以及鸟兽昆虫等。"② 《灵台》篇将灵台这个历史留存物所承载的文王与民同乐的历史记忆化为诗意的想象，以"麀鹿濯濯，白鸟翯翯"等具有比兴意义的意象将历史情景呈现。再如《小雅·六月》重章叠唱，将周宣王臣尹吉甫奉命出征猃狁的军容场景反复描述，使人印象深刻，以上二诗开创了填充历史情景的想象。此外，《诗经》还开创了换位式的历史想象技巧，如《崧高》和《烝民》借尹吉甫之口，分别赞美周宣王的诸侯申伯和仲山甫才德出众；《荡》以文王的口吻来感叹殷商统治的黑暗，均是假借历史人物之口来表达诗人或赞或讽之意。

第四，诗歌中历史功能的初识。《诗经》中的历史诗歌已经出现了借史讽今和借史抒情等功能类型的初步探索，如《荡》总结殷商灭亡缘于纣王刚愎自用、违反典章、盘剥人民、不任贤良、无道昏庸、沉湎酒色，提出"殷鉴不远，在夏后之世"③ 的历史借鉴箴言，暗喻周厉王之无道，说明此时诗歌已表现出"借史讽今"的历史功用意识。另外，《王风·黍离》篇隐约初见"借古抒情"的历史表达功能，诗人路过残破的西周故都镐京，三呼"知我者谓我心忧，不知我者谓我何求。悠悠苍天！此何人哉"④ 的感叹。

先秦另一部诗歌总集《楚辞》也具明显的历史想象因素。其一，屈原诗歌选取了众多历史素材，集中于《离骚》和《天问》这两篇抒情长诗中。诗中历史时空阔大，诗人以自我为中心，天马行空穿梭其中，拈来故事。《离骚》中咏赞尧、舜、禹、汤、文、武等圣明君主任贤举能，赞美宁戚、百里

---

① 程俊英等：《诗经注析》下册，中华书局1991年版，第789页。
② 同上书，第787页。
③ 同上书，第854页。
④ 程俊英等：《诗经注析》上册，中华书局1991年版，第195—197页。

奚等大臣的智谋伟略，以及贤臣和明君的两相遇合；同时，屈原也列举历史上的无道昏君，诸如夏桀、商纣等，批判他们的恶行导致了国家和自身灭亡。《天问》中也有不少历史事实及历史传说，它向历史进程中的许多已成事件提问，探寻历史人物的选择、命运和历史发生发展的规律，从尧、舜、禹、夏、商、周问到春秋五霸，探问历史和人生的哲学之谜。他体察到历史的种种矛盾，提出一些反传统的历史识见，如《天问》云："天命反侧，何罚何佑？齐桓九会，卒然身杀。"① 屈原向决定历史的"天命"发问，思考反复无常的"天"以何种标准奖惩世人，并列举齐桓公的史事，《史记·齐世家》载：齐桓公任用管仲，使国家强大，曾"兵车之会三，而乘车之会六，九合诸侯，一匡天下"②。管仲死后，奸臣当权，造成内乱，桓公身死无人安葬，曾经的霸主最终悲惨收场，诗人不禁怀疑天命是否能够公正地决定人事。这不仅是对历史人物命运的反思，也是对自身和国家命运的关怀。其二，历史在其诗歌中主要有四种功用：借史表达高洁的道德志向；抒发遭受君王放逐的幽怨情怀；以史讽谏，讽喻楚王忠奸不分和楚国的腐败政治；诗人还运用比兴手法以骚体形式将历史人事论赞和自我抒情相结合，以古人的遭遇来比拟自己。屈原超越《诗经》温柔敦厚的雅声正乐，借历史自由彰显失意诗人作为吟咏主体的精神情志，如《离骚》中"彼尧舜之耿介兮，既遵道而得路；何桀纣之昌被兮，夫唯捷径以窘步"③ 等，极具抒情意识。其三，他的诗歌既不具体而详细地叙写历史的发展过程，也不按照历史时间安排历史人物出场，只是散落在多个情绪爆发处，对历史人事简要概括和评论，按照情志、事理及历史识见的异同，来连缀历史事件，于历史剪裁游刃有余，因此，开创了后世诗歌连缀式历史编织技巧。

如果说《诗经》《楚辞》中历史想象的功能与技巧还处于萌芽状态，那么史学家班固《咏史》则是史与诗结合新体制形成之开创性作品，其诗云：

---

① （宋）洪兴祖：《楚辞补注》，中华书局1983年版，第111页。
② （西汉）司马迁：《史记》卷32《齐太公世家》，中华书局1959年版，第1491页。
③ （宋）洪兴祖：《楚辞补注》，中华书局1983年版，第8页。

> 三王德弥薄，惟后用肉刑。太苍令有罪，就递长安城。
> 自恨身无子，困急独茕茕。小女痛父言，死者不可生。
> 上书诣阙下，思古歌鸡鸣。忧心摧折裂，晨风扬激声。
> 圣汉孝文帝，恻然感至情。百男何愤愤，不如一缇萦。①

诗咏汉孝文帝时缇萦救父一事，见于《史记·孝文本纪》。钟嵘《诗品序》曰"班固《咏史》，质木无文"②，《文选》"咏史"类也没选此诗，后世研究者多认为班固的史家身份，使得他以史笔为诗，缺乏文采兴象，虽有开创之功，还缺乏更多的诗性因素。但考察该诗，班固并非纯如史家传记客观叙事，整首诗裁剪史事，浓缩为诗，略去事件的原因，首二句简单交代背景，末二句抒发诗人感慨和评论，中间几句想象性地描述太苍令淳于意的"困急"心态和缇萦上书的感人情境"忧心摧折裂，晨风扬激声"，又以孝文帝的感动含蓄点出事件结局。因此，班固的开创之功不是史笔为诗所能概括，也并非"质木无文"。此诗既借鉴史家传记方法，而传与结尾之赞皆含诗情，又能想象性还原历史情景。从表面上看，班固诗歌中的历史功用是颂扬汉代主流意识形态所提倡的孝道，但据《后汉书·班固传》载，班固"诸子不遵法度"③，晚年不能管束诸子及家奴，因他们得罪洛阳令种兢，固被诬陷入狱，冤死。这首诗可能是班固痛感诸子不孝而作，实为借史抒怀，正如班固曰：

> "诗言志，歌咏言。"故哀乐之心感而歌咏之声发。诵其言谓之诗，咏其声谓之歌。④

班固《咏史》即是借史歌咏心中所感之悲哀，他于历史想象的开创性意义在于以下方面。其一，援引历史入诗，抒发史书不可承载的个人情感，抒情却有史家"隐晦"之旨；其二，将历史书写提升为诗歌语言构成要素的主

---

① 逯钦立辑校：《先秦汉魏晋南北朝诗》，中华书局1983年版，第170页。
② （梁）钟嵘著，曹旭注：《诗品集注》，上海古籍出版社1994年版，第12页。
③ （刘宋）范晔：《后汉书》卷40《班固传》，中华书局1965年版，第1386页。
④ （东汉）班固：《汉书》卷30《艺文志》，中华书局1962年版，第4011页。

体，将传史并结尾论赞的历史纪传式叙写与诗性再现历史情境相结合，开拓历史想象多元模式的创作；其三，浓缩与填充史料情节的编织技巧。汉代其他历史题材诗歌，如应季先《美严思王》为四言赞歌；东方朔《嗟伯夷》是骚体赞歌，借赞伯夷言隐逸之志；辛延年《羽林郎》、无名氏《梁甫吟》等汉乐府歌词，皆不能超越班固《咏史》。

二 魏晋南北朝：诗歌想象历史的咏怀性

曹魏建安时代，战乱纷繁与政局不稳使士人命运坎坷多变，他们所奉行的儒家统一价值体系崩溃，思想的多元化促使诗人们往往超越单纯颂赞祖先的史诗层面，而更理性地思考历史中个体生命的意义，也更感性地借历史人事直接自我抒情言志。如曹操《善哉行》其三，七章分赞古代圣君名臣，形式上为四言赞歌，但已蕴含表达追慕智贤的治国大志；曹丕《煌煌京洛行》也以四言论赞，感叹诸多历史人事，思考得失福祸的历史原因；曹植《豫章行》也连缀虞舜、姜太公、孔子、周公等事，思考穷达祸福的生命际遇，寄托自己不遇的幽愤，这些诗皆可见《诗经》赞歌和《楚辞》借史抒情、连缀史事之影响。再如曹植《咏三良》曰：

> 功名不可为。忠义我所安。秦穆先下世。三臣皆自残。生时等荣乐。既没同忧患。
>
> 谁言捐躯易。杀身诚独难。揽涕登君墓。临穴仰天叹。长夜何冥冥。一往不复还。
>
> 黄鸟为悲鸣。哀哉伤肺肝。[①]

同时期咏三良的还有王粲和阮瑀，三人之诗或为唱和之作，皆论《左传》《史记》载秦穆公死后，三良殉葬的故事。三诗皆未展开历史全景，只是将历史知识作为共知前提，简略为评论背景；三诗皆在论赞历史之后有真挚的情

[①] （梁）萧统选，（唐）李善注：《文选》卷21，商务印书馆1959年版，第443—444页。

感流露,自觉彰显作为抒情主体的自我行动和心态;王、阮诗对历史个体生命的价值思考,注重三良的独立人格,批评秦穆公残害三良,诗皆"慷慨多气"。而曹植历史识见不同,他超越史书对秦穆公残害忠良的评定,而结合自身际遇赋予历史不一样的内涵,以三良"忠义"喻自己辅君之心,羡慕三良与秦穆公的同生共死,借史抒积极用世却不见用之情,秉承屈原的发愤精神。建安时期的历史诗歌也有少数如阮瑀《咏史诗》者,继承班固以传述史事为主的模式,其诗曰:"燕丹善勇士,荆轲为上宾。图尽擢匕首,长驱西入秦。素车驾白马,相送易水津。渐离击筑歌,悲声感路人。举座同咨嗟,叹气若青云。"① 诗歌全为史事铺陈,略去刺秦经过和结局,与《史记·刺客列传》一样重笔渲染易水送别,隐在的创作主体情志融入叙史中,此诗将班固《咏史》传史与情境再现中的传记因素予以强化,未作直接评论抒情。

　　正始时期司马氏政治黑暗,士人命运难测,动则得罪,诗人心态复杂,往往通过历史来暗喻讽谏,抒发不平。嵇康组诗《六言诗》或赞尧舜、赞唐虞,借先圣时代讽刺当代统治残酷和社会黑暗;或赞隐逸高士老莱子夫妇、原宪等,赞知命达人东方朔、楚子文等来表达自己"越名教而任自然"的高洁志向和全身避害的老庄式生存哲学。嵇康的六言论赞扩充了四言赞体情感功能的容量。而阮籍《咏怀》之"昔闻东陵瓜""湛湛长江水"和"驾言发魏都"等诗也借史抒发内心仕隐、得失、祸福等现世矛盾的深厚苦闷,皆蕴含炽烈感情,概括史事极简,直接影响了西晋左思《咏史八首》借史抒怀言志。这中间诗人杜挚的《赠左丘俭》一诗用历史典故,叠用诸多古人名,将历史故事内涵极度浓缩,呈现于诗歌表面,情感色彩和历史深度不足,其后左思发展了阮籍的借史咏怀言志,又弥补了杜诗僵硬用历史典故的弊病。

　　相对于班固《咏史》"櫽栝本传"、情含史中、隐晦蕴藉,左思《咏史八首》以更显豁浓烈的情感抒发而创历史诗歌的新体,论赞抒情的诗句占了很大篇幅,甚至直接云:"吾希段干木,偃息藩魏君。吾慕鲁仲连,谈笑却秦

---

① 俞绍初辑校:《建安七子集》卷5,中华书局1989年版,第153页。

军。"① 抒情言志中直接凸显对历史的主体性观照，正如何焯《义门读书记》点出其"题云咏史，其实乃咏怀也"②，因此诗歌中的历史不以"赋"的手法来展现，多是一种"比兴"。如《咏史》之"荆轲饮燕市"云：

荆轲饮燕市，酒酣气益震。哀歌和渐离，谓若傍无人。
虽无壮士节，与世亦殊伦。高眄邈四海，豪右何足陈。
贵者虽自贵，视之若埃尘。贱者虽自贱，重之若千钧。③

与阮瑀咏荆轲诗相比，左思只是选取了易水送别中荆轲表现出的气节来简单描写，之后借古喻今，大篇幅直接抒发自己虽为寒士却有清高自重之尊严和节操的强烈情感。他在历史中自觉找到与自身契合的人事，其他诗歌所引冯唐、鲁仲连、扬雄等，皆投射了自己的理想，历史人事只是抒情言志的媒介，而非诗歌歌咏的主体。因此，左思诗中常常将一组历史人事，以连缀的形式组合，共同完成诗意的建造，如《咏史》之"主父宦不达"一首，前八句分咏主父偃、朱买臣、陈平、司马相如，后八句以他们共通的英雄未遇时忧患在草泽的历史命运来自我安慰、自我抒怀。实际上《咏史八首》，论史抒情的篇幅均多于概括历史，历史甚至以浓缩的典故形式出现在诗中，或类比，或对比，形式多变，形成错综的历史感。正如胡应麟《诗薮》云："太冲题实因班（班固），体亦本杜（杜挚），而造语奇伟，创格新特，错综震荡，逸气干云，遂为千古绝唱。"④ "题实因班"是对左思观照历史广博的思维方式和自觉挖掘历史融合入诗体制的高度评价，"体亦本杜"之说却未必妥当，左思连缀历史人事的编织技巧，可能受到杜挚叠用历史典故的影响，但更多继承了屈原到"三曹"的历史想象技巧。东晋袁宏《咏史二首》和刘琨《重赠卢谌》等诗皆如左思式连缀史事、错综唱叹。

陶渊明与左思不同，他接续班固《咏史》传史为主体的模式，其《咏荆

---

① （梁）萧统选，（唐）李善注：《文选》卷21，商务印书馆1959年版，第445页。
② （清）何焯著，崔高维点校：《义门读书记》卷46，中华书局1987年点校本，第892页。
③ （梁）萧统选，（唐）李善注：《文选》卷21，商务印书馆1959年版，第446页。
④ （明）胡应麟：《诗薮》外编卷2，上海古籍出版社1979年版，第147页。

轲》和《咏二疏》基本按照《史记·刺客列传》和《汉书·二疏传》的历史叙述铺排史事，运用浓缩想象，诗意还原历史大致情节，剪裁删节，详略得当。《咏荆轲》详写易水送别情节，略写刺秦经过和失败结局；《咏二疏》略写二疏成就功名，详写二疏退隐的乡邑生活。其《咏三良》则以更多篇幅论赞抒情，为传史与论史多元模式的融合。《咏荆轲》和《咏二疏》中历史的表达功能不同，《咏荆轲》借史讽今，在东晋末刘宋初的易代之际，陶渊明归田园隐居，也希望有英雄侠客为故国报仇；《咏二疏》借史言志，陶渊明与二疏一样为了全身远祸而离开官场，回归平淡纯朴的田园生活，所赞二疏之志即自己的高洁志向。他的《咏贫士七首》也是借歌咏一系列古代隐士的安贫乐道，表现自己安于贫居、不慕富贵，以示自勉。

晋代石崇《王明君辞》和陆机《班婕妤》等女性人物的歌咏，使汉代宫怨故事成为后世诗歌热门的历史题材，南北朝鲍照、沈约、萧纲、庾信、江淹、萧绎、阴铿等人均有此类创作，对女子宫怨情境身临其境地细致描绘，诗人发挥个性化的理解对史录填充想象。但这些乐府歌词为适应音乐的抒情吟唱性质而作，风格绮艳雷同者多。其中有些乐歌发展了《诗经》的《崧高》《烝民》《荡》等篇和汉乐府琴曲歌词《拘幽操》《文王操》等篇的艺术技巧，拟扮昭君等女性角色，通过诗歌演绎女子的怨离心态和情感，如石崇《王昭君辞》："我本汉家子，将适单于庭。……传语后世人，远嫁难为情。"①以第一人称，以昭君的口吻歌唱，换位式想象古人心灵体验，但这些诗多流于南朝宫体格调，或纯为娱乐，流于"戏拟"。

南北朝时期除了盛行的宫怨乐府，还出现诸多祭祀古人而作的赞歌，如谢瞻《经张子房庙》、范泰《经汉高庙》、萧纲《祠伍员庙》、萧绎《祀伍相庙》、鲍几《伍子胥》等，相比《诗经》庙宇祭祀而歌咏先君贤臣的诗作，少了将人事敬告于天的神学色彩，皆为诗人独特的敬慕感。颜延之《五君咏》、鲍照《蜀四贤咏》也为论赞抒情之歌。总之，南北朝的历史诗歌题材不断增加，诗人及其作品的数量都多于魏晋，但诗歌历史想象很少创新。

---

① 逯钦立辑校：《先秦汉魏晋南北朝诗》，中华书局1983年版，第643页。

唐前诗歌历史想象的特点是在动态的诗歌发展进程中逐渐形成的，首先表现在几种文本体式探索从不自觉到自觉，从模糊到清晰，中间环节的班固咏史，已出现传史、论赞与情境还原三种模式的雏形；曹植《咏三良》发展了班诗论赞因素，左思咏史将论赞历史的结构更加情绪化，因此，二人形成不同风格的历史论赞模式；阮瑀、陶渊明《咏荆轲》发展了班诗纪传因素，形成历史传记模式。此外，唐前诗歌形成了援引历史功能的创作初识、编织历史素材的技巧及固定的历史题材。这使诗歌对历史的想象从一种诗歌构思的意识，积累成实在的艺术方式，因此，在先秦两汉开创期和魏晋南北朝发展期之后，唐诗达到了历史想象的空前成熟，不仅体现在历史题材诗歌中，也体现在咏物、山水、边塞等其他类型诗歌中，成为一种超越类型的创作态度和创作方式。

第二节　唐诗历史想象之功能

我们不是要做唐代历史题材诗歌"史"的梳理，学界对此研究已有很多，而是要总结唐代诗人历史想象的创作经验与观念。唐人为什么援史入诗？他们预设历史故事在诗歌中发挥怎样的功能？这是唐诗历史想象的创作起点，历史因素在诗歌表达中的不同功用虽也取决于历史故事本身的或潜在的含义，但更取决于诗人运用历史故事表情达意的创作动机，即诗人通过对历史人事的预想性解释，来实现历史人事的意义与自身个性化情志的契合，实现个性化的历史寄托和不同的言说目的，这与史家历史叙事的直笔记录、惩恶扬善的目的不同。从这种意义上说，诗歌历史想象的每一种功能类型都是试图以比兴的方式来把握历史世界，历史成为一种表达媒介，"比兴"是使历史成为诗歌的而非史著的本质性表达方式及艺术方法。正如朱自清说，古典诗歌中的"比兴"具有两个特点，它"不止于是修辞，而且是谲谏"①。也就是说,"比兴"不仅仅是诗歌修辞譬喻的艺术方法,也是将诗歌的艺术手法和政治道德等思想观念合而为一,取譬引类,主文谲谏,通过表面言说寄托深层意蕴"不直斥其言"的传统表达方式。

唐诗的历史想象,正是继承并发展了唐前诗歌中的历史"比兴",进一步发展诗与史的融合,使诗歌中的历史因素形成了更多成熟的诗学功能类型,包括以史言志、因史抒怀、借史讽今、借古喻今等。不仅包括单纯的借古喻今式的"比",而且更主要的是先言历史故事,后引起所咏之词,或暗含所咏之意的以史言志、抒情、讽谏的"兴",且史之诗兴的功能尤为重要。

一 以史言志与因史抒情

朱自清在《诗言志辨》中梳理"志"含义的流变②,指出"志"的本义是讽颂,反映的是一种国家政教和政治理想。诗歌所言之"志"在先秦两汉之际,有功利主义的政教价值,汉代《毛诗序》云:"国史明乎得失之迹,伤人伦之废,哀刑政之苛,吟咏情性,以风其上,达于事变而怀其旧俗也。"③强调《诗经》歌咏的是关心国家政治的"情性",以达到讽谏的目的。随着魏晋南朝诗人主体意识的自觉,"志"的含义更多指出世入世等人生哲学层面的个体价值观,虽与国家政教仍有关系,但讽谏的群体言说意识逐渐淡化。我们认同此观点,认为唐诗"以史言志"与"借史讽今"的内涵是有区别的,前者关注诗人对于历史的个体价值观的精神寄托;后者关注诗中历史因素的政教讽谏价值。

"诗言志""诗缘情"是中国古典诗歌创作及诠释理论的重要命题,中国古代诗歌批评理论普遍认为"情"与"志"是创作主体内心不同层面的感受,"情"是更为直接易感的喜怒哀乐;"志"则是与外部世界深深相系的,经过伦理道德规范了的思想,这两个心理层面有所区别但密切相关。《毛诗

---

① 朱自清:《朱自清古典文学论文集》,《诗言志辨》,上海古籍出版社2009年版,第236页。
② 同上书,第218—232页。
③ (汉)毛亨传,(汉)郑玄笺,(唐)孔颖达疏:《毛诗正义》,李学勤主编《十三经注疏》,北京大学出版社1999年标点本,第15页。

序》曰:"诗者,志之所之也。在心为志,发言为诗。情动于中而形于言,言之不足,故嗟叹之;嗟叹之不足,故永歌之;永歌之不足,不知手之舞之,足之蹈之也。"① 他已经认识到诗歌独立于乐舞创作的重要性,把"诗"与"言"联系起来,"在心为志,发言为诗"强调了"志"化为语言而形成诗歌的创作过程;"情动于中而形于言"强调了内心的情感萌发外化为诗歌语言,可见心中"情"与"志"同为诗歌创作机制的重要因素。刘勰《文心雕龙·明诗》言:"是以在心为志,发言为诗……人禀七情,应物斯感,感物吟志,莫非自然。"② 也就是说"情"为受心外之物感动的创作冲动,"志"为诗歌未经语言吟诵之前的心内思想。唐代孔颖达更将"情""志"合一,他说:"故《虞书》谓之'诗言志'也。包管万虑,其名曰心。感物而动,乃呼为志。志之所适,外物感焉。言悦豫之志,则和乐声而颂声作;忧愁之志,则哀伤起而怨刺生。"③ 这里"志"与"情"的内涵是混合难辨的。因此唐诗创作主体的"以史言志"与"因史抒情"也密不可分,一首诗引历史故事通常同时具备言志与抒情功能,历史故事构成了全诗比兴隐喻结构的关键。如中唐张继《洛阳作》云:"洛阳天子县,金谷石崇乡。草色侵官道,花枝出苑墙。书成休逐客,赋罢遂为郎。贫贱非吾事,西游思自强。"④ 诗人举李斯因《谏逐客书》劝谏秦始皇罢逐客令和司马相如因赋得官的事例,以知识分子改善社会地位、参政议事的历史事例激励自己,展现了诗人积极仕进的政治理想,抒发了诗人对古代文人际遇的渴慕之情和洛阳干谒的坚决之情。但我们也注意到唐诗中的"以史言志"与"因史抒情"具有隐与显的区别,有的诗中之史显于"言志";有的则显于"抒情"。

第一,以史言志。刘知几《史通·曲笔》云:"史迁为纪传之祖,发愤著

---

① (汉)毛亨传,(汉)郑玄笺,(唐)孔颖达疏:《毛诗正义》,李学勤主编《十三经注疏》,北京大学出版社1999年标点本,第6页。
② (梁)刘勰著,杨明照等校注:《增订文心雕龙校注》,《明诗第六》,中华书局2000年版,第64页。
③ (汉)毛亨传,(汉)郑玄笺,(唐)孔颖达疏:《毛诗正义》,李学勤主编《十三经注疏》,北京大学出版社1999年标点本,第6页。
④ (清)彭定求等编:《全唐诗》卷242,中华书局1960年版,第2719页。

书，辞多寄托。景武之世，尤著微旨，彼本自成一家言，体史而义诗，贵能言志云尔。"① 刘氏称赞司马迁"微言大义"的史笔，源于他"发愤"于历史的情感体验，源于他写史能如作诗一样"言志"，因而自成一家，别有"寄托"。司马迁的史家诗心始将史与"志"相联系，述说古人生命与自我心灵，后世诗人面对历史也会产生一种与古人同构的心理体验，这促使他们援引历史人事的功业成败入诗，或隐或显地表达自身的理想情志；而与史家叙史言志不同，诗人笔下的历史不追求真实、完整的叙事，而是用来兴起内心之"志"的历史片段，重在言约义丰的意义呈现。唐代诗人以史言志或为儒家积极入世之志，或为隐逸出世之志，或为生命哲学与历史哲学的探讨，前二者显示了唐人普遍开放的主体意志，后者则取决于诗人关注历史的理性思考。

　　唐前诗歌以史言志如曹操者激扬慷慨表达政治抱负的不多，门阀制度下的士人难有进身之阶，因而所歌多为乱世全身远祸的人生选择和独善其身的隐逸之志，南朝"缘情而绮靡"的诗歌更是远离魏晋士人积极进取的志向表达。到了唐代，大统一的王朝气象以及新的人才政策，使士人高涨了建功立业的志向，初唐太宗及辅臣诗歌就多引历史风云人物表达治国理民的宏伟理想；盛唐大诗人李白、杜甫也多歌咏历史人事，展现其热衷仕进，又卓立不群、高标独立的精神境界；即使是中晚唐诗人经历了国家动乱、报国无门的打击，也未曾忘记"兼济天下"的理想，如杜牧《云梦泽》："日旗龙斾想飘扬，一索功高缚楚王。直是超然五湖客，未如终始郭汾阳。"② 韩信为汉立下汗马功劳，被封为楚王，后有人告韩信谋反，刘邦以游云梦泽会诸侯为借口，亲自至楚逼迫韩信谒高祖于陈，刘邦令武士缚信，载于后车。韩信曰："果若人言，'狡兔死，走狗烹。高鸟尽，良弓藏。敌国破，谋臣亡'。天下已定，我固当烹。"③ 高祖贬信为淮阴侯。杜牧此诗前二句由刘邦缚韩信的历史故事发兴，后二句论史言志：不要说韩信的命运，即使是扁舟五湖、功成身退的

---

① （梁）刘勰撰，范文澜注：《文心雕龙注》卷4《史传第十六》注释46引，人民文学出版社1958年版，第304页。
② （唐）杜牧著，吴在庆校注：《杜牧集系年校注》，中华书局2008年版，第511页。
③ （西汉）司马迁：《史记》卷92《淮阴侯列传》，中华书局1959年版，第2627页。

范蠡，也不如汾阳王郭子仪令人敬仰。《旧唐书·郭子仪传》史臣赞曰："天下以其身为安危者殆二十年。校中书令考二十有四。权倾天下而朝不忌，功盖一代而主不疑，侈穷人欲而君子不之罪。富贵寿考，繁衍安泰，哀荣终始，人道之盛，此无缺焉。"① 因此，郭子仪成为诗人为官和为人的智慧楷模，是诗人在君臣之道的思考下，树立的政治与人生的理想目标。

继承嵇康、陶渊明等魏晋士人的独立思想，唐代诗人也以史言隐逸出世之志。王丘《咏史》云："伟哉谢安石，携妓入东山。……卷舒混名迹，纵诞无忧患。何必苏门子，冥然闭清关。"② 王维咏楚狂接舆（《偶然作六首》其一）："楚国有狂夫，茫然无心想。散发不冠带，行歌南陌上。"③ 两位诗人皆欣赏道家任性洒脱，忘却名利，不顾形式之隐。再如诗人李颀擢第前隐居颍阳，后弃官归颍阳隐居，其《登首阳山谒夷齐庙》歌咏古隐士而实为唱咏自己的隐逸信仰与情结。李白《古风》其十赞鲁仲连的事迹后，吟唱"吾亦澹荡人，拂衣可同调"④，诗人推崇鲁仲连功成身退的隐逸，并以极大的自信宣誓自己如鲁仲连一般建立功业、拂衣归隐；同样引鲁仲连言志，《古风》其三十六将献和氏璧的卞和盈满而损，与鲁仲连、老子皆适时而退比较，通过总结古人命运得出全身远祸的处世之道。唐人"以史言志"是以历史人物事迹言说自己的价值观，将历史化为心中道德理想、人生境界的标界碑，化为个性化选择后的历史和为自我情志表达目的服务的历史，历史相对于诗人就不是一个过去发生过的不可触碰的实体和一成不变的故事样本，而是随诗人内心多面的观察角度而转移的历史，"以史言志"的功能便使同一历史故事可表达诗人不同之"志"。

政治理想和隐逸之志是关于国家与个人关系的思考，唐诗"以史言志"还有一种超越国家层面的历史大化与个人生命价值的思考，即面对历史盛衰时人如何自我定位、选择哲学之"志"。这种传统可以追溯到《诗经》《楚

---

① （后晋）刘昫等：《旧唐书》卷120《郭子仪传》，中华书局1975年版，第3467页。
② （清）彭定求等编：《全唐诗》卷111，中华书局1960年版，第1136页。
③ （唐）王维著，陈铁民校注：《王维集校注》，中华书局1997年版，第69页。
④ （唐）李白著，（清）王琦注：《李太白全集》，中华书局1977年版，第101页。

辞》中朴素表达历史天命及个人的历史性存在的意识,但是汉魏晋南北朝的诗歌并没有继续这方面的探索,一方面,社会化了的士人多关注历史中的社会与人生的命题,而非历史本身,生命哲思的诗歌走上了纯粹抒情的道路,很少引用历史故事言说;另一方面,"六经皆史"的时代之后诗与史分离,探讨历史发展规律及历史与人的关系成为史家的任务。到了唐代,儒道释思想融合与发展影响了士人对历史及生命问题的不同看法与讨论,历史知识和史学修养的增强,促使士人像史家一样思考历史问题。从陈子昂《感遇三十八首》中可以看到"大运""天命""天运"等中国传统历史哲学的词汇,陈子昂对历史的精神探索与屈原"天问"式的思考相似。如《感遇三十八首》其一十七云:

> 幽居观天运,悠悠念群生。终古代兴没,豪圣莫能争。
> 三季沦周赧,七雄灭秦嬴。复闻赤精子,提剑入咸京。
> 炎光既无象,晋房复纵横。尧禹道已昧,昏虐势方行。
> 岂无当世雄,天道与胡兵。咄咄安可言,时醉而未醒。
> 仲尼溺东鲁,伯阳遁西溟。大运自古来,旅人胡叹哉。①

诗人以生命关怀为基点,思考周秦汉晋的历史变代,认为"天道"是历史发展的决定因素,人可以探知,但个人意志难以改变与违逆,如墨子所说:"寿夭、贫富、安危、治乱,固有天命,不可损益。"② 天人关系是中国传统历史哲学的重要命题,所谓历史变易之"天命"是一种时势或规律,它决定人的活动,在历史的某个时刻或当下,人只能接受这一"天命"。虽然陈子昂尊奉历史天命观,但他也强调人的能动性,称赞孔子、老子皆因大智慧洞晓天命,能于乱世做出积极执着的人生选择,虽"溺东鲁""遁西溟"而不悔。"前不见古人,后不见来者"的陈子昂以"众人皆醉我独醒"的姿态,认识到自己天地旅人的历史性身份,并能以超越现实的历史性视点,看待历史规

---

① (唐)陈子昂:《陈拾遗集》,上海古籍出版社1992年版,第7页。
② (战国)墨子著,王焕镳集释:《墨子集诂》,《非儒下》,上海古籍出版社2005年版,第934页。

律和人生，言说自己知天命而不畏天命，追寻生命价值之实现的志向。诗歌前十六句朝代盛衰的概括只是后四句借历史圣人之事"兴寄"的背景。陈子昂称自己"好三皇五帝霸王之经，历观《丘》《坟》，旁涉代史，原其政理，察其兴亡"①，可见他颇关注史书中的政治经验，其领悟历史之后的言志，本质上还是政治抱负的表达。中唐元稹在《人道短》中也以通俗的歌谣体表达了相同的历史天道与人道的命题："古道天道长人道短，我道天道短人道长。天既职性命，道德人自强。尧舜有圣德，天不能遣，寿命永昌。泥金刻玉，与秦始皇。周公傅说，何不长宰相。老聃仲尼，何事栖遑。莽卓恭显，皆数十年富贵。梁冀夫妇，车马煌煌。若此颠倒事，岂非天道短，岂非人道长。尧舜留得神圣事，百代天子有典章。仲尼留得孝顺语，千年万岁父子不敢相灭亡。殁后千余载，唐家天子封作文宣王。老君留得五千字，子孙万万称圣唐。谥作玄元帝，魂魄坐天堂。周公周礼二十卷，有能行者知纪纲。傅说说命三四纸，有能师者称祖宗。天能夭人命，人使道无穷。若此神圣事，谁道人道短，岂非人道长。"② 元稹初学诗时，曾读过陈子昂的《感遇》，"适有人以陈子昂《感遇》诗相示，吟玩激烈，即日为《寄思玄子》诗二十首"③，元稹可能对以上所引陈子昂之诗多有感受和思索。但与陈子昂历史天命观不同，元稹将天道与人道比较，思索的是宇宙本体意义上的"道"，绵延不断的历史时间与人的生命长短的问题，即陆机《思亲赋》"天步悠长，人道短矣"④之"天"与"人"的含义。元稹认为"天道短，人道长"，尧舜、周公、孔子、老子等有德者创造的不朽精神之生命能够超越历史时空而长久存在；而假借天命掌权的王莽、董卓、梁冀等无德之辈，皆无好下场。元稹与陈子昂所论殊途同归，皆肯定了历史中人的生命价值。

　　第二，因史抒情。唐诗"因史抒情"的功能一方面远继屈原《楚辞》，近源左思《咏史》，借古人古事浇自己胸中块垒；另一方面继承魏晋南朝睹古

---

① （唐）陈子昂：《陈拾遗集》，《谏政理书》，上海古籍出版社1992年版，第108页。
② （唐）元稹著，冀勤点校：《元稹集》，中华书局1982年点校本，第263页。
③ 同上书，第352页。
④ （晋）陆机著，金涛声点校：《陆机集》，中华书局1982年点校本，第14页。

迹、思古人的祭祀怀古之作，多因宗庙、坟墓荒凉之景而感物抒怀、悼古伤今，抒历史沧桑、繁华落尽、生命俱逝之情。诗人因史所抒之情怀多样，正如王弼《论语释疑》说："夫喜、惧、哀、乐，民之自然，应感而动，则发乎歌声。"① 各种情感是创作的冲动，情不自已抒而为诗，而历史是这些情感的发端或中介。如果说诗人"以史言志"与史家笔有寄托尚有某些相通之处，那么诗人"因史抒情"则与史家尽量客观求实、避免主观情感不同，在此意义上，"因史抒情"的功能使历史更具诗性。

　　唐诗"因史抒情"的功能不但体现在诗歌的局部，而且成为有些诗歌的整体格调和诗性本质，与情隐理显的"以史言志"为主的诗歌自又不同。如骆宾王《夏日游德州赠高四》诗云："……时命欲何言，抚膺长叹息。叹息将如何，游人意气多。白雪梁山曲，寒风易水歌。泣魏伤吴起，思赵切廉颇。凄断韩王剑，生死翟公罗。罗悲翟公意，剑负韩王气。骄饵去易论，忌途良可畏。"② 由于骆宾王具有"以道自任"的精神、经世致用的政治热情，所以诗中他人生坎坷失意后痛苦和愤懑的抒情富有极强的感染力，历史故事在他"叹息""泣""伤""思""凄""悲"的情感迸发中一一道出，抒情主体自身凸显并驾驭历史，增强了诗歌的慷慨意气。骆宾王《帝京篇》和卢照邻《长安古意》也皆运用诸多历史典故使诗人述怀更加曲折迷离，历史感与现实感交融，他们以历史故事的连缀表达出内心的复杂情志，在初唐四杰的诗歌中历史普遍扮演了言志抒情的角色，而不是经世教化的功能，相对于"言志"，他们诗歌"因史抒情"的特征更为显著，史实在诗中已退到次要地位，诗人的主观意识上升到主导地位，他们总是以感性的而不是理性的视角组织历史史实，借此表达自我的钦慕与向往、叹惋与伤悼等情怀。

　　再如盛唐李白，他的诗往往出现抒情主体"我"，自我意识十分强烈，即使是所引历史故事，也渗透着诗人的情感关怀和自我形象映照，具有浓厚的

---

① （魏）王弼撰，楼宇烈校释：《王弼集校释》，《论语释疑》"泰伯"条，中华书局1980年版，第625页。

② （清）彭定求等编：《全唐诗》卷77，中华书局1960年版，第828页。

第四章 唐诗历史想象的功能、模式与技巧

抒情性。李白所要着重表现的也不是史实，而是因历史所引发的个人情感，历史成为他兴感与辅助抒情的载体。如李白《古风》其十五咏燕昭王筑黄金台招揽贤士之事，简单概括史事，便借史抒发汹涌而来的无限感慨："奈何青云士，弃我如尘埃。珠玉买歌笑，糟糠养贤才。方知黄鹄举，千里独徘徊。"①展露自己空有才华却不被世人所用的愤慨，和不知何处进退的矛盾心绪。再如其《梁园吟》也是借梁孝王平台聚贤的史实来表达自己有才而无用的失落情怀，诗人在梁园古迹中徘徊吟咏，伤感古代贤才逝去和现世没有知音赏识的苦闷，诗中历史不作为一个完整的故事出现，而被诗人丰富复杂、起伏变化的情感激流包裹席卷其中，零散地点缀在每一个情绪的爆发点之前，成为抒情的前奏和起兴点。相对"以史言志"的功能，唐诗"因史抒情"进一步将史料及史录诗化、主观化，无论是对一件史事概括后的集中抒情，还是拈拾多件历史断片的渗入式情感关怀，皆显示了诗歌主体创作想象的深入。总之，唐诗的历史想象具备了言志、抒情的诗学功能，诗中之史才真正具有了诗的本体意义。

二 借史讽今与借古喻今

"借史讽今"首先是历史诗歌一种非常重要的修辞手法，上承西晋阮籍、嵇康、左思等人借历史揭露与批判社会问题的方法与创作意识；而"借史讽今"作为唐诗历史想象的一种功能，重点在于强调诗歌中历史的作用主要是"讽"，而不是言志与抒情。相比言志抒情，"讽"既将历史与现实联系起来，借由历史将诗人主体情志抒发出来，又指向上层统治者或社会民众。刘勰讲"而吟咏情性，以讽某上"②，"讽"是一种特殊情志的抒发，且有极强的指向性和诤谏功用。《毛诗序》曰："以风（讽）刺上。"③ 如杜甫《述古三首》

---

① （唐）李白著，（清）王琦注：《李太白全集》，中华书局1977年版，第107页。
② （梁）刘勰著，杨明照等校注：《增订文心雕龙校注》，《情采第三十一》，中华书局2000年版，第416页。
③ （汉）毛亨传，（汉）郑玄笺，（唐）孔颖达疏：《毛诗正义》，李学勤主编《十三经注疏》，北京大学出版社1999年标点本，第13页。

· 145 ·

其二就有《诗经》"风"之精神，先写人民的困苦生活，然后以两个历史典故对比作结："舜举十六相，身尊道何高。秦时任商鞅，法令如牛毛。"① 委婉讽刺民生艰苦的原因，提出重农抑商的建议，向上传达给统治者或重在警世。

"借古喻今"也是将历史与现实联系起来，以历史人事来比拟现实人事，虽然同一诗中，以史镜映照现实的同时也以史讽今，使历史故事兼有两种功能的情形广泛存在，但二者仍有区别。"借史讽今"是一种"兴"，"以古喻今"则是"比"，即诗歌可能单纯地以古人来指代今人，将现实比称为历史，以古今同构来古今类比，不一定要在诗中隐约其言，讽谏垂戒，以古非今。

一是借史讽今。初盛唐诗歌往往多借历史颂扬功业，言说壮志理想，抒发自我情怀，即使是借史讽今，指摘社会时弊，也要凸显评论历史与时事的诗歌主体。而中晚唐诗歌则更多使历史故事发挥讽谏效用，中晚唐社会问题更为严峻，诗人关心现实，借历史上国家兴盛败亡的教训，讽刺和警示黑暗统治。但是中晚唐政治体系与秩序混乱，宦官当政、藩镇割据、朋党倾轧，统治者对人才和个性化人格的压制，使得诗歌无法用直接言志抒情的方式宣告理想和宣泄情志，诗人多通过历史故事委婉言说的方式，含蓄吟咏，保全性命。许多诗人大量创作咏史诗歌，注重的是总结历史经验，以诗谏救世救心。

一方面，唐诗"借史讽今"在历史与现实对峙的结构中完成"讽"的功能。第一章举盛唐李华、李白的诗歌多为此方式。再如高适《咏史》咏战国寒士范雎因出使齐国展露才华，"尚有绨袍赠，应怜范叔寒。不知天下士，犹作布衣看"②，讽刺今人不识人才，寒士无进身之阶。杜甫《折槛行》远举汉成帝谏臣朱云，近举太宗谏臣房玄龄、魏徵，武后时宋璟这些皆以直言著称的名臣，讽刺唐代宗永泰二年，宦官鱼朝恩握大权"以观军容使左监门卫大

---

① （唐）杜甫著，（清）仇兆鳌注：《杜诗详注》，中华书局1979年版，第1022页。
② （唐）高适著，刘开扬笺注：《高适诗集编年笺注》，中华书局1981年版，第205页。

将军，判国子监事"①，而大臣皆不敢谏，所举历史铮铮谏臣映照出现实中无直臣的现象。以上二诗皆将历史想象为正义之镜，历史与现实对举极具说服力，一正一斜，一善一恶，在此意义上"借史讽今"与史家"惩恶扬善"异曲同工。

另一方面，唐诗"借史讽今"在历史与现实深度统一的历史规律下，构成类比结构，完成"讽"的功能。典型者如晚唐李商隐，诗多以史讽今，比兴深隐，意义隐晦，沈德潜说他"长于讽喻，工于征引，唐人中另开一境"②。李商隐以历史上亡国乱政之君隋炀帝、陈后主、南齐废帝、北齐后主等来讽刺昏庸的唐武宗、唐敬宗。如《北齐二首》作于会昌五年公元纪年，诗咏齐后主高纬宠冯淑妃荒淫误国事，寓意讽刺唐武帝喜射猎，宠王才人。其一云："一笑相倾国便亡，何劳荆棘始堪伤。小怜玉体横陈夜，已报周师入晋阳。"义山以荒淫误国的警言起兴，又以艳秽的宫中行乐图与周师入晋阳的危国之难对举，造成强烈的感受张力。历史在场，现实不在场，历史作为"讽"的载体直白显露，相似的现实却深隐在历史影像之后。诗人引导统治者和民众透过历史想象现实，讽喻之意在古今类比的结构中极为隐晦而深刻。其二云："巧笑知堪敌万机，倾城最在著戎衣。晋阳已陷休回顾，更请君王猎一围。"③《北史》载："周师之取平阳，帝猎于三堆，晋州亟告急，帝将还，淑妃请更杀一围，帝从其言。"④此诗末二句将史料形象地变成淑妃挽留君王围猎之语，暗含对淑妃惑主的谴责和对君王迷恋女色的讽刺，与前二句似赞实讽的议论形成对比。唐史载，唐武帝每畋猎于猎苑，王才人必从，"袍而骑，佼服光侈"⑤，可见前二句实为据现实而改造的历史想象，史事与今事重叠互现，史的功用不是纪实而是寄寓。想象力是"处于中心的一种引导力，它把过去、现在和将来连接在一起，使我们能够在我们所经历的各种变化中

---

① （唐）杜甫著，（清）仇兆鳌注：《杜诗详注》，中华书局1979年版，第1570页。
② （清）沈德潜：《唐诗别裁集》卷20，上海古籍出版社1979年版，第682页。
③ （唐）李商隐著，刘学锴、余恕诚集解：《李商隐诗歌集解》，中华书局1988年版，第539页。
④ （唐）李延寿撰：《北史》卷14《齐后主冯淑妃传》，中华书局1974年版，第525页。
⑤ （宋）欧阳修、宋祁撰：《新唐书》卷77《王贤妃传》，中华书局1975年版，第3506页。

保持稳定的方向"①。李商隐以过去思现在和将来,以史平衡了对政治者及晚唐社会渴望与失望交织的矛盾,以历史想象找到了现实寄托。

二是借古喻今。屈原援引辅君贤能的历史人物来比拟自己是后世历史诗歌"比"的开端。"借古喻今"即历史人事是现实人事的喻体,正如汉学家斯蒂芬·欧文说:"后之视今,亦犹今之视昔,既然我能记得前人,就有理由希望后人会记住我,这种同过去及将来的居间的联系,为作家提供了信心,从根本上起了规范作用。就这样,古典文学常常从自身复制自身,用已有的内容来充实新的期望,从往事中寻找根据。"②"借古喻今"的心理原因就是历史与现实相系的文化传统,唐诗"借古喻今"发展了这种传统,历史以众所周知的知识原型出现在诗歌中,承载着古文化的信息,历史的功用在于将古今融通,为诗歌增添典雅的文人气。

一方面,有以古人比今人的,古人即今人之影,或赞古人事迹达到赞美今人的功用,如常建《吊王将军墓》:"尝闻汉飞将,可夺单于垒。今与山鬼邻,残兵哭辽水。"③借汉代飞将军李广指代并称赞已逝的王将军;《本事诗》载王维的《西施咏》是以西施之美比喻杨贵妃,《息夫人》以息夫人的事迹比拟王才人;再如李白《献从叔当涂宰阳冰》以西汉辅臣萧何、曹参,东汉名臣耿弇、贾复喻李阳冰,表达敬仰,期望任用。但如李白《述德兼陈情上哥舒大夫》"卫青谩作大将军,白起真成一竖子"④,贬低古代将军,阿谀今将军,这些应人、投献之作没有因为"借古喻今"获得历史的内涵和艺术化,只是借历史知识作为文辞装饰的工具,是一种形式化的世俗的历史想象。正如葛兆光先生所说,唐代士人的"理想也不再是超越世俗之上的清高和洒脱,而是世俗的地位和财富,依赖取得社会声望的资本;也不再是知识的渊博和

---

① [德] 沃尔夫冈·伊瑟尔:《虚构与想象:文学人类学疆界》,陈定家、汪正龙译,吉林人民出版社 2003 年版,第 228 页。
② [美] 斯蒂芬·欧文:《追忆》,郑学勤译,上海古籍出版社 1990 年版,第 1 页。
③ (清) 彭定求等编:《全唐诗》卷 144,中华书局 1960 年版,第 1461 页。
④ (唐) 李白著,(清) 王琦注:《李太白全集》,中华书局 1977 年版,第 488 页。

思想的深刻，而是文辞的华丽和想象的丰富。"① 这样的"借古喻今"将历史与现实的比照结构过于简单化和平面化，使历史漂浮在诗歌之上，远离了诗意。

另一方面，有借古人喻自己的，如李华《奉寄彭城公》"公子三千客，人人愿报恩。应恨抱关者，贫病老夷门"②，以夷门侯嬴喻自己未被赏识起用。李白的诗歌就常常以古人之事喻自己，如《古风》其二十九以战国乱世中老子、孔子不得志比喻自己有才而无用；《温泉侍从归逢故人》以汉武帝比唐玄宗，以司马相如比自己；《赠新平少年》咏赞韩信年少未遇前的忍辱遭际，以此比喻自己的窘境，展示内心对未来腾达的渴望。

再有，以历史故事喻今事。如李白《陈情赠友人》引延陵挂剑、鲍叔牙谏管仲为相等历史中朋友相知的故事，喻对友人的思念，抒愿与其相交相知之情，将借史喻今功能与抒情功能相结合。李商隐《泪》以汉代永巷宫怨、湘妃啼竹、岘山堕泪碑、昭君出塞、项羽四面楚歌等历史之泪比喻自己送别之伤情泪。再如杜甫《遣忧》："乱离知又甚，消息苦难真。受谏无今日，临危忆古人。纷纷乘白马，攘攘著黄巾。隋氏留宫室，焚烧何太频。"③ 此诗作于广德元年（763），代宗出幸陕州，吐蕃攻入京师焚烧一空，诗人用侯景之乱、黄巾起义、隋末起义来比拟今日之乱离，"乘白马""著黄巾"构成事对，"纷纷""攘攘"皆摹乱之状，历史典故增强了诗歌的文学气质和情感表达；末二句尤能警策，以隋都长安喻今日之长安，暗讽逃亡政府的无能，抒"焚烧何太频"的深深喟叹，见诗人忧国忧民之心。可见"借古喻今"除了作为单纯的"比"，多是为诗歌抒情言志服务的，唐诗中的历史常常是比兴兼具的，既是以史言志、因史抒情，又是借史讽今、借古喻今，几种功能结合共同完成了史料的诗意转化和诗歌的表现深度。

除了言志抒情、讽谏喻今外，唐诗中的历史想象还有一些功能，比如

---

① 葛兆光：《中国思想史》第 2 卷《盛世的平庸：八世纪上半叶的知识与思想状况》，复旦大学出版社 2007 年版，第 20 页。
② （清）彭定求等编：《全唐诗》卷 153，中华书局 1960 年版，第 1590 页。
③ （唐）杜甫著，（清）仇兆鳌注：《杜诗详注》，中华书局 1979 年版，第 1054 页。

"用史逞才"。为了出奇创新，诗人运用历史知识及历史典故，或将史录成论重新大胆阐释，展示超凡的史识，驰骋史才，翻新诗意，但容易就史论史而以辞害意。如李贺《马诗二十三首》，咏吕布之马、汉武帝之马、项羽之马、周天子之马、唐太宗之马，卖弄历史知识，仅有华丽的词语装饰和怪谲的想象，而无思想意义。

历史功能的多样性及其融合是唐诗历史想象超越前代诗歌创作的一个特点，这些表达功能决定了史脱离史的范畴而进入诗歌范畴，史为诗用，成为诗人意中之史。这一创作思维即诗人有感于一个或几个历史故事，对其进行功能设定，以辅助表达诗歌的思想主旨；或相反，为了诗歌表情达意，诗人选择这样或那样的历史素材。除了这个层面，唐诗的历史想象还有另一个层面，即诗人总要试图选择将所有历史要素安排、整合的形式化文本模式，来建构意中之史。

第三节　唐诗历史想象之文本模式

本节我们主要考察唐人诗歌创作容纳历史要素的形式选择。为了使历史要素完成诗歌的言志、抒情、喻今、讽今等诗性功能，诗人总是以某种形式整合、构架历史材料或想象的"史实"，并使其成为诗歌的主体结构。我们从唐人的创作实绩总结出三种主要的文本模式①：历史传记式、历史论赞式和历史情境式。因为经验实在意义上的客观历史存在——包括特定历史环境、当事人及历史情势，在整体上已永远消逝在时间隧道的另一端，所以诗歌所构

---

① 关于历史诗歌的体式，学界论述一般本于陈文华先生《论中晚唐咏史诗的三大体式》（《文学遗产》1989 年第 5 期）一文。他指出，中晚唐的咏史诗可分为三大体式，一是"櫽栝本传，咏其得失"的传体；二是"借古抒怀，讽时刺世"的论体；三是"评史论人，独抒己见"的评体。我们认为，陈先生区别"论体"与"评体"的标准不是形式的而是功能内涵的，实际上二者在体式上并无明显差别。

建的只是想象性的文本的历史，是在史书编纂历史材料、形成历史情节基础上的再想象与再加工。因此，诗歌历史想象的文本模式必然受到史录样式的影响，历史传记式和历史论赞式即是这种影响下史与诗结合的产物，历史情境式虽也受到史著笔法的影响，却是更具诗歌艺术传统样式的形式。

一 历史传记式

唐诗的历史传记式即是以有韵之诗的形式传述史事，主要通过传述某一历史人物来记其生平事迹及相关历史事件，可记一人一事，也可记一人多事，还有少数诗歌通过传述某一历史朝代，来记其发展兴衰的一系列重大历史事件，记多人多事。这些诗歌均基本依照史录所载，再现历史而能超越史录和史实，达到一种想象的真实。历史传记式的表达方式以叙事为主体，有叙有议，叙议结合[1]，其创作目的不是还原史实，而是借历史寄托创作主体的情志。

其一，记一人一事。唐前班固《咏史》、陶渊明《咏荆轲》、卢谌《览古》（"完璧归赵"）、虞羲《咏霍将军北伐》为此模式的典范，皆如史传体例，以叙史事为主体，篇尾论赞抒情。唐诗继承并发展这种以叙史为主体的传记式，且不止于记事后总结议论，或先议论后记事，或夹叙夹议，还有只叙不议者，如李白《苏武》：

苏武在匈奴，十年持汉节。白雁上林飞，空传一书札。
牧羊边地苦，落日归心绝。渴饮月窟冰，饥餐天上雪。
东还沙塞远，北怆河梁别。泣把李陵衣，相看泪成血。[2]

此诗记苏武持节牧羊，终回汉地的史事，均本照《汉书·苏武传》，首二句概括史事背景；次二句概述汉朝使者以"鸿雁传书"之说智迫匈奴交回苏

---

[1] 张润静《唐代咏史怀古诗研究》（上海三联书店2009年版）"绪论"将咏史怀古诗基本体式分为叙事体、议论体和抒情体，虽然揭示了不同体式的主要表达方式，但稍显以偏概全，且不能揭示诗歌体式对史录文体体式等的继承与被影响关系。

[2] （唐）李白著，（清）王琦注：《李太白全集》，中华书局1977年版，第1034页。

武;又四句以"渴饮月窟冰,饥餐天上雪"的形象描述,回顾苏武十年牧羊之"苦",衬托其回归决心;末四句渲染苏武泣别李陵的典型场面。全诗描写叙事饱含深情,而猝然作结,不加论辩,诗味隽永,继承了汉魏间阮瑀《咏荆轲》只叙不议的模式与风格。刘湾《李陵别苏武》也先叙史事背景,后重笔描绘离别场面,"发声天地哀,执手肺肠绝。白日为我愁,阴云为我结。生为汉宫臣,死为胡地骨。万里长相思,终身望南月"①。诗人以李陵的心理描写作结,再现古人真实的情感,将情怀寄寓词间。诗歌虽本史录塑造之人物形象,而能截取史录精华,超越史录描写叙事的幅度,夸张渲染而主观色彩浓烈,王维《夷门歌》咏侯嬴也属此类。

其二,记一人多事。唐前诗歌多记一人一事,于历史人物平生最重要事迹铺陈想象,而唐诗开创了记一人多事的模式,王维《李陵咏》、于季子《咏项羽》《咏汉高祖》等均属此类,注重勾勒历史人物的立体形象,串起其一生有重大历史影响的事件,增大了诗歌的历史容量和内涵,典型者如卢照邻《咏史四首》其一:

季生昔未达,身辱功不成。髡钳为台隶,灌园变姓名。
幸逢滕将军,兼遇曹丘生。汉祖广招纳,一朝拜公卿。
百金孰云重,一诺良匪轻。廷议斩樊哙,群公寂无声。
处身孤且直,遭时坦而平。丈夫当如此,唯唯何足荣。②

与骆宾王、杨炯多串联历史典故不同,卢照邻的历史诗歌多借具体历史人事言志抒情,在"初唐四杰"中独树一帜。如他的《咏史四首》,其一咏季布,其二咏郭泰,其三咏郑太,其四咏朱云,皆为记人物生平的传记式。上引诗记季布的事迹,前四句概括了季布沦落为奴的悲惨经历。季布为楚人,从项羽起兵,数窘汉王刘邦,项羽失败后被刘邦悬赏捉拿,布潜藏朱家为奴,隐姓埋名种田为生。次四句夹叙夹议,既写季布幸遇伯乐曹丘生,又赞赏夏

---

① (清)彭定求等编:《全唐诗》卷196,中华书局1960年版,第2012页。
② (唐)卢照邻著,李云逸校注:《卢照邻集校注》,中华书局1998年版,第34页。

侯婴举贤不疑,刘邦不记私仇的贤德。《史记·季布传》载,朱家为季布向夏侯婴澄冤,并请他向刘邦上疏赦免季布,刘邦赦季布,封郎中,又得到曹丘生赞赏,名声远播。再四句写季布耿直忠正,当众怒斥樊哙,"百金孰云重,一诺良匪轻"化用楚谚"得黄金百,不如得季布一诺"①,赞季布义气的品行;"廷议斩樊哙,群公寂无声",据《史记·季布传》载,单于呈书轻视吕太后,太后怒,召大臣议策,樊哙说:"臣愿得十万众,横行匈奴中。"群臣大多敷衍赞同,只季布反对:"樊哙可斩也!夫以高帝兵三十余万,困于平城,哙时亦在其中。今哙奈何以十万众横行匈奴中,面谩。且秦以事胡,陈胜等起,今疮痍未疗,哙又面谀,欲动摇天下。"②季布语惊四座,吕后从此没再提报复匈奴之事。最后四句论赞作结,赞季布孤直的大丈夫气概,抒发诗人倾慕之情。全诗依《史记·季布传》所记季布的三件大事,叙述他的身世经历,使能屈能伸的大丈夫形象跃然纸上。

再如李商隐《茂陵》:"汉家天马出蒲梢,苜蓿榴花遍近郊。内苑只知含凤觜,属车无复插鸡翘。玉桃偷得怜方朔,金屋修成贮阿娇。谁料苏卿老归国,茂陵松柏雨萧萧。"③诗歌记汉武帝的一生,似史录中皇帝之"纪",前二句回顾汉武帝西域拓边,得天马、苜蓿;次四句以历史典故含续弦胶、微行柏谷、方朔偷桃、金屋藏阿娇概括其好游猎、迷信神仙及好色等;末二句叙苏武归国武帝已死,以"松柏雨萧萧"的典型坟墓意象作结,引人深思其武功、游猎、求仙、好色的一生,暗暗讽喻与其相似的荒淫唐武宗(时已葬端陵)。可见此诗与帝王编年之纪不同,诗歌并不按历史的时间顺序安排史事;与李白咏苏武、卢照邻咏季布基本按史书所载不同,李商隐意不在咏史而在讽今,因此典故多出自杂史杂传,而非正史纪传,他按照一种批评逻辑选择史事,却不做显露评论,将记忆的历史知识和心中的历史意象平面化,传记心中的汉武帝,映射唐武帝,意味深长。

---

① (西汉)司马迁撰:《史记》卷100《季布列传》,中华书局1959年版,第2731页。
② (西汉)司马迁《史记》卷100《季布列传》,中华书局1959年版,第2730—2731页。
③ (唐)李商隐著,刘学锴、余恕诚集解:《李商隐诗歌集解》,中华书局1988年版,第552页。

再如皮日休《七爱诗》，为唐代及唐前名人一一立传。组诗之前有小序："皮子之志，常以真纯自许。每谓立大化者，必有真相，以房、杜为真相焉；定大乱者，必有真将，以李太尉为真将焉；傲大君者，必有真隐，以卢徵君为真隐焉；镇浇俗者，必有真吏，以元鲁山为真吏焉；负逸气者，必有真放，以李翰林为真放焉；为名臣者，必有真才，以白太傅为真才焉。呜呼！吾之道时耶，行其事也，在乎爱忠矣；不时耶，行其事也，亦在乎爱忠矣。苟有心歌咏者，岂徒然哉！"① 交代了为唐代名人立诗传的原因，六首诗，仅第一首为两人合传合赞，其余五首皆为一人立传。第一首赞房玄龄、杜如晦二相，第二首赞将军李晟，第三首赞隐士卢鸿，第四首赞名吏元德秀，第五首赞诗人李白，第六首赞名臣白居易。

《七爱诗·房杜二相国（玄龄、如晦）》：

> 吾爱房与杜，贫贱共联步。脱身抛乱世，策杖归真主。
> 纵横握中算，左右天下务。肮脏无敌才，磊落不世遇。
> 美矣名公卿，魁然真宰辅。黄阁三十年，清风一万古。
> 巨业照国史，大勋镇王府。遂使后世民，至今受陶铸。
> 粤吾少有志，敢躅前贤路。苟得同其时，愿为执鞭竖。②

杜如晦协助李世民登上皇位，并与房玄龄共掌朝政，两人配合默契，理政建制，奠定了贞观之治的基础。后世论唐代良相，首推房、杜，史称"房玄龄善谋，杜如晦善断"。皮日休作为儒家知识分子，钦慕二位名相建功立业、兴盛国家的成就。可惜诗人不能与之同时代，只能徒然羡慕先辈圣贤。

《七爱诗·李太尉（晟）》：

> 吾爱李太尉，崛起定中原。骁雄十万兵，四面围国门。
> 一战取王畿，一叱散妖氛。乘舆既反正，凶竖争亡魂。

---

① （清）彭定求等编：《全唐诗》卷680，中华书局1960年版，第7016页。
② 同上。

> 巍巍柱天功，荡荡盖世勋。仁于曹孟德，勇过霍将军。
> 丹券入帑藏，青史传子孙。所谓大丈夫，动合惊乾坤。
> 所谓圣天子，难得忠贞臣。下以契鱼水，上以合风云。
> 百世必一乱，千年方一人。吾虽翰墨子，气概敢不群。
> 愿以太平颂，题向甘泉春。①

李晟，字良器，临潭人，性雄烈，有才华，因爵封西平郡王，世称李西平。李晟原为边镇裨将，以战功累迁至右金吾大将军、开府仪同三司、泾原四镇北庭都知兵马使，封合川郡王。后来，李晟入朝任右神策军都将。建中二年（781），李晟以神策先锋都知兵马使讨伐反叛的河朔三镇。建中四年（783），泾原兵变，李晟前往奉天勤王，加尚书左仆射、同中书门下平章事，兼京畿、渭北、鄜坊、商华兵马副元帅。兴元元年（784），李晟收复长安，平定朱泚之乱，兼任凤翔、陇右、泾原三镇节度使，行营副元帅，改封西平郡王。贞元三年（787），李晟被罢去兵权，改封太尉。贞元九年（793），李晟去世，追赠太师，谥号忠武。皮日休赞美这位叱咤英雄，中唐名将，呼唤晚唐也有这样能够平定藩镇和外族叛乱的人才出现。

《七爱诗·卢徵君（鸿）》：

> 吾爱卢征君，高卧嵩山里。百辟未一顾，三征方暂起。
> 坦腹对宰相，岸帻揖天子。建礼门前吟，金銮殿里醉。
> 天下皆铺糟，征君独洁己。天下皆乐闻，征君独洗耳。
> 天下皆怀羞，征君独多耻。银黄不妨悬，赤绂不妨被。
> 而于心抱中，独作羲皇地。篮舆一云返，泥诏褒不已。
> 再看缑山云，重酌嵩阳水。放旷书里终，逍遥醉中死。
> 吾谓伊与周，不若征君贵。吾谓巢与许，不若征君义。②

卢鸿是盛唐画家、诗人、著名隐士。一名鸿，字浩然，一字颢然，本幽

---

① （清）彭定求等编：《全唐诗》卷680，中华书局1960年版，第7017页。
② 同上。

州范阳（今河北涿县东北）人，徙居洛阳，后隐居嵩山（今登封市）。博学，善篆籀，工八分书，能诗。画山水树石，得平远之趣，与王维相当。开元初（713），玄宗遣使备礼至嵩山征召卢鸿，再征不至。皮日休赞美他的隐逸之风，风神散朗，不慕富贵，安然自适的心态和人生选择。

《七爱诗·元鲁山（德秀）》：

> 吾爱元紫芝，清介如伯夷。辇母远之官，宰邑无玷疵。
> 三年鲁山民，丰稔不暂饥。三年鲁山吏，清慎各自持。
> 只饮鲁山泉，只采鲁山薇。一室冰檗苦，四远声光飞。
> 退归旧隐来，斗酒入茅茨。鸡黍匪家畜，琴尊常自怡。
> 尽日一菜食，穷年一布衣。清似匣中镜，直如琴上丝。
> 世无用贤人，青山生白髭。既卧黔娄衾，空立陈寔碑。
> 吾无鲁山道，空有鲁山辞。所恨不相识，援毫空涕垂。①

元德秀，字紫芝，唐朝河南洛阳人，世居太原，后移居河南陆浑（今河南嵩县），唐代诗人。身上深深体现了道家思想的烙印，元德秀性格纯朴耿介，李华在《元鲁山墓竭铭（并序）》中称他"《大易》之易简，黄老之清净，惟公备焉"，元德秀在任鲁山县令期间治理一方百姓，深受爱戴，有政治家的眼光、胆略和气魄。鲁山任满后元德秀再无牵挂，遂退隐至陆浑与山水为伴。皮日休爱其亦官亦隐，仕隐两得。

《七爱诗·李翰林（白）》：

> 吾爱李太白，身是酒星魄。口吐天上文，迹作人间客。
> 磔硊千丈林，澄澈万寻碧。醉中草乐府，十幅笔一息。
> 召见承明庐，天子亲赐食。醉曾吐御床，傲几触天泽。
> 权臣妒逸才，心如斗筲窄。失恩出内署，海岳甘自适。
> 刺谒戴接䍦，赴宴著毂屐。诸侯百步迎，明君九天忆。

---

① （清）彭定求等编：《全唐诗》卷680，中华书局1960年版，第7017—7018页。

>竟遭腐胁疾，醉魄归八极。大鹏不可笼，大椿不可植。
>蓬壶不可见，姑射不可识。五岳为辞锋，四溟作胸臆。
>惜哉千万年，此俊不可得。高名无阶级，逸迹绝涯涘。
>万世唐书中，逸名不可比。粤吾慕真隐，强以骨肉累。
>如教不为名，敢有征君志。①

这首诗高度评价了李白的品格和诗歌创作。极其精练的语言，概括了李白一生的主要经历，从中表现出了李白那傲岸不屈的品格和豪放不羁的风格。以"大鹏不可笼"比喻李白个性，以"大椿不可植"比喻李白的天才，表现出了其内心由衷的敬佩。

《七爱诗·白太傅（居易）》：

>吾爱白乐天，逸才生自然。谁谓辞翰器，乃是经纶贤。
>欻从浮艳诗，作得典诰篇。立身百行足，为文六艺全。
>清望逸内署，直声惊谏垣。所刺必有思，所临必可传。
>忘形任诗酒，寄傲遍林泉。所望标文柄，所希持化权。
>何期遇訾毁，中道多左迁。天下皆汲汲，乐天独怡然。
>天下皆闷闷，乐天独舍旃。高吟辞两掖，清啸罢三川。
>处世似孤鹤，遗荣同脱蝉。仕若不得志，可为龟镜焉。②

这首诗热情地称颂了白居易"逸才生自然""为文六艺全""所刺必有思，所临必可传""处世似孤鹤，遗荣同脱蝉"。这些都高度概括了白居易诗文风格、文学成就、社会贡献，以及其个人的处世态度。

以上几首诗皆抓住了唐代名人的突出特点和突出事迹，将叙事、说理、论赞、抒情相结合，是唐代咏史诗中的历史传记体式的代表。

此外，还有记多人多事的时代传记式。"每个民族在时间上都要经历过这

---

① （清）彭定求等编：《全唐诗》卷680，中华书局1960年版，第7018页。
② 同上。

种理想的永恒历史，从兴起、发展、成熟以至衰败和灭亡"①，以一个历史朝代为歌咏对象，记一代历史兴衰大事的传记式，具恢宏的历史气息和超越具体人事的变代思考。如第一章引魏徵的《赋西汉》咏西汉诸帝王事迹，鲍溶《读史》咏楚汉战争诸史事均为此模式。诗人均以大手笔将史书时间跨越较大的内容以几句诗语容纳，显示出宏阔的历史视野和熔铸史料的构架意识。

从以上诗例可见，历史传记式诗歌明显受到史传文体的影响。"纪传体"是司马迁《史记》开创的通过传人来记事，以人物传记为中心的史书体例。正如刘知几《史通·列传第六》云："夫纪传之兴，肇于《史》《汉》。盖纪者，编年也；传者，列事也。编年者，历帝王之岁月，犹《春秋》之经；列事者，录人臣之行状，犹《春秋》之传。《春秋》则传以解经，《史》《汉》则传以释纪。"②《史记》《汉书》之后正史典籍均以"纪""传"为主体，"纪"就是按照朝代的时间顺序编排帝王史事，"传"就是记载人臣的史事，来充足帝王之"纪"。史传文体对诗歌历史传记式的影响在于：诗人借鉴史传记人记事的纪传意识及史传叙事、论赞的形式，构架诗歌的历史素材；诗人借鉴史家对人物事迹详略轻重的叙事策略，抓住典型历史要素提炼升华，转化为蕴含诗意的历史典故或历史意象。

诗歌的历史传记式不是对史传的有韵重复，而是诗人"以一种诗意的方式，重新激发起往日的时代'精神'"③，并渗入现时代的精神，如李白《古风》其三咏秦始皇一生，其中写秦皇海上求仙等情节，极尽李白式的浪漫想象，诗歌不是对正史纪传的重复，而具传奇的神仙色彩。但不可否认，有些历史传记式的唐诗不能脱离对纪传所载史实的依赖，依照史书的叙史视角，易走向史笔为诗，历史与现实不能形成杂糅之兴象，情景之交汇，正如王夫之说："史才固以檃栝生色，而从实处着笔自易；诗则即事生情，即语绘状，

---

① ［意大利］维科：《新科学》，朱光潜译，商务印书馆1989年版，第127—128页。
② （唐）刘知几撰，（清）浦起龙通释，吕思勉评：《史通通释》卷2《列传第六》，上海古籍出版社2008年版，第35页。
③ ［美］海登·怀特：《元史学——19世纪欧洲的历史想象》，陈新译，译林出版社2004年版，第5页。

一用史法，则相感不在永言和声之中，诗道废矣！"① 历史叙事本于真实，隐藏"有我"，传记框架容易搭建，而诗歌受自我情动支配，随感而发，不能以情感驾驭史传构架，就会就史言史；再有诗歌容易受到史家行文及论赞中的精神影响，记人而评论难以翻新，徒为史家思想之注脚，而缺少自我史识。

二 历史论赞式

论赞是一种专门的史评文体，最初来源于史书纪传篇末的史家论赞，指对全文进行总结式的评论，刘知几《史通·论赞》云："《春秋左氏传》每有发论，假君子以称之。二《传》云公羊子、谷梁子，《史记》云太史公。既而班固曰赞，荀悦曰论，《东观》曰序，谢承曰诠，陈寿曰评，王隐曰议，何法盛曰述，常璩曰撰，刘昺曰奏，袁宏、裴子野自显姓名，皇甫谧、葛洪列其所号。史官所撰，通称史臣。其名万殊，其义一揆。必取便于时者，则总归论赞焉。"② 史书论赞或论人物之品藻、事件之意义，或借史抒史家感怀，或提示善恶之微言大义，关涉政教。后来论赞从史书纪传篇目中独立出来，成为专题史评这种史学文体，直接用来表达史家对历史人物及事件的评价。其实无论是史书论赞，还是专体论赞，皆显示出一定程度的诗化特点。从班固《汉书》"史臣赞曰"就出现了整齐的四言论赞式，刘知几称赞"孟坚辞惟温雅，理多惬当。其尤美者，有典诰之风，翩翩奕奕，良可咏也"③，说明班固论赞已经接近诗歌齐律押韵的形式，这种形式继承了古代典诰的四言文体。初唐正史纪传之论赞多讲究韵律、对偶与文采，体式以散文体为主，而渐趋骈化，唐代史家朱敬则等人的专题史论也多骈文或四言体。唐代诗人借鉴历史论赞的体式，直抒胸臆，将史家大段论赞缩为简洁精致、朗朗可咏之诗。

唐诗历史论赞式即用诗体阐发诗人对历史人物、历史事件的评论。不叙

---

① （清）王夫之评选，张国星校点：《古诗评选》卷4，文化艺术出版社1997年版，第145—146页。

② （唐）刘知几撰，（清）浦起龙通释，吕思勉评：《史通通释》卷4《论赞第九》，上海古籍出版社2008年版，第59页。

③ 同上。

史事始末，而以简要诗语概括一个历史事件，诗歌重点在借史立论抒怀；或隐去历史人物生平传记，仅以赞语概括其精神面貌并评其功过；或用诸多不以历史时间为排序的一组历史人物及事件作为例证，证明自己并不拘泥于史家道德观念、学术之见的独特论点。历史论赞式虽主评议，但不只议论，也有简单叙事兼抒情的表达方式。与历史传记式的诗歌想象性地再现史实，铺叙历史事件的过程相比，历史论赞式以对历史的评论及直接表达创作主体主观情志为诗歌主体，诗人以简省笔法呈现历史，形成最能代表历史事件意义的意象，或者运用寓有价值关怀的历史事典，以点代面，生发自己的议论。

其一，评论某一历史事件。唐前曹植、王粲、阮瑀的"三良诗"为此模式，《咏三良》为秦穆公殉葬之事，皆未展开史事描绘，而以议论观点，抒发情志为主。唐诗中只有柳宗元写过这一题材，其《咏三良》赞三良"款款效忠信，恩义皎如霜"，批评秦穆公牺牲三良殉葬是违背"礼"的，失去良材致使"霸基弊不振，晋楚更张皇"①，全诗没有铺叙历史过程，仅就此事生发议论。刘知几《史通·鉴识》云"斯则物有恒准，而鉴无定识"；"夫论者，所以辩疑惑，释凝滞。若愚智共了，固无俟商榷"②，即是说史实是已逝的不可变更的，但史家对历史事件的评论是见仁见智的，是可以论辩商榷的。唐代诗人的历史知识及参政论政意识，使得他们尚在史家定论之外，以诗歌的形式论赞历史，如武则天长安年间诗人孙处玄的《失题》："汉家轻壮士，无状杀彭王。一遇风尘起，令谁守四方？"③ 此诗评汉高祖杀梁王彭越之事，彭越在楚汉战争中为刘邦立下汗马功劳，与韩信、英布并称汉初三大名将，后因被诬告谋反，为刘邦所杀，事见《史记》本传，传后"太史公曰：魏豹、彭越虽故贱，然已席卷千里，南面称孤，喋血乘胜日有闻矣。怀畔逆之意，及败，不死而虏囚，身被刑戮，何哉？中材已上且羞其行，况王者乎！彼无异故，智略绝人，独患无身耳。得摄尺寸之柄，其云蒸龙变，欲有所会其度，

---

① （唐）柳宗元著，吴文治点校：《柳宗元集》，中华书局1979年点校本，第1258页。
② （唐）刘知几撰，（清）浦起龙通释，吕思勉评：《史通通释》卷7《鉴识第二十六》，上海古籍出版社2008年版，第148页。
③ （清）彭定求等编：《全唐诗》卷114，中华书局1960年版，第1165页。

以故幽囚而不辞云"①。司马迁这里解释魏豹、彭越甘愿身为囚徒，惨遭刑戮，也要保全性命，等待历史时机"云蒸龙变"的原因，实借此解释自己相似的忍辱而不轻易求死的原因，借历史人物命运浇自己胸中块垒。这种论赞精神影响着诗人论赞，此诗"无状"二字显露诗人为彭越鸣冤，后二句直接批评汉高祖错杀功臣和人才，诗人以此讽刺武则天罗织罪名，杀李唐忠臣之事。孙处玄虽与史迁批评视角及立论不同，但诗人所论皆与自我、现实息息相关，与史家资治精神相通。

其二，论赞某历史人物。最早论赞历史人物的诗歌多为四言体，如《诗经》的《文王有声》、汉代应季先《美严思王》，或许受到古代祭祀之歌、典诰等四言论赞的影响，皆美祖先、颂功德，后嵇康几首《六言诗》为六言体。到了唐代论赞历史人物之诗有些也于郊庙祭祀时颂唱，且诗歌形式多样，五言、七言论赞为多，也有四言与骚体论赞诗，略叙历史人物的生平事迹，重在评论其成败功过、性情智慧。如陈子昂《感遇三十八首》其一十一咏鬼谷子之隐："吾爱鬼谷子，青溪无垢氛。囊括经世道，遗身在白云。七雄方龙斗，天下久无君。浮荣不足贵，遵养晦时文。"②诗人直接抒敬仰古人之情，赞鬼谷子"达则兼济天下，穷则独善其身"，认清时势，不图浮名而隐逸的精神。陈子昂《感遇三十八首》其二十一赞范雎之布衣丞相，《蓟丘览古》其五赞田光先生之大义，其六赞邹衍之识天运，其七赞郭隗幸被赏识，皆直接称赞古人，言追慕古人成大业之志，抒感叹敬仰之意与寂寥不用之情。李白《别鲁颂》赞鲁仲连，杜甫《陈拾遗故宅》赞同为拾遗、渴望建功立业的陈子昂。

还有一些论赞历史人物的唐诗，独出机杼，不唯咏赞之，且批评之。如李绅《却过淮阴吊韩信庙》对韩信既褒且贬，"贱能忍耻卑狂少，贵乏怀忠近佞人。徒用千金酬一饭，不知明哲重防身"。肯定韩信年轻时忍辱立志，功成后的不忘恩义；又批评他不忠且不知明哲保身。中晚唐诗人杜牧、罗隐、皮日休等诗人皆长于翻新史书成论，以篇幅短小的诗歌形式评论历史人物，如

---

① （西汉）司马迁：《史记》卷90《魏豹彭越列传》，中华书局1959年版，第2595页。
② （唐）陈子昂：《陈拾遗集》，上海古籍出版社1992年版，第6页。

罗隐《秦纪》《董仲舒》《王夷甫》，贯休《比干传》等皆为此类，他们往往以对历史的诘问或反问结语，不直接批评而讽刺自生。另如许浑《途经秦始皇墓》尤有特色，虽为论赞式，而能以一种情景与议论交融的方式，以后人态度的对比，间接批评秦始皇，诗云："龙盘虎踞树层层，势入浮云亦是崩。一种青山秋草里，路人唯拜汉文陵。"可见唐人历史论赞式的较高境界，超越了前人的直接评论，以青山秋草中的陵墓喻历史帝王，形成古今张力，褒贬自生。

其三，以诸多历史人事为论据抒情言志。唐前屈原《离骚》、"三曹"的几首历史诗歌和左思《咏史》均属此类。诗歌所论不只是一人一事，而是错综诸多历史人事，形成评论主旨。或先陈论点再分述史事，或先举史例最后总结事义，论赞抒情。如李白《君道曲》一诗先陈述观点"大君若天覆，广运无不至"，然后列举三个君臣际遇的史事：黄帝与常先、太山稽"如心之使臂"，管仲为齐桓公之"鸿翼"，刘备与诸葛亮"鱼水本无二"，以此赞古代君臣相合的为政大道，表达自己的政治理想。诗人以减省的笔墨对三个历史故事夹叙夹议，论赞态度鲜明。

再如白居易《杂感》，先列一系列相似的历史故事："……阳货肆凶暴，仲尼畏于匡。鲁酒薄如水，邯郸开战场。伯禽鞭见血，过失由成王。都尉身降虏，宫刑加子长。吕安兄不道，都市杀嵇康。"[①] 历史故事皆为"城门失火，殃及池鱼"的例证，从而归纳出诗人自己的观点，抒历史感怀之情："斯人死已久，其事甚昭彰。是非不由己，祸患安可防。使我千载后，涕泗满衣裳。"诗人有感于现实中的不平遭遇，惧怕政治道路上的因人祸己，因而吟咏历史上与自身相似的经验，得出祸患天定而人无能为力的观点，反映出诗人对生命的哲学思索与矛盾不解的困惑。而白居易在大和九年公元纪年所作《咏史》同样是历史论赞式，观点却截然相反，认为祸患是可以预知并预防的。诗人将"秦磨利刀斩李斯，齐烧沸鼎烹郦其"，与商山四皓隐遁全身的事

[①] （唐）白居易著，顾学颉校点：《白居易集》，中华书局1979年点校本，第51页。

迹对举，得出"去者逍遥来者死，乃知祸福非天为"[①] 的结论，实感于大和九年的甘露之变，造成朝野权臣血流成河的惨剧，诗人终于从矛盾的人生思考中惊醒，从对祸患的惧怕中找到避免祸患的出路，得到心灵的超越与解脱。

总之，历史论赞式的唐诗不注重历史的时间逻辑和发展逻辑，而注重历史的因果逻辑，史向诗的转化，突破了史的基本叙事框架，是史为诗用的典型。当然，晚唐人过于追求论赞思想的奇特，落入了纯粹的史论，或因史才不足而难以超越史家论断，千篇一律，诗味淡薄。

三 历史情境式

唐诗的历史情境式很难像历史传记式和历史论赞式一样，找到与历史纪传及史论文体特征的直接被影响关系，因为这一体式的诗性因素大于史的因素，重在凸显对历史的情感体验。历史情境式可对历史人物或事件作传，但不刻意依赖于史书史料的故事，也不着意于作完整的叙史，不追求再现史书中的"史实"；而是就某实在的或虚构的历史时刻，按照诗人的感受逻辑，作当时情境的想象性描绘，达到超越史料"史实"之外的诗的历史真实。历史情境式也可对历史人物或事件进行评论，但不是借助史书中的史事概括或借历史事典作直露的褒贬及情感宣泄，而是在某一历史情境的想象描绘中，借情景之兴象暗自寄寓诗人的思想感怀，且包蕴史家的历史成论、诗人的历史意绪于一炉，使褒贬自现。历史情境式还包括诗人登临怀古之作，即完全隐去历史的情节及论断，而以古迹之今时之景起兴书怀，重在古今沧桑、历史变易的情感抒发，历史是抒情主体的背景，在诗歌创造的情境中，诗人以历史审美的视角，建立了自我的历史意象及抒情世界。

其一，描绘过去的历史情境式。此类诗歌在唐前就有开创，典型者如鲍照、庾信的《王昭君》等，均细致描绘了昭君出塞的心理情志并想象当时情境，寄托诗人怜惜昭君命运与自怜之情。唐人承南朝诗人这种缘情写景的体式，抒写诗人内心的个性历史，而不是史书所载的重大历史事件，发展着对

---

① （唐）白居易著，顾学颉校点：《白居易集》，中华书局1979年点校本，第686页。

王昭君、班婕妤、铜雀妓等传统题材的歌咏，但情境相似者实多，突破较少，而一些非传统题材的诗歌艺术性较高。如唐代才开始出现歌咏古吴越征战的历史题材，诗人诗作甚多，其中李商隐《吴宫》堪称历史情境式的经典："龙槛沉沉水殿清，禁门深掩断人声。吴王宴罢满宫醉，日暮水漂花出城。"① 诗人想象吴王宫宴的情境，并设定宫外人的感受视角，身临其境地穿过历史时空，想象性地描绘望见水中迷蒙而沉醉的宫殿，描述听见断续的嘈杂欢闹之声，并以"日暮水漂花出城"这一动态景语作结，赋予诗歌深长幽婉的情韵，讽刺之意蕴藉含蓄，有一种穿透历史的沉郁苍凉之感。李白的《口号吴王美人半醉》也想象吴王醉宴的情境："风动荷花水殿香，姑苏台上宴吴王。西施醉舞娇无力，笑倚东窗白玉床。"② 此诗似一幅香艳的历史画卷，暗寄讽喻，相比之下李白《乌栖曲》虽也想象吴王荒淫宴饮的历史情境，却以"东方渐高奈乐何"的感叹作结，讽刺主旨未免直露。

其二，描绘现实的历史情境式。正如陆机《文赋》说："伫中区以立览，颐情志于典坟。遵四时以叹逝，瞻万物而思纷。"③ 诗歌创作的缘起可能是登临眺览，也可能是阅读古籍；可能是时空的触思，也可能是感物而兴叹。唐代歌咏历史的诗歌也不例外，其触发诗思的往往是现实中的古迹和物景。唐前诗歌如《诗经·黍离》、曹操《短歌行》等虽已有怀古意绪，谢朓《和伏武昌登孙权故城》开启了古都的颂唱，但到了唐代，诗人才真正通过描绘历史变易后物是人非的现实情境去追忆关于历史的知识和观念，表达一种祭祀、游览而怀古的意绪，而不直接歌咏与想象历史，形成诗与史不即不离的意境。如刘长卿《步登夏口古城作》全是今日古城景致："平芜连古堞，远客此沾衣。高树朝光上，空城秋气归。微明汉水极，摇落楚人稀。但见荒郊外，寒鸦暮暮飞。"④ 不涉史事，景中含情，让读者一同分享远客的历史之思；其《秋日登吴公台上寺远眺，寺即陈将吴明彻战场》先描摹景物，以"惆怅南朝

---

① （唐）李商隐，刘学锴、余恕诚集解：《李商隐诗歌集解》，中华书局1988年版，第1391页。
② （唐）李白著，（清）王琦注：《李太白全集》，中华书局1977年版，第1184页。
③ （晋）陆机著，金涛声点校：《陆机集》，中华书局1982年点校本，第1页。
④ （唐）刘长卿著，储仲君笺注：《刘长卿诗编年笺注》，中华书局1996年版，第289页。

事,长江独至今"① 作结,抒景物长存见证历史,而人事短促,朝代更替稍纵即逝的感慨。

其三,搅碎古今的历史情境式。不拘泥于历史与现实,诗歌结构更为自由散化,所谓"搅碎古今巨细,入其兴会",因此可称唐代历史诗歌"兴象玲珑"的最高境界,如杜甫《公安县怀古》:

野旷吕蒙营,江深刘备城。寒天催日短,风浪与云平。
洒落君臣契,飞腾战伐名。维舟倚前浦,长啸一含情。②

此诗不是对人事的具体想象,只将今日情境与历史名物结合起来,先因旷野与江水起兴,想象此地曾经的吕蒙营和刘备城,简洁地将诗与史组合,古与今杂糅,意境浑厚;后四句又以景物起兴,追忆历史英灵的君臣相契与赫赫战功,诗人在风浪的现实情境中感受到历史"洒落""飞腾"的英雄事业,长啸而气势发越。再如李嘉祐《伤吴中》:

馆娃宫中春已归,阖闾城头莺已飞。复见花开人又老,横塘寂寂柳依依。
忆昔吴王在宫阙,馆娃满眼看花发。舞袖朝欺陌上春,歌声夜怨江边月。
古来人事亦犹今,莫厌清觞与绿琴。独向西山聊一笑,白云芳草自知心。③

诗歌前四句伫立现实,写景写意;次四句穿越历史,想象吴王宫人之怨;最后四句体悟"古来人事"的变易哲理,抒历史体认下的自我适意之情。诗人以"白云芳草自知心"作结,将心内历史、对历史的感怀与心外景物浑然为一。托名王昌龄作的《诗格》说:"诗有三境,一曰物境。欲为山水诗,则

---

① (唐)刘长卿著,储仲君笺注:《刘长卿诗编年笺注》,中华书局1996年版,第320页。
② (唐)杜甫著,(清)仇兆鳌注:《杜诗详注》,中华书局1979年版,第1930页。
③ (清)彭定求等编:《全唐诗》卷206,中华书局1960年版,第2144页。

张泉石云峰之境,极丽绝秀者,神之于心,处身于境,视境于心,莹然掌中,然后用思,了然境象,故得形似。二曰情境。娱乐愁怨,皆张于意而处于身,然后驰思,深得其情。三曰意境。亦张之于意而思之于心,则得其真矣。"[1]李嘉祐创作此诗就如临"三境"而合之,诗人既于吴中古迹摹山水景物之状,畅然思古,写古迹荒芜处的花开、柳依;又想象古吴宫歌舞繁华之境下的愁怨,如同身在历史之中,亲身体验古宫人之情;又回到现实,于心中体悟宇宙中历史与现实的相连相系,"一笑"而得超越历史生命的真意。如果说,描绘过去的历史情境式诗歌因用心体验历史而得"情境",描绘现实的情境式诗歌兼得"物境"与"情境";那么这首描绘古今的情境式诗歌则深有"意境",兼得景、情、理之"三境"。中唐刘禹锡、晚唐许浑等诗人皆擅长这一模式。随着中晚唐历史诗歌的发展,历史情境式将历史知识和渐成题材定式的历史素材作为众所周知的隐性语境,将诗中历史要素化整体构建为散化渲染,历史完全被心灵化、情感化,遁化无形,在诗歌表层下有自由、开放的历史空间,引人思考及挖掘,如许浑《姑苏怀古》也以现实景物描绘为主,历史与现实情境融合。"可怜国破忠臣死,日日东流生白波。"诗中的"白波"意象蕴含着一种时刻涌动的历史哀愁,诗人将伍子胥死后化作波涛的历史传说与眼前浩渺的流水物景相合为一,创造出包含着伍子胥的愤怒、姑苏百姓的敬仰和诗人的怜惜情意的独特意象,以此作结,意味深长。这种以历史意象生成无限历史意境的唐诗历史情境式是唐诗历史想象对唐前诗歌的创新与开拓,我们在第四章继续深入讨论这一问题。

综上所述,唐诗三种历史想象的文本模式代表唐诗处理历史要素的三种基本结构,体现了唐诗在文体方面融合历史的多样性探索。三种基本的文本模式不但是全诗的结构,也体现在诗歌结构的局部,即有些诗歌是对三种文本模式的组合及融合。如刘长卿《登吴古城歌》前半部分为吴越征战历史的传记式,记夫差黄池会盟,越国入侵杀吴太子,吴王杀伍子胥,越王卧薪尝胆,吴王兵败自杀等重大历史事件;后半部分则是写景抒情的历史情境式,

---

[1] 郭绍虞:《中国历代文论选》,上海古籍出版社2001年版,第88—89页。

此诗将两种文本模式融合。再如王绩《过汉故城》前半部分叙汉代从兴到亡的历史过程,后半部分写汉都长安的荒寒情境,也是历史传记式与历史情境式的结合。骆宾王《过张平子墓》:"西鄂该通理,南阳擅德音。玉卮浮藻丽,铜浑积思深。忽怀今日昔,非复昔时今。日落丰碑暗,风来古木吟。惟叹穷泉下,终郁羡鱼心。"① 诗前半部分赞张衡的政声、文笔、浑天仪的发明等,后半部分写景抒情,是历史论赞式与历史情境式的结合。总之,唐代诗人善于选择不同的文本模式及其组合方式,当诗人选择某种或几种模式时,他以为自己选择的是理解历史的最好向导,是思考过去的最好建议,而不是历史就是如此的断言,因此历史题材就获得了不同的诗歌形式与意义,诗歌模式形成关于历史的知识之路,也形成如何看待过去的情感象征。

第四节　唐诗历史想象之技巧举隅

唐诗的历史想象除了历史功能的预设和历史要素的架构之外,还有一个重要环节,即对史料的加工,这一节我们具体探讨唐代诗人对史料的运用及对史实的想象技巧。首先有一种移史料为诗的方法,是最无技巧可言的,只保持历史原貌,将历史叙事基本不变地用诗律赋写,如李白《金陵新亭》:"金陵风景好,豪士集新亭。举目山河异,偏伤周顗情。四坐楚囚悲,不忧社稷倾。王公何慷慨,千载仰雄名。"② 将此诗比照《晋书·王导传》:

> 过江人士,每至暇日,相要出新亭饮宴。周顗中坐而叹曰:"风景不殊,举目有江河之异。"皆相视流涕。惟导愀然变色曰:"当共戮力王室,克复神州,何至作楚囚相对泣邪。"众收泪而谢之。③

---

① （清）彭定求等编:《全唐诗》卷77,中华书局1960年版,第832页。
② （唐）李白著,（清）王琦注:《李太白全集》,中华书局1977年版,第1401页。
③ （唐）房玄龄撰:《晋书》卷65《王导传》,中华书局1974年版,第1747页。

在此历史传记式的诗歌中，诗人只是将史书中周颛与王导的对话转换成叙事，最后论赞总结，诗是史的重复，正所谓"古人咏史，但叙事而不出己意，则史也，非诗也"①。其艺术价值不高。此外，唐诗历史想象还有几种编织历史素材的技巧，下面举其一二，大致说来，包括接受史载历史原貌的想象和借史书史料生发的想象两方面。

一　浓缩式想象

"由事实而得出的故事是一种浓缩，即将行为经历的时间缩减为讲述的时间，将人们有关某个特定历史时期所知的一切事实缩减成只剩那些重要的事实，这种浓缩不仅对特定时空范围内发生的事件是如此，对于人们就这些事件可能知道的事实也是如此。"② 历史编纂中的"浓缩"有两个层面，一是将过去的所有史实浓缩为历史叙事，二是将知道的历史故事浓缩为个人理解的重要史事序列。即是说史书记载是对史实的浓缩，并形成关于某时代的为知识群体所熟知的历史知识，而诗是对这些历史知识的浓缩。史料浩瀚繁多，远不是诗歌所能容纳的，唐代诗人善于浓缩想象，熔铸史料，且始终按照历史的发展逻辑摘录重要的史事，基本保持历史发展的原貌。历史传记式的诗歌模式常常需要这种浓缩式的想象技巧。

如徐九皋《咏史》，浓缩张良事迹，将其一生压缩为几句诗："亡国秦韩代，荣身刘项年。金槌击政后，玉斗碎增前。圣主称三杰，明离保四贤。已申黄石祭，方慕赤松仙。"③ 此诗按历史时间叙史，前四句运用错综的事对技巧，浓缩了张良秦末楚汉战争时的大事，分见《史记·留侯世家》和《史记·项羽本纪》，"亡国秦韩代""金槌击政后"十个字概括秦灭韩后，韩国人张良立志报仇，求得刺客，以金锤击秦始皇，只中副车；"荣身刘项年""玉斗碎增前"十个字概括张良被封为韩王司徒，后作为刘邦的谋士，鸿门宴

---

① 郭绍虞编选，富寿荪校点：《清诗话续编》，上海古籍出版社1983年点校本，第558页。
② ［美］海登·怀特：《元史学——19世纪欧洲的历史想象》前言，陈新译，译林出版社2004年版，第8页。
③ （清）彭定求等编：《全唐诗》卷203，中华书局1960年版，第2120页。

上设计使刘邦脱险后,赠玉斗给范增,增碎之,五、六句概括高祖称张良为开国"三杰"之一,及张良为吕后设计,请四皓出山辅助太子,平息了储君之争;七八句概括张良祭拜早年授他兵法的黄石公后,选择功成身退求仙问道。诗人选取史书张良事迹的重要者,表现其忠义及智谋,浓缩的技巧增大了诗歌的历史容量,且将史事融入工整的事对,言简意赅。刘知几论史家叙史说:"必取其所要,不过一言一句耳。苟能同夫猎者、渔者,既执而置钓必收,其所留者唯一筌一目而已,则庶几胼胝尽去,而尘垢都捐,华逝而实存,滓去而渖在矣。嗟乎!能损之又损,而玄之又玄,轮扁所不能语斤,伊挚所不能言鼎也。"[①] 比起历史叙事,不但诗歌的诗体形式要求以少言多,诗学追求也注重言有尽而意无穷的诗味,浓缩想象在于概括史事的字句减省,将复杂的史事浓缩为一句诗甚至压缩为二三个字的历史典故,如刘禹锡《金陵五题》之《台城》为历史论赞式,诗人用"台城六代竞豪华"一句就概括了南朝三百多年间金陵作为帝王之都的历史,又以"后庭花"的典故暗示陈朝灭亡的历史,代表金陵繁华历史的终结。浓缩想象也在于不求真实历史发展的完整叙事,而只抓取历史关节点,与其说诗歌浓缩的是历史事实和历史知识,不如说是一种历史的精神和生命的精神。诗歌不是讲述历史故事,从开头讲到结尾,诗歌有时在时间、空间上具有断裂性和开放性,这是对读者追忆历史知识及含义的邀约,是诗歌历史想象的生发点。如李华《咏史十一首》其十:

六国韩最弱,末年尤畏秦。郑生为韩计,且欲疲秦人。
利物可分社,原情堪灭身。咸阳古城下,万顷稻苗新。[②]

诗咏郑国修渠乃疲秦之计,但不把故事讲完整,只叙开头和结局,略去人们所共知的历史过程,以此兴发联想。再如杜牧《题武关》"郑袖娇娆酣似醉,屈原憔悴去如蓬"二句仅以人物形象的对比描摹就概括了楚怀王听郑袖

[①] (唐)刘知几撰,(清)浦起龙通释,吕思勉评:《史通通释》卷6《叙事第二十二》,上海古籍出版社2008年版,第123—124页。

[②] (清)彭定求等编:《全唐诗》卷153,中华书局1960年版,第1587页。

谗言驱逐屈原的历史事件。可见，唐诗浓缩式的历史想象不仅体现在对史料的组织技巧、字句的减省技巧上，也体现在用非叙述的表达方法、艺术性概括历史的技巧上。浓缩式想象是唐代历史诗歌最基本的构思技巧，是其他想象技巧的基础。

二　连缀式想象

唐诗连缀式的历史想象，是指诗人按照某种相通的历史事义或历史知识点，将历史人物及事件从历史时间空间中抽取并重新组织起来，联合表现诗人的情志等主旨。这种想象虽保持历史原貌，却打破浓缩式想象线性的史事铺排，不以历史发展的时间逻辑来安排史事，而将历史材料重新组合与融合，建构诗歌的历史世界及历史感，把它们汇总到思想和情感的焦点。作诗的能力是一种"发育、融解、再结合……组合和融合的能力"①，没有这种想象力就无法将上下几千年宏博的历史素材组织成诗歌中的历史。连缀式想象是唐诗融合历史要素的重要技巧，多用于历史论赞式的诗歌模式中。

其一，类比连缀想象。即比事连类的想象思维，将某方面性质相同的历史事件排放在一起，印证诗人的思想观点；或以这些历史人物的情感、遭遇表达诗人的情感怀抱。唐诗这种比事连类的历史想象与史传、史论的编纂思维及论说思维相似，刘知几云："盖闻方以类聚，物以群分，薰莸不同器，枭鸾不比翼。若乃商臣、冒顿，南蛮、北狄，万里之殊也；伊尹、霍光，殷年汉日，千载之隔也。而世之称悖逆，则云商、冒；论忠顺则曰伊、霍者，何哉？盖厥迹相符，则虽隔越为偶，奚必差肩接武，方称连类者乎？"② 司马迁、班固等史家作人物传记，常常将两个及多个身份相似、品行相同的人物归为一传，或将一类人归为一传，如《史记·刺客列传》《汉书·外戚传》《后汉书·遗民传》等，唐代诗人对历史的裁剪受到这种历史编纂思维的影响，如

---

① ［德］沃尔夫冈·伊瑟尔：《虚构与想象：文学人类学疆界》，陈定家、汪正龙译，吉林人民出版社2003年版，第231页。

② （唐）刘知几撰，（清）浦起龙通释，吕思勉评：《史通通释》卷7《品藻第二十三》，上海古籍出版社2008年版，第135页。

白居易《偶然二首》其一将屈原、贾谊的被弃命运类比，以证历史人事有不测之偶然，这种屈贾连用可溯源到司马迁《史记·屈原贾谊列传》的连类思想。

但史家以类相从为了惩恶扬善，"夫能申藻镜，别流品，使小人君子臭味得朋，上智中庸等差有叙，则惩恶劝善，永肃将来，激浊扬清，郁为不朽者矣"①，有浓厚的为世人鉴的教化功用；诗人比事连类则更多为了咏怀，如李白《古风》其五十九：

> 恻恻泣路歧，哀哀悲素丝。路歧有南北，素丝易变移。
> 万事固如此，人生无定期。田窦相倾夺，宾客互盈亏。
> 世途多翻覆，交道方岭巇。斗酒强然诺，寸心终自疑。
> 张陈竟火灭，萧朱亦星离。众鸟集荣柯，穷鱼守枯池。
> 嗟嗟失权客，勤问何所规。②

诗人思考权力与交情的关系，连缀西汉田蚡与窦婴，东汉张耳与陈余、萧育与朱博的历史故事，他们皆因权力的变化而分道弃情，甚至相互构陷。《史记·田蚡窦婴传》载，汉景帝时婴为大将军，游士宾客尽归之，武帝时蚡为丞相，游士宾客皆去婴归蚡，唯灌夫不离不弃，后田蚡劾灌夫不敬，婴受株连被杀；《后汉书·王丹传》李贤注载，张耳、陈余为刎颈之交，后构隙，耳杀陈余；《后汉书·王丹传》李贤注载萧育与朱博为友，曾互相引荐，后有隙不终。诗人以三组相似的史事夹叙夹议，评论抒情，类比互证，感慨世道浇薄，权力对友情的亵渎，抒愤慨之情。李白《上留田行》连缀古今兄弟间的离间，《箜篌谣》连缀古今朋友交心不移者皆为此类。

史论散文在论辩过程中也会举史实作为论据，论证历史观点；唐代诗人则不注重论证的严密逻辑，而取历史事件相同一点，或仅仅是诗人的感受相

---

① （唐）刘知几撰，（清）浦起龙通释，吕思勉评：《史通通释》卷7《品藻第二十三》，上海古籍出版社2008年版，第137页。
② （唐）李白著，（清）王琦注：《李太白全集》，中华书局1977年版，第155页。

同而将其连缀，达到明理抒情的目的，如李白《自广平乘醉走马六十里至邯郸登城楼览古书怀》连缀历史上与赵国邯郸城有关的史事：廉颇负荆请罪、毛遂自荐、平原君纳客、赵氏孤儿等，抒发仰慕诸贤的怀古意绪。咏洛阳、襄阳、巴蜀等文化地域及函谷关、长城等古迹的唐诗常常运用这种连缀的想象技巧，以所咏之地为中心，铺陈排比相关地域的历史人物和事件，形成地域历史文化的象征。这种连缀的想象技巧，实借鉴了汉代都城大赋铺陈排比的思维与笔法。如韩偓《吴郡怀古》连缀古吴国夫差杀伍子胥，三国吴建都，西晋王濬大军灭吴的历史，感怀吴郡变迁，寄托思古情怀，可见诗人神思千古的想象与史家史论论证比事不同，是以统一的情感基调为落脚点，唤起一个地域乃至一个民族的共同情怀，具有深沉厚重的历史诗境。

其二，对比连缀想象。将性质相反的历史事件对比在一起，通过两方面历史依据的比较，诗人得出自己推崇和赞同的一方面，并反对另一方面。司马迁等史家采用合传形式写的史传有明显的对比思维，突出人物不同特点，呈现史家褒贬识见，在史论中也常有这类对比，唐代诗人也用对比连缀表现自己的褒贬史识。如李颀《行路难》用了十二句叙杨修的一生，并将其在朝被用的风光与被弃后穷巷秋风的凄惨相对比，又将其命运与鲁仲连对比，以"鲁连所以蹈东海，古往今来称达人"[1]作结，不事议论而对比连缀之褒贬同情自现。再如李白《行路难三首》其三将许由、伯夷叔齐与伍子胥、屈原、陆机、李斯的事迹对比，论证诗人的观念：人贵在"无名"。而刘禹锡《咏史二首》其二："贾生明王道，卫绾工车戏。同遇汉文时，何人居贵位。"[2]将贾生与卫绾在汉文帝时的遭遇对比，贾谊才高位卑遭贬，卫绾为车夫而位高，诗人没有从对比中直接得出结论，而以讽刺汉文帝的反问作结，识见不说破而自出。

三 填充式想象

唐诗的填充式想象是诗人对历史叙事空白处的细节与情节、情境的想象，

---

[1] （清）彭定求等编：《全唐诗》卷25，中华书局1960年版，第345页。
[2] （唐）刘禹锡著，卞孝萱校订：《刘禹锡集》，中华书局1990年版，第265页。

对简单历史叙事的弥缝和补充。人们有关历史事物的感受与认知经验会受到史书的限定，历史叙事不可能再现所有的历史事实，诗人却能在历史叙事的断裂处填补它，更生动地描画史实。刘知几说："夫探揣古意，而广足新言，此犹子建之咏三良，延年之歌秋妇。至于临穴泪下，闺中长叹，虽语多本传，而事无异说。盖凫胫虽短，续之则悲；史文虽约，增之反累。加减前哲，岂容易哉！"[1] 他认为像曹植《咏三良》、颜延之《秋胡行》等诗歌，是本于史传，而对史传的揣测、虚饰与增广，是"文以害意"的；刘知几更加批评史家叙史中的填充想象："斯皆鉴裁非远，智识不周，而轻弄笔端，肆情高下。故弥缝虽洽，而厥迹更彰，取惑无知，见嗤有识。"[2] 他认为史书刻画细节应力图叙事简约，不能肆意书写，超越历史真实，像诗人那样为使历史故事更动人，对历史填充想象，"临穴泪下，闺中长叹"，是史家不能为的。唐诗的填充想象在史书记载史实基础上生发，不改变历史人物的形象、性格与事迹，不违背历史的逻辑，填充式想象多运用于历史情境式或历史传记式的诗歌创作构思中。诗人刘禹锡、李贺、李商隐均是运用此技巧的大家。

如李商隐《楚宫》："复壁交青琐，重帷挂紫绳。如何一柱观，不碍九枝灯。扇薄常规月，钗斜只镂冰。歌成犹未唱，秦火入夷陵。"[3] 诗人以填充式的想象，形象描绘楚昭襄王二十一年公元纪年，秦将白起攻入郢都，焚烧夷陵前的楚王享乐场面，为重大历史事件填充细节情境。诗人想象当时楚国宫殿的华美，紫绳重帷，青锁复壁，一柱观，九枝灯；然后描绘楚宫美人，以"扇薄常规月，钗斜只镂冰"二句写出美人窥月之娇态，以及装饰之名贵；最后以楚宫的享乐歌吟"犹未唱"，暗示秦军之急速，讽刺荒淫的楚王。诗人隐去主要人物楚王的出场，以同历史宏大叙事不同的细微视角，描绘自我想象的遮蔽在历史定论深处更人性化、审美化、平凡化的历史真实。再如刘禹锡《马嵬行》想象杨贵妃之死：

---

[1] （唐）刘知几撰，（清）浦起龙释，吕思勉评：《史通通释》卷6《浮词第二十一》，上海古籍出版社2008年版，第116页。
[2] 同上。
[3] （唐）李商隐著，刘学锴、余恕诚集解：《李商隐诗歌集解》，中华书局1988年版，第695页。

绿野扶风道，黄尘马嵬驿。路边杨贵人，坟高三四尺。
乃问里中儿，皆言幸蜀时。军家诛戚族，天子舍妖姬。
群吏伏门屏，贵人牵帝衣。低回转美目，风日为无晖。
贵人饮金屑，倏忽舜英暮。平生服杏丹，颜色真如故。
属车尘已远，里巷来窥觎。共爱宿妆妍，君王画眉处。
履綦无复有，履组光未灭。不见岩畔人，空见凌波袜。
邮童爱踪迹，私手解鞶结。传看千万眼，缕绝香不歇。
指环照骨明，首饰敌连城。将入咸阳市，犹得贾胡惊。①

此诗在唐代写马嵬驿事件的诗歌中，是有特色的，诗人在对这一历史事件的传记式叙写中，采用了不同的视角，"里中儿""里巷""邮童"等，力图使史实的想象更贴近世俗直接观察视角中的真实；又以"伏门屏""牵帝衣""转美目"几个动作描绘使历史人物鲜活起来。诗人运用填充想象，通过自己的心灵经验去重演作为常识的历史，以超越常人理解历史的模式，将自身的精神及情感体验灌注于历史，创造出独特个性化历史情境，不可抵抗地把读者的注意力吸引到诗歌自身。传统的咏王昭君、班婕妤、长信宫、长门怨、李夫人、铜雀妓、绿珠等题材的乐府诗歌②，以及一些唐人的新题乐府（吴王与西施、唐明皇与杨贵妃题材等）、宫词怨曲（吴宫、楚宫、魏宫、隋宫、齐宫等）、琴操古曲歌词等常常运用填充式想象，来适应和歌吟唱的感情充沛及形象易感的诗乐演绎特征。

四　换位式想象

换位式想象是唐诗中一种常见的构思方法，它不仅是古代诗歌从《诗经》就开始运用的传统手法，也是史家惯用的，钱锺书先生曾说："《左传》记言

---

① （唐）刘禹锡著，卞孝萱校订：《刘禹锡集》，中华书局1990年版，第338—339页。
② 参见韦春喜《乐府咏史诗的发展与演变——以乐府诗集为文本对象》（《山东师范大学学报》2004年第3期）对乐府咏史诗时代性发展的梳理，以及对唐代乐府古题咏史与乐府新题咏史的分类统计，第70—75页。

而实乃拟言、代言。"① 说明古代虽然有"左史记言",但不可能将不在场的历史人物的语言、行动,甚至是心理活动完好无缺地记下,史家撰史时便会拟历史人物活动,加工并想象他们所说的话等。可见诗与史都要运用换位式的想象手法,但区别在于史家认为所记是真实的历史,诗人则不以创作真实性为前提。诗人的换位式想象只是一种文学的想象,这时想象作为一种创作过程中的思维,是全情投入的,"是同情,因为人们在想象时把自己放在另一个人的位置上"②,因此,换位式想象是借史实生发的想象与心理感怀,且总是有某历史人物在言说的行为结构存于诗中。

换位式历史想象的技巧③体现在两种创作情况中。

其一,以第三人称的全知视角想象描绘历史人物的言语、心理及行动,诗人与历史人物的关系不即不离,既能转换到历史人物的地位,身临其境描述,又能隐藏自己的观察视角。如古之奇《秦人谣》、陈标《饮马长城窟》皆为历史论赞式,前者以换位式想象,拟代秦朝人的口吻评论秦朝时事,批评赵高"指鹿为马"、上下欺蒙的腐败朝政,以秦人"人生贵年寿,吾恨死不早"④的言语或心理的直抒胸臆作结;后者拟秦末汉王刘邦士卒的视角,批评秦始皇筑长城劳民伤财,末句"泪满征衣怨暴秦"⑤既是诗中"汉营人"之怨又是诗人之怨,既是诗人对秦汉时代人民的同情又是对唐代人民的同情、对时政的担忧。白居易《杂兴三首》其一末句:"回眸语君曰,昔闻庄王时。有一愚夫人,其名曰樊姬。不有此游乐,三载断鲜肥。"⑥诗人将樊姬谏庄王

---

① 钱锺书:《管锥编》,《左传正义》六十七则其一,中华书局1979年版,第166页。
② [德]沃尔夫冈·伊瑟尔:《虚构与想象:文学人类学疆界》,陈定家、汪正龙译,吉林人民出版社2003年版,第226页。
③ 需要说明:第一,换位式历史想象虽然也为魏晋南朝拟古风潮到唐代模拟古代诗人创作的诗歌所运用,如唐彦谦《和陶渊明贫士诗七首》、齐己《拟嵇康绝交寄湘中贯微》等,皆是对古人文学创作及其主体精神的敬仰,进而模拟与学习,但这些诗不是以古代诗人事迹为主体题材的历史诗歌,所以不在讨论范围内。而如张祜《司马相如琴歌》以司马相如的口吻,唱向卓文君求爱之歌,浪漫地再现一种文人意绪,则是以换位式想象对历史人物的歌咏。第二,换位式历史想象也为唐代诗人拟女性角色言闺情的拟代体诗歌所广泛运用,如李白《长干行》、李益《江南曲》、白居易《王昭君》,但这里我们专探讨唐诗拟历史人物,包括历史中女性人物的言语、心理、活动的诗歌。
④ (清)彭定求等编:《全唐诗》卷262,中华书局1960年版,第2913页。
⑤ (清)彭定求等编:《全唐诗》卷508,中华书局1960年版,第5770页。
⑥ (唐)白居易著,顾学颉校点:《白居易集》,中华书局1979年点校本,第9页。

罢猎的史事通过楚妃之口道出，深有讽喻寄托。

其二，代历史人物言语和心理、行动，想象自己就是某个历史人物，诗歌以历史人物的口吻言语，以第一人称描绘历史人物的心理思维与行动，拟代古人表达情志，将自己与历史人物在诗歌中的身份合一，唐代诗人在班婕妤、王昭君等传统女性宫怨题材的历史诗歌创作中常会运用换位式想象，此外他们也以换位式想象，挖掘历史的新题材，如李昂《赋戚夫人楚舞歌》以戚夫人口吻自述感怀："……君楚歌兮妾楚舞，脉脉相看两心苦。曲未终兮袂更扬，君流涕兮妾断肠。已见储君归惠帝，徒留爱子付周昌。"① 汉史载，吕后扼杀了刘邦改立戚夫人子为太子的想法，高祖为戚夫人歌，戚夫人为王楚舞，这段历史引起诗人诗兴，由此生发想象，戏拟戚夫人唱自传式楚歌，回忆随王征战的情浓意切，哀伤君王已老，爱子分离。诗人虽为戚夫人量身打造了这段楚歌，创造了新的题材，但这种想象没有超越历史叙事的局限，也没有超越前代换位式想象的宫怨意趣，单纯为换位而换位的想象往往稍逊，那些富有个人情感寄托的诗歌更胜一筹。如晚唐李山甫《又代孔明哭先主》（诗人还有一首《代孔明哭先主》），从题目可见诗人换位意识的明显，诗人借孔明之口发端兴寄，唱与刘备的君臣际遇、痛失明君的沉痛，实际上却将个人屡试不第的理想失落与对不可拯救的晚唐混战时代的失望情绪融入诗歌。《唐才子传》载，李山甫"咸通中累举进士不第，落魄有不羁才。须髯如戟，能为青白眼。生平憎俗子，尚豪侠，虽箪食豆羹，自甘不厌。为诗托讽，不得志，每狂歌痛饮，拔剑斫地，少摅郁郁之气耳"②。诗人将自己的人生感怀和救世意识，以及实现统一的信仰寄托到历史人物的兴叹中："鲸鬣翻腾四海波，始将天意用干戈。尽驱神鬼随鞭策，全罩英雄入网罗。提剑尚残吴郡国，垂衣犹欠魏山河。鼎湖无路追仙驾，空使群臣泣血多。"③ 字句间见诗人内心的翻腾郁结之气，两个干戈乱世，古与今情绪交织，诗境浑茫。尽管唐代换

---

① （清）彭定求等编：《全唐诗》卷 12，中华书局 1960 年版，第 1209 页。
② （元）辛文房著，傅璇琮主编：《唐才子传校笺》卷 8，中华书局 1995 年版，第 424—425 页。
③ （清）彭定求等编：《全唐诗》卷 643，中华书局 1960 年版，第 7363 页。

位式想象多留有唐前娱乐性戏拟的特点，但由于唐人创作经验的不断积累，逐渐转变为一种感受与体验历史的构思方式，摆脱了形式上的拟代，而具备了深刻的表达实质。

五　虚构式想象

虚构式想象是唐诗历史想象中最灵活的技巧，也最违背史书所载的历史事实。诗人的想象有再创造历史的能力，可以将历史人事夸张、变形；诗人谙熟过去也通达未来，可以绘出历史上从没有存在过而且可能永远不会出现的场景；诗人还可以在诗歌中与历史人物交流、对话，将历史与现实融合；诗人还可以设想发生过的历史按照另一种逻辑演绎等。

其一，史家叙史的夸张描写要合乎历史逻辑，诗歌却既可以合情合理地想象，也可以不合理地极尽夸张渲染，前者如王偃《明君词》"一双泪滴黄河水，应得东流入汉家"，夸张描写昭君之泪，但合乎昭君的情感逻辑，也不违背昭君出塞的历史逻辑；后者如李贺《秦王饮酒》，以浪漫夸张的笔法描摹心中想象的极尽炫丽的宫中宴饮乐舞，诗人神游八极而历史面目全非，"羲和敲日""龙头泻酒""月使倒行"，使诗歌充满英雄豪迈的神话色彩，使读者超越历史局限，陷入诗歌的艺术感受之中，诗人不是再现和展现历史情节，而是建构无逻辑的历史心理层面的感受。

其二，虚构历史人物、事件或因果。诗歌处理的都是来自文字材料的言语事实，除了真实可信的正史，往往将杂史杂传中的历史传说及前代文学作品的历史虚构入诗，有所寄托。如李贺《金铜仙人辞汉歌》由习凿齿《汉晋春秋》所载曹操移金铜人至洛阳，铜人流泪的历史虚构生发进一步的诗歌想象；李商隐《代魏宫私赠》代魏宫人私赠曹植，明甄妃之情，《代元城吴令暗为答》又代吴质答赠魏宫人，皆是由李善《文选注》附会曹植《洛神赋》所生发的虚构想象。

唐代诗人善于想象历史人物按照历史逻辑可能发生的事情。如李商隐《龙池》："龙池赐酒敞云屏，羯鼓声高众乐停。夜半宴归宫漏永，薛王沉醉寿王醒。"① 诗想象寿王的寥落心境,讽刺唐玄宗的荒淫;其《骊山有感》"平明每幸长生殿,不从金舆惟寿王"②,也是合乎历史逻辑又很有讽刺力量的想象。李商隐还虚构历史因果,其《咸阳》"自是当时天帝醉,不关秦地有山河"③,以浪漫的神话解释历史变代的原因。此外,唐代诗人还善于想象历史按另一种逻辑发展,可能发生的事情,如长孙无忌《灞桥待李将军》"霸陵无醉尉,谁滞李将军"④;李商隐《华清宫》"当日不来高处舞,可能天下有胡尘"⑤;罗隐《王濬墓》"若使吴都犹王气,将军何处立殊功"⑥;王仁裕《题孤云绝顶淮阴祠》:"当时若放还西楚,尺寸中华未可侵"⑦ 等。历史哲学家海登·怀特说:"诗人们根据可能性和不可能性(possibility – impossibility)的范畴来组织他的直觉,史学家则把他的直觉组织到或然性和不存在或然性(probability – improbability)的范畴之下。"⑧ 即是说史家作为知识的传播者考虑的只涉及某事发生过或没有发生,他不会谈过去如果某事没有发生会怎样,史家与诗人不同,不会用现在时和虚拟的语气说话。

其三,虚构与历史人物的交流。如沈亚之《梦别秦穆公》《梦游秦宫》以梦古人的形式,歌咏对古人的渴慕之情;罗隐《代文宣王答》借孔子之口表达自己遵儒抑释道的理念,深有现实寄托。

> 三教之中儒最尊,止戈为武武尊文。吾今尚自披蓑笠,你等何须读典坟。
>
> 释氏宝楼侵碧汉,道家官殿拂青云。若教颜闵英灵在,终不羞他李老君。⑨

---

① (唐)李商隐著,刘学锴、余恕诚集解:《李商隐诗歌集解》,中华书局 1988 年版,第 1514 页。
② 同上书,第 1510 页。
③ 同上书,第 1537 页。
④ (清)彭定求等编:《全唐诗》卷 30,中华书局 1960 年版,第 434 页。
⑤ (唐)李商隐著,刘学锴、余恕诚集解:《李商隐诗歌集解》,中华书局 1988 年版,第 1508 页。
⑥ (唐)罗隐著,雍文华校辑:《罗隐集》,中华书局 1983 年版,第 75 页。
⑦ (清)彭定求等编:《全唐诗》卷 736,中华书局 1960 年版,第 8403 页。
⑧ [美]海登·怀特:《元史学——19 世纪欧洲的历史想象》陈新译,译林出版社 2004 年版,前言第 547 页。
⑨ (唐)罗隐著,雍文华校辑:《罗隐集》之《甲乙集》,中华书局 1983 年版,第 55 页。

诗人拜祭孔子庙后作《谒文宣王庙》，末句向文宣王发问："倘使小儒名稍立，岂教吾道受栖迟？"唐开元二十七年（739），追尊孔子为文宣王，诸州郡皆建孔庙供奉，但晚唐五代战乱，庙宇多荒凉残破。《代文宣王答》与《谒文宣王庙》同时作，诗人感慨孔庙凄凄无人问津，儒道不立，于是拟孔子神灵对自己和诗作答："吾今尚自披蓑笠，你等何须读典坟。"饱含对当世礼乐不修和儒士难有政治地位的讽刺。诗人代孔子言说，形式上似换位式想象，但实乃游戏虚构，因为不是从古人角度设身处地由史实想象古人境遇，而是借代言的形式抒发不平。孔子时代没有佛教，后四句岂能由孔子说出；话语直白粗俗，也非孔圣口气，诗人以穿帮的历史滑稽戏拟形成反讽结构。刘知几批评史家："虽有王平所识，仅通十字；霍光无学，不知一经，而述其言语，必称典诰，良由才乏天然，故事资虚饰者矣。"[①] 他批评纪传史家将史上无学问之人的言语写成典雅的论文，实为虚构，是史家大忌。而诗人则相反，以虚为上，刘勰云："意翻空则易奇，言征实则难巧。"[②] 比起换位式想象借古人视角的临摹作画，罗隐的虚构使诗讽之"意"显豁而出奇，"言"不求实、不求像而"巧"生。

罗隐诗是与孔子的神灵交流，再如王翰《九日登望仙台呈刘明府客》于望仙台上想象际遇过关老子、河上公、陶渊明的心情。唐代浓重的道家氛围，使得诗人们将诸多历史人物神话、仙化，如刘禹锡《华清词》感于玄化，想象唐太宗于骊山"风中闻清乐，往往来列仙"[③] 的接洽神仙的情境。道士杜光庭《题鸿都观》想象"亡吴霸越已功全，深隐云林始学仙"[④] 的范蠡鸾鹤飘遥，杳然无踪。总之，唐代诗人在创作过程中，继承唐前诗歌融合历史手法，运用上述诸多编织技巧，或接受史载历史原貌，重复、浓缩、连缀；或借史书史料生发想象，对史书史事填充、换位、虚构，将诗歌中的历史情节

[①] （唐）刘知几撰，（清）浦起龙释，吕思勉评：《史通通释》卷18《杂说下第九》，上海古籍出版社2008年版，第373页。

[②] （梁）刘勰著，杨明照等校注：《增订文心雕龙校注》卷4《神思第二十六》，中华书局2000年版，第369页。

[③] （唐）刘禹锡著，卞孝萱校订：《刘禹锡集》，中华书局1990年版，第345页。

[④] （清）彭定求等编：《全唐诗》卷854，中华书局1960年版，第9663页。

诗化，创造出诸多翻新出奇的历史意象、历史识见及历史情境。当然，本节所列是唐诗历史想象的基本技巧，恐还有未尽之处。

综上，本章探讨了唐代历史诗歌的创作思维，总结了历史想象的创作范式。首先，诗人在构思过程中为了诗歌表情达意，不再直接言说，而是有目的地择取一些富有历史意义的历史素材入诗，或借史言志，或借史抒情，或借史讽今，或借史喻今等，历史成为诗人通向诗歌本质的媒介，以此达到史在功能上向诗歌的转化；其次，诗人运用历史传记式、历史论赞式、历史情境式等文本模式来建构或综合建构选取好的历史要素，使历史成为诗歌内容的主体，以此达到史在形式上向诗歌的转化；最后，诗人选择或浓缩，或连缀，或填充，或换位，或虚构等适合的想象技巧，对诸多历史要素在固定整合模式的基础上进行细微的剪裁、加工，达到诗歌对史料游刃有余地运用，创造出超越史书史实的诗歌的历史真实，以此达到史在内容上向诗歌艺术的转化。以上三个层次的结合使唐诗完成了诗与史在艺术层面的融合，使唐代历史诗歌获得了超越性的艺术魅力。

第五章　唐诗的历史意象化

上一章具体分析了唐诗历史想象经由三个构思层次（功能、模式、技巧）将历史要素转化为诗歌要素的创作范式，当然，三个层次并不具有完全固定的历时结构，在实际创作中是相当灵活的。历史意象的形成，即历史的意象化，是从诗人历史想象的构思阶段过渡到诗歌文本形成阶段间最重要的创作过程，历史的意象化也是唐诗历史想象的最高艺术成果及重要艺术特征。在唐代文化的巨变与发展、诗歌艺术的创新与进步、诗人个性因素的交互影响下，唐诗的历史意象化是一个历史性的过程。本章在探讨唐诗历史意象化的概念及功能等问题的基础上，通过对初盛唐、中唐、晚唐典型诗人的创作分析，来勾勒唐诗历史意象化的进程。

第一节　唐诗历史意象化概述

学界还没有从诗歌发展角度探讨唐诗历史意象化及其功能意义的研究，但从意象的审美特征角度研究中晚唐历史诗歌，研究唐代某诗人历史诗歌中意象的心理意蕴和审美时空，研究唐代历史诗歌某一主题意象群等已有诸多成果①。研究者使用"历史意象"往往没有对其界定,致使在具体研究中,许多只是历史诗歌中用到的普通意象,也被当作历史意象来考察,所以我们首先定义"历史意象"。

一　历史意象与历史意象化

本书绪论提到,中国诗学中的"意象"最早出现在《文心雕龙·神思》篇"窥意象而运斤",是诗人构思想象的意中之象;托名王昌龄的《诗格》云"久用精思,未契意象"②,皎然《诗式》云"假象见意"③;司空图《诗品》云"意象欲出,造化已奇"④等唐代诗学均在构思层面使用这一概念,后经明清诗家学不断阐释,"意象"含义逐渐增多,又成为审美鉴赏的范畴。现当代学者常常对"意象"再阐释而定义不一。这里为讨论唐诗创作经验,考察作为诗歌构思要素的"意象",我们取蒋寅先生的定义:"意象是经作者情感和意识加工的由一个或多个语象组成、具有某种意义自足性的语象结构,是构成诗歌本文的组成部分。"⑤可以说,在构思层面,意象是在诗歌主体的情志观照中呈现,经由作者情感体验,通过对物象的想象加工创造而成的;在结构层面,意象是语象所构成的意义自足体,蒋寅先生说"语象是诗歌本文中提示和唤起具体心理表象的文字符号",所以构思层面的意中之象只有通过语言符号的组合提示,才能最终呈现出情、意、象的交融,形成诗歌最基本的诗意要素。"意象化"即是诗歌从构思的意中之象到结构的意象融合的生成过程。

---

①　这方面的研究有张晶:《中晚唐怀古诗的审美时空》,《北方论丛》1998年第4期;张旭:《论晚唐怀古诗之残宫意象及诗人审美心理》,《五邑大学学报》2004年第4期;侯迺慧:《唐诗主题与心灵疗养》,中国台湾三民书局2005年版;李世忠、袁芳:《君看六幅南朝事老木寒云满古城——论中晚唐咏史诗的意象与意境》,《湖北社会科学》2007年第4期;刘宝明:《刘禹锡咏史怀古诗的取象与造境》,《德州学院学报》2009年第1期。
②　《诗格》卷中"诗有三思"条,张伯伟:《全唐五代诗格校考》,陕西人民教育出版社1996年版,第150页。
③　(唐)皎然著,李壮鹰校注:《诗式》卷1,人民文学出版社2003年版,第128页。
④　(唐)司空图著,郭绍虞集解:《诗品集解》,《缜密》,人民文学出版社1963年版,第26页。
⑤　蒋寅:《语象·物象·意象·意境》,《文学评论》2002年第3期。

第五章 唐诗的历史意象化

基于以上理解，我们说"历史意象"是经由诗人历史感怀与历史意识，运用历史想象的技巧，对历史物象加工而成的，具有历史意绪与历史具象性的语象结构，是历史诗歌的诗意要素之一。其一，历史意象产生于对心中历史知识的想象与感受，或对历史留存物的情感观照与历史哲思，是历史之象（包括已逝历史的虚象或历史遗留的实象）与诗人情志相结合的产物，"史—意—象"三个层面缺一不可。其二，援历史叙事入诗，剪裁史料的浓缩、连缀、填充、虚构、换位等想象技巧，也是历史意象创造的技巧，历史意象将历史时空、历史人事浓缩于诗语之间，甚至是多种技巧共同创造的结果。其三，将历史诗化的形式众多，历史意象只是其中之一，与诗歌对历史人事的概括描述不同，历史意象所呈之象不与史录所指的历史世界保持单纯、明确和基本一致的对应状态，而是复杂的、似而非似的、朦胧微妙的关系，语象的存在方式是一种非历史真实的隐喻系统。总之，对历史的浓缩性、具象性与因历史而生的情感性、表意性是历史意象的主要特征，而"历史意象化"就是历史意象的生成过程。此外，还需明确几个相关概念。

其一，普通意象与历史意象。历史意象是一种特殊的意象，历史意象按照所呈现的对象，可分为历史自然意象（包括景物意象、动物意象等）、历史人文地理意象（如故城、残宫、荒台、陵墓）、其他历史人物与事物意象等。历史自然意象与普通自然意象不同，传统诗学将承载诗人抒情的自然意象作为诗歌意象研究的重点，因为情景交融是中国诗歌重要的艺术特点。显然，只有诗人将自然景物与历史情感及历史意识关联，加入了历史时空感及其他历史感怀意绪的才是历史意象，比如温庭筠"云边雁断胡天月，陇上羊归塞草烟"（《苏武庙》）[1]，云边雁断、陇上羊归、胡天月、塞草烟，这两组自然物象如果出现在一首边塞诗中，那可能是临摹或想象塞上风光，寄托诗人某种情思的普通自然意象；但在此诗中，则是对汉代苏武边塞牧羊情境的意象化描述，诗人想象性再现汉代特殊历史背景下的边塞情景，表现历史人物的

---

[1] （唐）温庭筠著，（清）曾益笺注，王国安标点：《温飞卿诗集笺注》，上海古籍出版社1998年版，第171页。

孤苦与思国心理，是一组历史意象。诗歌所呈之象表面上看只是自然意象，但实际上是诗人的历史心象。另外，历史诗歌中单纯描摹现实景物，而没有表达深层历史意绪，不算历史意象，只能说诗人因眼前景起兴，如刘禹锡的七律《松滋渡望峡中》首、颔联云："渡头轻雨洒寒梅，云际溶溶雪水来。梦渚草长迷楚望，夷陵土黑有秦灰。"① 首联为诗人渡头所望现实景物，无历史意绪寄托，不是历史意象；颔联"梦渚草长""夷陵土黑"是典型的历史景物意象，是诗人通过历史想象加工创造的虚境，"草"与"土"是普通物象，由于被限定为楚国的云梦泽、渚宫和夷陵之景物，而承载了诗人赋予的历史情感，物能通情，才有"迷楚望""有秦灰"的动态变化。诗人将史事浓缩于情意化的景物中，设想景物见证秦将白起攻破郢都焚烧夷陵的历史故事，以此将史意象融合。因此，历史意象与普通意象应在具体诗作中辨析，我们研究唐诗中的历史意象与以往唐代历史诗歌意象研究不同，就在于普通自然意象不能算作历史意象。

历史人文地理意象与普通人文地理意象也不同。地理名物是有历史传承性的，但诗歌中有些地名的连用，不是历史意象，如杜甫"巴蜀来多病，荆蛮去几年"（《一室》）② 只表示地理位置的转换，表达诗人现实生活的漂泊；只有融入了诗人对地理名物的历史感受才是历史意象，如徐夤"巴蜀削平轻似纸，勾吴吞却美如饴"（《两晋》）③，诗人用两个比喻句结构意象，将司马氏统一全国的破竹之势呈现。历史意象比普通意象在抒情达意之上，多了历史性这一重要维度。

历史人物意象不是历史人名的静态放置，也不是历史诗歌中直呼古人名姓抒写胸怀的人名罗列，而要有历史人物可感之形象画面，如唐诗多用"五湖扁舟"意象，将范蠡隐逸命运象化为泛舟湖上的画面，这个历史人物意象包含功成身退的意义，兼具由史生发的意与象，多为诗人所用；另如颜真卿

---

① （唐）刘禹锡著，卞孝萱校订：《刘禹锡集》，中华书局1990年版，第305页。
② （唐）杜甫著，（清）仇兆鳌注：《杜诗详注》，中华书局1979年版，第820页。
③ （清）彭定求等编：《全唐诗》卷710，中华书局1960年版，第8169页。

第五章 唐诗的历史意象化

"呜呼陶渊明,奕叶为晋臣"(《咏陶渊明》)① 不属于历史人物意象,是对陶渊明的呼唤式直抒情意;而"手持山海经""头戴漉酒巾"的陶渊明形象描述则属于历史人物意象;再如李白"子胥自弃吴江上,屈原终投湘水滨"(《行路难》其三)②是诗人对伍子胥和屈原故事的连缀,只是对历史的概括叙述,也不是历史意象。同样,历史事物意象内部相互联系的史意与史象也不可缺少,如杜牧"龙舟东下事成空"(《隋宫春》)③,诗人选取隋炀帝游江都的典型物象"龙舟"入诗,以"龙舟东下"这个历史事物意象呈现行游场面,概括隋炀帝事迹。

其二,历史意象与历史典故。历史意象与历史典故都来自古代典籍中的历史叙事,只有诗歌中的历史典故承载了诗人的历史思想情感,才成为历史意象;而那些借史典喻今,以古代名物代替现实名物,无意于历史典故本身,于诗歌历史意境无补的则不属于历史意象。如李商隐"休问梁园旧宾客,茂陵秋雨病相如"(《寄令狐郎中》)④,诗人用司马相如之典暗指自己,"梁园旧宾客""茂陵病相如"没有寄托历史情怀,不是历史意象。葛兆光先生说:"这种把古人的故事翻个个儿浓缩成几个字来指代或表达某种意义的用典方式,并没有使诗歌语言产生实质性的'包揽'即内涵放大,换个角度说,就是在读者心中,它的'效应'只不过是传达了某种明确的意义,指代性的典故甚至可以与被指代的词画等号,而表达意义的用典方式虽然在几个字中包容了一个故事及这个故事的指代意义,但也未能使它本身具有更大的融摄性。"⑤ 葛先生讨论的是典故与意象的关系,历史意象与历史典故的关系则又不同,虽然二者都运用了对史料极度浓缩的技巧,都是诗歌对历史想象加工的结果,但传达性与表达性还不足以划分清历史典故与历史意象。传达性历史典故,只起到指代作用,自然不是历史意象;表达性历史典故也要有所区

---

① (清)彭定求等编:《全唐诗》卷125,中华书局1960年版,第1583页。
② (唐)李白著,(清)王琦注:《李太白全集》,中华书局1977年版,第191页。
③ (清)彭定求等编:《全唐诗》卷525,中华书局1960年版,第6014页。
④ (唐)李商隐著,刘学锴、余恕诚集解:《李商隐诗歌集解》,中华书局1988年版,第529页。
⑤ 葛兆光:《论典故——中国古典诗歌中一种特殊的意象分析》,《文学评论》1989年第5期。

分，表达诗人深层历史意蕴的才是历史意象，借历史典故表达诗人其他情感则不是历史意象，如杜牧"巫娥庙里低含雨，宋玉宅前斜带风"(《柳长句》)①，用宋玉与巫山神女这两个同风雨有关联的典故来形容柳在风雨中的低斜含情之态，虽表达诗人对柳的美妙情怀，却没有对"宋玉""巫娥"历史本身的感怀，历史只是对柳风流古韵的形容与限定。再如李商隐"割地张仪诈，谋身绮季长"(《商于》)②，是浓缩史事的历史典故，没有将史事形象化，非具象化的历史典故也不是历史意象。而如李白"金屋无人萤火流"(《长门怨》)③句用"金屋藏娇"事，反用典故将陈皇后失宠的史事具象化，想其孤独之意，既是历史典故，又是历史意象。历史意象比历史典故具有更多规定性，更具历史形象、历史意绪，是诗人想象历史本身与寄托历史感怀的结合，是历史融入诗歌的更高艺术形式。

二 历史意象结构与组合的方式

历史意象按结构形式分为单一意象和复合意象，前者由单一的历史人文地理物象，或历史人物、历史事物物象与简单的语象构成；后者常常是将普通自然物象与历史人文地理物象或历史人物、事物物象等组合在一起加以想象，构成深具历史时空感的复合意象，如许浑"湘潭云尽暮山出，巴蜀雪消春水来"(《凌歊台》)④，诗人将云、山、雪、水等自然物象整合为两组自然意象"云尽暮山出""雪消春水来"，将感怀的抽象时空运转、历史迁逝通过具象的景致与季节的动态转换表现出来，诗人再将此与"湘潭""巴蜀"的历史人文地理物象相拼合，最终构成两个历史意象，即两个对句，表达出固定历史背景下的宏阔历史变易的意境，顿时胸怀万里，思接千古。这种将普通自然物象和历史人文地理物象进行复合式的加工，是历史意象构成的常用方法，比单一的历史意象结构更具融阔力。

---

① (唐)杜牧著，吴在庆校注：《杜牧集系年校注》，中华书局2008年版，第427页。
② (唐)李商隐著，刘学锴、余恕诚集解：《李商隐诗歌集解》，中华书局1988年版，第815页。
③ (唐)李白著，(清)王琦注：《李太白全集》，中华书局1977年版，第1174页。
④ (唐)许浑著，罗时进笺证：《丁卯集笺证》，江西人民出版社1998年版，第153页。

此外，唐代诗人掌握了运用历史意象的多种组合方式，构成一首诗群体意象的整体诗意，这种将历史多重意象化的技巧大致可分以下几类①。

一是历史意象的并列组合。指两个或两个以上的历史意象，在相同的历史时空中或相同逻辑点上呈现平行罗列的结构，包括两种。其一，几个历史意象相互映衬，没有主次之分，属同类历史意象并置，作用在于加深整体诗境。这种意象并置又包括同句并列和对句并列两种。同句内的历史意象并列如张祜"碧云仙曲舞霓裳"（《华清宫四首》其二）②，诗人以"碧云仙曲"与"舞霓裳"两个意象并列，共同构成想象中华清宫明皇与杨妃享乐的歌舞升平。对句历史意象并列如刘沧"渭水故都秦二世，咸原秋草汉诸陵"（《咸阳怀古》）③ 二句，句式整饬，"渭水故都"与"咸原秋草"并列，构成现实空间中面对秦都与汉陵而感怀历史的沧桑之境。其二，几个历史意象对比相衬，由相互矛盾对立的历史意象组合而成，如翁绶"花落昭阳谁共辇，月明长信独登楼"（《婕妤怨》）④，将"花落昭阳"与"月明长信"两个复合历史意象对比并置，想象描摹历史中汉昭阳殿与长信宫的两个画面，两个意象之间的关联与讽喻暗含在意象对比组合的张力中。

二是历史意象的叠加组合。两个或多个历史意象叠加组合，构成整体性的历史情境，包括历史意象的交融与历史意象的叠映两种。历史意象的交融指两个或多个意象交融为一个整体性的情境描述，如杜甫"野花留宝靥，蔓草见罗裙"（《琴台》）⑤，两个复合式历史意象叠加交融，形成对卓文君形象的整体描述，未叠加交融前的两个个体历史意象容貌与衣饰描述仅居其一。历史意象的叠映指诗人使用几个历史意象互相映衬，反复表达同一种历史意绪，组合成具有时空感的历史意境，如刘禹锡《荆门道怀古》将几个历史意

---

① 陈植锷：《诗歌意象论》，中国社会科学出版社 1990 年版，第 78—85 页。本书将意象的基本组合方式归为五大类：并列式、叠加式、递进式、跳跃式、交错式，这里我们去掉交错式组合，因其与跳跃式组合有所交叉。
② （清）彭定求等编：《全唐诗》卷 511，中华书局 1960 年版，第 5841 页。
③ （清）彭定求等编：《全唐诗》卷 586，中华书局 1960 年版，第 6803 页。
④ （清）彭定求等编：《全唐诗》卷 600，中华书局 1960 年版，第 6938 页。
⑤ （唐）杜甫著，（清）仇兆鳌注：《杜诗详注》，中华书局 1979 年版，第 808 页。

象叠映组合，展现相同的生命叩问历史的主题意绪，形成似真似幻的历史境界。

三是历史意象的递进组合。是采用顺次推进式安排历史意象的手法，通常适用于长于叙述的历史传记式中，表现一种思绪的流动或事件的延续，包括时间递进式与情感递进式两种。如唐尧客"金槌夺晋鄙，白刃刎侯嬴。邯郸救赵北，函谷走秦兵"(《大梁行》)[1]，诗人经由古都大梁，萌生思古之情，将信陵君窃符救赵的历史故事按照史传的叙事时间顺序，浓缩为几个典型历史意象成递进式组合。再如陆龟蒙"一弄广陵散，又裁绝交书"(《酒杯》)[2]，用两个单一历史意象的递进组合，代表了激昂慷慨、愤世嫉俗的嵇康形象，两个意象以诗人的敬重情感递进式联结。

四是历史意象的跳跃组合。指超越时间和空间限制的历史意象的组合，这种组合提供了跳跃式的情感和思维，以及开阔的历史时空，通常适用于历史情境式和历史论赞式的诗歌中，可分三种情况。第一，异时异空的历史意象组合，如李商隐《马嵬》采用跳跃式的组合方式将"现在"和"过去"不同时空中的意象"六军同驻马""七夕笑牵牛"组合在一起，使之成为对比鲜明、虚实相生的意象。历史意象的时空跳跃可营造新意，唐代马嵬事变主题的诗歌常述历史情境，刘禹锡《马嵬行》、白居易《长恨歌》等都用很多篇幅描述，而独李商隐运用穿越时空的转换，选择两个不同时空的意象跳跃，减省含蓄，意自象出。第二，异空同时的历史意象组合，即诗歌同句或对句将同一时间不同空间的历史意象组合。第三，异时同空组合，用发生在不同时间、同一地域的历史意象，如王昌龄"秦时明月汉时关"(《出塞》)[3] 两个历史意象超越时空、跨越时代，秦汉的明月、秦汉的边关，共同指涉今日唐朝的相同情景，明月依然照边关，顿时营造出时空延展和历史变迁之意。

以上诗例可见唐代诗人拼合历史意象的基本技巧，唐人以此营造诗歌思

---

[1] （清）彭定求等编：《全唐诗》卷777，中华书局1960年版，第8806页。
[2] （清）彭定求等编：《全唐诗》卷620，中华书局1960年版，第7143页。
[3] （清）彭定求等编：《全唐诗》卷143，中华书局1960年版，第1444页。

接千古、境生象外的悠悠意蕴。历史意象的创造具有个体性，不同的诗人往往有不同的构象与组合意象的习惯，且有超越基本技法的独特运用，这是唐诗历史意象化不断成熟的动因，使历史意象实现其诗歌诗意要素的功能。

三　唐诗历史意象的功能

唐诗历史意象的功能与历史素材的诗学功能有相同之处，都承担了诗人有所选择的表情达意，包括讽今等特殊的象征功能；而历史意象作为诗歌成熟的诗性要素，还具有独特的功能性。

第一，历史意象的表意功能。"意象"之"意"指意识，包括感受知觉，也包括理与情志等心理因素，历史意象是诗人情感意志的寄托对象，为诗人编译历史的感动与思索找到客观的承载物，具有使情成形显象，使理从抽象变为具象，变为可感可触之景象与画面的功能。在此意义上，历史意识与历史情感在诗歌中的孕育和传递，可以不再以直接议论或抒情的方式呈现，而主要以比喻、象征、暗示[①]等手法创造历史意象来实现，因此，历史意象是诗歌抒写历史情志最具内涵容量的意义符号。其一，历史意象取代了对历史理解的个人感怀的直接抒情，如李白"汉家秦地月，流影照明妃"（《王昭君》）[②]，"月"只是普通自然物象，诗人为"月"加上了历史时空的限定，就赋予了物象以观照历史的感知视角，历史之月的"流影"象征了诗人对昭君的怜惜，也暗示了历史人物的自怜之情，这一虚构的历史情境以一种超乎历史内外的深层结构，开启了历史想象的无限空间。其二，历史意象取代了对史事的直接评论，以及历史政治或哲理命题的直接论证，如杨乘"名归范蠡五湖上，国破西施一笑中"（《吴中书事》）[③]，将"国破"与"西施一笑"的历史人物意象相比附，亡国的褒贬讽喻不言自现。诗歌史中有诸多历史意象不但承载个体诗人的历史意识与历史感怀，还由于语言符号系统的固定传承

[①] 陈植锷先生根据诗歌意象的表意功能的不同，将意象分为描述性意象、比喻性意象和象征性意象三类，蒋寅先生《大历诗风》又加上暗示性意象，见《大历诗风》，凤凰出版社2009年版，第179页。
[②] （唐）李白著，（清）王琦注：《李太白全集》，中华书局1977年版，第235页。
[③] （清）彭定求等编：《全唐诗》卷517，中华书局1960年版，第5908页。

性与历史文化惯用语境的结合，形成具有民族历史意识的象征意象，如"黍离"之悲从《诗经》时代至今仍代表国家的败亡，与其他物象组合在一起，经常出现在历史诗歌的语象中；再如"荒台麋鹿"意象也是唐诗中常见的历史意象，也蕴含着历史败亡的象征意义。

历史意象的抒情性与写意性多是隐在的、含蓄的，与传统诗歌的比兴思维密切相关，《文镜秘府论》论"文意"，称诗歌应兼有"物色"和"意兴"，"若有物色，无意兴，虽巧亦无处用之"①。"意兴"就是把思想情感隐藏在具体的语象背后，达到情意与物象的交融，并延伸出启发式的深层时空结构，这一结构呼唤出了诗歌的历史境界。

第二，历史意象呈直观易感之象。即历史意象具有描述性功能，体现为两个层面。其一，历史意象是历史情境式诗歌最基本的诗性要素，唐代诗人以填充式、虚构式等历史想象技巧创造出诸多意象组成历史画面，诗人以此构建心中的历史图景，即历史意象有描摹物景的功能，如李商隐"茂苑城如画，阊门瓦欲流。还依水光殿，更起月华楼"（《陈后宫》）②，诗人选取"城如画""瓦欲流"的比喻意象，描摹想象中南朝陈宫的繁复华美；用"依水光殿""起月华楼"的递进组合造成流动的视觉体验，这些历史宫廷意象皆是单一历史意象③，诗人以散点描绘的笔法构建了历史皇宫的想象风景。其二，历史意象的功能还表现在将历史人物事件的描述，浓缩为一个历史意象或几个历史意象连缀的启示历史想象的结构，通过形象易感的历史之象再现历史故事的精致细节，或以历史意象为点，勾连历史丰富的全景过程。如李白"一行佐明圣，倏起生羽翼"（《商山四皓》）④，用"生羽翼"一个比喻性的意象就表示西汉商山四皓出山辅助太子一事大功告成。历史意象是一种高度浓缩的历史想象，诗人借此将冗长的历史叙事变成一种历史的隐喻，略去非

---

① [日]遍照金刚（原题弘法大师）撰，王利器校注：《文镜秘府论校注》，中国社会科学出版社1983年版，第293页。
② （唐）李商隐著，刘学锴、余恕诚集解：《李商隐诗歌集解》，中华书局1988年版，第11页。
③ 单一历史意象与复合历史意象仅就结构来区分，按照历史意象的功能来说，单一历史意象与复合历史意象皆可能是描述的，或象征的，或比喻的，或暗示的。
④ （唐）李白著，（清）王琦注：《李太白全集》，中华书局1977年版，第1031页。

诗意的历史传记叙述模式，适应了诗体特征。再如刘驾"越鼓声腾腾，吴天隔尘埃"（《姑苏台》）[①]一句，诗人以听觉意象"越鼓"与视觉意象"吴天"对举，赋予心中想象的历史以真实感受性的再现，将吴越征战事件的场面形象概括，以此隐涉吴越战争的宏大历史过程，在这里历史意象是一种浓缩式、填充式的想象，以历史微观细节的填充来展现宏观场面及过程。

如果说前两个功能是历史意象的基本功能，那么开拓历史意境就是历史意象的特殊功用。历史意象与普通意象的区别在于历史的维度，历史已成虚幻不可触摸之境，如何将现实的物景与历史的虚境结合，实现诗歌的境界，这不是所有诗人都自觉追求并可以创造的，真正获取历史意境也需要诗人在立意、取象、选用历史想象的模式与技巧、造境等诸多方面的平衡与协调。它不是平直的物象描摹，不是单向度的情意伸展，也不是单纯的历史时空感，而是以时间、空间、诗人心理、历史人物心理等为维度的多方向辐射的诗性结构，是超越现实人事的观察视角，超越具体史实的描述、评论，上升为对历史的穿越式纵览，是对人生意识、历史意识和宇宙意识的探问，对历史哲学的诗心"直寻"，又能将这些历史与心理的虚境凿实于历史物象与心象的意象化。

总之，历史意象的功能首先在于提升了历史情境式的历史再现力与诗歌历史真实的想象力，诗人以个性化的描述性意象选择再现历史情境，达到描摹历史人事、表达历史情思和个人情思的统一。其次，历史意象的功能在于以表意的语言结构替代了历史传记式的叙史模式，历史"被浓缩了，被提纯了，也被本质化了，再经过诗人对'历史'做出的个人式的安排和情感的灌注，历史人物、事件和遗迹也就很自然地浓缩成富有厚重历史文化底蕴和情感内涵的'历史意象'。于是诗人放弃了对历史'细节真实'的依赖，选择了这种'以少总多'的'历史意象'来代替冗长的历史过程的叙述。"[②] 在形式上促进了诗体容积由大到小，诗歌内涵由少到多的转变。最后，历史意象

[①] （清）彭定求等编：《全唐诗》卷585，中华书局1960年版，第6781页。

[②] 章建文：《论古代咏史诗的基本形态》，《安庆师范学院学报》2007年第1期。

也替代了历史论赞式的直接评论或抒情,诗人借历史意象以表达含蓄、蕴藉的历史情思。当然,唐诗历史意象功能的发挥与成熟是一个历史性的过程,一些大家历史意象的创新起到重要的推进作用。

第二节 初盛唐诗的历史意象化

这里对历史意象的时代性梳理,重点不是要得出一种意象审美风格变迁的结论,而要探究唐诗各个发展阶段,历史在诗歌中逐渐意象化的功能与手法的变迁。明代王廷相说:"夫诗贵意象透莹,不喜事实黏著,古谓水中之月,镜中之影,可以目睹,难以实求是也。《三百篇》比兴杂出,意在辞表,《离骚》引喻借论,不露本情……嗟呼!言征实则寡余味,情直致而难动物也。故示以意象,使人思而咀之,感而契之,邈哉深矣,此诗之大致也。"[1]的确,《诗经》的比兴手法是意象创造的来源,以景物描写兴起写实的叙述,历史意象也是从《诗经》就开始萌芽,以景物事物等寄托对历史的比兴象征。如《大雅·绵》一篇追述先周族群领袖带领部众迁国开基的功业,首章以"绵绵瓜瓞"起兴(大曰瓜,初生的小瓜曰瓞),以瓜的绵延和多实比拟周民兴盛的历史,然而这种原始的形象思维还较稚嫩,在诗歌中只是起到兴发历史叙事的作用。《离骚》中以历史人物的串联直接评论抒情,没有形成历史人物的直观易感有所寄托之形象,因此不算作历史意象。先唐诗歌虽然已有多种整合历史因素的技巧及模式生成,但历史意象化的进程十分缓慢,诗人们对历史或叙或议,或直接抒情,虽然左思《咏史》出现了"涧底松""山上苗"的自然物象,对应历史中的寒族与贵族,抒发自身情志,但它们还是引起所咏之词的比兴,即屈原用幽兰香草等自然物象比拟自身的形象思维;连

---

[1] (明)王廷相著,王孝鱼点校:《王廷相集》卷28《与郭价夫学士论诗书》,中华书局1989年点校本,第502—503页。

同"金张""许史"等极为浓缩的典故，也不是历史人物意象，因为诗人没有寄托对历史本身的情怀与思索。而如南朝陆机"春苔暗阶除，秋草芜高殿"（《婕妤怨》）[1] 等宫怨诗已有想象历史情景的意趣，选取自然物象寄情描摹，用普通自然意象描述想象的历史情境，南朝诗人对历史意象的创造还缺乏主观愿望，体物抒情还没有加入真正的历史思维。这种诗歌历史意象缺乏的状况甚至到了初盛唐也未得到太多改善。

一 初盛唐诗历史意象化概说

初唐历史诗歌以乐府古题和五言古诗为主，对历史要素的整合已有历史传记式、历史论赞式和历史情境式等模式，但传记式仍以浓缩概括、铺陈史事为主；论赞式以直接抒情评论为主；情境式以描摹历史环境中或历史遗留处的物象为主，三种模式下均没有出现集中的历史意象创造，只是零星地出现，且以单一历史意象与对句历史意象并列组合为主。初唐历史诗歌基本有两大创作群体，一为上层帝王朝臣创作群体，多以宏大的历史人事入诗，或颂赞，或借鉴，因此历史意象多注重历史内涵与历史深度，如李百药"莫救夷陵火，无复秦庭哭"（《郢城怀古》）[2]，诗人以"夷陵火""秦庭哭"两个历史意象高度浓缩战国楚地史事，以"火"物象的视觉感受呈现战争中残酷的毁灭场面，以"哭"这个听觉语象概括申包胥秦庭救楚的历史叙事，可见诗人感受历史的想象力。这组历史意象的作用在于与"莫救""无复"两个表示不可重复性意义的语词结合，代替以今观古的观察视角下对历史的直接叙述与评论感怀。再如李百药《谒汉高庙》为历史论赞式与历史情境式的结合，前半部分评论汉高祖功业，后半部分写汉高祖庙荒凉之境并借景抒情，结语云："萧索阴云晚，长川起大风。"[3] "起大风"即是历史意象，诗人之想象勾连古今，既写眼前可感之"大风"物象，又映射了汉高祖沛宫歌大风豪

---

[1] （晋）陆机著，金涛声点校：《陆机集》，中华书局1982年点校本，第78页。
[2] （清）彭定求等编：《全唐诗》卷43，中华书局1960年版，第534页。
[3] 同上书，第535页。

迈的历史形象，蕴含诗人对汉高祖英雄气概的敬仰之情和面对庙宇萧索的悲凉情怀。诗人将历史意象融在景语中，又在景语中凸显历史意绪，增强了诗歌的抒情性，达到余味隽永之境。

另一部分创作群体为四杰、陈子昂等下层知识分子，多以历史情境式或历史论赞式整合历史因素，其历史意象相比上层知识分子，更为注重个人化历史情怀的寄托。如卢照邻"云疑作赋客，月似听琴人"（《相如琴台》）[1]，将自然物象与历史人物物象结合，历史凝固为人性化的风景，风景也赋予了历史风流情韵，但意象结构以比拟词串联，抒情过于直露，虽开启了情景交融的意象构思，但尚未成熟为兴象玲珑的历史意象。初唐一些传统宫怨及古都题材的乐府，一方面从南朝诗歌中取典型意象并创新之，如王勃"西陵松槚冷"（《铜雀妓》）[2] 是对庾信"徒劳铜雀妓，遥望西陵松"（《拟咏怀二十七首》其二十三）[3] 典型情境的浓缩，以"冷"来概括铜雀妓的感受及诗人对历史人事埋于土丘的感受，以创新性的历史体验较庾诗更胜一筹；另一方面也具有历史意象结构趋同的特点，如骆宾王"金钿明汉月"（《王昭君》）[4]，张说"但有西园明月在"（《邺都引》）[5]，皆以"历史物象＋月"结构，开启了唐代明月构成的历史意象书写，甚至盛唐诗人也以这样的结构，象征历史时间的永恒与历史见证的象征。

现实视野的开阔与历史知识的积累，使盛唐诗人大多关心历史题材的诗歌创作，无论是山水诗人群体，还是边塞诗人群体，皆以史入诗，诗歌整合历史因素的模式，也已经不只是单一模式，而复合模式逐渐增多。盛唐诗由古体诗向近体诗转变，律诗对偶、对仗及韵律的要求，促进了诗人对浓缩性、创造性历史意象的深度加工；历史意象虽还未以整首诗的结构出现，而除对句的历史意象并列组合方式外，历史意象的组合更为多样。"事去物无象"[6]，

---

[1] （唐）卢照邻著，李云逸校注：《卢照邻集校注》，中华书局1998年版，第106页。
[2] （唐）王勃著，（清）蒋清翊注：《王子安集注》，上海古籍出版社1995年版，第90页。
[3] （北周）庾信撰，（清）倪璠注，许逸民点校：《庾子山集注》，中华书局1980年版，第246页。
[4] （清）彭定求等编：《全唐诗》卷78，中华书局1960年版，第840页。
[5] 同上书，第940页。
[6] （清）彭定求等编：《全唐诗》卷47，中华书局1960年版，第573页。

盛唐诗人在山水诗描摹景物技巧日渐成熟的基础上，使消逝不可再现的历史意象化，显露历史艺术化的兴象之韵。另外，盛唐诗人渐渐在创作中形成一些个性化的历史意象，在各自诗歌中不断重复使用，从而形成独特的风格，下面以李白、杜甫的历史意象为例来看盛唐诗的历史意象化。

二 李白的复合结构和凭虚构象

其一，李白历史意象多为复合式结构，这是对初唐诗歌历史意象单一式结构的发展与超越，但诗人仍有少数单一历史意象，如吟咏汉武帝陈皇后的乐府古题《妾命薄》，诗人用"昔日芙蓉花，今成断根草"将"昔""今"的时间语象与富有象征意味的自然物象"芙蓉花""断根草"结合，构成两个单一结构的历史意象，并将二者并列组合对举对比，对陈皇后失宠的怜惜之情不言而喻。但是两个意象的连接处意脉显露，属于传统比喻性意象。此外，李白还常用范蠡的历史典故，在诗歌中将"扁舟"这个特殊历史物象与简单语象结合，构成单一历史意象。如：

何如鸱夷子，散发弄扁舟。(《古风五十九》其三十八)①

人生在世不称意，明朝散发弄扁舟。(《宣州谢朓楼饯别校书叔云》)②

何必探禹穴，逝将归蓬丘。不然五湖上，亦可乘扁舟。(《越中秋怀》)③

"弄扁舟""乘扁舟"皆是诗人游览吴越山水时，对范蠡归隐五湖的畅然抒怀，是表达自己洒脱隐逸情志的单一历史意象。由于受到意象历史含义的固定性及地域意义的规定性，这种历史意象并不需要诗人过多地思考与想象，因此信手拈来，随感而发，变化性及创新性不大，不及李白复合意象的情意

---

① （唐）李白著，（清）王琦注：《李太白全集》，中华书局1977年版，第136页。
② 同上书，第861页。
③ 同上书，第1089页。

容量与历史融摄。

李白在诗歌创作过程中,出于抒发情意的需要,总是寻找能够表现历史人物状态、心态的历史物象,与表达自身情志的自然物象结合,创造出超乎前人的独特复合意象,且在此基础上尝试多种历史意象的组合方式。李白尤偏爱用明月、流水、花草等自然物象与历史物象结合,构成复合意象。现举例如下:

> 月皎昭阳殿,霜清长信宫。(《长信宫》)①
>
> 汉家秦地月,流影照明妃。(《王昭君二首》其一)②
>
> 起看秋月坠江波,东方渐高奈乐何。(《乌栖曲》)③
>
> 孤猿坐啼坟上月。(《悲歌行》)④
>
> 昭王白骨萦烂草,谁人更扫黄金台。(《行路难三首》其二)⑤
>
> 唯见碧流水,曾无黄石公。(《经下邳圯桥怀张子房》)⑥
>
> 舞影歌声散渌池,空馀汴水东流海。(《梁园吟》)⑦
>
> 亡国生春草,离宫没古丘。空余后湖月,波上对江州。(《金陵三首》其二)⑧
>
> 古殿吴花草,深宫晋绮罗。并随人事灭,东逝与沧波。(《金陵三首》其三)⑨
>
> 只今惟有西江月,曾照吴王宫里人。(《苏台览古》)⑩
>
> 宫女如花满春殿,只今惟有鹧鸪飞。(《越中览古》)⑪

---

① (唐)李白著,(清)王琦注:《李太白全集》,中华书局1977年版,第1173页。
② 同上书,第235页。
③ 同上书,第176页。
④ 同上书,第413页。
⑤ 同上书,第190页。
⑥ 同上书,第1035页。
⑦ 同上书,第390页。
⑧ 同上书,第1038页。
⑨ 同上。
⑩ 同上书,第1030页。
⑪ 同上。

凤凰台上凤凰游,凤去台空江自流。吴宫花草埋幽径,晋代衣冠成古丘。(《登金陵凤凰台》)①

诗人时而将"月"与历史物象结合,如"月皎昭阳殿,霜清长信宫"以两个历史意象的对比并置,以"月皎昭阳殿"象征赵飞燕的皇恩专宠,反衬陈皇后的愁寂和冷意;再如"汉家秦地月,流影照明妃"以两个历史意象的情感递进式组合,想象知情有义的"月"照着塞外的昭君;或是想象古吴宫"秋月坠江"的历史景象,象征荒淫帝王夜晚享乐的时间终结及国破家亡之历史的终结。这些由"月"构成的历史意象,都是诗人将自己的历史想象与思索,寄托于古时之"月",这个曾经见证历史故事的物象,"月"即是诗人心灵体验及想象视角的化身。而还有一些"月"是今日之月、唐朝之月,这些"月"构造的意象"后湖月""坟上月""西江月"等亘古长存,与历史物象对举,形成时空跳跃式的意象组合方式,完成古今的情境转换和诗人感受的转换。此外,李白用"草""水""凤凰""鹧鸪"等自然物象与历史物象"古苑""荒台"等结合,在同一首诗中构成群体意象,如《金陵三首》其二用几个意象的叠加式组合,交融叠映,写残宫故国之地皆变为蔓草荒原、平芜土丘,六朝历史的繁华已去,只有湖上之月倒映湖中,造一片玲珑之境,历史的永恒变易就在这镜像的昭示中呈现人事终逝、自然自足的意义。

其二,李白的历史意象主要存在于历史情境式诗歌中,功用在于描写历史故事发生或某一过程的瞬间情境,或描摹眼前历史留存物残宫、荒坟等情景,使得情景交融。殷璠《河岳英灵集》评盛唐之诗"既多兴象,复备风骨"②,不但评价盛唐诗意象之偏于意兴的特点,也强调了盛唐诗歌的一种风格。我们从李白诗歌中的历史意象也可见诗人超越了六朝描摹历史女性主题乐府的娱乐性和宫体艳诗的传统意象,比起那些诗歌对历史情景的模拟与玩味,李白更重自身历史意绪的表达,更深入历史人物的心灵情感,因而创造

---

① (唐)李白著,(清)王琦注:《李太白全集》,中华书局1977年版,第986页。
② (唐)殷璠撰,王克让注:《河岳英灵集注》,巴蜀书社2006年版,第122页。

出个性化的真正的历史意象。如《古风五十九》其六"谁怜李将军,白首没三边"①句,李白以"白首没三边"的历史人物意象形象概括李将军一生征战塞外的功业和年老而不见用的命运,见诗人怜惜英雄之意、自身渴望功业之心与才华埋没的自怜,正体现了汉魏诗人的铮铮"风骨"。在这首历史传记式诗歌中,李白末句创造的历史意象,实为叙写历史后的总结论赞,以形象可感又意趣显露之历史意象为诗歌增强了历史质感和咏怀的力量。另如《古风五十九》其二也是历史传记式,"秦王扫六合,虎视何雄哉。飞剑决浮云,诸侯尽西来"②,其中"飞剑决浮云"表现拔天倚地、横空出世的意象,给人以运笔铸雄浑,行气若天风的气概。这个意象的功用在于渲染秦王统一六国的历史事件,代替直接叙述。李白历史传记式诗歌中的历史意象,或在传中随处生发代替叙事,或在传后以意味深长的形象代替论赞总结,皆增加了诗歌的抒情性与历史的可感性,李白历史情境式和历史传记式诗歌大多用自由体古风写就,不拘于字数与韵律、事对等,而是随情感意兴整合历史要素,散体化地抒情言志;以奔放之情感、豪迈之气势、俊逸之笔锋,幻化无形与有形之历史,兴来歌咏点缀历史意象,体现李白诗歌天马行空的风格。而除了历史情境式与历史传记式诗歌,李白极少在历史论赞式诗歌中创造历史意象。

其三,李白凭虚构象,将历史心灵化,以完成历史的意象化。李白将历史化为心象,往往胸罗丘壑,写天地历史之运化,抒沧桑情怀,万象生生不穷。《登金陵凤凰台》是一首七律,诗人在有限的诗体中,前四句以历史意象写景抒情,既写"凤凰游台""凤去台空"的想象中的虚境,象征六朝曾经的繁华与六朝王气的消逝;又以如今"江自流"的实景,象征历史之流的绵延。前二句虚实相生,后二句将历史与现实之景象叠映,吴宫花草掩埋在如今荒凉幽闭的小径,晋代显贵长眠古坟,古今虚实相合,悼古伤今之意绪交融而流畅洒脱。可见,善于古风的李白即使在近体律诗的诗法限制下,受极

---

① (唐)李白著,(清)王琦注:《李太白全集》,中华书局1977年版,第96页。
② 同上书,第89页。

度压缩的诗歌空间约束，也能创造出多个历史意象的叠加。但历史意象在李白的诗歌中还没有占据主体的位置，只是诗歌点缀之兴象，此诗的后半部分诗人回到现实景物及个人情感的实写。总之，唐诗从李白开始了历史意象的大量建造，形成一些惯用的物象及意象构造、组合的模式，以历史意象特有的含蓄性、概括性及抒情意义为历史心象的直接描绘与直接叙事提供了另一种书写方式。历史的意象化在李白这里还是局部性的历史构造方式。

三　杜甫的意植象中与借象达意

柯林伍德说："历史的知识是关于心灵在过去曾经做过什么事的知识，同时它也是在重做这件事；过去的永存性就活动在现在之中。因此它的对象就不是一种单纯的对象，不是在认识它的心灵之外的某种东西；它是思想的一种活动，这种活动只有在认识者的心灵重演它并且在这样做之中认识它的时候，才能被人认识。"[1] 诗人以诗歌的形式认识历史，解读并重构历史，历史知识的这种特殊性质也决定诗人要用自己的心灵去体验历史人物的心灵感受，揣摩历史事件的心理意义，从而捕捉最适合表现历史的意象入诗。由于诗人们有不同的人生境遇与不同的心灵体验，又以不同的浓缩角度与想象技巧、创造历史意象，就导致不同诗人的历史意象有不同的风貌及形式。经历了安史之乱，处于盛唐向中唐过渡的诗人杜甫已经不像李白一样用充满豪迈与浪漫的眼光看待历史，而是更加关注社会现实，因此，相比之下杜甫创造的历史意象数量较少，且选取历史意象的角度、目的及艺术特征又不同。

其一，杜甫历史情境式诗歌的历史意象使古今情景交融，意植象中。如《琴台（司马相如宅在州西笮桥，北有琴台）》：

茂陵多病后，尚爱卓文君。酒肆人间世，琴台日暮云。
野花留宝靥，蔓草见罗裙。归凤求凰意，寥寥不复闻。[2]

---

[1] ［英］柯林伍德：《历史的观念》，何兆武译，商务印书馆1977年版，第307页。
[2] （唐）杜甫著，（清）仇兆鳌注：《杜诗详注》，中华书局1979年版，第808页。

这是见司马相如琴台而怀古的历史情境式诗歌，诗人选择见证了相如与文君爱情的两个历史物象"酒肆"与"琴台"，将其与表示空间与时间的"人间世""日暮云"两个自然物象结合，形成独特的历史意象的叠加，共同组成一个诗人想象的历史之境，即汉代文君与相如结成伉俪后当垆买酒、琴瑟和鸣的情境，充满历史人物的爱情与诗人的欣羡，这十个字就跨越了时空而情意无限。下联又十个字回到现实古迹，并将古今情境叠映，虚实之象交融，今日琴台遗迹只余景物物象"野花"与"蔓草"，而诗人以"留宝靥""见罗裙"的虚境相接，赋予景物物象以历史的神韵，比之刘长卿"犹带罗裙色，青青向楚人"（《春草宫怀古》）①句要精练得多。通过诗人的想象，历史上文君的娇柔笑貌与曼倩身姿投影显现于今日荒凉的历史留存物上，历史与现实恍然重叠，杜甫"翠华想象空山里，玉殿虚无野寺中"（《咏怀古迹五首》之四）②，也是将历史与现实的物象整合为一，实实虚虚，不即不离。另外，"留"与"见"两个语象表明绽放的野花、飘摇的蔓草也是有情之物，历经时空沧桑，仍然饱有历史记忆和历史之光，可见诗人将自身观察历史的视角与心灵体验，一并移于花草物象中，赋予它们活泼的生命力。最后，杜甫不是以"凤求凰"的琴曲悠韵不复闻作结，而是强调琴曲之"意"不复闻。杜甫借历史的形神再现，不是重复人事变易的历史主题，而是叹古今知音佳话不复见，现实寥落之意生于古今浑然的境象之外，可谓意深矣。除了历史意象的叠加组合，杜甫还用历史意象的并列展现古今情境，如《咏怀古迹五首》之三咏昭君"一去紫台连朔漠，独留青冢向黄昏。画图省识春风面，环佩空归月夜魂"③。诗人以意象化的"紫台连朔漠""青冢向黄昏"组合，历史与现实皆由近及远，呈现远行的苍茫与死亡的凄清情景；又将"春风面""月夜魂"意象对比，亦展现昭君生与死的不同形象，寄托怜惜之意，"画图省识""环佩空归"对史事极度概括且暗含评论，意与象偕，而意出辞表。杜

---

① （唐）刘长卿著，储仲君笺注：《刘长卿诗编年笺注》，中华书局1996年版，第321页。
② （唐）杜甫著，（清）仇兆鳌注：《杜诗详注》，中华书局1979年版，第1505页。
③ 同上书，第1502页。

第五章 唐诗的历史意象化

甫历史情境式中的历史意象,和律诗严谨章法,皆工整成对,凭想象与锻造而出,意象自奇。

其二,杜甫历史论赞式诗歌中的历史意象,运用象征手法,借象达意。如《八阵图》:

> 功盖三分国,名成八阵图。江流石不转,遗恨失吞吴。①

此诗是杜甫大历元年(766)于夔州所作,诸葛亮是杜甫的偶像。诗前二句评论诸葛亮的丰功伟绩。后二句忽然一转,滚滚长江东流去,而江中诸葛亮所设八阵图的石堆依然如故,末句"遗恨"之意承接并说明前句,即诗人将历史人物的心理状态"遗恨"意象化为"江流石不转"的历史意象,这个复合意象由古今涌动之"江流"与历史物象"石"(八阵图的石形)构成对比结构,将诸葛亮之遗恨灌注于江中石,让穿越历史长存不变的自然物象"不转"之"石"承载了历史人物亦不为时势所动摇的统一信念和忠贞之心。《东坡志林》记载如下。

> 尝梦子美谓仆:"世人多误会吾《八阵图》诗,以为先主武侯欲与关公报仇,故恨不能灭吴,非也。吾意本谓吴蜀唇齿之国,不当相图。晋之能取蜀者,以蜀有吞吴之志,以此为恨耳。"②

杜甫欲言诸葛亮之千古"遗恨",实在于吞吴计策破坏了诸葛亮联吴抗曹的谋略,导致三国鼎足的失衡,统一大业夭折。诗人面对遗迹与遗恨,深为诸葛亮惋惜,并渗透自我晚年人生壮志难酬的抑郁情怀。此五言论赞绝句,篇章短小,依托生动形象的历史意象含蓄地评论抒情,不流于抽象议论,超越单纯颂赞的文章。清代纳兰性德《渌水亭杂识》卷四云:

> 古人咏史,叙事无意,史也,非诗矣。唐人实胜古人,如"江流石

---

① (唐)杜甫著,(清)仇兆鳌注:《杜诗详注》,中华书局1979年版,第1278页。
② 同上。

不转,遗恨失吞吴","武帝自知身不死,教修玉殿号长生","东风不与周郎便,铜雀春深锁二乔""此日六军同驻马,当时七夕笑牵牛",诸有意而不落议论,故佳;若落议论,史评也,非诗矣。宋以后多犯此病。①

纳兰认为唐人胜于宋人之处在于诗歌"有意而不落议论",且首举杜甫的诗句,次举中晚唐诸人,但纳兰没有指出这种唐人胜处以何种方式生成。而览以上所举四诗,除王建《晓望华清宫》句外,皆有历史意象代替直接叙事与评论,可见杜甫历史论赞式诗歌意与象融合的开创意义。纳兰所指不落议论之"意"是诗人的思想情感,而事实上诗人历史意象之"意"不是在历史之外的独立意志,而是历史情意与诗人情意的结合无隔,杜甫《八阵图》就将怀古与述怀融为一体,使历史人物与自身心灵契合深处的恨意蔓延千古。同是赞诸葛亮的《武侯庙》云:"遗庙丹青落,空山草木长。犹闻辞后主,不复卧南阳。"②"犹闻"二句,诗人庙中想象,恍然听见武侯献《出师表》,表报答先主,出征曹魏,不再归卧南阳的决绝之心。二句意象凭空而来,概括武侯一生心事,与其说是赞武侯形象,不如说呈现历史人物的心理意志,表达敬仰之情与自身报国之意。总之,杜甫的历史意象集情景交融与书写新意于一,在近体诗中锤炼史象,有意而不落议论,开启了中晚唐的历史意象化。

第三节 中唐诗的历史意象化

中唐经历了安史之乱,对社会现实感到失望的诗人理性地转向历史,借对历史的描画与想象,寄托情意,并将玄宗开元故事纳入歌咏的新题材。中唐是诗歌历史意象化进程的关键阶段,这一阶段出现了众多诗人参与历史意

---

① (清)纳兰性德著,黄曙辉点校:《通志堂集》卷18,华东师范大学出版社2008年点校本,第335页。
② (唐)杜甫著,(清)仇兆鳌注:《杜诗详注》,中华书局1979年版,第1277页。

象的探索与创造，历史情境式诗歌成为大历、贞元、元和、长庆诗坛历史诗歌的主流模式：一方面是专门描写历史过程中某一情境的，如张祜、张籍、王建的古代女性宫怨题材诗歌，但此类诗歌中的历史意象已经不具备盛唐李杜的风骨与意深，而重返六朝宫体格调，缺乏历史意味的渗入；另一方面是流连古迹想象古今情境变迁的怀古诗，如刘长卿、韦应物、戴叔伦、殷尧藩等，由于唐诗写景抒情技巧的进步，大历诗人将自然景物意象化，寄托情志，并且与历史物象再组合，创造出的历史意象犹有特色，即将诗歌中历史物象的历史含量压缩，千古历史时空中孕育生命的自然物成为历史意象的主体。中唐诗人整合历史要素并不拘泥于一种模式，而是将历史传记式、历史论赞式及历史情境式融为一体，构成一诗多面的模式，并在这种更为自由的写作方式中，以近体绝句、律诗为主要体式，锻造诸多历史意象，开始使历史意象成为历史诗歌的主体。当然，中唐大诗人白居易、元稹等由于崇尚直白的叙事和议论，这方面贡献不大，刘禹锡与李贺在历史意象的创造上贡献尤为突出。

一　李贺的历史意象陌生化

李贺代表了中唐对历史情境式诗歌的深度热衷，其专门以历史意象为创造主体的诗歌共一十七首，其中仅两首没有运用历史情境模式，其余历史情境式诗歌创造出大量历史意象，且大多以整首诗的密集显象为主，成为唐诗历史意象化由意象点缀向意象密集的过渡。此外，李贺历史意象还以其独特的风格特征、异常的结构方式及组织形式、极度陌生化的历史虚象而超越唐代诸家。

其一，历史意象的超现实感受性。李贺在选取表现心中历史情境的物象及构造历史意象时，注重唤起词语对个人知觉感受性的描述，使浓缩的历史意象超越了史书历史物象给人的惯常现实感。李贺多运用单一结构的历史意象，单一结构的历史意象即单纯的历史自然物象和历史人物、事物等物象与简单语象的结合，不同于前人的是，李贺限定历史物象的语象并不"简单"，他常常动用个性化的知觉感受,超越历史的原貌和前人的历史想象,创造出独特的感受性语象,重新修饰历史物象,使历史意象因其感受性而奇出词表。陈植锷先生《诗歌意象论》将意象分为联觉意象、错觉意象和感知意象,感知意象又分视觉意象、听觉意象、嗅觉意象、触觉意象等①,那么李贺所使用的历史意象就多为感知意象及联觉意象,他以其敏锐的"全息式的感觉方式"②来想象历史人物的形象、行动、心理感受及历史事物的形状、色彩、大小、质地、动态、味道等。如《李夫人》(《全唐诗》题《李夫人歌》)中,李贺描绘李夫人死去后汉武帝的宫殿,选取"绿香绣帐""红壁阑珊""青云无光""宫水咽""露华兰叶参差光"③等意象,动用视觉、听觉、嗅觉、触觉、通感等知觉感受,表现历史中宫廷饰物的艳丽色彩、内外明暗变换的光线、历史中自然物象恒常不变的伤感声响与触手可及的湿度,一系列单一结构的历史意象交加叠映,恍如身临其境,却只是李贺感受的种种心象。

再如"东关酸风射眸子"(《金铜仙人辞汉歌》)④是一种联觉意象;"野粉椒壁黄,湿萤满梁殿"(《还自会稽歌》)⑤,诗人拟代庾肩吾回忆台城宫殿,以视觉及触觉写色彩及触感;"云生朱络暗,石断紫钱斜"(《过华清宫》)⑥写光线、颜色及形状,"紫钱斜"即紫色的钱形苔藓,这里李贺以其惯用的代称手法,用形状代指事物本身,造成感知形状的视觉感受力的凸显;"绿粉扫天秋露湿"(《梁台古意》)⑦以颜色来代替竹子,也是运用了代称的手法;"金虎蹙裘喷血斑"以比喻的效果,突出饰有金虎纹案的皮衣上的红色斑纹如"喷血"状;"蛮娘吟弄满寒空,九山静绿泪花红"(《湘妃》)⑧,听觉与视觉的对举,动态与静态的对举,还有色彩的视觉刺激,绿草中花流泪泣血;《王

---

① 陈植锷:《诗歌意象论》第六章"意象的分类",中国社会科学出版社1990年版,第126—147页。
② 蒋寅:《过渡修辞:李贺诗歌的艺术精神》,《陕西师范大学学报》(哲学社会科学版)2004年第6期。
③ (唐)李贺撰,(清)王琦等注:《李贺诗歌集注》,上海古籍出版社1977年版,第82页。
④ 同上书,第94页。
⑤ 同上书,第34页。
⑥ 同上书,第43页。
⑦ 同上书,第278页。
⑧ 同上书,第84页。

潴墓下作》"白草侵烟死，秋梨绕地红""古书平黑石，袖剑断青铜"① 二句中的"白草""秋梨""黑石""青铜"物象使墓前的色彩一反传统诗歌中的灰暗色调而分外鲜明，共同呈现在读者眼前，形成一个超现实的空间，而这些物象又皆具自足动态。这些例子无论是对历史时空中情境的描绘，还是对历史留存物情景的摹写，皆注重知觉感受的想象。

李贺不仅善于运用多方位感受来传达历史物象，形成奇特意象，还善于将历史世界有形物象之外的历史心理要素赋予形状。如"佳人一壶酒，秋容满千里"(《追和何、谢铜雀妓》)②，诗人对历史中铜雀台宫妓展开想象，将宫女抽象的历史心理感受有形化，以"秋容满千里"意象形容"佳人"的忧伤思念，这种愁怨使她们容颜如秋，"满千里"又见女子情感的深度与广度，诗人以独特的心灵同情式理解与体验，将无形弥漫之情感空间化、度量化及形象化。

李贺不同于李白、杜甫等盛唐诗人的历史意象化，他不以复合历史意象来显示"史—意—象"三要素的叠加，而以"笔补造化天无功"的创作意图，极力修辞以取象，凸显"史—象"二要素的融合关系。因此，单一结构的历史意象使诗意要素的容量变小，历史之象的锻造缺乏宏观历史视野的感受力和对历史本身思考的历史意绪，而仅限于狭窄的体物层面的感受。史意与己意隐去，皆为表象所替代。"史意"的缺席使"史象"不具有真正"历史意象"的意义，而与普通自然意象相差无几，且总是自我心灵感受的复制，虽出奇翻新而无法挣脱传统的体物意趣，致使李贺有些历史诗歌回返南朝宫体样式，如《美人梳头歌》（咏西施）及《冯小怜》，可谓辞不穷而意衰竭。

其二，历史意象组合的无逻辑跳跃。李贺的历史意象组合有些是有规律可循的，如"衮龙衣点荆卿血"(《白虎行》)③，将秦王衣服上的纹点与荆轲

---

① （唐）李贺撰，（清）王琦等注：《李贺诗歌集注》，上海古籍出版社1977年版，第187页。
② 同上书，第161页。
③ 同上书，第348页。

之血相并置叠映组合，呈现历史中荆轲刺秦的视觉刺激。而有些诗歌历史意象组合常常无法用惯常的逻辑分析来解释，随意连缀拼接。李贺学习了李白对历史的浪漫歌吟，全用自由的乐府歌行体，最大限度地放开诗体对历史意象创造的束缚，展开对历史及历史留存物的想象描摹，不追求意象的工整和对句的对仗，如"芙蓉凝红得秋色，兰脸别春啼脉脉"（《梁台古意》）① 等。但是李白诗中历史意象的点缀式出现是极为自然的，意到兴来，酝酿成象，行云流水，以诗人对历史的感怀和自我的豪情壮志逸兴为历史意象连缀的根本动因；李贺诗得李白之形，而未得李白之意，如《长平箭头歌》："漆灰骨末丹水沙，凄凄古血生铜花。白翎金竿雨中尽，直馀三脊残狼牙。我寻平原乘两马，驿东石田蒿坞下。风长日短星萧萧，黑旗云湿悬空夜。"② 诗人来到长平古战场，他眼中只有"灰骨丹沙""古血生花""白翎金竿""黑旗云湿"等历史遗留物，诸句意象的承接关系只是一种险怪、狰狞、凄艳的心灵感受，跳跃性极大，意象合成的整体境界及意象组合背后的诗人历史意绪十分模糊。李贺注重每一个历史意象的苦心营造、修辞技巧的运用，使得意象与意象之间的逻辑意义不明，心绪亦深隐而难以辨识。

其三，历史世界的陌生化。由于历史意象的出奇锻造，与意象组合的感觉性，李贺所描述的历史世界已经不是过去不可重复的历史，而是李贺心中的历史世界，是历史的虚象。他不是构造一个史家塑造的身临其境的、为人熟悉的历史知识与历史世界，而是对历史最大限度地变形与虚构，历史成为时间、生命等一切逝去物的象征，成为一个鬼怪世界，一个凄寒、诡异、怪谲等极度刺激知觉感受的异形世界。如《公莫舞歌》以鸿门宴故事为背景，描摹幻觉中的怪诞场面，诗人用斑斓刺目的意象构成怪异画面："方花古础排九楹，刺豹淋血盛银罂。华筵鼓吹无桐竹，长刀直立割鸣筝。横楣粗锦生红纬，日炙锦嫣王未醉。"③ 诗歌开头对鸿门宴的场景描写是史书及前人吟咏所

---

① （唐）李贺撰，（清）王琦等注：《李贺诗歌集注》，上海古籍出版社1977年版，第278页。
② 同上书，第299页。
③ 同上书，第138页。

没有呈现过的。李贺通过个性化历史意象的叠映组合唤起陌生化的历史心象，起句突出九根柱子下面"古础"的形状及纹饰，体现立体建筑的视觉感及力量感；次句以"刺豹淋血"的动态意象形容粗犷刚烈的血气升腾在银色酒杯中，色彩的对比与感官刺激强烈；又二句写宴中军乐，以"长刀直立割鸣筝"的动态意象唤起听觉刺激，方扶南《李长吉诗集批注》说"起四语狰狞高会如见"①，此四句创造出具有强烈感染力的狰狞意象，让人难以将此与历史上的鸿门宴联系起来；接下来写空间饰物"粗锦生红纬"，突出触觉手感及色彩，"日炙锦嫣"，在陌生的气氛、怪异紧张的鸿门宴会中，诗人抓取角落中的动与静合，经日炙的锦缎生艳丽之"嫣"，并由此徒转到"王未醉"的人事描写，象征一种浴血生机。钱锺书先生说李贺善造"爽肌戛魂之境，酸心刺骨之字"②，鸿门宴的历史情境经李贺之手变得犹如幻境，体现了他对历史的直觉、幻觉和他自身特殊感情的融合。再如《秦王饮酒》：

> 秦王骑虎游八极，剑光照空天自碧。羲和敲日玻璃声，
> 劫灰飞尽古今平。龙头泻酒邀酒星，金槽琵琶夜枨枨。
> 洞庭雨脚来吹笙，酒酣喝月使倒行。银云栉栉瑶殿明，
> 宫门掌事报一更。花楼玉凤声娇狞，海绡红文香浅清，
> 黄鹅跌舞千年觥。仙人烛树蜡烟轻，清琴醉眼泪泓泓。③

前四句与李白《古风·秦王扫六合》"秦皇扫六合，虎视何雄哉。飞剑决浮云，诸侯尽西来"异曲同工。李白以"飞剑决浮云"替代直接叙事，兼以此意象颂赞秦王；李贺则用四个意象的连缀，渲染气氛，表达同样的意思。李白以"气"注象；李贺则大胆虚构，以意象叠加组合写意。"秦王骑虎"意象将虎变成秦王的坐骑，以虎的屈服象征秦王威武；"剑光照空天自碧"句以宝剑凌厉的视觉意象与天空光线的动态意象构成递进组合，象征秦王扫平

---

① （唐）李贺撰，（清）王琦等注：《李贺诗歌集注》，上海古籍出版社1977年版，第518页。
② 钱锺书：《谈艺录》，中华书局1984年版，第46页。
③ （唐）李贺撰，（清）王琦等注：《李贺诗歌集注》，上海古籍出版社1977年版，第76页。

天下的威慑力；"羲和敲日玻璃声"更是兼有动态意象与听觉意象的叠映，表现时间的更替中秦王统一的历史过程，喻象灵活生动。屈原《离骚》云："吾令羲和弭节兮，望崦嵫而勿迫。"① 李白《长歌行》云："大力运天地，羲和无停鞭。"② 李贺深受楚辞及李白浪漫之影响，却反羲和驾驭六龙为日御车的神话寓意，而言羲和"敲"日，促日前行，"玻璃声"赋予意象质感与急促的声响；"劫灰飞尽"象征历史战争过程的终结，化抽象为具象。以下逐句写秦王宴饮情境，意象叠出，"龙头泻酒"显宴饮豪情；"洞庭雨脚"比喻笙之长短参差之音，有形有声，视觉与听觉通感，现洞庭溟濛浩茫之雨象，体现李贺奇崛的意象构思；"黄鹅跌舞"以舞衣的色彩代称宫女，"千年觥""清琴醉眼"皆是一种迷醉之象，"蜡烟轻"象征时间的破晓，欢宴的终结。李贺从不同的感觉角度写形状物，写声音、光线、色彩、气味等，将秦王功成后的饮宴描摹得如同神话仙境，而这个虚构的历史之境瑰诡怪诞，有刺人心目的魅力。诗中的秦王并非秦始皇等实际的历史人物，"被重建的、从疏异化唤回的生命，并不是原来的生命"③，历史是远离的陌生物，而诗人凭借想象，将自身感情同他所描绘的幻境融成一体，想象是一种自我理解和自我认识，李贺将自我的人生体验以及对这种体验的认识提升为想象中的历史经验，他像诗中秦王一样"醉眼泪泓泓"，为光阴不断流逝感到极度不安与悲慨，因生命短暂而向往永恒的神仙世界及死亡世界，但流连于彼身在于此的矛盾令他不得安慰，他深感现实世界及人们所相信的真实历史世界的荒谬性，他用诗歌找到历史在时间中消逝的东西，就是永远逝去的生命。诗人的历史理解实质上就是对生命的理解，因此历史世界的陌生化在于诗人性格与人生经历导致的对历史及现实的疏离，在于历史意象塑造中历史维度的虚化及缺失。

---

① （宋）洪兴祖：《楚辞补注》，中华书局1983年版，第27页。
② （唐）李白著，（清）王琦注：《李太白全集》，中华书局1977年版，第358页。
③ （德）伽达默尔撰，洪汉鼎译：《真理与方法：哲学诠释学的基本特征》，上海译文出版社1999年版，第219页。

二 刘禹锡的意深而境生象外

如果说李贺是将历史象化的怪才，那么刘禹锡就是将历史深度意化的哲人。刘禹锡上承杜甫"有意而不落史论"的历史意象创造，而能更上一层，达到历史意象"意"与"象"高度融合的创作手法，及"意在言外""境生象外"的艺术特征而超越中唐诸家。唐诗历史意象化在刘禹锡这里达到成熟之境，这与前人诗歌历史意象创造的探索及中唐"意象""意境"诗学理论的总结分不开。下面具体看刘禹锡诗歌历史意象创造的特点。

其一，复合历史意象的动静结合与虚实结合。刘禹锡继承盛唐李白、杜甫等诗人，善于创造复合历史意象，即将一些自然界常见的物象与历史物象相结合，形成富有历史感及历史意义的诗歌意象，成为历史情境式诗歌的基本诗意要素，并善于运用动静结合的构造方式，如"昔年雕辇路，唯有采樵歌"（《罢郡姑苏北归渡扬子津》）[1]，历史上繁忙往来的官道已荒凉沉寂，只有飘飞的歌声，古道之静与人声之动结合映衬。再如《荆门道怀古》"马嘶古道行人歇，麦秀空城野雉飞。风吹落叶填宫井，火入荒陵化宝衣"[2] 四句，四个历史意象，皆是历史古迹物象与自然物象的动静结合，历史退场后的遗留物不是寂寞荒凉的，古道有行人的停歇与观望，空城有野雉飞旋俯览，风吹落叶更是以优美的姿态访问古井，山火也以煌煌之势烧入古时陵墓。这些意象重复着一种结构方式，即"自然人事等物象+历史遗迹+动感语象"，刘禹锡以这样的结构，细致入微地多方位取景取象，构成一个广阔的时空结构，正所谓"取意取景广大中有其微至，广大，固难乎微至也"[3]，诗人在广大时空中对微小物象的捕捉与提炼是不容易做到的，刘禹锡独能安排妥帖，见其善于锻造意象之功。再如《金陵五题·石头城》：

山围故国周遭在，潮打空城寂寞回。

---

[1] （唐）刘禹锡著，卞孝萱校订：《刘禹锡集》，中华书局1990年版，第560页。
[2] 同上书，第302页。
[3] （明）王夫之：《明诗评选》，河北大学出版社2008年版，第104页。

淮水东边旧时月,夜深还过女墙来。①

　　诗人描写石头城遗址的情景,组诗序中云:"余少为江南客,而未游秣陵,尝有遗恨。后为历阳守,跂而望之。适有客以金陵五题相示,逌尔生思,欻然有得。"② 可见诗人未曾亲眼看到古迹之景,而是凭空想象,取山、潮水、月等自然物象与"故国""空城""女墙"等历史遗留物象结合成历史意象,相比李贺强烈感官刺激的奇特意象,这些皆为极普通的物象组合,但刘禹锡却能运用动态语象联结,使历史意象具有生气与持久的动感。"山围故国"之"围","潮打空城寂寞回"之"打"与"寂寞",表现出自然的生命力,及其与历史遗存物的密切联系,山因环抱故国而有情,潮水因不停拍打空城而有意,一动一静,恒常的自然生命与现实中的诗人仍然关怀着历史,"旧时月"仍然观照着女墙,回忆着石头城辉煌的一切。诗人在这首历史情境式的诗歌中取寻常景写动静结合之象,动静张力间诗意诗思飞腾,沈德潜说"只写山水明月,而六代繁华俱归乌有,令人于言外思之"③,即是评价刘禹锡善用普通物象结构言有尽而思无穷的历史意象。

　　皎然《诗式》说:"取象曰比,取义曰兴,义即象下之意。凡禽鱼草木人物名数万象之中,义类同者,尽入比兴。"④ 这里的第一个"象"指"物象",第二个"象"指"心象"。皎然认为,第一,世间草木虫鱼、人事万物皆可为诗歌意象创造的物象。第二,意象的创造也是一种比兴的手法,"取象曰比"就是选择物象来比心象,就是取山、月、潮水和故国、空城、女墙等组成诗人内心幻想的石头城之象;"取义曰兴,义即象下之意",就是透过"山围故国周遭在,潮打空城寂寞回"等自然与历史物组成的心理表象,兴发象下那种历史繁华逝去,自然像人一样热切观照历史,对历史盛衰探问与思索的意蕴。皎然认为,只要与心象之"义"相类的物象,就可以运用比兴手法

---

① (唐)刘禹锡著,卞孝萱校订:《刘禹锡集》,中华书局1990年版,第310页。
② 同上书,第309—310页。
③ (清)沈德潜编:《唐诗别裁集》卷20,上海古籍出版社1979年版,第670页。
④ (唐)皎然著,李壮鹰校注:《诗式》卷1,人民文学出版社2003年版,第31页。

将其选入诗歌。刘禹锡曾师从皎然学诗，或许领悟皎然所说，取象取义的比兴过程就是诗歌创造意象的过程，因此善于构造历史意象，他在《董氏武陵集纪》中也说："心源为炉，笔端为炭，锻炼元本，雕砻群形、纠纷舛错，逐意奔走。"① 即是说诗歌创作要通过"心"创造"群形"，包括诗歌的意象，要以心中之"意"为中心，"逐意奔走"取象，构造经营，将兴起的心象之"义"与物象的结构组合相统一，形成意与象的交融。正是这种构思方法，使刘禹锡笔下的历史故事为其"意"而变形，如历史论赞式诗歌《蜀先主庙》末句"凄凉蜀故妓，来舞魏宫前"②，是对《汉晋春秋》所载故事浓缩提炼而变形为诗歌历史意象的。蜀后主刘禅降魏后，被迁洛阳，封为安乐县公，"司马文王（昭）与禅宴，为之作故蜀伎。旁人皆为之感怆，而禅喜笑自若"③，刘禹锡将司马昭为刘禅安排故蜀样式的歌舞，变形为蜀汉宫里的歌舞伎都欢歌曼舞在魏王宫前，"舞"而摹写动态，"前"这个表方位的语象将魏宫拉扯到静态的背景处，更突出背景里刘禅麻木不仁、乐不思蜀的隐在形象，诗人就将历史意象之"意"深寄于前后对比、动静对比的结构中：有亡国舞姬的凄凉凌乱之意，有诗人对刘禅昏庸无能的深痛批判之意，更渗透着诗人对刘备与诸葛亮身后事业消亡的无限怜惜之意。这是诗人按历史逻辑而遥想的形象化心象，刘熙载说："按实肖象易，凭虚构象难，能构象，象乃生生不穷矣。"④ 刘禹锡很少实写物象，皆为表意服务而凭虚构象，于是能用历史故事创造出意味新奇的历史意象。

其二，历史意象组合的意脉沉着。刘禹锡诗歌运用了多种历史意象组合的技巧，皆以"意"为意象串联之筋骨，"意"或显露于历史意象组合的结构中，成为意象组合结构的先导、总结部分或关键环节；"意"或深隐于众多历史意象之中，表里浑融。

---

① （唐）刘禹锡著，卞孝萱校订：《刘禹锡集》，中华书局1990年版，第237—238页。
② 同上书，第273页。
③ （西晋）陈寿撰，（刘宋）裴松之注：《三国志》卷33《蜀书·后主传》，裴注引《汉晋春秋》，中华书局1971年版，第902页。
④ （清）刘熙载：《艺概》卷3《赋概》，上海古籍出版社1978年版，第99页。

意在象前，象深化意者，如《台城》："台城六代竞豪华，结绮临春事最奢。万户千门成野草，只缘一曲后庭花。"① 此为历史论赞式诗歌，前二句评论六朝代代繁华与奢靡，后二句承前意而以历史意象升华之，"万户千门成野草"是诗人以穿越时空的动态历史意象代替抽象的历史变迁，自然物象与人事物象的结合象征从有到无，从繁盛到衰落的历史过程；末句以陈后主"一曲后庭花"的历史意象象征荒淫的帝王生活。两个历史意象以因果关系组合在一起，组成一个由简单意象阐发的历史命题，并回应前二句六朝豪奢之意，暗示六朝灭亡正是由于帝王的奢靡与不理政事，见诗人以古非今的讽喻之意。"一曲后庭花"的历史意象也以恍如穿越千古的回荡音响，以一种听觉感受上的警示力量，延展了绵长气蕴，亡国史鉴之意寄寓于音乐意象中，意味深长，正体现刘禹锡"以气为主"，以"意"来贯通诗歌脉络的创作方式。这种以历史意象深化评论，以意为主，以象为辅的方式，在晚唐杜牧历史论赞式诗歌中得到发展。

象在前而意在后，意阐发象者，如《汉寿城春望》：

汉寿城边野草春，荒祠古墓对荆榛。田中牧竖烧刍狗，陌上行人看石麟。

华表半空经霹雳，碑文才见满埃尘。不知何日东瀛变，此地还成要路津。②

此诗首联、颔联、颈联将五个历史意象叠加组合，以意缩结，写历史物象与自然景物的互动。首联语象"春"见盎然之意，不写古迹荒凉与草青对比，而写草春城亦春；语象"对"见古墓非静止荒芜，似有历史生命意志；颔联"看"表行人活泼生命对历史的观照；颈联"经"与"满"见自然物对历史遗留物的改变，这些动作性的语象成为"意"的主要显现，是历史意象结构与组合的关键点。五个意象的叠映，都是在显现同一种意蕴，历史不只

---

① （唐）刘禹锡著，卞孝萱校订：《刘禹锡集》，中华书局1990年版，第310页。
② 同上书，第301页。

第五章 唐诗的历史意象化

是静态的留存物,还因生命的动态观照而成为生命的一部分,人、自然与历史和谐统一。诗人尾联表意总结,"不知何日东瀛变,此地还成要路津",以奇崛的历史理性表明时间维度中,生命对过去与未来的想象与探问,在这里刘禹锡不为历史的消逝而绝望,也不对历史发出功利的借鉴讽喻,他所表达的历史意识不同于白居易、元稹历史诗歌的政治、道德意识,也不同于李贺绝望中饥渴感受的生命意识,而是朴素辩证的历史哲学。他以发展联系的眼光看待历史与生命,洞察历史人事的变易之理,因而得出富有希望而通达人生的智慧,《唐体馀编》评此诗:"不是感叹荒原,实是唤醒要路,正笔反写,其意甚深。"[1] 意深就在于诗人将融合在历史意象叠加情境中的"意"以尾联显露的议论与抒情阐发,以最后凸显的"正笔"总结史象之意。

象在前后,意在中间,意为承前启后的关键环节。这种构象写意方式与刘禹锡近体诗善于安排"起承转合"结构相关,"意"恰能在"转"的关键处起到画龙点睛的作用,如《金陵怀古》:

潮满冶城渚,日斜征虏亭。蔡洲新草绿,幕府旧烟青。
兴废由人事,山川空地形。后庭花一曲,幽怨不堪听。[2]

前四句由四个历史意象并置组合,前两个历史意象皆为"自然物象+历史地理物象"的结构,后两个变化之,倒置为"历史地理物象+自然物象"的结构,几个意象构成一幅金陵历史遗存的画卷,而象外似延展着无限历史时空。如果说四个历史意象就是皎然所说的"取象曰比",那么象下之义还有待诗人进一步"取义曰兴",于是五、六句承前转折,抒情议论而明意:"兴废由人事,山川空地形。"诗人精练总结六朝兴亡的历史命题,即国家兴亡取决于人事,而非作为王气屏障的山川与地势,诗歌的曲折之处显示了刘禹锡作诗时善于布局的特点与作为政治家书写宏阔历史识见的雄豪笔力,苏辙晚

---

[1] 转引自陈伯海编《唐诗汇评》,浙江教育出版社1995年版,第1823页。
[2] (唐)刘禹锡著,卞孝萱校订:《刘禹锡集》,中华书局1990年版,第284页。

· 213 ·

年"多令人学刘禹锡诗,以为用意深远,有曲折处"①,正为确评。方回也评:"起四句似乎平对,实则以三句'新草',剔出四句'旧烟',即从四句转出下半首。运法最密,毫无起承转合之痕。"② 刘禹锡不单纯为事对而并置历史意象,由"新草绿"转入"旧烟青"是由实景转为虚景,由现实引入历史想象,使下一句诗"意"表达自然无隔,见其意象组合之精思巧构。末句以历史意象"后庭花一曲"的幽怨,象征国亡之音,举证"兴废由人事"之意,抒情以达到意蕴的绵延。

意与象浑然天成,历史意象组合的意脉深隐。刘禹锡历史诗歌的意脉贯通不但表现为直接议论抒情之诗"意"对历史意象组合的导引、总结及串联,更体现为历史意象组合表层的"无意""无痕"和深层的意蕴隐然。如《乌衣巷》:"朱雀桥边野草花,乌衣巷口夕阳斜。旧时王谢堂前燕,飞入寻常百姓家。"③ 诗人选取寻常自然物象"野草花""夕阳""燕"与"朱雀桥""乌衣巷""王谢堂"等历史地理意象组成三个历史意象,前两句两个历史意象成高低远近之组合,似有明静画境;后两句为一个动态历史意象,借跨越了历史古今时空的燕子,见证东晋六朝贵族繁华变为现世寻常百姓的衰落过程,唐汝询云:"不言王谢堂为百姓家,而借言于燕,正诗人托兴玄妙处。"④ 诗人以独特安排创造的这个历史意象本身已具有兴发言外之意的"意深"特色,又将三个历史意象叠映组合,成一幅意与象、动与静、实境与虚境融合的历史画卷,正如皎然《诗式·诗有四深》所说,"意度盘礴,由深于作用"⑤,三个意象独立开来皆含蕴自然见证历史兴衰之"意",三者之"意"归于一旨,而兴发多端,三个意象组合的形式本身就是被加强了的意脉贯穿的历史内涵。

---

① (宋)胡仔纂集,廖德明校点:《苕溪渔隐丛话》前集卷21引《吕氏童蒙训》,人民文学出版社1962年点校本,第135页。
② (元)方回选评,李庆甲集评校点:《瀛奎律髓汇评》卷3,上海古籍出版社2005年版,第80页。
③ (唐)刘禹锡著,卞孝萱校订:《刘禹锡集》,中华书局1990年版,第310页。
④ (明)唐汝询选释,王振汉点校:《唐诗解》卷29,河北大学出版社2001年版,第72页。
⑤ (唐)皎然著,李壮鹰校注:《诗式》卷1,人民文学出版社2003年版,第18页。

刘禹锡深具史识，他创造历史意象重历史义理的特点超越了前人借历史意象抒发个人情志的层面，这缘于他对历史哲学的深思。其《天论》三篇探讨"天人之际"，否定历史天命观，认为"天人感应"的天人关系只是政治家的把戏。他以对历史天命观的思索和身为"转蓬"之臣的亲身体验，提出"天命"只是人造神，当人能把握自己的命运时，无论成败祸福，统归自身努力，不言天命；而当人对自然、历史、人生茫然无知，不能掌握自己的命运时，就产生了无可奈何的"天命观"，因此历史不是由天命决定的，而与人事有莫大关联，他的诗就蕴含着"兴废由人事"的深刻史识。他也洞察历史盛衰变易的因果规律，不是人为所能变更，而人不必为此悲观，因为"天与人交相胜还相用"，生命与历史都不能长存长兴，人不能逃脱历史规律的限定，却可借鉴之，顺之"时"与"势"。另外，刘禹锡还以朴素辩证哲学的眼光看待古与今、有与无等相对相存的命题，并以这种眼光看待历史，这样的思想决定了他的诗往往具有历史的理性，体现出历史变易意识。如《故洛城古墙》："粉落椒飞知几春，风吹雨洒旋成尘。莫言一片危基在，犹过无穷来往人。"[①] 诗人面对历史遗物，超越一己悲伤，想象过去，展望未来，"无穷来往人"，既实既虚，文约义丰，写历史绵延中生命与历史交融的心象，象征人的生死及历史盛衰的无穷循环，还有人类生命对历史变易永不绝望的探索与实践精神，他第一个传达出中晚唐诗人思考的关于生命与历史关系的命题。正如《董氏武陵集纪》所说："片言可以明百意，坐驰可以役万里，工于诗者能之。"[②] 他善于运用历史想象的技巧，锻造简单历史意象以"明百意"，善于呈历史古今之境，不再局限于具体历史人事再现的意象化，而是将抽象历史哲学意象化。

其三，历史意境的自觉追求。刘禹锡的历史意象"言近而旨远，辞浅而义深"，他也注重简单意象组合背后历史意境的构建，将历史虚境与当下实境的开拓相结合，形成整体的诗性空间。刘禹锡在《董氏武陵集纪》中说："诗

[①] （唐）刘禹锡著，卞孝萱校订：《刘禹锡集》，中华书局1990年版，第308页。
[②] 同上书，第237页。

者其文章之蕴耶？义得而言丧，故微而难能，境生于象外，故精而寡合。"①诗何能成为文章的精华？他认为：第一，诗的语言要精练简约而微言大义，就是深意以片言出之，意在言外，诗歌相比文章的优势在于以凝练的语言承载更丰富的情志与义理，含蓄写意最为重要，而不善于工诗者常常"微而难能"；第二，诗歌不能全以直接的叙事、议论、抒情的文章之言传达"意"，要借助取象和取境来明意，这是诗歌区别于文章体例的关键。"境"是诗人所锻造心象的意蕴空间，它以"意"的象化为基础，却远超出意象及意象的组合所传达的可感形象，"象"有尽而"境"无穷，"境"是实景与虚景，有限的物象空间、诗歌空间与无限心理空间的统一，非工诗者很难做到象外有境，真正领悟这种诗歌境界的诗人也就很少了。刘禹锡认为"意在言外"与"境生象外"是优秀诗歌的一体两面，立意是取象、取境的前提和目的，"意"为诗歌之本，诗人通过内心想象创造，将"意"具象化并生成具象外的蔓延之境，这一构思过程最终完成含蓄明意。刘禹锡的历史诗歌也实践着他的诗学主张，如《西塞山怀古》：

> 王濬楼船下益州，金陵王气黯然收。千寻铁锁沉江底，一片降幡出石头。
>
> 人世几回伤往事，山形依旧枕江流。今逢四海为家日，故垒萧萧芦荻秋。②

前四句为历史虚境，诗人巧将晋武帝派水师伐吴，烧沉东吴于长江暗置的铁锁，直逼建康的战争史事，想象并概括为几个历史意象，代替对战争场面的情境描写及对历史事件的叙述。七八句"故垒萧萧芦荻秋"为实境，以感受性的"萧萧"和抽象的季节"秋"来限定"故垒""芦荻"，整个意象含蓄渲染上诗人面对历史变迁的萧索寥落的历史意绪，意在象外含蕴无穷。五、六句为实境与历史虚境的结合，"几回""依旧"历史回溯性的特殊语象插在

---

① （唐）刘禹锡著，卞孝萱校订：《刘禹锡集》，中华书局1990年版，第238页。
② 同上书，第300页。

自然或人事中，指向过去，也指向将来，历史人事的循环往复之境与自然的永恒之境，使诗歌的时空无限延伸，自是境生于象外；此句诗人对历史的伤悼之情与变易的历史哲学表达合一，完成己意与史意的融合。此诗将历史情境式与历史论赞式、历史传记式合为一体，意与象、实境与虚境浑然融合，薛雪《一瓢诗话》云："似议非议，有论无论，笔著纸上，神来天际。气魄法律无不精到。洵是此老一生杰作，自然压倒元、白。"[①] 朱庭珍《筱园诗话》说："凡怀古诗，须上下千古，包罗浑含，出新奇以正大之域，融议论于神韵之中，则气韵雄壮，情文相生，有我有人，意不竭而识自见，始非史论一派。"[②] 都是评价刘禹锡以"文章之蕴"的诗歌，造历史意象、开历史意境含蓄表达史识，神韵无穷，超越史论文章议论历史的独特眼光。皎然《诗式》说："诗人诗思初发，取境偏高，则一首举体便高；取境偏逸，则一首举体便逸。"[③] 刘禹锡熔铸古今，追求历史意境的开拓，匠心独具，高深精妙。

总之，刘禹锡对唐诗历史意象化的贡献在于，历史意象的创造将对历史的写意与写象浑然交融，超越李白历史意象主体情志的渗入与激情所到的随意兴发，扭转李贺、韩愈等中唐诗人出奇造象的历史想象，刘禹锡在杜甫之后，强调历史意象之"意"的维度，并将意作为诗歌的筋骨与历史意象组合的意脉，注重深隐在历史意象中的历史义理层面的含蓄表达，史意比己意的兴寄更为重要，开拓了历史意象及诗歌整体的历史意境。在此基础上，历史意象的功能不但是在历史情境式或历史论赞式诗歌中代替直接情景描写、论赞或抒情等，还作为诗歌主体的诗性因素，将历史情境式与历史论赞式、历史传记模式融合于近体律诗、绝句的严谨形式中，融合于"言外之意""象外

---

① （宋）计有功辑撰：《唐诗纪事》卷39，上海古籍出版社2008年版，第600—601页。书载：长庆中，刘梦得与元微之、韦楚客同会白乐天舍，论南朝兴废，各赋《金陵怀古》诗。刘满饮一杯，饮已即成，曰："王濬楼船下益州，金陵王气黯然收。千寻铁锁沉江底，一片降幡出石头。人世几回伤往事，山形依旧枕寒流。而今四海为家日，故垒萧萧芦荻秋。"白览诗曰："四人探骊龙，子先获珠，所余鳞爪何用耶？"于是罢唱。
② 郭绍虞编选，富寿荪校点：《清诗话续编》，上海古籍出版社1983年版，第2377页。
③ （唐）皎然著，李壮鹰校注：《诗式》卷1《辩体有一十九字》，人民文学出版社2003年版，第69页。

之境"的艺术追求中。历史意象即象即意，既是对心中历史的形象化，又是对历史的感受议论，以意深之象的似论非论超然于中唐大历诗人以来对历史情境式的推崇，自成一家，因此开启了晚唐诗歌历史意象对"史意"的进一步强调。

第四节　晚唐诗的历史意象化

大唐帝国晚期政治危机重重，积患爆发，历史朝代的兴衰治乱在唐代上演，敏感的诗人体验着与历史相似的现实，前所未有地大量创作历史诗歌，许浑、杜牧、李商隐、刘沧、罗隐、温庭筠等诗人皆有力作。诗人们对历史的吟咏带有一种共同的风格，即对王朝衰败的悲凉意绪，这种情意也带入他们创造的历史意象之中。特别是历史情境式诗歌形成了风格趋同的历史意象群，诗人常运用一些固定的自然物象与历史物象结合成一些风格肃飒的历史意象，其中自然物象选取远山、流水、夕阳、空月、风雨、落花、荒草、荆棘、青苔、麋鹿、飞鸟、松柏等；历史物象选取荒台、故宫、古墓、残碑、废井、空城等历史遗留物及一些亡国象征的历史事物，由二者合成的众多历史意象言说着沧桑意味的历史象征，渗透诗人悼古伤今之情。在中唐历史情境式诗歌的大力开拓后，晚唐固定历史意象群的形成是历史想象的成熟，但历史意象取象的不断复制及典型化、趋同化也是一种难以创新的束缚。

在前人经验积累上取象的成熟和难以创新，使得晚唐诗人历史意象的开拓大多在意象的结构和组合上下功夫。七律、七绝是晚唐历史诗歌惯用的体式，句子容量的缩减使意象的结构与组合的锻造更为复杂，历史意象多为复合式结构，取象虽常见，但经解构，有些能显现出新的形象及深层历史意趣，许浑的历史意象最为典型，如"荒台麋鹿争新草，空苑凫鹥占浅莎"（《姑苏怀古》）①，"荒台聚麋鹿"是传统的亡国象征，而诗人以"争新草"再加饰容，"争"与"占"皆为动态语词，将历史消亡的悲凉死寂与动物热闹的生存竞争对比，映衬了悲凉。再如"松楸远近千官冢，禾黍高低六代宫"（《金陵怀古》）②；"凝云鼓震星辰动，拂浪旗开日月浮"（《汴河亭》）③，前一诗两个历史意象用典型化的自然物象与历史物象结合，又在松与墓、黍禾与宫殿的结构中加入表位置的高低远近，使意象叠加组合深具画境，且属对工稳；后一诗两个意象想象历史情境，为递进组合，也严谨整饬，发展了刘禹锡善于结构的历史意象化，但晚唐诗人为具象美苦思雕琢，能在形式限制下将历史意象的"史"与"意"的维度与造"象"结合圆融的不多，历史意象不能成为一首诗的诗性主体，而被点缀在大量普通的情景描绘中，许浑、刘沧的诗也不例外，普通景物意象多于历史意象。

晚唐诗人继承刘禹锡以意为象之筋骨的构思方式，立意造象。为突出历史意象之"意"，诗人们常不以传统意义上浓缩的语词呈象，而将自然物象与历史物象对句结构，如许浑"野烧原空尽荻灰，吴王此地有楼台"（《长洲怀古》）④，由前句的自然物象联想到后句此地"吴王楼台"的历史物象；杜牧"南朝四百八十寺，多少楼台烟雨中"（《江南春绝句》）⑤，前句历史物象"南朝四百八十寺"掩映在后句自然物象"烟雨"中，这种散文化的表述结构使意与象不够圆融简练，却也在分隔张力中生出想象的境界。诗人们也常将历史意象放在末句，以自问自答的散文化句式呼唤出历史意象，如李山甫"试问繁华何处有，雨苔烟草古城秋"（《上元怀古二首》其一）⑥；杜牧"看取汉家何事业？五陵无树起秋风"（《登乐游原》）⑦；刘沧"千年事往人何在，

---

① （唐）许浑著，罗时进笺证：《丁卯集笺证》，江西人民出版社1998年版，第152页。
② 同上书，第151页。
③ 同上书，第193页。
④ （清）彭定求等编：《全唐诗》卷586，中华书局1960年版，第6787页。
⑤ （唐）杜牧著，吴在庆校注：《杜牧集系年校注》，中华书局2008年版，第349页。
⑥ （清）彭定求等编：《全唐诗》卷643，中华书局1960年版，第7362页。
⑦ （唐）杜牧著，吴在庆校注：《杜牧集系年校注》，中华书局2008年版，第229页。

唐诗的历史想象

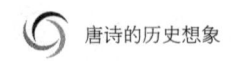

半夜月明潮自来"(《长洲怀古》)①,诗人们并不将历史思考落实,而以一系列普通景物意象的叠映,回答上句历史在哪里的提问,皆以意象含蓄作结,对历史变迁的感怀意蕴蔓延。历史意象表述结构的模式化表明晚唐诗人对立意的共识及成熟表达方式的普遍运用。

虽然晚唐历史的意象化走向了意象趋同化和结构模式化,但"这种尊重典型、重视用例的有无和系统性的态度,不只是对保存那些典型起了作用,它同时也容易使人追求以典型为基准的变相"②。晚唐就有杜牧、李商隐等,以史才、史识创造历史意象之新"意",选取特殊历史事物心象化,他们以独特的构思创新超越诸家。

一 杜牧的意到直陈象翻新

杜牧善于将一些普通历史物象与自然物象组合成复合式意象,突出展现"象"高远广阔的历史时空背景,如"六朝文物草连空""参差烟树五湖东""鸟去鸟来山色里,人歌人哭水声中"(《题宣州开元寺水阁阁下宛溪夹溪居人》)③;"亡国去如鸿,遗寺藏烟坞"(《题宣州开元寺》)④ 等,这些历史意象的结构与组合不求对偶精工,不求密丽的多重修饰,而以极普通的物象,以散文化的句式,创造疏朗洗练的历史意象,意境开阔而气象高远,在晚唐悲凉的意象风格中独树一帜。杜牧更善于选取前人忽略的新奇而不险怪的历史物象,包括历史人物物象或历史事物物象等与简单语象结合成单一历史意象。具体来说,杜牧的历史意象化特点表现在以下几方面。

其一,历史意象是诗歌议论的升华,巧妙而思致活脱,意到直陈。如历史论赞式诗歌《赤壁》:"折戟沉沙铁未销,自将磨洗认前朝。东风不与周郎便,铜雀春深锁二乔。"⑤ 诗名为"赤壁",却与描写古迹情景起兴不同,诗

---

① (清)彭定求等编:《全唐诗》卷586,中华书局1960年版,第6787页。
② [日]松浦友久:《中国诗的性格》,蒋寅编译《日本学者中国诗学论集》,凤凰出版社2008年版,第352页。
③ (唐)杜牧著,吴在庆校注:《杜牧集系年校注》,中华书局2008年版,第352页。
④ 同上书,第146页。
⑤ 同上书,第501页。

人选取微小的历史遗留物起兴，兴起穿越古今之境的历史想象，"折戟沉沙"这个单一式历史意象，象征了残酷激烈的赤壁之战，并承载诗人透视历史英雄逐鹿的惜古之情，象征了被埋没而无用的兵家人才，这个意象堪为新奇。而全诗诗意的关键处是末句"铜雀春深锁二乔"，这是由历史事物物象与历史人物结合的复合式历史意象，"铜雀春深"是唐诗想象曹操铜雀台贮歌舞伎的传统意象，"锁二乔"则颇具新意，是虚构式历史想象的结果，如果说刘禹锡"凄凉蜀故妓，来舞魏宫前"是按照历史事实的逻辑而构造的历史意象，那么杜牧就是按历史偶然性的自我推理而想象的历史虚象，象征了赤壁之战失败的一方是东吴而不是曹魏，这个意象是对前句"东风不与周郎便"历史假设的总结，是诗人以政治家、兵家的眼光议论赤壁之战的升华。如果没有东风，曹操大军发挥正常的军队实力和兵法智谋，定当取胜。诗意显露而不深隐，高明而不浅俗，超越感怀式的历史同情，达到资政的理性。杜牧之所以能翻新历史成见，创造新的意象，在于他以诗才和史识锻造，以气为主，意到而象出，不拘格式。清代管世铭《读雪山房唐诗》卷二十九曰："杜紫薇天才横逸，有太白之风，而时出入于梦得。"[1] 正是称赞杜牧以意气主文，兴到象出，不饰雕琢，清爽自然如李白；立意成象，似议非议，见刘禹锡构思之力。

其二，历史意象再现历史情境，将历史情境描写与历史论赞相结合。如《过华清宫绝句三首》：

长安回望绣成堆，山顶千门次第开。一骑红尘妃子笑，无人知是荔枝来。

新丰绿树起黄埃，数骑渔阳探使回。霓裳一曲千峰上，舞破中原始下来。

万国笙歌醉太平，倚天楼殿月分明。云中乱拍禄山舞，风过重峦下笑声。[2]

---

[1] 郭绍虞编选，富寿荪校点：《清诗话续编》，上海古籍出版社1983年版，第1562页。
[2] （唐）杜牧著，吴在庆校注：《杜牧集系年校注》，中华书局2008年版，第221、225、228页。

诗人选取安史之乱爆发前后三个典型的历史情境，以历史意象的创造蕴含对唐王朝从盛到衰的思考及讽刺之意。第一首在前二句的情境想象后，"一骑红尘妃子笑"将两个截然不同的意象巧妙地并置组合，"一骑红尘"写尽千里外至京城的飞马之动与速，写尽使者的一路风尘；而"妃子笑"也是动态的历史意象，写尽统治者的享乐，对比映衬下讽刺玄宗与杨妃奢侈荒政之意不言而明；末句"荔枝"对意象补意，这个意象既完成了历史想象的情境描绘，也成为诗歌情志深化的关键点。第二首"霓裳一曲千峰上"描画骊山峰仙乐缥缈，玄宗杨妃欣赏霓裳羽衣舞的情境；后句"舞破中原"又对意象补意，暗示安史之乱的根本原因在于玄宗荒政。第三首"云中乱拍禄山舞"想象安禄山跳胡旋舞，向玄宗杨妃谄媚邀宠的情境；"风过重峦下笑声"以声音意象的回响无穷，形成高远的历史意境，两个亡国之舞的历史意象是对史书记载的形象性浓缩，在诗歌中皆是情境摹写中诗意象征的关键点，象征统治者荒淫误国误民的丑态，见诗人讽喻之力及以古鉴今之意，深得杜甫"有意而不落议论"之旨。

皎然《诗式》"诗有四离"其一云："虽用经史，而离书生。"① 杜牧历史意象虽用历史故实，却不以历史典故构成密集的事对，没有卖弄史识的书生迂阔气，用意亦不隐晦曲折，而以清新俊朗的意象表达己意。杜牧《答庄充书》云："凡文以意为主，以气为辅，以辞采章句为之兵卫。……苟意不先立，止以文采辞句饶前捧后，是言愈多而理愈乱，如入阛阓，纷纷然莫知其谁，暮散而已。是以意全胜者，辞愈朴而文愈高；意不胜者，辞愈华而文愈鄙。是意能遣辞，辞不能成意。"② 杜牧论文之"意"虽不指诗歌意象之"意"，也可见其艺术创作贵"立意"，以意来驱遣文字，无论文辞是朴素还是华丽，意胜则辞胜。杜牧历史意象之"意"不是刘禹锡历史哲学意义上的深思，多是透过历史关怀现实的儒家讽喻，"妃子笑""禄山舞"等即是。因为意胜，杜牧敢于运用前人很少用的历史人物物象组成单一历史

---

① （唐）皎然著，李壮鹰校注：《诗式》卷1，人民文学出版社2003年版，第22页。
② （唐）杜牧著，吴在庆校注：《杜牧集系年校注》，中华书局2008年版，第884—885页。

意象，如"门外韩擒虎，楼头张丽华"（《台城曲二首》其一）[1]，极简练朴素的方位语词加历史人物的结构，又将两个意象简单对举，就将隋军大将攻破陈后宫的历史瞬间以历史空间感的形象描出，亡国之意与鉴今之意不难体会。杜牧《献诗启》云："某苦心为诗，本求高绝，不为奇丽，不涉习俗，不今不古，处于中间。"[2] 历史意象的锻造也体现了他诗艺精思苦寻的自觉追求，不同于晚唐流俗模式化的取象，不涉中唐瑰丽奇怪的意象创造，使历史意象融古今之象，超古今之意，将"意"的高绝与"象"的创新统一起来。杜牧有诸多历史意象达到意高与象新的完美结合，历史意象既是诗歌议论抒情的关键点，也是富于理思意境的历史情境想象。晚唐皮日休、罗隐、胡曾、周昙等诗人多为历史论赞诗歌，能以有情境的历史意象议论抒情者寥寥。

二 李商隐的用意曲折象密集

李商隐的历史诗歌多用七律、七绝的体式，诗歌的篇幅限制诗人对史事情节的充分展开描述和对历史情境的细致摹写，多选择以意在言外的历史意象概括历史，以少总多，由简约见深意。与许浑、刘沧等晚唐擅长古迹怀古诗的诗人不同，他极少选取亲眼看到的现实古迹景物物象与历史地理名物构成复合式的历史意象，也不选取生活环境中的历史留存物象入诗，很少流露面对古迹而生发的无助与悲凉。他面对历史的深邃，从自我内心历史知识库中挖掘富有新意的历史人物、事物等物象，锻造成具有讽刺意味的历史意象。讽刺晚唐令人不堪的腐败政治现实是李商隐大多历史诗歌的主旨，而敏感的性格、政治命运的曲折和时代不可挽回的衰败决定了他总是使自身与现实保持一定的距离，隐藏内心对现实的关怀与热情，冷眼面对世界，借历史曲折映射现实。

其一，李商隐对晚唐诗历史意象模式化的创新，首先在于取史书所载

---

[1] （唐）杜牧著，吴在庆校注：《杜牧集系年校注》，中华书局2008年版，第478页。
[2] 同上书，第1002页。

前人未用的历史微小物象入诗，因其见证历史、承载历史的意义，使之成为历史情境想象的情景之象，在想象性的历史空间中成为一种历史意义的代表和象征，又寄托诗人对历史和现实不可言说的感受及理思。如《齐宫词》：

> 永寿兵来夜不扃，金莲无复印中庭。梁台歌管三更罢，犹自风摇九子铃。[1]

"风摇九子铃"这单一式历史意象再现想象中的齐梁宫廷场景，梁代宫廷欢歌宴会结束，静夜里宫殿檐角悬挂的玉铃随风而动，依稀有声。这动静结合、形态与声响结合的历史意象不但形象地展现了诗人心灵化的历史情境，也包含了齐梁乃至南朝历史浩渺时空中无数兴亡变迁的弦外之音，铃音让人在相似现实中清醒、深省。《南史》载："庄严寺有玉九子铃，外国寺佛面有光相第，禅灵寺塔诸宝珥，皆剥取以施潘妃殿饰。"[2] 齐废帝将佛寺玉九子铃改为潘妃宫殿装饰，"九子铃"本为历史中极微小的物件，诗人赋予其玲珑透彻的历史生命，让它见证齐梁时代的荒唐历史剧：齐废帝为潘妃建造永寿宫、神仙殿、玉寿宫，夜夜笙歌，当萧衍攻破齐宫时夜宴未竟；齐废帝曾凿金为莲花贴于地面，潘妃行于其上步步生金莲；"犹自"这个语象又暗示玉铃继续见证着梁代帝王家奢靡生活的重复，静谧意境中蕴含无尽情韵，见诗人对荒淫亡国的讥讽与深沉喟叹。冯班云："咏史俱妙在不议论。"屈复曰："不见金莲之迹，犹闻玉铃之音；不闻梁台歌管之时，而在既罢之后。荒淫亡国，安能一一写尽，只尽微物点出，令人思而得之。"[3] 李商隐不直接议论达意，而借助历史意象延展历史意境，即使读者不知道"九子铃"的事典，也能体会诗人的辛辣讽喻，"金莲"典故此前唐人也极少用到，他将历史兴亡的教训寄托于微小的历史意象中，不议论而使人深思，神韵绵邈，达到史、意

---

[1] （唐）李商隐著，刘学锴、余恕诚集解：《李商隐诗歌集解》，中华书局1988年版，第1378页。
[2] （唐）李延寿：《南史》卷5《废帝东昏侯纪》，中华书局1975年版，第153页。
[3] （唐）李商隐著，刘学锴、余恕诚集解：《李商隐诗歌集解》，中华书局1988年版，第1379页。

第五章　唐诗的历史意象化

与象的融合。再如《咏史》："北湖南埭水漫漫，一片降旗百尺竿。三百年间同晓梦，钟山何处有龙盘？"①其中"一片降旗百尺竿"是一个单一式历史意象，"一片""百尺"和"旗""竿"构成句中对，纷繁的历史故事被凝缩为可以目视、丈量的物象，诗人以形象化的喻象象征六朝三百年间的历史兴废，静中藏动，以小见大，不说破不议论，而包蕴的讽刺与感叹弥漫无穷历史时空。如"春风举国裁宫锦"（《隋宫》）②，"日暮水漂花出城"（《吴宫》）③皆类此。

李商隐异于常人的历史想象力和意象创造，与他善用历史典故密切相关。惯用典故是其诗歌的一大特点，区别于被后人称为"獭祭鱼"式的罗列堆砌，他的历史意象通过个人历史情志与历史故事事义的契合，并将故事充分形象化、感受化、审美化，因此达到情、象、事、理的结合，实现了典事包蕴于诗意结构的恰切不露痕迹，并不生硬堆砌，正如皎然《诗式·诗有四深》曰："用事不直，由深于义类。"④李商隐做到了不直陈典故，而以历史意象兴发其原本的事义，深入浅出。《隋宫》（紫泉宫殿锁烟霞）有句"玉玺不缘归日角，锦帆应是到天涯。于今腐草无萤火，终古垂杨有暮鸦。"⑤连用隋炀帝开运河南游，景阳宫夜游放萤火虫，栽种垂柳于汴河之堤的历史故事，诗人将故事以简约语词概括，用"应是""于今""终古"等语象联结历史之象，不但形象如在目前，而且深掘历史故事本身的昭示意义，兴发自己对隋炀帝荒淫的委婉批判之意及亡国后人事消逝徒余衰草暮鸦的慨叹情怀。其"腐草无萤火"与杜牧"秋风放萤苑，春草斗鸡台"（《扬州三首》其二）⑥相比，批判与怀古的历史意绪更深沉，视觉、听觉上的形象感受更突出，使读者在历史典故与诗歌意象的张力中生发可联想与深思的空间。

其二，历史意象以多重组合的方式构成一首诗绵密的意象群，"史象"密

---

① （唐）李商隐著，刘学锴、余恕诚集解：《李商隐诗歌集解》，中华书局1988年版，第1384页。
② 同上书，第1392页。
③ 同上书，第1391页。
④ （唐）皎然著，李壮鹰校注：《诗式》卷1，人民文学出版社2003年版，第18页。
⑤ （唐）李商隐著，刘学锴、余恕诚集解：《李商隐诗歌集解》，中华书局1988年版，第1395页。
⑥ （唐）杜牧著，吴在庆校注：《杜牧集系年校注》，中华书局2008年版，第337页。

丽精工。李商隐历史意象组合方式的选择，一方面因为近体诗要求诗句的对仗及格律，词语的丰富搭配，历史意象的组合就要形式整齐工丽，多为并列组合，对句相应的意象既要词义和词性有所关联，又需形象性上兼顾诗情与画意、动与静、高低远近、明暗色彩等映衬整合之势；另一方面李商隐对历史"象"化的主观追求，使得历史意象组合的方式变化多端，不但善于传统的并置、叠加、跳跃式组合，更随历史人物的虚拟心理走势或诗人对历史的感受性而多重跳跃，因此形成了一首诗多个历史意象的情况。

如"长乐瓦飞随水逝，景阳钟堕失天明"（《览古》）[1] 对仗工整，诗人以"长乐瓦飞"对"景阳钟堕"，两个历史意象并置组合，想象汉代长乐宫瓦飞逝、南朝景阳宫钟鼎坠落的历史具象，均为亡国的象征，两者联结见历史繁华逝去，朝代——终结，历史时空变易的鸿蒙之意境。再如"咸阳宫阙郁嵯峨，六国楼台艳绮罗"（《咸阳》）[2]，以历史意象的叠加组合，勾画秦宫繁华富丽，建各国样式的楼台将掳获的六国佳丽藏于其中，显秦王荒淫安乐的情境，不直接议论，而对秦王不知守成的讽刺含蓄出之。《陈后宫》"茂苑城如画，阊门瓦欲流。还依水光殿，更起月华楼"[3] 则以一系列历史意象的铺排叠映，赋写情状，将王公享乐的背景描绘出来。《楚宫》"复壁交青琐"、《石城》等诗皆为意象叠映成群、密集之体，葛立方《韵语阳秋》云："杨亿论义山诗，以包蕴密致，演绎平畅，味无穷而炙愈出，钻弥坚而酌不竭。"[4] 既言李商隐意象密集，象意包蕴，隐晦幽婉的特征，又言其意象组合流畅不滞，意味无穷。

除了传统的意象组合方式，李商隐还创造了更为复杂的历史意象组合——多重组合，多重中既有理性逻辑的关联，又有非逻辑的历史情感关联，使密集的历史意象成为诗歌表达的主要形式，成为诗意显现的主要因素。这些历

---

[1] （唐）李商隐著，刘学锴、余恕诚集解：《李商隐诗歌集解》，中华书局1988年版，第1386页。
[2] 同上书，第1537页。
[3] 同上书，第11页。
[4] （宋）葛立方：《韵语阳秋》，引自（清）何文焕辑《历代诗话》，中华书局1981年版，第499页。

史意象因讽刺的史意明确，与李商隐诗歌普通心灵意象朦胧晦涩多意的特点不同。如《南朝》：

> 玄武湖中玉漏催，鸡鸣埭口绣襦回。谁言琼树朝朝见，不及金莲步步来。
>
> 敌国军营漂木柿，前朝神庙锁烟煤。满宫学士皆颜色，江令当年只费才。①

此诗只有尾联直接评论，首联、颈联、颔联化用宋元嘉、齐武帝、陈后主之事为历史意象跨越时空的跳跃式组合，想象各朝历史情境，不着议论而论赞自出。而每一联意象组合方式又不相同，"玄武湖中玉漏催，鸡鸣埭口绣襦回"两个意象呈递进组合，以声音意象和动态意象摹写齐武帝的出游；"谁言琼树朝朝见，不及金莲步步来"，以语象连缀将"琼树朝朝见"与"金莲步步来"两个意象叠映组合，用陈后主、张贵妃与齐废帝、潘妃的典故将南朝君王相似的荒淫生活象化，以反问句式探讨亡国原因和引人思索历史；"敌国军营漂木柿，前朝神庙锁烟煤"，以意象的不同空间跳跃概括战场败退和祖庙荒凉的两种情境，对帝王荒政的讽刺自生。诗歌每联中历史意象呈象与组合方式各不相同，每联皆事对工整，句式对仗，而三联意象再次跨越组合，展现南朝各代相似的兴亡历程，见李商隐精思之力，讽喻之"意"含蓄蕴藉，寄托遥深，经意象曲折的回旋相互回映，得以深化和加强。但李商隐为了对仗精工，往往铺排烦琐累赘的历史意象，如《富平少侯》用华美辞采渲染"少侯"奢靡生活，"不收金弹抛林外，却惜银床在井头。彩树转灯珠错落，绣檀回枕玉雕锼"②，这样的意象组合实际上并没有扩充诗意，反而繁复。晚唐温庭筠及宋初西昆诗人往往以香艳的意象想象历史，不及李商隐的史识及史意，诗歌渐渐失去历史讽喻之意的表现力。

其三，诗人将历史物象心灵化，用"意"曲折遥深。李商隐《献侍郎钜

---

① （唐）李商隐著，刘学锴、余恕诚集解：《李商隐诗歌集解》，中华书局1988年版，第1372页。
② 同上书，第1页。

鹿公启》中云："属辞之工，言志为最。"① 说明追求诗语的形式精工，不是诗歌的目的，诗的本质在"言志"，"志"也就是寄托于语象之中的"意"，李商隐历史诗歌中的"意"与杜牧一样，多为儒家政教讽喻；不同于杜的俊爽直陈，李寄意深幽。如《马嵬二首》其二：

　　海外徒闻更九州，他生未卜此生休。空闻虎旅传宵柝，无复鸡人报晓筹。
　　此日六军同驻马，当时七夕笑牵牛。如何四纪为天子，不及卢家有莫愁。②

"虎旅传宵柝""鸡人报晓筹"两个声音意象以"空闻""无复"的语象联结对比，跨越时空组合，暗示唐玄宗与杨贵妃生活场域的今与昔；"六军同驻马"写马嵬坡事变的情境，"同"看似平常，而写出大军由动至静的统一姿态和杀杨贵妃的一致心理；"七夕笑牵牛"概括玄宗与杨贵妃宫中的恩爱享乐情境，略去主语，突出动态谓语"笑"；"此日"与"当时"两个表时间转移的语象，又将两个不同时空的历史意象跳跃组合，对比鲜明，形成虚实情境的转换。历史之象在诗人这里皆为虚境，但李商隐不是按历史发展逻辑安排意象，想象虚境，而是将历史人物纠结的心理追忆意象化，因此与传统跨越式意象组合不同，就在于不是跨越历史意义的时空，而是历史人物心理时空的转换。四个历史意象交错回环，互相映衬，由玄宗心理的实境到虚境，再重新由实境到虚境，循环往复，历史人物的情意复杂矛盾，意象亦错综交织；诗人对玄宗与杨贵妃的同情与讽刺矛盾，对盛唐的追忆与现实的理思矛盾，决定了历史意象之"意"深邃婉曲，蕴含不穷。再如《潭州》首联、尾联抒情，颈联、颔联以四个历史意象的跳跃式组合举湘潭历史人事，这些历史文化意象的代表剥去了史的外衣，而包裹上诗人独特的心灵感受。"湘泪浅深滋

---

① （唐）李商隐著，刘学锴、余恕诚校注：《李商隐文编年校注》，中华书局2002年版，第1188页。
② （唐）李商隐著，刘学锴、余恕诚集解：《李商隐诗歌集解》，中华书局1988年版，第307页。

竹色，楚歌重叠怨兰丛。陶公战舰空滩雨，贾傅承尘破庙风。"① 诗人记忆中的历史是空灵迷蒙的心象，便以竹斑、兰丛、空雨和庙风等非指实性的语象，叠映为迷离朦胧的湘潭古今。

回顾盛唐李白、杜甫的历史意象，兴意还显"直露"，取象比兴浅直明白；中唐李贺走向了历史之象陌生化的极端，也缺少史意的维度；刘禹锡将历史意象的创造推向成熟，史、意、象交融恰切，而更突出意的维度，其历史哲学的理思，前无古人后无来者；晚唐历史意象走向了趋同的模式化，杜牧、李商隐却能突破创新而方向不同，杜牧显以意胜，李商隐则极力在精工呈象和"情韵"上作文章，其优秀之作在尖锐的讽刺中均能给人一种"顿挫曲折，有色有情有味"②之感，后人莫能及。总之，历史意象化是唐诗历史想象不断成熟的结果，历史意象代替了诗歌直接的历史叙述、论赞抒情及描写等表达功能，它促进了历史传记式、历史论赞式与历史情境式等诗歌整合史料文本模式的互相融合，逐渐成为唐代诗歌对历史进行想象的有效手段。历史意象化也是诗人历史想象与史家历史想象在表达方式上的最大区别，只有诗人才创造历史意象，清代诗论家叶燮说："可言之理，人人能言之，又安诗人之言之？可征之事，人人能述之，又安诗人之述之？必有不可言之理，不可述之事，遇之于默会意象之表，而理与事无不灿然于前者也。"③诗人创造历史意象也是言不可言之历史理思与历史情感，述不可述之历史心象，将历史之情、境、事、理合一。唐诗对历史的意象化，不同于普通自然景物的意象化，不仅仅增加了诗歌的抒情功能，相比于此，历史意识的理性维度和再现历史的形象感更为重要。当然，历史意象化并不是一种普遍的诗歌手法，也不是评定具体唐诗好与坏的标准，只是历史向诗化育的最艺术化的思维与形式。

---

① （唐）李商隐著，刘学锴、余恕诚集解：《李商隐诗歌集解》，中华书局1988年版，第750页。
② （清）何焯著，崔高维点校：《义门读书记》，中华书局1987年点校本，第1243页。
③ （清）叶燮著，霍松林校释：《原诗》，人民文学出版社1979年版，第30页。

结　　语

通过以上章节的分析论述，我们认为历史想象是唐代诗人融史入诗的艺术思维，这种艺术思维产生于唐代历史文化极大发展的背景之下，随着唐代诗人创作经验的积累与丰富，逐渐成为唐诗独具魅力的艺术特征之一。

一　历史想象之于唐诗的艺术魅力

唐代诗人普遍具有史鉴意识，这种对历史知识的接受意识是唐代历史诗歌创作的重要原因。唐代统治者以史为鉴及歌咏历史兴亡的做法，为社会上行下效地学习与接受历史，理解与借鉴历史打下坚实基础，成为唐代诗人融史入诗的导向力量；唐代史家诗人因史官职业素养，歌咏历史以讽谏资政，探究"天人之际"的历史哲学，总结处世及从政经验，为唐代诗人融史入诗提供了深刻的史识和史家视点，并将史鉴与儒家诗教相结合；而唐代一些非史家诗人，因时代学术影响、个人兴趣等融史入诗，以史为鉴，是唐代历史诗歌创作的主体力量。在唐代诗人普遍接受历史的主观意识下，唐代所存的正史、杂史、杂传等历史著作及类书等具有丰富历史知识的文献资料，为唐代诗人准备了大量诗歌素材，成为他们接受与理解历史知识，诗性地想象加工与解释历史的客观来源。其中，"三史"是唐代诗人历史知识谱系中最为重要的内容，唐人阅读"三史"而作的诗歌是对"三史"故事的还原情境、移情想象与识见理解；而唐前杂史、杂传篇幅短小，历史人物和故事情节描写比正史更为生动离奇，以其小说家言启发着唐代诗人的虚构想象；类书起到了历史知识辑录与广泛传播，方便唐人作诗行文的作用，但对历史知识的片面摘取也使历史僵硬地塞进诗歌，不能将主体精神与历史精神融合在诗歌意境中。

历史文化传统、政治权威解释、史家论赞等先在的历史理解影响着唐代诗人对唐前历史的接受想象。以唐人对汉朝、三国、六朝历史的接受想象为考察点，我们发现，首先，唐代诗人普遍具有汉朝情结，汉朝情结的形成受到唐代"唐承汉统"政治思想的影响，祭祀汉代先王礼制的熏陶及唐人对汉朝优秀文化理性选择的影响。其次，唐代诗人咏三国虽未形成普遍"情结"，却蕴含了对诸葛亮的敬仰和对曹操的批判倾向，也蕴含了主要以蜀为正统的思想及人事与天命决定三国兴亡的观点，这些理解受到三国史书、唐代主流意识形态及唐人普遍三国论理解的影响；但与唐人"功大于过"的普遍曹操观不同，诗人批判意识更多；相对史家正统观，诗人更偏重非政治的道德认同和个人情感与真诚信仰的寄托。最后，唐代诗人对六朝兴亡原因的总结在接受唐代史家六朝观时与其同中有异，同在人才与君主对六朝兴亡作用的认同，异在诗人六朝地势不足恃与王气决定论的独特历史观及独特的历史生命意识。以上表明唐代诗人接受历史的想象是唐人普遍历史理解与诗人历史意识的融合过程。

历史想象之于唐诗的艺术魅力，不但表现为诗人接受历史的理解想象，从而形成诗人对历史普遍理解的翻新；更体现为诗歌创作中唐代诗人对历史的构思想象。作为一种创作思维，历史想象开拓了唐代诗人的历史视野和想象世界。首先，诗人在构思过程中为了诗歌的言志、抒情等表达意图，不再直接言说，而有目的地择取一些历史素材入诗，或借史言志，或借史抒情，或借史讽今，或借史喻今等，历史成为诗人通向诗歌本质的媒介，以此达到史在功能上向诗的转化。其次，诗人运用历史传记式、历史论赞式、历史情境式等文本模式来建构选取的历史要素，使历史成为诗歌内容的主体或局部结构，以此达到史在形式上向诗歌的转化。然后，诗人选择或浓缩，或连缀，或填充，或换位，或虚构等情节编织的想象技巧，对诸多历史要素在固定整合模式的基础上进行细微的剪裁、加工，达到诗歌对史料游刃有余的运用，创造出超越史书史实的诗歌的诗意要素，以此达到史在内容上向诗歌艺术的转化。最后，从历史想象三个层面的构思阶段过渡到诗歌文本形成阶段间最重要的创作过程，是唐诗的历史意象化。

  历史意象化就是历史意象的生成过程，是唐代诗歌史发展中不断成熟的艺术思维及艺术特征。历史意象在唐前及初唐诗歌中并不多见，到了盛唐才初具规模，但只是零星点缀于诗歌中，还没成为诗歌诗意要素的主体，且以单一结构的历史意象和对句历史意象并列组合为主，历史意象点缀于历史传记式、历史论赞式、历史抒情式的诗歌模式中，辅助这些模式的历史叙述、议论抒情、描写等表达功能，构思形式与意象的表达功能都还比较简单。李白、杜甫皆创造出一些历史意象，将"史—意—象"三要素相融合，李白随自由诗兴而构玲珑之象，杜甫则偏重在历史意象中寄寓己意。中唐是诗歌历史意象化进程的关键阶段，众多诗人参与历史意象的探索与创造，历史意象不但有单一结构，还有复合结构；历史意象组合的技巧也增多；在功能上历史意象成为中唐历史诗歌主流模式，即历史情境式诗歌的主体诗意要素。中唐李贺以密集的历史意象为诗歌的主体，但由于过度追求陌生化而隐蔽或缺少了"史—意—象"三要素中"意"的要素，片面走上"象"的一端；刘禹锡是中唐乃至唐代历史意象化过程中最重要的诗人，其成就在于继承杜甫重"意"的一面，并升级为"己意"与"史意"的交融，追求历史意境，代表了唐代历史意象"史—意—象"三要素完美融合的最高水平，其历史意象的功能代替了诗歌直接的历史叙述、论赞抒情及描写等表达功能，使历史传记式、历史论赞式与历史情境式等诗歌整合史料文本模式融合无迹。晚唐诗的历史意象创造大量增多、普遍成熟，但走向了构象的趋同化和结构、组合方式的模式化；历史意象掩映于大量普通景物意象中，能成为诗歌诗意主体的不多。杜牧、李商隐继承刘禹锡重"意"的构思特点，而以不同方式尝试历史意象的创新。

总之，从接受想象到构思想象，唐代诗人有效地将历史因素转化为诗意要素，完成了诗与史的融合。

二 较前代发展变化及对后世影响

唐前诗人对诗歌援引历史的诗学功能已有初识；编织历史素材的技巧也已基本具备；整合历史因素的文本模式已有历史传记式、历史论赞式和描绘过去的历史情境式。唐代诗人在前人创作基础上，找到了诗与史结合的有效方法，唐诗对历史想象功能设定、模式构建和技巧编织的成熟运用，使历史转化为诗歌的诗意象征，也显示出相对于前代诗歌的发展与变化。

其一，文本模式的多样整合。唐代诗人在描绘过去的历史情境式之外，开创了描绘现实历史遗迹的历史情境式，并能穿越古今将现实与历史情境相融合，使历史情境模式更趋成熟，代表了唐代兴象玲珑、诗情画意、时空跨越的历史想象的典型艺术模式。唐代诗人还将三种模式融合，解构历史要素，使诗人情感和历史意绪的表达更深入。

其二，历史意象的创造与灵活运用。唐前诗歌缺乏历史意象，历史诗歌也只是用普通自然意象描述想象的历史情境，体物抒情还没有加入真正的历史思维与情绪。唐代诗人则创造出作为诗意要素的历史意象，来代替诗歌直接的历史描述和历史评论，融合历史传记式、历史论赞式、历史情境式等整合历史要素的诗歌模式，使史的形式彻底消融在诗歌内容中，增强了诗歌的含蓄性。

唐诗历史想象的构思方式对后代诗歌影响深远。北宋前期的西昆派诗人学习晚唐李商隐的诗歌，也模仿李商隐创造历史意象，用意曲折隐晦，史象密集；但他们没有超越李商隐等唐代诗人创造的历史意象，没能学到李商隐历史意象的创新方法，即选取前人不曾注意的微小而新奇的历史物象构象；西昆派的诗人善于密集地使用历史典故，但由于具象性不足，或"意"的维度不深，而显得生硬堆叠，不及李商隐历史意象化典无痕的流畅自适。北宋中后期，历史诗歌承袭晚唐的历史论赞式翻案的方法，长于史论，在欧阳修、王安石、苏轼等史家诗人的努力发展下，将个性化的史识、史才入诗，议论精警。南宋前期，社会动荡，国家偏安，陆游等爱国诗人受到弃置和打击，他们往往借歌咏历史，实现现实素材无法承担的抒情言志和借古喻今、借古讽今的功能，往往运用李白、白居易等人常用的连缀式想象，将历史上与己体验相似的人事排列，增强诗歌的感染力和抒情性。总之，宋代历史诗歌在题材、模式、编织技巧上都继承唐代历史诗歌，并有时代新特点，宋代史学、经学繁荣，学者才士型诗人多以诗歌呈现史识、史才及明道，历史诗歌以"意"胜，不以情境及意象见长。元、明、清的历史诗歌不断增多，但基本上都未能脱离或超越唐代诗人所创造的构思想象的艺术思维方式。

三 唐代诗人历史想象与史家历史想象比较

唐代经学衰微，诗歌和史学成为一个时代的显学，两种文化样式融合互渗，于是唐诗有了历史的深度时空与内涵，唐代诗人对唐前历史的想象与识见受到唐代史家对唐前历史再现想象与历史识见的影响，而诗人面对同样的历史素材创作想象与史家编纂历史的想象、评论历史的想象不同。

诗人与史家想象历史的目的不同。唐代史家惩恶扬善，去伪存真，为记录与保存史事而想象历史；诗人抒情言志，想象历史以述怀抱，以兴感叹。

诗人的历史意识与史家历史意识不同。唐代史家于传记中隐晦传达历史识见，于历史论赞中回想历史人物的事迹功过，理性评价史事意义；诗人或自由直接，或含蓄蕴藉地表达历史识见，超越史家政治事功、道德教化评论，表达历史审美意识、历史生命意识。

编织历史之象的技巧不同。唐代史家对史料浓缩、连缀、填充，都是在不违背历史真实的基础上作出的；史家的换位想象，也是在不违背历史逻辑的情况下书写历史人物的对话及思想活动；史家不能虚构想象，构造非真实存在及不符合史料的历史情节。诗人则能超越史料的历史事实，将时空跨度大的历史情节极度浓缩为历史典故和历史意象；诗人将历史人物故事按情志意义连缀想象，超越了史家按时间顺序连缀史料的想象，而能漫游八荒，视通千古，为心所蕴化；诗人的填充想象超越史家弥合填补历史空白的想象技巧，而能重新雕琢历史细节的情境；诗人与史家编织历史之象的最大区别在于诗人凭虚构象，创造史书记载之外诗人内心的历史真实。

组织历史之象的模式不同。唐代诗人借鉴史家历史想象的模式，运用历史传记、历史论赞式组织诗中之史，构成诗意的历史序列，但是又能超越这些史家模式，不是事无巨细的史家传记，不是史家铺张的人物对话，而是以超精简的隐喻性诗歌语言，以历史情境式补充，或结合，或代替历史论赞和历史传记模式。

诗人炼造历史意象，史家塑造历史形象。唐诗的历史意象来源于诗人对历史故事的高度浓缩，将丰富的历史意义与自身情志融入变形的史象之中，生成一个集聚众情万象的艺术符号，非史家历史形象能比。

本书所能得出的结论如上所述，但由于时间所限，应读之书很多，所读之书太少，学养学力不足，仍有未能解决的问题，深以为憾。第一，本书没能全面地梳理唐诗的历史知识谱系，对唐诗历史知识接受想象的考察，只是以读三史诗、吴越诗、老莱子题材的诗为点，考察了正史、杂史、杂传等史部书籍对唐诗历史知识积累与运用的作用。此外，还有前代文学作品中的历史素材传承等问题留待以后进一步研究。第二，本拟第五章讨论唐诗主题历史意象群的问题，对唐诗不同主题的历史意象创造与流变过程加以梳理，考察历史意象承载历史意义的变化和历史意象词语结构等形式的变化，这样研究之后，才能够更清晰地了解唐代诗人的历史意象思维，这都有待今后进一步补充和完善。第三，虽然对唐诗的历史想象做了尽可能详细的论述，但历史想象在后世的发展，以及唐诗历史想象对后世的影响，却只是粗枝大叶地点到而已，由于时间关系，不能全面展开论述，以后会朝这个方向继续探讨。最后，书中的考订和论述的疏漏、不足之处，恳请各位专家不吝赐教，予以指正。

主要参考文献

一 古籍

（汉）毛亨传，（汉）郑玄笺，（唐）孔颖达疏：《毛诗正义》，（清）阮元校刻《十三经注疏》，中华书局1980年影印本。

（汉）毛亨传，（汉）郑玄笺，（唐）孔颖达疏：《毛诗正义》，李学勤主编《十三经注疏》，北京大学出版社1999年标点本。

（汉）赵岐注，（宋）孙奭疏：《孟子注疏》，（清）阮元校刻《十三经注疏》，中华书局1980年影印本。

（汉）赵岐注，（宋）孙奭疏：《孟子注疏》，李学勤主编《十三经注疏》，北京大学出版社1999年标点本。

（汉）董仲舒：《春秋繁露》，河北人民出版社2005年版。

（汉）许慎：《说文解字》，江苏古籍出版社2001年版。

（汉）司马迁著，（宋）裴骃集解，（唐）司马贞索隐，（唐）张守节正义：《史记》，中华书局1959年点校本。

（汉）班固著，（唐）颜师古注：《汉书》，中华书局1962年标点本。

（南朝宋）范晔著，（唐）李贤等注：《后汉书》，中华书局1965年点校本。

（西晋）陈寿著，（南朝宋）裴松之注：《三国志》，中华书局1971年点校本。

（唐）房玄龄：《晋书》，中华书局1974年点校本。

（唐）姚思廉：《陈书》，中华书局 1972 年点校本。

（唐）姚思廉：《梁书》，中华书局 1973 年点校本。

（唐）魏徵、令狐德棻：《隋书》，中华书局 1973 年点校本。

（唐）李延寿：《北史》，中华书局 1974 年点校本。

（唐）李延寿：《南史》，中华书局 1975 年点校本。

（后晋）刘昫等：《旧唐书》，中华书局 1975 年点校本。

（宋）欧阳修、宋祁：《新唐书》，中华书局 1975 年点校本。

（宋）司马光著，（元）胡三省注：《资治通鉴》，中华书局 1956 年点校本。

（汉）荀悦撰，张烈点校：《汉纪》，中华书局 2002 年点校本。

（东晋）袁宏撰，周天游校注：《后汉记校注》，天津古籍出版社 1987 年版。

（汉）赵晔：《吴越春秋》，岳麓书社 2006 年版。

（汉）刘向撰，张涛译注：《列女传译注》，山东大学出版社 1990 年版。

（唐）刘知几撰，（清）浦起龙通释，吕思勉评：《史通通释》，上海古籍出版社 2008 年版。

（唐）杜佑：《通典》，中华书局 1988 年点校本。

（宋）王溥：《唐会要》，上海古籍出版社 1991 年版。

（宋）郑樵：《通志》，中华书局 1987 年版。

（元）马端临：《文献通考》，商务印书馆 1936 年版。

（清）徐松撰，赵守俨点校：《登科记考》，中华书局 1984 年点校本。

（清）章学诚著，叶瑛校注：《文史通义校注》，中华书局 1985 年版。

余嘉锡：《四库提要辨证》，中华书局 1985 年版。

（战国）韩非著，陈奇猷校注：《韩非子新校注》，上海古籍出版社 2000 年版。

（战国）墨子著，王焕镳集释：《墨子集诂》，上海古籍出版社 2005 年版。

（宋）李昉：《太平御览》，中华书局 1960 年版。

（宋）洪兴祖：《楚辞补注》，中华书局 1983 年版。

（清）逯钦立辑校：《先秦汉魏晋南北朝诗》，中华书局 1983 年版。

（清）彭定求等编：《全唐诗》，中华书局 1960 年标点本。

陈尚君辑校：《全唐诗补编》，中华书局 1992 年版。

陈贻焮主编：《增订注释全唐诗》，文化艺术出版社 2001 年版。

（唐）殷璠撰，王克让注：《河岳英灵集注》，巴蜀书社 2006 年版。

（梁）萧统选，（唐）李善注：《文选》，商务印书馆 1959 年版。

（清）董诰等编：《全唐文》，中华书局 1983 年影印本。

周绍良主编：《全唐文新编》，吉林文史出版社 2000 年版。

（清）沈德潜编：《唐诗别裁集》，上海古籍出版社 1979 年版。

（明）张溥辑评，宋效永校点：《三曹集》，岳麓书社 1992 年版。

俞绍初辑校：《建安七子集》，中华书局 1989 年版。

（魏）王弼撰，楼宇烈校释：《王弼集校释》，中华书局 1980 年版。

（晋）陆机著，金涛声点校：《陆机集》，中华书局 1982 年点校本。

（北周）庾信撰，（清）倪璠注，许逸民点校：《庾子山集注》，中华书局 1980 年点校本。

（唐）王绩著，韩理洲校点：《王无功文集》，上海古籍出版社 1987 年点校本。

（唐）王勃著，（清）蒋清翊注：《王子安集注》，上海古籍出版社 1995 年版。

（唐）卢照邻著，李云逸校注：《卢照邻集校注》，中华书局 1998 年版。

（唐）陈子昂：《陈拾遗集》，上海古籍出版社 1992 年版。

（唐）沈佺期撰，陶敏等校注：《沈佺期宋之问集校注》，中华书局 2001 年版。

（唐）王维著，陈铁民校注：《王维集校注》，中华书局 1997 年版。

（唐）李白撰，（清）王琦注：《李太白全集》，中华书局 1977 年排印本。

（唐）杜甫著，（清）仇兆鳌注：《杜诗详注》，中华书局 1979 年版。

（唐）岑参著，陈铁民等校注：《岑参集校注》，上海古籍出版社 1981 年版。

（唐）高适著，刘开扬笺注：《高适诗集编年笺注》，中华书局 1981 年版。

（唐）刘长卿著，储仲君笺注：《刘长卿诗编年笺注》，中华书局 1996 年版。

（唐）白居易著，顾学颉校点：《白居易集》，中华书局 1979 年点校本。

（唐）元稹著，冀勤点校：《元稹集》，中华书局 1982 年点校本。

（唐）李贺撰，（清）王琦等注：《李贺诗歌集注》，上海古籍出版社 1977 年版。

（唐）刘禹锡著，卞孝萱校订：《刘禹锡集》，中华书局 1990 年点校本。

（唐）柳宗元著，吴文治点校：《柳宗元集》，中华书局 1979 年点校本。

（唐）杜牧著，吴在庆校注：《杜牧集系年校注》，中华书局 2008 年版。

（唐）杜牧撰，陈允吉点校：《樊川文集》，上海古籍出版社 2007 年点校本。

（唐）李商隐著，刘学锴、余恕诚集解：《李商隐诗歌集解》，中华书局 1988 年版。

（唐）李商隐著，刘学锴、余恕诚校注：《李商隐文编年校注》，中华书局 2002 年版。

（唐）李商隐著，郑在瀛注：《李商隐诗全集汇校汇注汇评》，崇文书局 2015 年版。

（唐）许浑著，罗时进笺证：《丁卯集笺证》，江西人民出版社 1998 年版。

（唐）温庭筠著，（清）曾益笺注，王国安标点：《温飞卿诗集笺注》，上海古籍出版社 1998 年标点本。

（唐）罗隐著，雍文华校辑：《罗隐集》，中华书局 1983 年版。

（唐）皮日休著，萧涤非整理：《皮子文薮》，中华书局 1959 年版。

（明）王廷相著，王孝鱼点校：《王廷相集》，中华书局 1989 年点校本。

（清）纳兰性德著，黄曙辉点校：《通志堂集》，华东师范大学出版社 2008 年点校本。

（清）龚自珍：《龚自珍全集》，上海人民出版社 1975 年版。

（梁）刘勰撰，范文澜注：《文心雕龙注》，人民文学出版社1958年版。

（梁）刘勰著，（清）黄叔琳注，李详补注，杨明照校注：《增订文心雕龙校注》，中华书局2000年版。

（梁）钟嵘著，曹旭注：《诗品集注》，上海古籍出版社1994年版。

［日］遍照金刚（原题弘法大师）撰，王利器校注：《文镜秘府论校注》，中国社会科学出版社1983年版。

（唐）皎然著，李壮鹰校注：《诗式》，人民文学出版社2003年版。

（唐）司空图著，郭绍虞集解：《诗品集解》，人民文学出版社1963年版。

（宋）张戒撰，陈应鸾校笺：《岁寒堂诗话》，巴蜀书社2000年版。

（宋）胡仔纂集，廖德明校点：《苕溪渔隐丛话》，人民文学出版社1962年点校本。

（宋）计有功：《唐诗纪事》，上海古籍出版社2008年版。

（元）方回选评，李庆甲集评校点：《瀛奎律髓汇评》，上海古籍出版社2005年点校本。

（元）辛文房著，傅璇琮主编：《唐才子传校笺》，中华书局1995年版。

（明）胡应麟：《诗薮》，上海古籍出版社1979年版。

（明）唐汝询选释，王振汉点校：《唐诗解》，河北大学出版社2001年点校本。

（清）何焯著，崔高维点校：《义门读书记》，中华书局1987年点校本。

（清）王夫之评选，张国星校点：《古诗评选》，文化艺术出版社1997年点校本。

（清）何文焕：《历代诗话》，中华书局1981年版。

（清）刘熙载：《艺概》，上海古籍出版社1978年版。

（清）叶燮著，霍松林校释：《原诗》，人民文学出版社1979年版。

郭绍虞编选，富寿荪校点：《清诗话续编》，上海古籍出版社1983年点校本。

二 今人著述

程俊英注析：《诗经注析》，中华书局 1991 年版。

左丘明传，杨伯峻注：《春秋左传注》，中华书局 1990 年版。

陈伯海编：《唐诗汇评》，浙江教育出版社 1995 年版。

陈建华：《唐代咏史怀古诗论稿》，华中科技大学出版社 2008 年版。

陈新：《西方历史叙述学》，社会科学文献出版社 2005 年版。

陈寅恪：《元白诗笺证稿》，上海古籍出版社 1978 年版。

陈植锷：《诗歌意象论》，中国社会科学出版社 1990 年版。

葛兆光：《中国思想史》，复旦大学出版社 2007 年版。

郭绍虞：《中国历代文论选》，上海古籍出版社 2001 年版。

韩震、孟鸣歧：《历史·理解·意义——历史诠释学》，上海译文出版社 2002 年版。

李翰：《汉魏盛唐咏史诗研究》，广西师范大学出版社 2006 年版。

梁启超：《论中国学术思想变迁之大势》，上海古籍出版社 2001 年版。

侯迺慧：《唐诗主题与心灵疗养》，三民书局 2005 年版。

蒋寅编译：《日本学者中国诗学论集》，凤凰出版社 2008 年版。

蒋寅：《大历诗风》，凤凰出版社 2009 年版。

庞天佑：《秦汉历史哲学思想研究》，中国社会科学出版社 2002 年版。

钱锺书：《管锥编》，中华书局 1979 年版。

钱锺书：《谈艺录》，中华书局 1984 年版。

任爽：《唐代礼制研究》，东北师范大学出版社 1999 年版。

唐光荣：《唐代类书与文学》，巴蜀书社 2008 年版。

闻一多：《唐诗杂论》，上海古籍出版社 1998 年版。

吴怀祺主编，牛润珍等著：《中国史学思想通史》（隋唐卷），黄山书社 2004 年版。

谢保成：《隋唐五代史学》，商务印书馆 2007 年版。

朱自清：《朱自清古典文学论文集》，上海古籍出版社 2009 年版。

赵新林：《IMAGE 与象——中西诗学象论溯源》，中国社会科学出版社 2005 年版。

张伯伟：《全唐五代诗格校考》，陕西人民教育出版社 1996 年版。

张荣芳：《唐代的史馆与史官》，私立东吴大学中国学术著作资助委员会 1984 年版。

张润静：《唐代咏史怀古诗研究》，生活·读书·新知三联书店 2009 年版。

熊逸民：《目录学论选刊》，百川书局 1986 年版。

吴枫：《吴枫学术文存》，中华书局 2002 年版。

向世陵主编：《宋代经学哲学研究》，上海科学技术文献出版社 2015 年版。

谢贵安：《中国传统史学研究》，商务印书馆 2016 年版。

三　译著

[古希腊] 亚里士多德：《诗学》，陈中梅译，商务印书馆 1996 年版。

[英] 柯林伍德：《历史的观念》，何兆武译，商务印书馆 1977 年版。

[美] 斯蒂芬·欧文：《追忆》，郑学勤译，上海古籍出版 1990 年版。

[美] 海登·怀特：《元史学：19 世纪欧洲的历史想象》，陈新译，译林出版社 2004 年版。

[法] 菲利浦·勒热讷：《自传契约》，杨国政译，生活·读书·新知三联书店 2001 年版。

[德] 沃尔夫冈·伊瑟尔：《阅读活动》，金元浦、周宁译，中国社会科学出版社 1991 年版。

[德] 沃尔夫冈·伊瑟尔：《虚构与想象：文学人类学疆界》，陈定家、汪正龙等译，吉林人民出版社 2003 年版。

[德] 伽达默尔：《真理与方法：哲学诠释学的基本特征》，洪汉鼎译，上海译文出版社 1999 年版。

[意大利] 维科：《新科学》，朱光潜译，商务印书馆 1989 年版。

四　论文

陈文华：《论中晚唐咏史诗的三大体式》，《文学遗产》1989 年第 5 期。

冯傲雪：《新时期唐代咏史诗研究综述》，《咸阳师范学院学报》2005 年第 3 期。

关四平、陈默：《三国历史的诗意化——唐代咏三国诗与士人心态》，《天津大学学报》（社会科学版）2002 年第 1 期。

葛兆光：《论典故——中国古典诗歌中一种特殊的意象分析》，《文学评论》1989 年第 5 期。

蒋寅：《语象·物象·意象·意境》，《文学评论》2002 年第 3 期。

蒋寅：《过渡修辞：李贺诗歌的艺术精神》，《陕西师范大学学报》（哲学社会科学版）2004 年第 6 期。

雷恩海：《咏史诗渊源的探讨暨咏史诗内涵之界定》，《贵州社会科学》1996 年第 4 期。

雷闻：《唐代的"三史"与三史科》，《史学史研究》2001 年第 1 期。

李世忠、袁芳：《君看六幅南朝事　老木寒云满古城——论中晚唐咏史诗的意象与意境》，《湖北社会科学》2007 年第 4 期。

凌朝栋：《试论唐诗用典的宗汉意识》，《渭南师范学院学报》2002 年第 6 期。

刘卫英、王立：《怀古诗的诗学本质及其精神史意义》，《求索》1998 年第 6 期。

刘宝明：《刘禹锡咏史怀古诗的取象与造境》，《德州学院学报》2009 年第 1 期。

刘明华：《杜甫"以汉喻唐"的结构和内涵》，《文学遗产》2001 年第 4 期。

宁可：《什么是历史？》，《河北学刊》2004 年第 6 期。

任文京：《论唐代边塞诗人的汉代情结》，《河北学刊》2003 年第 2 期。

韦春喜：《乐府咏史诗的发展与演变——以乐府诗集为文本对象》，《山东师范大学学报》（人文社会科学版）2004 年第 3 期。

吴仪凤：《杜甫咏诸葛武侯诗探微》，《杜甫研究学刊》1998 年第 3 期。

徐伯鸿：《唐代诗人的"汉朝情结"与李商隐的诗》，《河南教育学院学报》2002 年第 1 期。

徐伯鸿：《唐太宗在唐代诗人汉代情结形成中的意义》，《南都学坛》2002 年第 3 期。

杨恩成：《论唐代咏史诗》，《陕西师范大学学报》1990 年第 1 期。

章建文：《论古代咏史诗的基本形态》，《安庆师范学院学报》（社会科学版）2007 年第 1 期。

赵望秦、李艳梅：《中国古代咏史诗百年研究回顾》，《淮阴师范学院学报》（哲学社会科学版）2007 年第 1 期。

赵望秦、潘晓玲：《唐代咏史怀古诗百年研究回顾》，《南京师范大学文学院学报》2007 年第 4 期。

张晶：《中晚唐怀古诗的审美时空》，《北方论丛》1998 年第 4 期。

张旭：《论晚唐怀古诗之残宫意象及诗人审美心理》，《五邑大学学报》2004 年第 4 期。

李晓明：《唐代咏史诗研究》，博士学位论文，华中师范大学，2000 年。

李霞：《评唐代咏史诗人的历史观》，硕士学位论文，陕西师范大学，2002 年。

韦春喜：《宋前咏史诗史》，博士学位论文，山东大学，2005 年。

董立河：《历史与想象——对西方后现代历史哲学的研究与回应》，博士学位论文，北京师范大学，2005 年。

凌云峰：《正统观念与曹操形象的变化》，硕士学位论文，华中科技大学，2007 年。

邓锐：《魏晋正统观念研究》，硕士学位论文，华中科技大学，2007 年。

后　　记

　　这本书是由我的博士学位论文补充、修订而来的，说起来十分惭愧，博士毕业后工作已有八年，才将自己的论文打磨出版，其中原因较为复杂，但不负时光，重新审视这些珍藏许久的文字，反省学术研究道路上的第一段行程，一切都因迟来的成长和成熟而变得更有意义了。

　　2004年我考上了北师大文学院中国古代文学专业唐宋文学方向的研究生，跟随我的导师张海明教授学习，硕士学位论文研究的是唐代咏吴越争战历史的诗歌，是唐代咏史诗的一部分。2007年我继续跟随张海明教授读博，张老师帮助我选定博士学位论文的题目"唐诗的历史想象"，唐代咏史诗的研究已不是新鲜的题目，陕西师范大学的多位师生均已有过专门的著述，张老师指引我从新的角度切入。因我本科在北师大哲学与社会学学院和文学院修了双学位，学习了中西方的哲学，所以老师希望我能够从历史哲学的理论中得到新的研究视角和理论经验，重新关注唐代历史题材的诗歌，并打破类型学研究范式的局限，能够以更为宏观的方式去架构唐代诗歌想象历史的方方面面。

　　写博士学位论文的三年是老师带我进入学术之门的伊始，一次又一次地见面交流，张老师总是讲他自己的学术经历和研究方向的变化，讲他最近的研究内容和架构论文的思路，令我受益匪浅。张老师的著作《玄妙之境——魏晋玄学美学思潮》，从哲学的本体论、价值论和方法论的逻辑结构出发，建构魏晋玄学与诗学的关系，当时给我很深的启发。唐代历史题材的诗歌是诗、史、哲三位一体的，我也希望能够将唐代诗歌与史学，以及关乎历史的哲学思考的关系阐释清楚；也希望能够像老师一样，建构起论文整体的逻辑分析体系。可惜基础太差，读书不多，愚笨幼稚的我却只能在张老师的言传身教中领会两三成，学习模仿未得其形，更是难得其神。我的博士学位论文仅仅还原了对唐代诗人想象历史，生成诗歌的艺术过程，即从唐代诗人对历史知识的接受，对历史的理解，到选择性形成一些固定的历史取向，再到唐代诗人选择历史题材的表述功能、剪裁模式、想象技巧，将历史题材浓缩意象化的创作过程。我远未达到导师最初对论文题目的期望，没能阐释出哲学的内涵，达到高屋建瓴的逻辑建构，惭愧惭愧。

哲学系出身的我，虽有对作品的敏锐感悟，但缺乏对文学文献的专业基础，这成为我博士学位论文写作期间的困境。研究的内容和观点，总是主观阐述，而缺乏文献考证的基础，乃至我在后来的学术研究中，一直在补学古典文献的方法。张老师知道我的弱点，总在见面指导时，讲如何从文献的爬梳和文本的阅读中发现问题，得出结论。印象最深的是张老师讲他对欧阳修《六一诗话》与《归田录》关系的探究，通过仔细地将二者的条目比对，发现《六一诗话》很多条目是对《归田录》的删改，从而质疑学界《杂书》是《六一诗话》前身的成论，这使我理解了文献学的研究方法是提出学术问题和达到学术创新的坚实基础。2010 年博士毕业后，导师帮助我修改整理了论文的一个章节，特别感谢老师，才得以与老师共同署名将《略论唐诗处理历史题材的三种模式》一文发表在《清华大学学报》上。我更要感谢老师指出我的错误，其中引用《汉书》的一则材料，因为我未比对原始文献而出了错误。这些当时写作过程中的错误和不足，就在工作之后的研究道路上一一克服、弥补和修正，也对论文做出了修订。

2010 年 7 月，我来到广西师范大学文学院工作，继续我的研究道路。我很庆幸能继续在自己的专业上深入学习和研究，也很幸运得遇文学院古代文学教研室胡大雷、王德明、莫道才、杜海军、刘汉忠、李乃龙、吴大顺、韩晖、阙真、殷祝胜、孙艳庆等众多老师的关爱和指教。我以博士学位论文为出发点，申请了广西师范大学校级重点项目。校级重点项目旨在培育国家课题的申报，但我申报国家社科基金却屡屡失败，当我在现有的领域内变换选题却一直无法突破时，诸位尊长劝我放弃原有的研究领域，离开唐宋文学的阵地，转向明清文学文献的研究，开辟新的选题。迷茫之际，得王德明教授（也是北师大毕业的博士）指点，自2013年起跟随王德明老师做博士后，研究清代广西诗歌总集的集大成之作《三管英灵集》，用了四年的时间，终于学会了用古典文献学的方法研究诗歌总集的编纂。出站后就拥有了自己独特的研究领域，并以此为根据地扩大研究范围，申报国家社科基金，终于在2018年有了收获，得到国家社科基金一般项目。学术道路上的不断成长之后，因机缘所到，终于有信心出版两部书稿，感谢文学院吴大顺院长等领导的支持和帮助，我的博士学位论文由院里资助出版；我的博士后报告由广西师范大学社科处资助出版。当我将这些报告给张海明老师，并请求老师为我写书稿的序言和资助出版的推荐表时，内心无比激动，像是终于可以交给老师一份迟来的答卷。

是的，在这条学术研究的道路中，我遇到了太多感激不尽的恩师。遥记刚刚工作不久，社科院刘宁老师来广西师大开会，她是我本科毕业论文的指导老师，是我硕士、博士期间的授业老师，她对我在桂林的工作和生活关怀备至，悉心解答我遇到的研究困境，并给予建议。我还要感谢读博时指导我的北师大文学院古代文学教研室的郭英德、康震、过常宝、蒋寅等老师，传承他们学为人师、行为世范的精神，使我拥有在研究中不断前进的动力。还要感谢我的同门谷曙光师兄、苗永姝师姐、李海燕师姐、付怡静师姐、任慧师姐、张戬师姐、冯婵师妹等，感谢我的博士同学李爽、李静一、李艳蕾，他们的学术研究和如今在各自领域的敬业精神都是我学习的榜样。

英国诗人雪莱说过："历史，是刻在时间记忆上的一首回旋诗。"当我们回望历史，当我们总结人生，一切艰难的过往都变得美好如诗，现在和将来也必将成为诗意的回忆，所以每一段在远路中上下求索的旅程都是有意义的。